I0778682

DU MÊME AUTEUR

La belle mortelle de Samson (Vampires Scanguards - Tome 1)

La provocatrice d'Amaury (Vampires Scanguards - Tome 2)

La partenaire de Gabriel (Vampires Scanguards - Tome 3)

L'enchantement d'Yvette (Vampires Scanguards - Tome 4)

La rédemption de Zane (Vampires Scanguards – Tome 5)

L'éternel amour de Quinn (Vampires Scanguards – Tome 6)

Les désirs d'Oliver (Vampires Scanguards – Tome 7)

Le choix de Thomas (Vampires Scanguards – Tome 8)

Discrète morsure (Vampires Scanguards – Tome 8 1/2)

L'identité de Cain (Vampires Scanguards – Tome 9)

Le retour de Luther (Vampires Scanguards – Tome 10)

La promesse de Blake (Vampires Scanguards – Tome 11)

Fatidiques retrouvailles (Vampires Scanguards – Tome 11 ½)

L'espoir de John (Vampires Scanguards – Tome 12)

Séduisant (Le Club des éternels célibataires – Tome 1)

Attirant (Le Club des éternels célibataires – Tome 2)

Envoûtant (Le Club des éternels célibataires – Tome 3)

Torride (Le Club des éternels célibataires – Tome 4)

Attrayant (Le Club des éternels célibataires – Tome 5)

Passionné (Le Club des éternels célibataires – Tome 6)

LES DÉSIRS D'OLIVER

LES VAMPIRES SCANGUARDS - TOME 7

TINA FOLSOM

1

———————

Il était en proie à son désir de sang. Il combattait cette envie irrépressible qui le contrôlait, ce besoin qui le faisait trembler comme un drogué en état de manque. Il n'avait jamais imaginé que cela aurait été si pénible, qu'il aurait été si difficile d'y résister. Pourtant, lorsqu'il était éveillé, la seule pensée du sang le consumait à chaque minute. Et même durant son sommeil, il ne rêvait qu'à des veines palpitantes, à du sang chaud toujours empreint de la force vitale de l'humain et à ses canines enfoncées dans le cou d'un être vivant. Mais le pire de tout, c'était qu'il rêvait du pouvoir que cela lui conférait, le pouvoir sur la vie et sur la mort.

Oliver se secoua violemment, afin de se débarrasser de ces pensées. Mais, comme la plupart des autres nuits, il fut incapable de se délivrer de cette envie, de cet insatiable appétit. Quinn, son père créateur, lui avait dit que cela s'atténuerait avec le temps mais, bien qu'il eût été transformé deux mois auparavant, il se sentait tout aussi avide de sang frais que lors de la première nuit suivant sa renaissance.

Tout en se faufilant dans son long manteau noir, il fourra un mouchoir propre dans sa poche et jeta un œil par-dessus son épaule. Il n'avait jamais vécu aussi confortablement que maintenant. Et ceci, il le devait à son père créateur. Après avoir fait l'acquisition d'une grande maison sur Russian

Hill, un quartier de San Francisco qui empestait le vieil argent, Quinn et son épouse, Rose, lui avaient demandé d'emménager avec eux.

S'il avait eu son mot à dire, il aurait choisi le jeune et dynamique secteur au sud de Market Street. Au cours des deux derniers mois, ce quartier était devenu son terrain de chasse. Lorsqu'il voulait se nourrir, il y recherchait une victime opportune parmi les fêtards. Ou encore dans la Mission. Mais, souvent, il n'avait même pas besoin de se déplacer aussi loin.

À ces occasions, lorsqu'il laissait sa soif s'intensifier, lorsqu'il retardait le moment de se nourrir pour prouver qu'il était plus fort que l'ennemi invisible qui se trouvait en lui, il se limitait à faire quelques pas devant la porte d'entrée avant d'attaquer un résident peu soupçonneux.

Il avait fait de son mieux pour cacher son affliction aux yeux de tous, mais ils étaient au courant. À chaque fois qu'un de ses amis ou collègues le regardait, il pouvait le voir dans ses yeux : il pensait qu'il ne tentait même pas de résister à ce besoin irrépressible de puiser le sang à même l'humain. Il pensait qu'il empruntait un itinéraire facile, alors qu'en vérité, il luttait chaque nuit contre lui-même. Personne ne distinguait cette turbulente tempête qui faisait rage en lui, les batailles féroces qu'il se livrait.

Personne ne le voyait perdre ces batailles et céder à la demande implacable du diable en lui. Lorsque cela se produisait, il était seul. Perdu. Désorienté.

Sachant qu'il ne pourrait postposer plus longuement la chasse, Oliver descendit l'escalier de la vieille demeure edwardienne à grandes enjambées. En dépit de son âge, la maison n'était pas démodée. Quinn et Rose s'étaient attelés à la pourvoir tant de meubles d'époque que de meubles contemporains et l'avaient transformée en un endroit chaleureux et accueillant. Un vrai foyer. Quelque chose qu'il n'avait jamais possédé auparavant.

À présent, rien qu'à penser qu'il agissait contre les souhaits de son créateur, il se sentait ingrat. Quinn lui avait procuré tout ce qu'il avait bien pu désirer : une maison sûre, le soutien émotionnel, une famille. Après sa transformation, il avait changé d'activité au sein de Scanguards, société pour laquelle il avait travaillé en tant qu'assistant personnel du propriétaire pendant plusieurs années. Et ce changement lui profitait : quoiqu'il eût adoré travailler directement au service de Samson, le puissant vampire empreint de moralité qui avait fait de Scanguards une compagnie chargée de la sécurité à échelle nationale, Oliver préférait son nouveau job de garde du corps.

Même s'il avait déjà suivi cette formation au sein de la compagnie lorsqu'il était encore humain, il avait presque dû tout recommencer car, en tant que vampire, il avait été placé dans une unité totalement différente, laquelle était en charge des missions les plus dangereuses. Il s'y épanouissait, en aimait chaque seconde. Ce qui rendait sa culpabilité encore plus dure à supporter. Comment pourrait-il jamais devenir un aussi bon garde du corps que ses collègues s'il ne pouvait même pas contrôler ses propres envies ? Comment pourrait-il battre un ennemi s'il ne pouvait même pas maîtriser le démon qui le contrôlait de l'intérieur ?

Il se dégoûtait. Il bifurqua au pied de l'escalier et observa longuement le couloir qui menait à la cuisine. Là, un garde-manger rempli de sang en bouteille l'y attendait. Chaque groupe sanguin imaginable y était stocké, même le plus cher d'entre eux de par son extraordinaire douceur : le *o négatif*. Il serait si aisé d'entrer dans la cuisine, d'ouvrir le placard et de prendre une bouteille de ce sang offert que Scanguards se procurait par l'intermédiaire d'une société factice de fournitures médicales créée par Samson, des années auparavant. Si facile de simplement dévisser le bouchon et d'en prendre une gorgée. Mais la perspective de se gaver du groupe sanguin le plus savoureux ne parvenait même pas à réprimer son irrésistible envie de chasser.

Il préférait plutôt enfoncer ses canines dans le cou d'un sans-abri, boire du sang qui avait un goût aussi putride que l'odeur de cette personne, car tout ceci n'avait rien à voir avec le goût du sang, mais bien avec la sensation que cela lui procurait. Il se sentait plus fort, plus puissant, invincible. De toute sa vie, il ne s'était jamais mieux senti qu'après s'être nourri à même une personne vivante. Car le sang qui provenait directement de la veine était toujours empreint de la force vitale de l'humain, le rendant, dès lors, plus puissant. Il agissait comme une drogue sur lui, le défonçait incroyablement plus que tout ce qu'il avait pu expérimenter par le passé, lorsqu'en tant qu'humain, il avait goûté aux stupéfiants. À présent, le sang provenant directement d'un humain en vie était sa drogue. Une drogue dangereuse dont il devrait se tenir à distance.

Il n'en connaissait que trop bien les dangers : dans sa vie antérieure, il avait pris cette mauvaise pente mais, grâce à Samson, il avait rebroussé chemin et était sorti de cet enfer vers lequel il se dirigeait. Il avait conquis les démons du passé. Et il était déterminé à le refaire. Mais, cette fois, cela semblait plus difficile.

Abandonner les sensations qui submergeaient son corps lorsqu'il se nourrissait d'un humain se révélait un exploit impossible. N'était-ce pas ce que cela signifiait d'être un vampire ? Après tout, il se nourrissait pour survivre. Avant lui, des générations de vampires avaient fait de même. Avaient-ils également dû lutter contre eux-mêmes, chaque nuit, avant de sortir chasser du sang frais ?

Car chaque nuit, de nombreux vampires se sustentaient encore à la source. La plupart des hommes au sein de Scanguards semblaient faire exception, mais cela voulait-il dire que c'était mal de sa part de vouloir quelque chose de différent ?

— Dieu, pourquoi ? jura-t-il dans sa barbe, sachant que, pour ce soir, il avait perdu la bataille.

Il fonçait vers la porte d'entrée lorsque, soudain, il entendit des pas en provenance du salon.

— Tu sors ? trancha la voix de Blake dans le silence de la maison.

Conscient que ses yeux avaient déjà viré au rouge, signe qu'il était sur le point de perdre le contrôle, Oliver ne se retourna même pas pour lui faire face, même lorsque Blake fit un pas dans le couloir. Il n'était absolument pas d'humeur à discuter avec son soi-disant demi-frère.

— À quoi ça ressemble, selon toi ?

— Regarde-moi ! le commanda Blake.

— Ne pense pas que tu es subitement devenu mon gardien, parce que Quinn et Rose t'ont demandé de garder un œil sur moi.

Les deux tourtereaux étaient partis en lune de miel tardive et s'étaient rendus en Angleterre, au vieux château de Quinn. Mais, malheureusement, ils s'étaient assurés que Blake demeurât là.

— Je ne suis pas aveugle, Oliver. Je peux voir ce qui se passe.

Oliver fit un autre pas en direction de la porte.

— Ne te mêle pas de choses que tu ne comprends pas !

— Tu penses que je ne comprends pas ? Bon sang, je traîne avec des vampires depuis assez longtemps pour savoir ce qui se passe.

Il sentit Blake s'approcher et se tendit. Une seconde plus tard, Blake posa une main sur son épaule. Oliver fit volte-face et, au quart de seconde, claqua Blake contre le mur le plus proche et l'y maintint.

— Tu penses que deux mois avec nous font de toi un expert ?

Oliver devait le lui concéder : même s'il pouvait écraser Blake à mains nues, le jeune humain ne se dérobait pas.

— Non, mais nous vivons ici en famille. Je serais totalement stupide si je ne voyais pas ce que tu es en train de subir.

Oliver grogna férocement.

— Je t'aimais mieux quand tu *étais* stupide et naïf. Avant que tu ne découvres qui nous sommes.

Indigné, Blake se vexa.

— Je n'ai jamais été stupide et naïf ! Alors, enlève tes sales pattes, car je sais que tu ne peux pas me faire de mal.

— Vraiment ? le nargua-t-il, quoiqu'il sût que Blake avait raison.

Quinn aurait sa peau. Cela ne signifiait pas pour autant qu'il dût en avertir Blake.

— Quinn te punira.

— Tu penses que tu es plus proche de lui que moi ? Tu penses que, s'il le fallait vraiment, il prendrait ton parti ?

Pour dire la vérité, Oliver doutait que Quinn prît parti, tout court. Durant cette courte période durant laquelle ils avaient vécu tous les quatre, Quinn avait essayé d'être impartial et de ne pas interférer dans les discussions qu'il avait fréquemment avec Blake. Même Rose les avait ignorées, stipulant qu'il y avait juste un trop plein de testostérone dans la maison et que, dès lors, les querelles étaient inévitables.

Blake plissa les yeux.

— Je suis sa chair et son sang. Tout comme de Rose.

Oliver laissa échapper un rire amer.

— Son sang ne coule pratiquement plus dans tes veines. Tu es son putain d'arrière-petit-fils au quatrième degré ! Son sang est déjà si dilué que je ne peux même plus le sentir sur toi. Mais le sang qui coule dans les miennes, celui qui a fait de moi ce que je suis, il est encore puissant. Et il le sait. Je suis son fils—

Blake se mit soudain à rire sous cape.

— Putain ! En fait, tu es en compétition avec moi.

Oliver recula, relâchant sa prise sur Blake.

— Ce n'est pas de la compétition, quand on est pratiquement certain de l'identité du vainqueur.

— Je n'en serais pas si sûr, petit frère. Bien que tu sois un vampire, ne te crois pas plus fort que moi.

Oliver ne put s'empêcher de remettre un peu Blake à sa place avant que ce dernier ne devînt trop sûr de lui.

— Tu ne parlais pas comme ça quand je t'ai mordu.

Instantanément, le visage de Blake rougit aussi fort qu'une tomate mûre, et sa poitrine se gonfla. Oui, Oliver pouvait toujours faire démarrer cet idiot au quart de tour.

Avec plus de force qu'il ne s'en était cru capable, Blake le repoussa et se libéra. Il pressa alors son index sur la poitrine d'Oliver.

— Je te le promets, un de ces jours, tu paieras pour ça. Tes putains de canines ne s'approcheront plus jamais de moi, ou tu seras un putain d'homme mort.

Blake bougea la main cachée derrière son dos, mais Oliver l'agrippa et saisit ce que son demi-frère avait placé à l'arrière de sa ceinture.

Inspectant l'objet incriminé, il secoua la tête et agita ensuite, de manière significative, le pieu qu'il venait de subtiliser à Blake.

— Et tu n'as toujours pas compris que j'étais plus rapide que toi.

Il rangea alors le pieu dans la poche de son manteau et s'adressa de nouveau à Blake.

— Tu devrais faire attention à ce que tu amènes dans cette maison. Si Quinn et Rose découvrent jamais que tu es armé, ils auront les boules.

— Ils détiennent également des pieux dans la maison. Et d'autres armes qui peuvent tuer des vampires, se défendit Blake.

— Oui, mais ces armes sont sous clé. Comme il se doit.

— Hypocrite !

Oliver ne prit pas ombrage, ce mot n'ayant aucun effet sur lui.

— Je suggère que tu retournes à tes occupations et que tu me laisses.

— Ou alors ? le défia son demi-frère en soulevant le menton.

Stupide !

Si seulement Blake savait à quel point il était en train de le provoquer. Si seulement cet humain savait à quel point il était prêt à craquer.

— J'ai très faim, répondit Oliver, les dents serrées. Très faim. Et si tu continues à être insolent, je vais oublier ma promesse à Quinn et me nourrirai juste ici. Une fois que j'en aurai fini avec toi, tu ne t'en souviendras même pas.

Blake s'écarta d'un pas, lequel fit écho dans le couloir vide.

— Tu n'oserais pas !

Mais en dépit des mots, ses yeux démontrèrent qu'il n'était pas totalement convaincu de son affirmation. Le doute s'était immiscé dans son esprit.

— Vraiment ?

Tel qu'il se sentait en ce moment précis, Oliver aurait enfoncé ses canines dans n'importe quoi doté de battements de cœur. La stupide tentative de Blake de l'empêcher de sortir n'avait que trop exacerbé son besoin. La faim montait en flèche. Lorsque celle-ci fut à son paroxysme, Oliver sentit une douleur aux gencives. Il ne put empêcher ses canines de descendre et d'atteindre leur longueur maximale en un clin d'œil.

Un grognement féroce lui déchira la gorge.

Ses mains se transformèrent en griffes, le bout des doigts à présent pourvu de barbillons pointus capables de déchirer la gorge d'un humain en un rien de temps.

Blake recula un peu plus.

— Bordel !

— Cours, chuchota Oliver.

Mais il se destinait ce mot plutôt qu'à Blake.

— Cours, répéta-t-il.

Son corps finit par réagir. Oliver pivota sur les talons et se précipita vers la porte qui menait au garage. Il tomba plus qu'il ne courut dans les escaliers et atteignit son mini-van, tandis qu'une autre vague de douleur liée à la faim le déchira dans tout son corps.

Merde !

Il devait partir d'ici. Loin, ou il ferait du mal à Blake, et il savait qu'il ne pouvait se permettre de tomber si bas. Quoique Blake et lui ne pussent s'empêcher de se chamailler à la moindre occasion, ils formaient une famille. Et blesser Blake signifierait décevoir Quinn. En dépit de ce que tout le monde pensait quant à son incapacité à contrôler sa faim, perdre le soutien de Quinn était une chose qu'il ne souhaitait pas.

Oliver sauta dans la voiture. Lorsque le moteur brailla, il sortit en trombe du garage et dévala la rue.

Les jointures de ses doigts devinrent toutes blanches tant il serrait le volant. À nouveau, il s'en était fallu de peu. Une de ces nuits, il ne pourrait s'éloigner du bord du gouffre et accomplirait l'inévitable : tuer quelqu'un.

2

Ursula entendit l'écho émis par des pas décidés dans le couloir et sut ce que cela signifiait. Le garde venait la chercher. À chaque fois, elle le redoutait. Après trois longues années en captivité, on aurait pu penser qu'elle y était habituée mais, à chaque fois, le dégoût qu'elle éprouvait pour ce qu'ils lui faisaient endurer augmentait. Tout comme la peur, la peur d'en arriver à abandonner le combat, de finalement succomber et se perdre, de devenir un simple récipient uniquement destiné à assouvir leurs besoins.

Deux fois par nuit, parfois trois, ils faisaient appel à elle. Elle s'affaiblissait, elle pouvait le sentir. Non seulement physiquement, mais également mentalement. Et elle n'était pas la seule. Les autres filles se trouvaient dans la même situation. Elles étaient toutes chinoises, comme elle. Certaines étaient jeunes, d'autres plus âgées. Cela ne semblait pas revêtir la moindre importance à leurs yeux, car ce n'était pas la beauté des femmes qu'ils convoitaient.

Elle avait à peine vingt et un ans lorsqu'ils l'avaient capturée à New York, en fin de soirée, après qu'elle eût assisté à une conférence à l'Université. C'était son dernier semestre, mais elle ne le finirait jamais. Elle avait tellement redouté les examens finaux tant elle était désireuse de satisfaire ses parents ! Si seulement, en ce moment, elle pouvait n'avoir à faire face qu'à ce genre de petits problèmes ! Ils semblaient à présent si insignifiants, si faciles à résoudre.

En se levant, elle saisit le cadre du lit et le poussa davantage contre le mur, cachant ainsi ce qu'elle avait sculpté dans l'apparente poutre en bois située derrière celui-ci : le nom et l'adresse de ses parents ainsi qu'un message indiquant qu'elle était toujours en vie. Chaque jour auquel elle survivait, elle ajoutait une date à la liste, ses inscriptions recouvrant à présent pratiquement toute la surface cachée par la tête de lit.

Elle n'avait commencé à graver le bois que dans ce bâtiment, lorsqu'ils l'y avaient emmenée trois mois plus tôt, selon ses propres calculs. Dans sa précédente prison, elle n'avait pas eu la moindre possibilité d'agir de la sorte, les murs étant faits de béton. Elle n'avait aucune idée de la raison pour laquelle ils l'avaient déplacée à cet endroit. Mais, une nuit, ils avaient simplement chargé tout le monde et toutes leurs affaires dans plusieurs camions et avaient déserté le building depuis lequel ils avaient dirigé leur commerce de sang.

Lorsque la clé tourna dans la serrure, Ursula regarda la porte. Elle s'ouvrit, laissant entrevoir le garde qui était venu pour la conduire dans une pièce où le prochain client salivait déjà. Elle reconnut Dirk et, de tous les gardes, c'était celui qu'elle détestait le plus. Il prenait un plaisir évident à la voir souffrir, à la voir se faire humilier, nuit après nuit.

Il y avait toujours quatre gardes en service pour les treize et quelques prisonnières, si elle avait calculé correctement, quoiqu'il y eût davantage de vampires dans les locaux. Mais elle ne pouvait être sûre du nombre de filles qu'elle avait comptées ; récemment, ils en avaient ramené deux nouvelles, et elle n'avait plus vu une certaine Lanfen depuis un moment. Était-elle morte ? Avaient-ils finalement trop abusé de son corps fragile ? Ursula frissonna à cette pensée. Non, elle ne pouvait pas abandonner. Elle devait continuer à se battre et espérer qu'on vînt à sa rescousse, d'une manière ou d'une autre.

— À ton tour, ordonna Dirk en soulignant ses paroles d'un mouvement de la tête.

Comme toujours, elle obéit, posant un pied devant l'autre, sachant qu'il emploierait tous les moyens nécessaires pour qu'elle s'y conformât. Et des moyens, il en débordait. Elle avait fait les frais de chacun d'entre eux et pouvait dire, avec certitude, qu'elle n'aimait aucune de ses méthodes.

Elle le sentit bouger lorsque, la tête haute, elle passa à côté de lui. La bouche du gardien s'approcha alors de son oreille.

— C'est toi que je préfère regarder. Tu as plus d'esprit que toutes les autres rassemblées. Ça rend tout cela tellement plus passionnant. T'ai-je jamais dit à quel point ça m'excite ?

De dégoût, un frisson glacial courut le long de sa colonne vertébrale.

— Je dois toujours me masturber juste après, ajouta-t-il.

Ursula ferma les yeux et refoula la bile qui lui montait en réaction à ces paroles. Dirk savait qu'elle n'avait aucune emprise sur tout cela, tout comme toutes les autres femmes qu'ils avaient kidnappées. Alors, comment osait-il se moquer d'elle à ce propos ?

Lorsqu'elle se retourna pour le regarder, il se mit à rire.

— Oh, j'ai oublié, c'est vrai, tu es incapable de prendre ton pied, n'est-ce pas ? Malgré toute cette excitation que nous t'autorisons à ressentir, tu n'arriveras jamais à atteindre l'orgasme. Quelle pitié !

Sans réfléchir, elle lui cracha au visage.

— Espèce de salaud !

Lentement, il essuya le crachat de son visage, lui lançant un regard furieux avec ses yeux rouges. Il ne fallut qu'une seconde pour que ses canines descendissent. Le revers de sa main vint alors la frapper contre la joue, fouettant si vivement sa tête, qu'elle craignit qu'elle ne fût arrachée de ses épaules.

La douleur l'envahit, une sensation qu'elle avait appris à tolérer dans une plus large mesure qu'elle ne l'avait cru possible. Quoiqu'il la défiât toujours du regard, elle était consciente qu'il ne lui ferait plus aucun mal. Elle était trop précieuse à leurs yeux. Il ne pouvait pas tuer la poule aux œufs d'or. Son chef le poignarderait sans se poser de question.

Dirk se maintint sous contrôle avec la dernière once de force qu'il possédait. Elle pouvait le voir dans la lueur de ses iris rouges et à la manière dont les muscles de son cou enflaient. Un court instant, un sentiment de fierté la sublima. Elle avait touché un point sensible.

1-0 pour l'humain.

— Fais attention, Ursula, un jour, tu paieras pour ça.

— Pas ce soir, vampire.

Car ce soir, un client l'attendait. Et il voulait sa marchandise intacte. Après tout, il la payait cher.

Ursula avait surpris les gardes en train de parler des sommes d'argent qui étaient échangées, et elle en avait été choquée. En même temps, cela l'avait conscientisée quant à la valeur de chaque femme qu'ils retenaient. Ils ne pouvaient se permettre d'en perdre une seule. Cela lui conférait un certain atout.

Ursula se retourna et passa devant lui, s'abstenant de se toucher la joue pour apaiser la douleur. Elle ne lui donnerait pas la satisfaction de constater que sa chair piquait toujours sous l'effet de cette violente gifle qu'il lui avait assénée. Elle avait trop de fierté pour cela. Oui, même après trois ans, cette vertu l'habitait encore. C'était cette fierté qui lui permettait de continuer, qui alimentait son mépris.

— La chambre bleue, ordonna Dirk, derrière elle.

Elle bifurqua et se dirigea vers la chambre du bout. Elle passa devant une petite fenêtre qui aurait pu procurer un peu de lumière durant la journée si elle n'avait pas été peinte en noir de l'intérieur. Dès qu'elle entra dans cette pièce si familière, elle autorisa ses yeux à vagabonder. C'était une chambre de coin. Il y avait deux fenêtres : l'une surplombant la route principale et l'autre donnant sur l'allée latérale qui se terminait en cul-de-sac. Toutes deux étaient petites et étaient recouvertes de lourdes tentures de velours.

Contrairement à la chambre dégarnie dans laquelle elle vivait, cette pièce était plutôt somptueusement équipée. Deux grands sofas recouverts du même velours que les tentures dominaient la pièce. Un petit lavabo était caché dans un coin, agrémenté d'une pile de draps de bain et de savons. Une étagère occupant un des murs intérieurs proposait un système multi-média, au cas où les clients souhaiteraient se distraire. Beaucoup d'entre eux ne le souhaitaient pas.

Lorsqu'elle entendit la porte se refermer derrière elle et la clé tourner dans la serrure, elle regarda, à contrecœur, l'homme assis sur un des canapés.

— Monsieur, dit Dirk, derrière elle. Laissez-moi vous présenter votre dîner et votre divertissement de ce soir.

Le garde la poussa alors en direction de l'autre vampire et lui murmura quelques mots.

— Sois gentille, Ursula. Tu sais que j'observe.

Comme si elle pouvait jamais l'oublier.

De la paume de la main, l'étranger tapota la place à côté de lui.

— Puisque c'est votre première fois, je voudrais réitérer les règles, interrompit Dirk.

Le client haussa un sourcil, mais ne dit rien. Il continua simplement à laisser courir ses yeux sur le corps d'Ursula. Les canines de l'étranger pointaient entre ses lèvres, et Ursula comprit qu'elles étaient allongées au maximum. Il tentait de se comporter poliment mais, sous ce calme apparent, Ursula pouvait ressentir son impatience, son désir pour ce festin spécial dont seuls quelques-uns étaient au courant.

— Vous pouvez choisir l'endroit d'où vous désirez vous abreuver d'elle. Mais vous ne pouvez pas avoir de relations sexuelles avec elle.

— Mais—

Dirk coupa immédiatement court à la protestation du client.

— J'ai dit : pas de sexe. Vous êtes ici pour goûter à son sang, pas à sa chatte.

Après lui avoir lancé un regard sévère, Dirk poursuivit.

— Vous vous arrêterez quand je vous le dirai. Aucune exception. Son sang est efficace. Si vous en prenez trop, nul ne peut dire ce qui se produira.

Le vampire plissa les yeux.

— Que voulez-vous dire ?

Dirk fit un pas vers lui.

— Je veux dire que vous délirerez si vous en prenez trop. Comme une overdose. Compris ?

Le client hocha la tête en guise de réponse.

— Avance, ordonna Dirk en lançant un regard oblique à Ursula.

Celle -ci s'arma de courage en vue de ce qui allait se passer et fit quelques pas en direction du sofa avant de s'arrêter devant l'homme. Des sangsues, comme elle les nommait. Car c'était la raison pour laquelle ils venaient. Pour se nourrir des filles emprisonnées dans ce bled perdu.

Soulevant les paupières, l'étrange vampire la regarda dans les yeux. Il y avait une telle froideur dans son regard qu'Ursula en frémit. Mais elle réprima ce frisson qui lui parcourait la colonne vertébrale. Cependant, elle ne put prévenir la chair de poule sur sa peau. Un sourire lascif recourba les lèvres de l'homme lorsqu'il le remarqua.

— Je prends le cou, dit-il.

Bien vu ! La plupart d'entre eux choisissaient le cou. Ils aimaient enfoncer leurs canines dans son cou tout en l'attirant contre leur corps abjectes, pressant leur membre durci contre elle, tels des animaux en rut. Peu d'entre eux s'abreuvaient au poignet, et ceux qui le faisaient se déplaçaient finalement sur d'autres parties de son corps, perdant le contrôle de leurs agissements lorsque le sang les dopait.

C'était la raison pour laquelle un garde demeurait constamment dans la chambre, afin de forcer la sangsue à déloger ses canines s'il devenait évident que les choses n'étaient plus sous contrôle. Les gardes étaient là pour la sécurité des filles mais, dans le cas de Dirk, Ursula savait qu'il prenait un certain plaisir à l'observer.

Une ferme traction sur sa main lui fit perdre l'équilibre, et elle atterrit sur le canapé. Elle n'eut pas le temps de se redresser que la sangsue était déjà sur elle, la maintenant dans cette position, tandis que le sofa l'accueillait en retour.

Du coin de l'œil, elle remarqua que Dirk avait pris place sur le divan d'en face, les jambes grandes écartées, une main reposant déjà sur son entrejambe. De l'autre main, il décrocha le talkie-walkie de sa ceinture et le déposa à côté de lui, sur le canapé. Apparemment, il allait commencer par se caresser pendant le show qu'il était venu voir pour, ensuite, se masturber et jouir.

Dégoûtée, elle ferma les yeux et serra les mâchoires. Elle surmonterait ceci, exactement comme toutes les autres nuits. Elle devait simplement faire abstraction de tout ce qui se trouvait autour d'elle. Penser à un meilleur endroit, un endroit plus sûr.

Une main rêche balaya ses longs cheveux noirs de son cou et, d'un geste brusque, bascula sa tête sur le côté. Le souffle chaud du client envahit ses sens, tandis que la tête se rapprochait et que la bouche entrait en contact avec sa peau délicate. Instinctivement, elle frissonna. Les lèvres du vampire laissèrent échapper un grognement, juste avant qu'il ne perçât la peau en enfonçant ses canines en elle.

La douleur n'était que momentanée. L'humiliation, par contre, durait plus longtemps. Ce n'était que le commencement. Tandis qu'il se nourrissait d'elle, buvant avidement son sang, l'engloutissant comme un homme qui venait juste de courir un marathon, elle en sentit à nouveau les répercussions dans tout son corps. Lentement, elles démarraient de son cou pour descendre vers son torse et ramper vers ses seins. Ses mamelons entraient déjà en friction avec son tee-shirt, et la tirette de la veste en cuir du vampire s'enfonçait péniblement dans sa chair sensible. Lorsque la sensation de picotement atteignit ses seins et se mêla à la douleur, une flamme brûlante la transperça.

Elle cria, incapable de garder plus longuement sa mâchoire serrée. La sangsue y répondit par un grognement avant de laisser une main s'égarer sur la partie supérieure de son corps, la caressant, l'empoignant, la pressant. Elle savait que Dirk n'arrêterait pas le client tant que celui-ci n'essayait pas de fourrer son engin en elle, car il prenait plaisir à observer son malaise. Presque comme s'il pouvait voir la honte qui la submergeait.

La honte, parce que les agissements du vampire l'excitaient.

Elle savait que ce n'était pas naturel, simplement un effet secondaire de l'alimentation. Et il n'y avait rien qu'elle pût y faire. Elle était néanmoins honteuse de la manière dont son corps réagissait. De la manière dont son bassin s'inclinait vers lui, dont son sexe se frottait contre le membre en érection, dont ses seins cherchaient les dents de la fermeture éclair de la veste pour y trouver le soulagement. Le soulagement que ses ravisseurs lui avaient refusé durant trois années.

À chaque traction sur sa veine, davantage de sensations inondaient son corps, déclenchant en elle un besoin qui prenait des proportions phénoménales. C'était comme ça, à chaque fois. Cela la faisait frémir sous les mains de chaque sangsue qu'elle rencontrait, se frotter contre les étrangers qui violaient son corps de cette manière, qui lui dérobaient ce qu'elle n'était pas disposée à offrir.

Mais, même si elle avait l'habitude de lutter, tout comme elle le faisait à présent, en le cognant des poings, tandis que le reste de son corps se pressait contre lui dans un but totalement différent, elle sut qu'elle ne gagnerait pas la bataille de cette nuit. Les vampires étaient toujours plus forts ; leurs corps étaient plus durs, plus lourds, et l'emprise qu'ils avaient sur elle était inébranlable. Leurs canines se logeaient si profondément dans son cou qu'elle n'osait tourner la tête de peur d'être égorgée.

Alors même que les larmes jaillissaient dans ses yeux, elle haleta comme une chienne en chaleur, ses gémissements se mélangeant à ceux du vampire occupé à se nourrir d'elle.

Cher Dieu, faites que ça se termine, pria-t-elle.

Mais, tout comme les autres nuits, personne ne vint à sa rescousse. À l'instar des autres filles qui partageaient son sort. Même maintenant, elle pouvait entendre des bruits similaires provenant de la chambre d'à côté, quoiqu'ils fussent, apparemment, plus bruyants et plus violents. Elle se sentait l'âme sœur de ces autres femmes, car elle savait ce qu'elles traversaient, et son cœur pleurait pour elles. Parce qu'il était incapable de pleurer pour elle-même. Non, elle ne pouvait se permettre de s'apitoyer sur elle-même, ou elle perdrait sa résolution et sa force.

Les mains de la sangsue devinrent moins déterminées, déviant de leur but, tels les mouvements d'un ivrogne qui, finalement, perdaient toute coordination. Bientôt, il lâcherait prise. Bientôt, son calvaire serait terminé.

Un crépitement dans le talkie-walkie perça son état de conscience. Une voix s'en échappa.

— Chambre rouge, j'ai besoin d'aide. Maintenant ! Le client pète un câble sur la fille ! Vite, des renforts !

Dirk sauta du canapé en jurant.

— Merde ! J'arrive.

Il courut vers la porte et la déverrouilla, lorsqu'un cri se fit entendre à l'autre bout du couloir, là où se trouvait la chambre rouge.

— Bordel !

La porte se referma alors derrière lui. Il était parti.

Ursula attendit quelques secondes et écouta attentivement. Mais aucun autre bruit ne provint de derrière la porte ; Dirk ne l'avait pas verrouillée en sortant.

Était-ce sa chance ?

3

———

Ursula tenta de se mouvoir le plus prudemment possible sous le grand vampire et, par la même occasion, examina l'ampleur de ses réactions. Elle lui souleva un bras et remarqua la manière dont il se laissait volontairement guider par elle.

— Oh, ouais, gémit-elle. Encore, prends-en encore.

Il devait encore lui prendre plus de sang si elle voulait le terrasser. Elle avait vu les effets de son sang sur plusieurs autres sangsues. Lorsque le garde n'intervenait pas à temps ou, plus fréquemment, lorsque le vampire était nouveau et inaccoutumé à son sang, il s'évanouissait tel un ivrogne. Ursula espéra faire succomber sa victime de la même manière.

Mais ce devait être rapide. Dirk ne demeurerait pas au loin pour toujours et, quoi qu'il se passât dans la chambre rouge, cela finirait par se résoudre. Le garde reviendrait alors, et l'occasion de s'échapper disparaîtrait en un éclair.

S'évertuant à inviter le vampire à puiser davantage de son sang, elle pressa son bassin contre lui et, d'une main, lui agrippa le derrière et le serra fort. Elle connaissait, à présent, suffisamment les vampires pour savoir que leur libido était intimement liée à leur instinct alimentaire. Plus elle l'exciterait, plus il s'acharnerait sur sa veine, et plus il boirait de sang. Elle pourrait ainsi le droguer.

Elle n'avait aucune idée de la raison pour laquelle son sang et celui des autres filles provoquaient cela. Et, en ce moment précis, elle s'en moquait. Dans l'immédiat, la rapidité avec laquelle elle pourrait le neutraliser était tout ce qui comptait à ses yeux.

— C'est bien, encore ! l'encouragea-t-elle.

Il gémit en guise de réponse et souleva une main, comme s'il voulait lui caresser le visage. En lieu et place, celle-ci tomba mollement sur le coussin du canapé.

Tout le corps d'Ursula fut ensuite ébranlé par un autre cri perçant en provenance du fond du couloir. Des pas se firent ensuite entendre. Non !

S'il vous plaît, faites que ce ne soit pas Dirk !

Elle retint sa respiration mais, à son grand soulagement, les pas dépassèrent sa porte et s'affaiblirent à nouveau. C'était maintenant ou jamais. Dès qu'un autre garde accourrait à l'aide dans la chambre rouge, Dirk ne serait plus nécessaire et s'en reviendrait.

Soudain, elle sentit le vampire se ramollir. Aussi prudemment que possible, elle lui attrapa la tête et l'éloigna calmement d'elle en prenant soin de ne pas se blesser avec les canines. Mais il n'était nullement nécessaire de s'inquiéter : les dents s'étaient déjà rétractées. Néanmoins, il s'était évanoui avant d'avoir pu lui lécher la plaie, laquelle continuait de saigner. S'il l'avait fait, sa salive aurait guéri la blessure en stoppant le saignement.

Ressentant déjà les effets de la perte de sang, elle fit appel au peu de force qu'il lui restait et fit rouler le corps sur le côté afin de se glisser sous lui. Hors d'haleine, elle se redressa sur son siège, mais n'eut pas le temps de reprendre sa respiration. Dirk serait là d'une seconde à l'autre.

Lorsqu'elle se releva, ses genoux cédèrent mais, par sa seule volonté, elle persévéra dans l'effort, une main pressée sur les incisions ensanglantées causées par les canines du vampire, l'autre étendue devant elle en vue de se conférer un certain équilibre. Sachant qu'il était impossible de s'évader par les deux fenêtres au risque de se briser le cou en sautant du quatrième étage, elle tituba jusqu'à la porte et l'ouvrit d'un coup sec.

Le couloir était vide. Après avoir refermé la porte derrière elle, elle se mit à courir dans le couloir, dans le sens opposé à celui qu'elle avait emprunté un peu plus tôt. Sortir depuis cet étage était la seule possibilité qui s'offrait à elle, car elle n'y parviendrait jamais depuis les étages inférieurs, lesquels semblaient accueillir la réception, de même que les quartiers des vampires qui dirigeaient cette opération.

Il y avait un escalier de secours. Elle l'avait remarqué, une nuit, lorsqu'un des vampires avait ouvert la fenêtre peinte en noir au bout du couloir, dans le tournant qui menait vers la droite. C'était sa seule chance.

Elle courut pour la rejoindre, trébuchant plusieurs fois sur le parcours. Elle essaya ensuite frénétiquement de soulever la partie inférieure de la fenêtre à guillotine, mais celle-ci ne bougea pas. Un sentiment de panique la submergea. L'avaient-ils clouée ? Elle tira à nouveau dessus, cette fois plus violemment. Son souffle l'abandonna, et elle laissa tomber la tête en avant.

Pourquoi ? Pourquoi ? pesta-t-elle intérieurement tout en claquant le poing contre le châssis.

Son regard atterrit alors sur le mécanisme en métal situé au-dessus de la fenêtre. Elle était verrouillée. C'était un de ces verrous vieux de plusieurs décennies qui maintenait simplement la fenêtre fermée au moyen d'un petit levier que l'on tournait d'un côté à l'autre : aucune clé n'était nécessaire.

Jetant un regard par-dessus son épaule, Ursula déverrouilla rapidement la fenêtre et la souleva. L'air frais de la nuit s'infiltra dans ce poisseux couloir, la faisant immédiatement frissonner. Son regard s'abattit sur la plate-forme métallique construite de l'autre côté de la petite fenêtre. L'escalier de secours y était accroché.

Elle se glissa hâtivement sous la fenêtre et posa les pieds sur la plate-forme afin de tester si celle-ci pouvait la supporter. Tandis que le métal ployait sous son poids, Ursula jeta un œil aux boulons qui la fixaient au bâtiment. Il faisait trop sombre pour en voir davantage, mais Ursula était prête à parier que le métal était rouillé.

Saisissant la balustrade, elle osa un premier pas hésitant, puis un autre. Elle s'arrêta alors au deuxième étage. L'échelle ne descendait pas plus bas. Paniquée, elle examina la plate-forme et distingua une armature métallique qui semblait être une échelle dont les différentes parties étaient assemblées. Elle la cogna du pied, mais rien ne bougea. L'échelle n'était-elle pas censée se déployer jusqu'au sol ?

Délicatement, elle posa un pied dessus, lestant davantage ce qui semblait être la marche inférieure. Sa main saisit la rambarde et, sous ses doigts, elle sentit un crochet sur lequel elle tira.

L'enfer se déchaîna. L'échelle se déploya immédiatement et provoqua un énorme bruit sourd, l'emportant avec elle. L'adrénaline courut dans ses veines durant la chute libre, laquelle stoppa net quelques secondes plus tard, tandis que son corps était projeté en avant. Une tige en métal se cassa et la coupa sur le haut du bras. La douleur irradiant tout son corps, elle claqua une main sur sa blessure pour essayer d'apaiser la douleur.

Mais, à présent, il n'y avait plus de temps à perdre. Les vampires devaient avoir entendu le bruit et, dès lors, commenceraient à investiguer.

À l'aveuglette, elle sortit de l'allée en courant et s'engagea dans la rue suivante. Elle ne savait pas où elle allait. Il faisait nuit lorsqu'on les avait emmenées dans cet endroit, elle et les filles. Le sombre camion qui les avait transportées comme du bétail était dépourvu de fenêtres et ne leur avait donc pas donné la moindre occasion de voir les environs. Elle ignorait même le nom de la ville dans laquelle elle se trouvait.

Passant devant un panneau désignant une société d'import/export, elle se précipita dans la rue suivante en courant aussi vite qu'elle le pouvait. Les rues étaient désertes, comme si le secteur n'était pas fréquenté par des humains. Quelque part, au loin, elle entendit des voitures, mais ne vit toujours personne.

Tout en courant, elle tenta de s'imprégner des environs et de mémoriser les plaques des rues et des buildings qu'elle dépassait.

Peinant à charrier suffisamment d'oxygène, ses poumons s'asphyxiaient, son bras lui faisait mal, et elle pouvait toujours sentir le sang couler dans son cou, goutte à goutte. Si elle ne refermait pas rapidement ces blessures, elle perdrait tout son sang. Elle devait trouver de l'aide. En même temps, il lui incombait de s'enfuir le plus loin possible de ses ravisseurs, car ils étaient de fins limiers. Ils percevraient l'odeur de son sang et seraient capables de la pister.

Elle tourna dans la rue suivante sans ralentir sa folle course. Elle était à bout de force et le savait. Mais elle n'abandonnerait pas. Elle était arrivée jusqu'ici, et la liberté se trouvait juste au prochain tournant. Elle ne pouvait la laisser glisser entre ses doigts. Alors qu'elle en était si proche.

Devant ses yeux, tout devint flou, et elle réalisa immédiatement que la perte de sang était en train de la priver du reliquat de force qu'il lui restait. Elle trébucha, puis se rattrapa, ses doigts saisissant au passage quelque chose de doux. Du tissu épais. Ses doigts s'y agrippèrent et, à l'aide de ses mains, elle se redressa.

— C'est quoi ce bordel ? jura une voix masculine.

— Aidez-moi, le pria-t-elle. Ils sont après moi. Ils me poursuivent.

— Fous-moi la paix ! lui ordonna l'étranger en la maintenant à une distance d'une longueur de bras.

Elle souleva la tête et le regarda pour la première fois. Il était jeune, à peine plus vieux qu'elle. Également attrayant, si tant était qu'elle pût en juger dans l'état d'esprit très flou dans lequel elle se trouvait. Il avait les cheveux foncés et légèrement hérissés, les yeux perçants, les lèvres pleines et rouges.

En dépit de ses mots, il ne lui avait pas relâché les bras et la soutenait. À défaut de ce faire, les genoux de la jeune femme auraient cédé.

Le fixant dans le bleu éblouissant de ses yeux, elle le supplia à nouveau.

— Aide-moi, s'il te plaît. Je te donnerai tout ce que tu veux. Aide-moi juste à partir d'ici. Vers le prochain poste de police. S'il te plaît !

Elle avait besoin d'aide. Pas uniquement pour elle-même, mais également pour les autres filles. Elles s'étaient toutes promis d'envoyer du secours aux autres si l'une d'elles parvenait à s'échapper.

Pendant une fraction de seconde, il plissa le front, et les yeux, par la même occasion. Ses narines se dilatèrent.

— Que se passe-t-il ?

— Ils me pourchassent. Tu dois m'aider.

Soudain, les mains du jeune homme lui serrèrent davantage le haut du bras, et la douleur provoquée par la blessure s'intensifia.

— Qui te pourchasse ? demanda-t-il.

Elle ne pouvait lui dire la vérité, car celle-ci était trop rocambolesque. Il ne la croirait pas et penserait qu'elle était une droguée complètement folle si elle lui parlait des vampires. Et pourtant, elle avait besoin de son aide.

— S'il te plaît, aide-moi ! Je ferai n'importe quoi.

Il la regarda intensément, ses yeux la transperçant comme s'il tentait de déterminer si elle était ivre ou folle, ou les deux.

— S'il te plaît. As-tu une voiture ?

Elle remarqua que ses yeux s'égaraient brièvement en direction d'un mini-van parqué au bord de la route.

— Pourquoi ?

— Parce que je dois partir d'ici. Ou ils me trouveront.

Nerveusement, elle lançait des regards par-dessus son épaule. Jusqu'à présent, les vampires ne l'avaient pas encore rattrapée, mais ils ne devaient pas être loin derrière. Elle remarqua également que cet homme était toujours le seul dans les parages. S'il ne l'aidait pas, elle n'y arriverait pas. Elle ne pouvait plus courir.

— Écoute, tes ennuis ne m'intéressent pas. J'ai les miens.

Il lui relâcha les bras et, si elle ne lui avait pas saisi les revers du manteau, elle serait tombée.

Il la regarda d'un air furieux.

— J'ai dit—

Le désespoir incita Ursula à prononcer des mots qu'elle ne se serait jamais crue capable de prononcer.

— Je coucherai avec toi si tu m'aides.

Il stoppa net son mouvement, laissant soudain ses yeux voyager sur le corps de la jeune femme, ses narines se dilatant une fois de plus. Effrayée à l'idée qu'il pût découvrir quelque chose qu'il n'aimait pas, elle enroula les bras autour de son cou et tira sa tête vers la sienne. Leurs lèvres se rencontrèrent un instant plus tard.

4

___

Oliver sentit les lèvres chaudes de cette étrange fille asiatique sur sa bouche. Tandis qu'elle l'embrassait, l'odeur de sang l'enveloppa. Était-il en train de délirer ? Forcément. Rien d'autre ne pouvait expliquer cette situation. Si tel n'était pas le cas, pourquoi une belle jeune femme se jetterait-elle sur lui en lui offrant de coucher avec lui en échange d'un tour en dehors de ce minable secteur ? Et pourquoi une si tentante odeur de sang émanerait-elle d'elle, alors qu'il savait qu'il s'était rassasié quelques minutes plus tôt ?

Sans y penser plus longuement, il prit la jeune fille dans ses bras et l'attira plus près. Ses lèvres étaient douces et propres. Cela lui indiquait qu'elle ne vivait pas dans la rue. Son corps sentait le frais, en dépit de cette odeur de sang qui lui collait à la peau. S'était-elle battue, ou les sens d'Oliver étaient-ils, ce soir, si aiguisés qu'il pouvait humer son sang comme si celui-ci suintait de son corps ?

Lorsqu'il balaya la langue sur les lèvres de la jeune femme, celle-ci les écarta immédiatement, l'autorisant à entrer et à l'explorer. Quoiqu'il fût un étranger pour elle, elle l'invitait à jouer, à emmêler sa langue à la sienne, à lui lécher les dents, à l'embrasser plus passionnément que n'importe quelle autre femme qu'il eût embrassée depuis longtemps. Était-ce une avant-première de la façon dont elle se comporterait au lit ? Passionnée, sensuelle, sauvage ? Lui avait-elle réellement proposé de coucher avec lui ?

À cette pensée, son membre commença à gonfler.

En feu, en réaction à la façon dont elle se pressait contre lui et l'embrassait en s'abandonnant, il intensifia son baiser, attestant ainsi qu'il acceptait son offre, qu'il l'emmènerait avec lui dans sa voiture pour sortir de ce quartier et, ensuite, qu'il lui ferait faire le tour de sa vie. Une fois qu'ils auraient quitté le quartier de Bayview, il garerait le fourgon et la prendrait sur la banquette arrière.

Devenant plus chaud de seconde en seconde, il glissa une main le long de son dos et, de la paume, enroba son postérieur moulé dans son jeans. Un gémissement s'échappa des lèvres de la jeune femme, et il l'attira plus près. Mais son épais manteau l'empêcha de frotter son engin durcissant contre elle.

Avant qu'il n'eût l'occasion d'ouvrir ce manteau, de sorte à sentir plus étroitement le corps de la fille, celle-ci se laissa aller dans ses bras. Elle cessa tout mouvement.

Choqué, Oliver abandonna ses lèvres et la regarda fixement. Elle était inconsciente.

Bordel, qu'avait-il fait, maintenant ?

La tête de l'humaine tomba en arrière, ses longs cheveux noirs dévoilant ainsi son cou. Ce fut alors qu'il les vit : les deux petites blessures qui ne pouvaient avoir été causées que par un seul type d'arme. Les canines d'un vampire.

Du sang s'en écoulait encore, goutte par goutte. Instinctivement, il y apposa les doigts et fit pression dessus afin de stopper le flux sanguin. Pas étonnant qu'il eût perçu une odeur de sang. Deux choses devinrent immédiatement claires : il y avait un vampire dans les environs, et celui-ci n'avait ni effacé la mémoire de la fille après s'être nourri d'elle ni terminé son repas, car il n'avait pas léché les blessures. Pas étonnant qu'elle lui eût dit que quelqu'un la pourchassait.

Merde !

Oliver laissa ses yeux parcourir le secteur. Au loin, il entendit des pas précipités, quelqu'un qui courait, mais il ne pouvait encore voir personne. Qui que ce fût, il ne pouvait tout simplement pas rester là avec la fille dans ses bras. Qui que ce fût qui s'approchait, un humain ou un vampire, il ne pouvait le trouver là. Dans ce quartier, il était plus que probable qu'un humain fût un criminel, et Oliver n'était pas d'humeur à se battre dans l'immédiat. Et si c'était le vampire qui s'était nourri d'elle qui approchait, il aurait vraiment les boules qu'elle lui eût échappé. Et Oliver avait encore moins envie d'un combat avec un de ses pairs, de surcroît énervé.

Sans cérémonie, il prit la fille dans ses bras et déverrouilla la portière de la voiture avant de la poser sur la banquette arrière et de se glisser sur le siège conducteur. Un instant plus tard, il emballa le moteur et quitta le quartier à toute vitesse, comme si une meute de loups le pourchassait.

L'odeur du sang de la jeune fille s'étant intensifiée, il fut content de s'être nourri juste avant. Dans le cas inverse, il aurait été incapable de résister à la tentation qu'elle représentait et aurait poursuivi là où les autres vampires s'étaient arrêtés.

À la pensée du repas qu'il venait de prendre, il trembla de dégoût. Il avait été si avide et dans un état de tristesse tel qu'il avait attaqué le délinquant juvénile sans la moindre finesse, sans se soucier que le gamin eût pu déterminer ce qu'il était. Ce ne fut qu'après qu'il eut la présence d'esprit d'effacer cet événement terrifiant de la mémoire du gosse. Il s'était senti si mal d'avoir fait ce qu'il avait fait, de la quantité de sang qu'il avait prise, qu'il avait fourré une poignée de billets de vingt dollars dans la poche de la veste de sa victime. Mais, quand bien même, cela n'avait pas effacé sa culpabilité.

Il se dégoûtait toujours d'avoir, à nouveau, succombé à sa soif, de ne pas avoir été assez fort pour résister et combattre son démon intérieur. Finirait-il, un jour, comme un de ces junkies qui vivaient dans la rue, lorsque Quinn et Scanguards l'auraient abandonné ? Lorsqu'ils auraient décidé qu'il représentait une trop grande responsabilité pour eux ? Il ne pouvait le permettre. Il devait leur prouver, tout comme à lui-même, qu'il était plus fort, qu'on pouvait lui faire confiance, qu'il pouvait être responsable.

Serrant plus fortement le volant, il bifurqua au prochain tournant, abandonnant finalement le quartier de Bayview derrière lui pour pénétrer dans celui de South Market. Normalement, c'était ici qu'il se nourrissait mais, ce soir, pour une raison inexplicable, il avait été attiré par les quartiers les plus minables. Quelqu'un essayait-il de lui dire quelque chose ?

Son subconscient tentait-il de lui montrer comment il finirait s'il ne se ressaisissait pas ?

Oliver mit cette pensée de côté pour laisser place à un problème plus pressant : la fille sur sa banquette arrière. Tout d'abord, il devait s'assurer qu'elle allait bien. Ensuite, il devait découvrir ce qui s'était passé et, éventuellement, lui effacer la mémoire si elle venait à découvrir la nature de celui qui l'avait pourchassée : un vampire. Qui qu'il fût, qu'Oliver le connût ou pas, cela n'avait aucune importance, car préserver l'identité d'un vampire à tout moment était une règle tacite. On ne pouvait tolérer que les humains pussent découvrir l'existence de ces créatures immortelles parmi eux.

Oliver jeta un regard par-dessus son épaule, mais la fille ne remuait pas. Il se remémora la manière dont elle l'avait regardé, avec ses beaux yeux en forme d'amandes, lesquels étaient aussi noirs que la nuit ; la manière dont elle l'avait supplié de l'aider. Il avait déjà décidé de ne pas s'impliquer dans son problème, quel qu'il fût mais, par la suite, son offre l'avait surpris.

L'avait-elle réellement pensé ? Elle avait dû mourir de peur en offrant du sexe à un étranger, uniquement pour qu'il la sauvât. Et, par Dieu, il ne l'aurait pas refusé mais, maintenant ? Il dodelina de la tête. Il ne pouvait plus accepter son offre. Ce serait contraire à l'éthique.

Contraire à l'éthique ? demanda le petit diable assis sur son épaule. *Qu'est-ce qui est contraire à l'éthique en couchant avec une nana en chaleur ?*

Et elle était en chaleur. De longs cheveux noirs, une silhouette délicate et élancée, de petits seins, quoique bien formés et, ensuite, ces yeux : bridés et pourtant grands, leur iris aussi sombre que la nuit, aux reflets pourtant si brillants. Il supposa qu'elle fût chinoise, mais il avait à peine capté un accent lorsqu'elle avait parlé. Elle était donc probablement une immigrée de la seconde génération et appartenait à la grande communauté chinoise de San Francisco. Et elle était plus belle que n'importe quelle autre femme qu'il eût jamais rencontrée. Lorsqu'elle lui avait proposé de coucher avec elle, son cœur s'était arrêté pendant un instant tant il ne pouvait croire en sa chance. Cette belle fille était disposée à coucher avec lui ?

Oliver grinça des dents. C'était mal de tirer profit d'une femme effrayée, quoique son membre ne semblât pas s'en soucier. Non, cet appendice particulier était plus que désireux d'amener cette fille à tenir sa promesse dès qu'elle reviendrait à elle.

— Ah, merde, se dit-il tout bas.

Pour une fois, il aurait dû écouter Blake et rester à la maison, afin de plutôt boire le sang en bouteille qui se trouvait dans le garde-manger. Il s'en trouverait, dès lors, moins inquiété : premièrement, il ne culpabiliserait pas de s'être nourri d'un innocent et, deuxièmement, il n'aurait pas, à l'arrière de son fourgon, une jeune femme inconsciente qu'il baiserait dans toutes les positions dès qu'elle se réveillerait.

Oliver bifurqua dans sa rue et jeta un coup d'œil au manoir qu'il appelait maison. Seules les lampes de l'entrée étaient allumées. À défaut, la maison aurait baigné dans l'obscurité. Apparemment, Blake était sorti. Il était encore trop tôt pour qu'il fût au lit. Depuis qu'il les avait rejoints après avoir découvert que Quinn et Rose étaient ses arrière-grands-parents au quatrième degré, Blake s'était plus ou moins conformé au même horaire que les vampires. Il dormait jusqu'au début de l'après-midi et restait debout jusqu'aux petites heures du matin. Il s'y serait bientôt presque complètement adapté et resterait éveillé toute la nuit

Oliver actionna l'ouverture automatique de la porte de garage, entra et gara la voiture sur son emplacement habituel, près des escaliers qui menaient à l'étage. Lorsqu'il coupa le moteur, le calme l'envahit soudainement. Il ouvrit la portière et sortit du véhicule. Aucun bruit ne provenait d'en haut. C'était aussi bien. Il ne voulait pas avoir à expliquer à Blake ce qui s'était produit, alors qu'il ne savait pas lui-même dans quoi il avait mis les pieds. Avec un peu de chance, tout reviendrait à la normale avant que Blake ne fût de retour, et son fouineur de demi-frère n'en saurait rien.

Se dirigeant vers la portière coulissante du mini-van, il l'ouvrit et regarda sa passagère. Elle était toujours étendue, inerte. Il se pencha vers elle, afin de vérifier si elle vivait toujours : elle respirait, effectivement. Il la prit dans ses bras et la porta à l'étage.

Du coude, il alluma les lampes du couloir et se dirigea vers le salon. Il fit de même. Il la déposa délicatement sur le grand canapé modulable et la recouvra de la couverture en laine qui était posée sur l'accoudoir.

Ensuite, il demeura là, à la regarder. Humain, il s'était assez souvent occupé de ses collègues blessés, mais son aide s'était en grande partie résumée à les nourrir de son sang dans le but de guérir leurs corps de vampires. Quoiqu'il sût que le sang de cette espèce possédait également des vertus curatives, il ne savait trop que faire dans l'immédiat. Ne sachant pas de quoi la femme souffrait, il ne voulait prendre aucune mesure radicale en lui donnant son sang. Et si elle se réveillait pendant qu'il la nourrissait ? Cela ne ferait qu'empirer les choses.

Tout en se passant une main tremblante dans les cheveux, il remarqua un mouvement de la fille. Il se pencha instantanément sur elle et réalisa qu'elle frissonnait. De toute évidence, elle avait froid.

— Bordel ! jura-t-il.

Il ne put que supposer que l'autre vampire l'avait affaiblie en puisant une trop grande quantité de sang. Lorsqu'un autre frisson la transperça à nouveau, Oliver se baissa sur le canapé, la prit dans ses bras et la tint tout contre lui, mais les tremblements ne cessèrent pas.

Il avait besoin d'aide. D'une aide professionnelle.

Rapidement, il sortit son téléphone portable et composa un numéro.

Lorsque l'appel fut connecté, il fit sa requête.

— Maya, il faut que tu viennes à la maison. J'ai besoin d'un docteur.

— Oliver ? demanda-t-elle, surprise. Es-tu blessé ?

— Pas moi. Une humaine. Viens vite.

5

———————

Cain se retourna vers Blake, lequel se tenait à côté de sa voiture. Il était sur le point de partir patrouiller lorsque l'humain avait pointé le bout de son nez pour solliciter de l'aide.

— Je n'ai aucune idée de l'endroit où il est, dit Cain à son collègue humain.

Blake fronça les sourcils.

— Bon sang, bon sang, bon sang ! jura-t-il avant de se passer une main tremblante dans les cheveux. Et qu'est-ce qui va se passer, maintenant ?

Cain avait été témoin de plus d'une dispute entre Blake et Oliver, et ce n'était pas la première fois, depuis ces deux dernières semaines, que Blake lui demandait de l'aide pour retrouver la trace de son incontrôlable demi-frère.

— Tu t'inquiètes pour lui. Je ne savais pas que vous vous entendiez bien.

— Je me soucie de ce qu'il fait à ces humains. La fois prochaine, il tuera quelqu'un. Tu aurais dû le voir, ce soir. Il était comme un drogué sur le point de péter les plombs.

De colère, il souffla.

— Quinn et Rose n'auraient jamais dû partir en Angleterre. Comment s'attendent-ils à ce que je le maintienne sous contrôle ? Je suis seulement humain !

— Selon moi, ce n'est ni à toi, ni à Quinn, ni à Rose de le garder sous contrôle. Oliver doit surmonter ça tout seul, rétorqua Cain.

— Alors, pourquoi m'ont-ils demandé de prendre soin de lui en premier lieu ?

Cain haussa les épaules.

— Ça me dépasse.

— Comment as-tu fait ça ? demanda Blake.

— Fait quoi ?

— Maintenu cette soif de sang sous contrôle ?

Cain ferma les yeux un instant, recherchant, en vain, la réponse dans l'obscurité.

— Je ne sais pas. Quand je me suis réveillé, une nuit, j'*étais* juste. Il n'y avait aucune envie irrésistible de sang, ce qui m'incite à penser que j'étais un vampire depuis longtemps avant de perdre la mémoire. Je ne peux donc te donner la moindre info à ce sujet.

Il maintint le ton léger, démentant le fait que, à chaque fois qu'il pensait à son passé et se heurtait à un mur de néant, de vide impénétrable, son estomac se nouait. Quelque chose se trouvait juste de l'autre côté de cette obscurité, trop loin pour l'atteindre et pourtant suffisamment près pour en ressentir l'existence.

— Désolé, je ne voulais pas m'immiscer, dit Blake, avant d'examiner le secteur des yeux.

D'un geste de la main, Cain balaya cette remarque.

— Donc, que veux-tu que je fasse ? demanda-t-il, laissant ainsi Blake prendre la décision. Ceci n'était pas son combat.

— Peux-tu m'aider à le trouver ? Tu sais mieux que moi où un vampire peut aller.

Involontairement, Cain gloussa.

— Si je le savais, je pourrais trouver tous les fous qui errent dans cette ville.

— Que veux-tu dire ?

Il médita sa réponse mais, considérant que Blake était un membre de la famille de l'un des directeurs de Scanguards, Cain ne pensa pas qu'il parlait mal à propos en le mettant au courant de certaines nouvelles.

— Nous avons quelques problèmes en ce moment. Il y a eu des incidents avec des vampires devenus fous furieux. Comme s'ils étaient drogués ou quelque chose comme ça. Complètement barjots.

Blake redressa les épaules.

— Je n'ai rien entendu à ce sujet. Drogués comment ? Je pensais que ces substances n'avaient aucun effet sur les vampires.

Cain hocha la tête.

— Elles n'en ont pas. C'est pourquoi c'est si étrange. Scanguards a obtenu les premiers rapports, il y a environ sept ou huit semaines. Le maire nous a engagés pour garder un œil là-dessus.

Choqué, Blake le dévisagea.

— Le maire ? Tu veux dire que les humains sont au courant pour les vampires ? Bordel !

— Non, bien sûr que non ! Le maire est hybride. Je suis étonné que tu ne le saches pas. Il est comme Portia, l'épouse de Zane, mi-vampire, mi-humain. Je suppose que c'est pour ça qu'il peut même être maire. Sinon, il ne pourrait remplir ses fonctions durant la journée.

— Je n'en avais pas la moindre idée. Que veut-il que nous fassions ?

— Nous ? sourit Cain, secrètement heureux face à l'empressement de l'humain d'avoir un peu d'action. Seuls des vampires sont affectés à ce travail. Pour des raisons évidentes, les humains sont interdits. Donc, ne t'emballe pas. Avoir affaire à ces vampires défoncés à mort n'est pas un travail aisé. Jusqu'ici, nous sommes toujours arrivés trop tard et avons seulement pu nettoyer derrière eux.

— Merde. Que sais-tu d'autre ?

— Pas grand-chose. Nous n'avons pu en attraper un seul pour l'interroger mais, de ce que d'autres vampires nous en disent...

— Quels autres vampires ?

— Des civils, des informateurs ; des vampires qui nous alertent de ce qui se passe. Ils disent que ces fous débitent des banalités sur du sang qui est comme une drogue. Pure connerie, si tu veux mon avis.

Blake accrocha les pouces dans sa ceinture.

— Que penses-tu que ce soit, alors ? Ce qui les rend fous ?

Cain scruta l'obscurité derrière lui.

— Cette bonne vieille envie de sang. Rien d'autre. S'ils te disent quelque chose d'autre, c'est juste une excuse pour dissimuler leurs propres faiblesses.

— Mais, comment la repères-tu ? Ne peux-tu pas l'empêcher de survenir ? voulut savoir Blake.

— Elle n'est pas facile à détecter, à moins qu'elle ne soit déjà à un stade avancé. Le vampire affecté devient très inconstant ; son raisonnement devient illogique, ses mensonges plus audacieux. Et son agressivité envers les autres augmente.

Blake eut du mal à déglutir.

— Tu veux dire comme Oliver ? Il est devenu très irrationnel. Et agressif.

— Je ne sais pas, Blake, tu t'avances peut-être pour Oliver. Mais je ne le remarque pas chez lui. Il essaie juste de trouver son chemin. Laisse-lui une chance. Ne l'étouffe pas. Rien de bon n'en sortira.

— Tu ne l'as pas vu, ce soir. Il n'était pas lui-même. Il était comme un animal sauvage, prêt à me déchirer la gorge.

Cain haussa un sourcil. Blake exagérait probablement un peu. L'humain avait vraiment cette tendance.

— Je dois aller faire mon boulot. Je vais être en retard pour ma patrouille.

— Tu ne me crois pas ? Écoute, Cain. Qu'en sera-t-il si Oliver pique une crise et commet une chose stupide ? Et qu'en sera-t-il si toi et moi avons le pouvoir de l'en empêcher, mais que nous ne faisons rien ? Comment te sentirais-tu, alors ?

Cain soupira. Il détestait quand quelqu'un tentait de faire appel à sa conscience. Il savait qu'il en possédait une mais, pour une quelconque raison, elle était comme un vieux muscle inutilisé qui éprouvait des difficultés à réagir. Comme s'il avait gelé cette spécifique partie de lui depuis trop longtemps. Presque comme si on ne lui avait pas permis d'avoir une conscience dans son ancienne vie. Mais, maintenant, elle faisait sa réapparition.

— Bien, on va aller le chercher.

Mais il n'avait pas beaucoup d'espoir de trouver Oliver. Un vampire qui ne souhaitait pas être trouvé était comme invisible.

6

———————

Oliver ouvrit la porte d'entrée d'un coup sec avant que Maya n'eût même atteint le haut des escaliers qui y conduisaient. Pourvue d'un tablier de docteur blanc par-dessus son jeans et son tee-shirt, un petit sac noir à la main, elle se précipita à l'intérieur, le gratifiant à peine d'un regard. Surpris par sa tenue, il laissa ses yeux errer sur elle. Peut-être était-ce précisément ce que Maya portait lorsqu'elle pratiquait la médecine. Quoiqu'il n'en sût rien. Il n'avait jamais visité le petit cabinet médical qu'elle dirigeait depuis le sous-sol de sa maison.

— Où ? demanda-t-elle.

De la main, il désigna le salon.

— Là.

Oliver la suivit, tandis qu'elle pénétrait dans la pièce. Lorsqu'elle atteignit le sofa et se laissa tomber à côté de la fille, Maya tourna la tête vers lui.

— Une fille ? Tu m'étonnes ! Qu'as-tu fait, cette fois ?

Elle n'attendit pas la réponse et ouvrit son sac, en extirpant son kit de tension artérielle.

— Je ne lui ai rien fait. Elle était comme ça quand je l'ai trouvée. Enfin, pas exactement. Au début, elle *était* consciente.

Maya lui lança un regard de réprimande tout en enroulant le manchon du kit de tension artérielle autour du bras de la fille. Elle commença à pomper l'air.

— Ne me mens pas. Je ne suis pas aveugle.

Maya pointa du doigt le cou de la fille. Deux petites blessures y étaient clairement visibles. Une croûte de sang s'y était formée après qu'Oliver eût pressé dessus un peu plus tôt.

— Je n'ai pas fait ça ! protesta-t-il, de colère. Tu ne crois pas que je l'ai fait, n'est-ce pas ?

Elle plissa les yeux avant de se retourner sur sa patiente et de lui poser le stéthoscope dans le pli du bras.

— Je ne veux rien entendre à ce sujet maintenant. Pas devant elle. Nous parlerons après.

— Mais je n'ai pas—

— Un autre mot de ta part, et j'appelle Gabriel pour qu'il s'occupe de toi. C'est ce que tu veux ?

Merde ! Non seulement Maya ne le croyait pas, mais elle allait le dénoncer auprès de Gabriel pour quelque chose qu'il n'avait même pas fait ! Mais il n'était pas assez bête pour se disputer avec elle maintenant. Il avait besoin d'elle pour stabiliser l'état de la fille. Et dès que cette dernière serait réveillée, elle pourrait confirmer son histoire et dire à Maya qu'elle voulait échapper à un autre vampire, et non pas à lui.

— Je croyais que Gabriel était à New York, dit Oliver.

— Il y est. Mais il ne sera pas long à revenir.

Oliver garda les mâchoires serrées.

— Quand elle se réveillera, elle te dira que ce n'était pas moi.

— *Si* elle se réveille.

Maya ôta le stéthoscope de ses oreilles et détacha le tensiomètre.

— Sa pression sanguine est dangereusement basse. Que lui as-tu fait ? Tu l'as drainée de son sang ?

L'autre vampire avait-il exagéré ?

— Et si quelqu'un lui avait pris trop de sang ? Que ferais-tu ? demanda Oliver.

Maya lui lança un regard furieux, n'appréciant visiblement pas la manière dont il avait formulé sa question. Mais il serait damné s'il admettait quelque chose qu'il n'avait pas fait.

— Bon sang, Maya, que ferais-tu ?

— Une transfusion sanguine. Quel est son groupe sanguin ?

Oliver haussa les épaules.

— Comment le saurais-je ?

— Après deux mois, tu ne peux pas encore définir le groupe sanguin d'un humain dont tu viens de te nourrir ? demanda Maya.

— Je n'ai pas... *bu à la source,* voulut-il dire. Mais il pensa différemment. De toute façon, Maya ne le croirait pas.

— Je n'ai pas pu dire lequel c'était.

— Bien. Alors, nous devrons lui donner du *O-Nég.* N'importe quel humain le tolère, quel que soit son groupe sanguin. Y en a-t-il encore dans le garde-manger ?

Oliver hocha la tête. Il ne l'avait certainement pas pris et, Rose et Quinn étant partis depuis une semaine déjà, personne n'avait touché aux réserves réapprovisionnées juste avant leur départ.

— Je vais le chercher.

— Deux bouteilles, cria Maya.

Oliver courut vers la cuisine et ouvrit, d'un coup sec, la porte du garde-manger. Un grand réfrigérateur se trouvait dans un coin. À l'intérieur, des bouteilles d'AB-positif étaient alignées avec des bouteilles d'AB-négatif et d'autres variétés. Tous les groupes sanguins imaginables étaient représentés. Quinn avait pensé que si Oliver y trouvait son groupe sanguin préféré, peut-être parviendrait-il à réfréner sa faim et résisterait-il à son irrésistible envie de chasser pour trouver du sang. Oliver s'était moqué de lui en lui disant qu'il essaierait mais, au bout du compte, après avoir goûté chacun des huit groupes sanguins, il n'avait penché pour aucun d'entre eux. Il préférait toujours le sang puisé à même la veine d'un humain.

Oliver saisit deux bouteilles de O-*Nég* sur l'étagère et laissa la porte du réfrigérateur se refermer.

Avant qu'il ne fût de retour au salon, Maya avait extirpé davantage de fournitures de son sac noir : des aiguilles, un long tube élastique, de l'alcool et des garrots. Elle était déjà en train de préparer le bras de la fille en le tamponnant avec de l'alcool dénaturé.

— Ici.

Maya lui adressa un regard oblique.

— Frotte le bouchon avec de l'alcool et transperce-le avec ceci.

Elle lui tendit une aiguille déjà attachée à un tube.

— Pour l'instant, tiens la bouteille droite, poursuivit-elle.

Il agit comme demandé, tandis qu'il observait Maya en train de serrer le garrot en plastique autour du bras de la fille pour, ensuite, lui insérer une autre aiguille dans la veine. À l'extrémité de celle-ci, un truc en plastique était prévu, afin d'éviter tout écoulement de sang.

— Tu as fini ? demanda-t-elle.

Oliver hocha la tête.

— Oui. Quoi d'autre, maintenant ?

— Retourne la bouteille et tiens-la en l'air. Donne-moi l'extrémité du tube.

Il observa le liquide rouge qui commençait à tracer son chemin à l'intérieur du tube. Juste avant que le sang n'en eût atteint l'extrémité, Maya pressa le contenant en son bout. Elle le relia alors à l'aiguille plantée dans le bras de la fille et tourna la valve en plastique présente sur le côté du tube, réduisant ainsi la pression et favorisant l'évacuation d'un peu de sang et du reliquat d'air. Ensuite, elle tourna complètement la valve. Le sang s'écoula vers l'aiguille et disparut dans le bras de la jeune femme.

Maya regarda la bouteille et régula la vitesse avec laquelle le sang s'écoulait. Retenant son souffle, Oliver observait le niveau du liquide, lequel diminuait à chaque minute. Le processus était lent, mais le jeune vampire demeurait là, comme congelé, n'osant pas remuer la bouteille au cas où cela perturberait l'écoulement. Il se contenta de laisser ses yeux errer.

La fille semblait toujours pâle, et sa respiration était superficielle, le soulèvement et l'abaissement de sa poitrine étant à peine visibles. En même temps, sa beauté était indéniable, ses lèvres semblant plus rouges que celles de n'importe quel humain. Peut-être n'était-ce qu'une illusion d'optique due au fait de sa pâleur. Elle avait les yeux fermés, mais Oliver se rappelait de la manière dont elle l'avait regardé : avec des yeux empreints de désespoir et de peur. Elle se souvenait précisément de ce que l'autre vampire lui avait fait. Pour quelque étrange raison, il souhaita qu'il n'en fût pas de la sorte. Tandis que, d'instinct, il savait que les souvenirs de la jeune fille le disculperaient, il espéra plutôt qu'elle ne se rappelât pas de ce qu'on lui avait fait. Le regard effrayé dans ses yeux lui avait tout de même fendu le cœur.

— Tu as déjà fait ça avant, n'est-ce pas ? demanda-t-il à Maya en maintenant la voix basse, désireux de ne pas troubler la quiétude de la pièce.

— Bien sûr, pendant mon internat, répondit-elle en haussant les épaules. Il y a longtemps.

Oliver se mut nerveusement. Maya savait-elle ce qu'elle faisait ?

— Mais, une fois que tu l'as appris, tu ne l'oublies jamais, n'est-ce pas ?

— À peine, rétorqua-t-elle avant de lever les yeux vers lui. J'étais urologue, pas urgentiste.

Avant sa transformation – sous-entendait-elle. Mais elle n'avait pas besoin de le dire. Il en savait beaucoup sur son passé. Elle avait été attaquée par un des leurs, un membre de Scanguards, et avait été transformée contre sa volonté. En fin de compte, tout s'était bien passé pour elle, car elle était devenue la partenaire de Gabriel, le sous-chef de Scanguards.

Maya désigna la blessure présente sur l'autre bras de la fille.

— Ceci étant, je suis sûre que je peux soigner ça.

— Dois-je lécher sa blessure ? demanda Oliver.

Cela assurerait une guérison rapide de la blessure. Quelques minutes devraient même suffire.

— Tu as effacé sa mémoire ? riposta Maya.

Étonné par cette question, Oliver secoua la tête.

— Non. Ce n'est pas moi qui ai fait ça !

— Arrête, Oliver ! Je ne discute pas de ça maintenant.

— Mais moi, oui ! répliqua-t-il, avant d'inspirer profondément. Ce n'est pas moi qui l'ai fait. Je ne l'ai pas mordue ; je ne l'ai pas drainée de son sang et ne lui ai pas effacé la mémoire. Elle m'est pratiquement tombée dans les bras en fuyant un autre vampire. Elle m'a prié de l'aider à s'échapper. C'est ce que j'ai fait. Et c'est ce qu'elle te dira quand elle se réveillera.

— Laisse tomber. Pourquoi faut-il encore que tu fasses semblant ? C'est moi, Maya. Je suis docteur, et je peux t'aider.

— Non, tu ne le peux pas !

— Manifestement pas.

Elle regarda à nouveau la fille, reprit son stéthoscope et écouta son cœur. Lorsqu'elle rangea de nouveau l'instrument, elle poursuivit.

— Puisque nous ne savons pas ce dont elle se souvient, ça ne m'intéresse pas d'avoir à lui expliquer la raison pour laquelle son bras a miraculeusement guéri. Donc, je vais lui faire un bandage ordinaire. Aucun léchage. Et certainement pas par toi. Tu as suffisamment pris de son sang. Tu ne penses pas ?

Oliver laissa échapper un juron.

— Ah, laisse tomber ! Apparemment, tu as décidé de ne pas me croire ! Donc, pourquoi est-ce que je me tracasse ? Dès qu'elle sera réveillée—

— Oui, oui, je sais. Elle nous dira que c'était un autre grand méchant vampire, railla Maya.

— Avant le lever du jour, tu vas devoir me faire des excuses, prédit Oliver.

— N'y compte pas, répondit-elle avant de désigner la bouteille. Il est temps de mettre la suivante.

Maya tourna à nouveau la valve, privant ainsi l'aiguille plantée dans le bras de la fille de tout approvisionnement en sang. Oliver l'aida à échanger les bouteilles. Endéans la minute, le contenu de la seconde bouteille de *O-Nég* était transfusé dans le corps de cette belle fille asiatique qu'il ne pouvait quitter du regard.

Lui avait-elle vraiment proposé du sexe en échange de son aide ?

Il tendit la main vers son visage, lui caressant tendrement la joue, lorsque Maya se racla bruyamment la gorge. Il retira immédiatement sa main.

— Je voulais juste voir si elle est plus chaude que tout à l'heure, mentit-il. Elle tremblait de froid quand je t'ai appelée.

Au moins, cette partie reflétait bien la vérité. Contrairement à la raison pour laquelle il l'avait touchée. Il avait simplement voulu sentir sa douce peau et se souvenir du baiser qu'ils avaient échangé pendant ce si bref instant.

— Un effet secondaire de la perte de sang, commenta Maya, occupée à nettoyer la blessure à l'autre bras de sa patiente. Celle-ci n'était pas profonde et apparaissait plutôt comme une coupure superficielle. Maya la nettoya avec de l'alcool dénaturé et la recouvrit de bandelettes Steri-Strip. Elle enveloppa ensuite cette zone avec de la gaze et la colla avec du sparadrap.

Peu de temps après, lorsque la deuxième bouteille fut entièrement vide, Maya enleva l'aiguille, exerça une pression sur la piqûre jusqu'à l'arrêt complet du saignement et y apposa un pansement.

Oliver sentit l'impatience monter en lui.

— Et maintenant ? s'enquit-il.

— Voyons si elle répond.

Maya posa une main sur le haut du bras de la fille et la secoua doucement.

— Réveille-toi. Allez, je sais que tu peux m'entendre. Réveille-toi.

L'étrange fille remua, sa tête tombant sur le côté, exposant de nouveau nettement la morsure présente sur son cou. Oliver la pointa du doigt en gratifiant Maya d'un regard interrogateur.

Celle-ci prit rapidement un morceau de gaze, le satura d'alcool dénaturé et nettoya la zone.

— Aïe !

C'était son premier mot depuis qu'elle s'était effondrée dans les bras d'Oliver. Soulagé, ce dernier se sentit transporté. Elle allait s'en remettre.

Tout en ouvrant les yeux, la jeune femme dirigea une main vers son cou.

7

Ursula ressentit une douleur cuisante au contact d'une chose humide que l'on frottait sur son cou. Elle souleva une main pour la claquer sur la source de la douleur : les plaies perforantes. Diable, pourquoi piquaient-elles ? Elles ne piquaient jamais, avant, lorsqu'un vampire les léchait pour les refermer !

Elle ouvrit brusquement les yeux au même instant et, endéans la seconde, tout lui revint. Bien qu'elle fût étendue sur une surface moelleuse, elle ne reposait plus sur le divan de sa prison. Elle avait échappé à la salle bleue et au vampire qui se trouvait sur elle. Elle s'était montrée plus maligne que Dirk. Cette pensée la fit presque sourire. Presque.

Si seulement elle savait où elle était et qui étaient les deux personnes qui se tenaient au-dessus d'elle. Elle essaya d'ajuster sa vision, mais il lui fallut quelques secondes pour réellement être à même de les distinguer nettement. La veste blanche de la femme devint moins brouillée, et elle lut l'inscription piquée au-dessus de la poche de poitrine : *Dr. Maya Giles*. De longs cheveux foncés tombaient en cascade sur ses épaules.

Dieu merci, elle avait réussi à rejoindre un hôpital ! D'une façon ou d'une autre, elle s'était échappée et était parvenue à se rendre dans un endroit sûr. Tout irait bien maintenant, et elle rentrerait à la maison pour revoir ses parents.

En bougeant, son bras glissa sur un coussin, lui envoyant une autre vague de douleur à travers le corps. Celle-ci n'était pas forte, mais néanmoins perceptible. Elle ravala un juron. Tout ceci en valait la peine. Ses blessures guériraient rapidement, beaucoup plus vite que celles qu'elle portait en elle.

Son regard figé sur la blouse blanche de la doctoresse dériva vers l'homme qui se tenait à ses côtés. Elle réalisa immédiatement qu'elle l'avait déjà vu auparavant. Quelque part, à l'extérieur. Dans les rues. Elle prit une profonde respiration et rassembla ses pensées. Ça lui revint. C'était le jeune homme à qui elle avait demandé de l'aide. Le voir avec le docteur lui confirma que, finalement, il l'avait secourue. Il la regarda, les yeux empreints d'appréhension.

— Tu es réveillée.

Cette voix féminine lui fit détourner les yeux de lui.

Elle essaya de hocher la tête, mais le mouvement lui fit mal, comme si elle avait la migraine.

— Que s'est-il passé ? demanda-t-elle plutôt.

— Je me suis occupée de tes blessures. Comment t'appelles-tu ? demanda le Docteur Giles.

— Ursula. Suis-je à l'hôpital ?

Elle se redressa rapidement et s'assit à moitié, s'autorisant ainsi, pour la première fois, à embrasser son environnement du regard. Mais ce qu'elle vit n'était pas ce à quoi elle s'attendait.

Ce n'était pas un hôpital, mais une résidence privée. À ce qu'il y paraissait, elle se tenait dans le salon de quelqu'un. Pourquoi son sauveteur ne l'avait-il pas amenée aux urgences ? Lentement, son front laissant place à un froncement de sourcils, elle se tourna vers Oliver. Elle remarqua la façon dont il trépignait.

— J'ai pensé qu'il valait mieux te conduire chez mon médecin personnel. C'était plus rapide. Et Maya est la meilleure, expliqua-t-il.

Son regard vacilla en direction de la doctoresse, laquelle acquiesça d'un hochement de tête.

— Et tu es ? parvint à dire Ursula.

— Oliver, je m'appelle Oliver. Tu te rappelles de moi, n'est-ce pas ? Tu m'as demandé de l'aide.

Ursula inspira. Sa mémoire était entièrement intacte mais, en même temps, l'expérience qu'elle avait acquise au cours des trois dernières années lui avait appris à faire attention à ce qu'elle disait. En outre, elle se souvenait encore de lui avoir proposé du sexe en échange de son aide. Était-ce la raison pour laquelle il l'avait amenée ici plutôt que la conduire à l'hôpital ? Allait-il tirer profit de sa promesse dès qu'elle se sentirait suffisamment bien ? Et pourquoi ne le ferait-il pas ? Après tout, elle avait fait une promesse. Et non seulement cela : elle l'avait embrassé pour lui prouver qu'elle parlait affaires. Quel type viril déclinerait une telle offre ?

Elle autorisa ses yeux à vagabonder sur son corps. Il était bien bâti, musclé, quoique maigre à la fois. Son jean lui seyait comme une seconde peau, affichant clairement sa masculinité. Après cet étalage de testostérones auquel elle avait été exposée en prison, elle s'attendit à ce que la vue d'une telle virilité la dégoûtât, mais l'inverse s'avéra vrai. La sensation qui s'était déployée en elle lorsqu'elle l'avait embrassé l'habitait à nouveau. Et cette fois, elle ne pouvait la qualifier d'effet secondaire à la peur qu'elle avait éprouvée durant son évasion.

— Je suis... euh, murmura-t-elle, se demandant comment répondre.

Était-il sage d'admettre qu'elle se rappelait très nettement ce qui s'était passé ?

Le docteur s'accroupit, leurs regards à présent au même niveau.

— Tu as perdu beaucoup de sang. Te souviens-tu de ce qui t'est arrivé ?

Perdu du sang ! Elle souleva instinctivement la main, désireuse de toucher les plaies perforantes que la sangsue avait laissées mais, à la dernière seconde, elle saisit plutôt le coussin et le tira sur ses genoux. Elle ne pouvait pas parler des vampires à ces étrangers. Si elle le faisait, qui savait ce qu'ils feraient d'elle ? Premièrement, ils ne la croiraient de toute façon pas. Et puis ? La feraient-ils évaluer par un psychiatre ? L'emmèneraient-ils dans un établissement fermé ? Non, elle ne pouvait se permettre de courir ce risque. Elle devait aller chez ses parents et s'assurer qu'ils apprissent qu'elle était vivante et en sécurité. Et ensuite, elle devait envoyer de l'aide aux autres filles ; elle en avait fait la promesse et n'y renoncerait pas.

— Perte de sang ? dit-elle du bout des lèvres, espérant donner l'impression d'être surprise. Que s'est-il passé ?

Oliver s'abaissa également, rapprochant son visage de sorte qu'elle pût le regarder dans les yeux.

— Quand je t'ai trouvée, tu étais blessée, et tu perdais du sang. Quelqu'un t'avait attaquée. Tu tentais d'échapper à quelqu'un.

Ursula oscilla lentement la tête, feignant d'essayer de se rappeler les événements.

— Je ne sais pas. Je ne me rappelle pas d'avoir été attaquée.

— Mais tu dois te souvenir, tu me l'as dit, insista Oliver, une certaine tension dans la voix et le front plissé.

Maya l'interrompit en posant une main sur son bras et regarda à nouveau Ursula.

— Tu étais en très mauvaise condition lorsque je suis arrivée. Ta tension artérielle était dangereusement basse, et ton cœur a pratiquement lâché. Je t'ai transfusée.

Les battements de cœur d'Ursula doublèrent immédiatement. Elle savait qu'il s'en était fallu de peu. Elle savait qu'elle avait laissé la sangsue en prendre plus que ce que les autres vampires n'avaient eu avant lui, mais cela avait été la seule manière de le droguer. Elle ne pouvait cependant rien dire de tout cela à ses deux interlocuteurs.

— Merci de m'avoir sauvé la vie, Dr Giles.

— Je suis contente de ne pas m'être trouvée loin. Maintenant, dis-moi, de quoi te souviens-tu ?

Ursula jeta prudemment un regard en direction d'Oliver et remarqua la façon dont il écartait les lèvres, comme s'il voulait dire quelque chose. Pour produire un effet, elle pressa la paume de sa main contre sa tempe.

— Je ne sais pas. Je rentrais à la maison après un cours du soir...

— Dans le quartier de Bayview ? Il n'y a aucun cours là-bas, protesta Oliver. Il se pencha.

— Le quartier de Bayview ? l'interrompit-elle.

— Le district de Bayview, à San Francisco. C'est un mauvais quartier, poursuivit Oliver.

Donc, c'était là qu'elle se trouvait, à San Francisco. À tant de kilomètres de la maison. À l'autre bout du continent.

— Je ne me rappelle pas comment je suis arrivée là.

Elle permit aux larmes qu'elle avait réprimées durant trois années de jaillir, crédibilisant ainsi ses mensonges.

— Je ne me rappelle de rien, ne le comprends-tu pas ? ajouta-t-elle.

Elle perçut le regard contrarié que le Dr Giles adressait subitement à Oliver.

— Mais, c'est impossible ! objecta une fois de plus le jeune homme.

Cette fois, il se dirigea vers elle et posa une main sur son front.

— Tu dois te rappeler. Tu m'as demandé de t'aider.

Avec toute l'intensité du bleu éclatant de ses yeux, il la regarda fixement.

Pendant un instant, elle voulut aller vers lui, lui assurer qu'il avait raison, qu'elle se souvenait de chaque seconde de leur rencontre : la manière dont il l'avait tenue dans ses bras, la manière dont il avait pressé ses lèvres contre les siennes. Leur baiser. Le fugace sentiment de sécurité et de désir qui l'avait accompagné.

— Laisse-la, Oliver. Tu ne vois pas qu'elle est sous le choc ? le sermonna le docteur en lui arrachant la main du bras de la jeune femme.

La chaleur du corps de son sauveteur lui faisant à présent défaut, l'endroit où il l'avait touchée lui sembla curieusement bien froid. Refusant qu'il pût dire autre chose sur le sujet, Ursula se mit à lui poser ses propres questions.

— Qui es-tu ? Pourquoi ne m'as-tu pas emmenée à l'hôpital ?

Oliver et le docteur échangèrent un regard étrange. Elle vit sa pomme d'Adam remonter avant qu'il ne retournât le visage dans sa direction.

— Comme je l'ai dit, j'ai pensé que ce serait mieux si…, dit-il d'une voix traînante.

— Je me trouvais plus près que l'hôpital le plus proche, poursuivit le médecin en lieu et place d'Oliver. Et le facteur temps s'avérait primordial.

Quoiqu'elle crût que cela eût, en effet, été primordial, Ursula n'était pas convaincue qu'il eût été plus aisé de l'amener dans une propriété privée.

— Donc, c'est votre maison, demanda Ursula.

Le Dr Giles oscilla la tête.

— Non, c'est celle d'Oliver.

— La tienne ? poursuivit la jeune femme.

— En fait, c'est celle de mes… euh… parents.

Il sembla presque embarrassé par cette confession.

— J'habite à seulement quelques pâtés de maisons d'ici, poursuivit le Dr. Giles. Oliver a bien fait de t'amener ici.

Ursula regarda son bras. Un bandage y était enroulé, là où sa peau avait perdu le combat inégal livré contre la tige en métal de l'escalier de secours. C'était vrai ; le docteur l'avait retapée. Elle se sentait également mieux, moins étourdie, et plus forte aussi. Dans un hôpital, ils n'auraient pas fait mieux non plus. Elle se sentait suffisamment bien pour partir.

— Merci beaucoup de m'avoir aidée.

Elle balança les jambes en dehors du divan, libéra ses genoux du coussin et de la couverture et se redressa. Elle tituba instantanément. Oliver, toujours accroupi, se redressa d'un bond et la rattrapa dès l'instant où ses genoux cédèrent.

— Je te tiens.

Il l'entoura de ses bras musclés, la maintenant debout, lui remémorant leur précédente étreinte. La chaleur se répandit sur les joues d'Ursula, un désir de se frotter contre lui pour trouver la libération la submergeant malgré l'état d'affaiblissement dans lequel elle se trouvait.

— Houla, houla, cria Maya. J'ai dit que j'avais soigné tes blessures, mais ça ne veut pas dire que tu es déjà prête à te lever. Tu es encore trop faible.

— Je vais bien, j'ai juste besoin d'un moment.

Elle poussa Oliver, mais il ne la relâcha pas. Au lieu de cela, il la serra encore plus fort. Leurs regards entrèrent en collision.

— Tu ne te souviens pas de ce que tu m'as dit ? murmura-t-il. Pas même ce que tu as fait ensuite ?

Elle savait qu'il faisait allusion à sa proposition et à son baiser mais, quoiqu'elle voulût vraiment admettre la vérité, elle ne le pouvait pas, car cela signifierait également admettre qu'elle fuyait quelqu'un. Dès lors, elle devrait expliquer la raison pour laquelle elle présentait des plaies perforantes sur le cou. Toute personne ayant vu un film de Dracula saurait ce que cela signifiait. Tout ce qu'elle pouvait faire, c'était nier se souvenir de cela afin de pouvoir partir et rentrer à la maison. Maison. Voir ses parents. Se sentir à nouveau en sécurité.

— Je dois appeler mes parents. Je dois leur parler.

Le médecin se rapprocha et s'adressa à Oliver.

— Laisse-la se rasseoir.

Ensuite, elle sourit à Ursula.

— Tu dois te reposer un peu, d'abord. Tu pourras parler à tes parents un peu plus tard. Pour commencer, j'aimerais encore te demander plusieurs choses.

Quelque peu à contrecœur, Oliver l'aida à s'asseoir sur le canapé. De doux coussins soutinrent son dos. Lorsqu'elle les sentit, Ursula poussa un soupir de soulagement. Une seconde de plus dans ses bras, et elle aurait commencé à haleter. Il était clair que l'excitation que la morsure du vampire avait provoquée en elle n'avait toujours pas déserté son corps. Une heure, ou même deux, devaient s'être écoulées depuis la morsure de la sangsue. Et pourtant, elle ressentait toujours le besoin de toucher et d'être touchée.

— Tu as dit qu'après un cours du soir, tu rentrais à pied à la maison. Où était dispensé ce cours ? demanda Maya.

Ursula chercha désespérément à trouver une réponse. Elle ne connaissait pas du tout San Francisco. Mais chaque grande ville devait avoir une université. Retenant son souffle, elle répondit.

— À l'université.

— À Sunnyside ? C'est loin du quartier de Bayview, répliqua Maya.

Ursula haussa les épaules.

— Sais-tu comment tu es arrivée là ? poursuivit le médecin.

— Je vous l'ai dit, je ne m'en souviens pas. C'est comme si ma mémoire avait été effacée.

La jeune asiatique détourna le regard, désireuse d'éviter son regard examinateur.

— Bien, je te crois. Ce doit être le choc. Ce n'est pas rare.

Soulagée, Ursula leva la tête et remarqua la façon dont le docteur plissait les yeux en regardant Oliver. Les muscles de la mâchoire tendus comme s'il serrait les dents, le jeune homme se retourna vers Maya. Une bataille silencieuse semblait faire rage entre eux.

La doctoresse tourna alors de nouveau la tête vers la jeune fille et afficha un sourire.

— Pourquoi ne vas-tu pas te reposer pendant un petit moment ?

Elle ramassa ensuite la couverture à l'endroit où Ursula l'avait laissé tomber plus tôt et poursuivit.

— Tiens. Tu auras probablement un peu froid, mais c'est normal après avoir perdu du sang.

À sa surprise, Oliver prit la couverture de la main du Dr Giles et l'étala sur les jambes d'Ursula. Il gratifia alors la jeune femme d'un triste sourire, presque comme si une rude corvée l'attendait.

— Oliver, un mot, dit le Dr Giles.

Il leva les yeux vers le médecin, puis les posa de nouveau sur elle.

— Tu seras en sécurité, ici.

Ursula baissa rapidement les cils. S'était-il rendu compte qu'elle n'avait pas réellement perdu la mémoire ? Savait-il qu'elle mentait et, dès lors, voulait-il lui dire que les gens qui la pourchassaient ne la trouveraient jamais ici ? Ou ces paroles réconfortantes n'étaient-elles simplement qu'une phrase lancée avec désinvolture ?

8

———————

Plongé dans ses pensées, Oliver entra dans la bibliothèque située de l'autre côté du hall. Pourquoi la fille mentait-elle ? Pourquoi ne révélait-elle pas ce qui s'était produit ? Était-elle trop gênée de son comportement dévergondé qu'elle avait décidé de feindre que rien ne s'était jamais passé ? Comme si elle avait peur qu'il ne voulût percevoir sa promesse d'une nuit de sexe si elle admettait ce qu'elle avait fait. Était-ce la raison pour laquelle elle faisait semblant de ne se souvenir de la moindre chose ? C'était la seule explication sensée. D'une manière ou d'une autre, peut-être pourrait-il lui expliquer que, si seulement elle disait la vérité, il ne la forcerait pas à faire ce qu'elle ne voulait pas.

Lorsque Maya pénétra dans la pièce derrière lui, il sut qu'elle était énervée. Si le regard furieux sur son visage n'en témoignait pas, la manière dont elle se tenait à présent, les jambes très écartées avec les mains sur les hanches, ne laissait alors subsister aucun doute.

— De toutes les choses ignobles que tu pouvais faire, il a fallu que tu attaques une jeune fille et que tu la laisses au seuil de la mort ?

La bouche de Maya vomissait ces mots, telle une fontaine de poison.

— Tu penses vraiment que je suis stupide ? poursuivit-elle.

Redressant les épaules, Oliver fit un pas dans sa direction.

— Ce n'est pas vrai ! Je n'ai pas fait ça !

— Conneries ! Ta signature est présente partout !

Il plissa les yeux, l'air de plus en plus furieux à chaque seconde. Depuis ces deux mois en tant que vampire, il avait fait d'horribles choses, mais cette fois, il était innocent.

— Je ne l'ai jamais touchée ! Je l'ai sauvée d'un autre vampire !

— Laisse tomber, Oliver. Pourquoi continues-tu à mentir, alors que nous connaissons tous les deux la vérité ? Tu l'as presque vidée de son sang et, ensuite, tu as effacé sa mémoire pour ne pas qu'elle se rappelle de toi.

— Je n'ai pas effacé sa mémoire ! Elle ment. Elle se souvient de ce qui s'est passé !

Maya secoua la tête, le regard empreint d'incrédulité.

— Elle ne se rappelle de rien ! Tu as veillé à dissimuler toutes les traces !

Il ferma les mains et serra les poings.

— Si j'avais vraiment voulu dissimuler toute trace, pourquoi diable l'aurais-je ramenée ici, alors ? Dis-le-moi, hein, pourquoi ? Et pourquoi t'aurais-je appelée à l'aide ?

Elle ne médita que durant une fraction de seconde sur ces questions.

— Parce qu'après coup, tu as éprouvé des remords. C'est toujours comme ça avec toi. Ne l'as-tu pas remarqué ? Tu prends une cuite et, après, tu te sens comme de la merde à cause de ce que tu as fait. Ce n'est pas différent maintenant.

— Tu n'as aucune idée de comment je me sens ! Tu n'as jamais vécu ce que je traverse.

À son tour, Maya plissa les yeux et alla l'affronter.

— Qu'est-ce que tu insinues ?

— Tu sais exactement ce que je veux dire.

— Non, dis-moi, le défia-t-elle.

— Tu n'as jamais terriblement eu envie de sang humain. Tu n'as aucune idée de ce que c'est. Tout ce que tu voulais, c'était le sang de Gabriel.

— Et ça te fait penser que je ne suis jamais passée par ce que tu es en train d'expérimenter maintenant ? Que je n'ai jamais éprouvé ces terribles envies ? Grandis un peu ! Nous avons tous ces mêmes envies irrésistibles, peu importe l'identité de celui dont on veut le sang. Tes envies ne sont pas pires que celles d'un autre. Mais *tu* choisis d'agir en fonction d'elles. Tu choisis de ne faire preuve d'aucune retenue !

À cette accusation, Oliver pinça les lèvres. Sa poitrine se souleva, et il sentit les muscles de son cou enfler.

— Comment oses-tu m'accuser d'agir volontairement de cette façon ?

— Oh, j'ose bien plus ! riposta-t-elle en désignant la porte du doigt. J'ose également t'accuser d'avoir attaqué cette fille et de l'avoir laissée à moitié morte ! Est-ce comme ça que tu veux vivre ? Toujours à un doigt de tuer un innocent ?

Les paroles qu'elle prononça lui glacèrent le sang. Il s'était assez souvent retrouvé sur le point de faire ça mais, ce soir, Maya avait tort. Ce soir, il avait sauvé une innocente.

— Je ne l'ai pas mordue ! Veux-tu savoir ce qui s'est passé ? Tu veux ? Ou est-ce que ça perturbera l'opinion préconçue que tu as de moi ?

— Vas-y ! Débite encore plus de mensonges, si ça t'aide à te sentir mieux.

— Ce ne sont pas des mensonges ! Je ne sais pas pourquoi la fille ne te dit pas ce qui s'est produit, mais j'ose le deviner. Elle n'a pas perdu la mémoire. C'est juste qu'elle ne veut pas admettre les faits.

Maya haussa les sourcils et croisa les bras sur sa poitrine.

— Admettre quoi ?

Il devait le dire, tout autant qu'il voulait garder cette information pour lui.

— Qu'elle m'a offert du sexe en échange de mon aide. Elle—

Le rire de Maya l'interrompit.

— Oh mon dieu ! Je ne peux pas croire que tu ne puisses pas avancer une meilleure excuse. Qu'est-ce que c'est ? Le sang t'a-t-il étourdi en te montant à la tête ? Aucune fille comme elle ne t'offrirait du sexe en échange de ton aide. Ce n'est pas une prostituée. As-tu perdu l'esprit ?

— Elle l'a fait ! Elle m'a proposé du sexe si je l'aidais et, alors, elle m'a embrassé. Et quand elle s'est effondrée dans des mes bras, j'ai vu les marques de morsure de l'autre vampire. C'est alors que je l'ai amenée ici.

— Elle t'a embrassé ? Arrête Oliver, tu t'enfonces de plus en plus profondément.

— Mais c'est vrai ! Tu dois me croire ! Elle fuyait quelqu'un. Elle m'a prié de l'aider.

Visiblement épuisée, Maya laissa échapper un soupir.

— C'est moi, Maya. Tu ne dois pas continuer à inventer des trucs. Dis-moi simplement ce qui s'est réellement passé, et j'essaierai d'intervenir en ta faveur auprès de Gabriel et Samson.

— Je ne mens pas ! C'est la vérité. Je ne l'ai pas mordue !

Elle le fixa avec un sentiment de reproche dans le regard.

— Bien. Joue-le à ta manière. Continue de mentir, mais ça ne fera qu'empirer les choses. Si, au moins, tu faisais preuve de remords pour tes actes, je pourrais convaincre Gabriel et Samson d'être indulgents envers toi mais, puisque tu as décidé d'être un dur à cuire, ne t'attends pas à ce qu'on prenne des gants avec toi.

Incrédule, Oliver dodelina de la tête. Tout ceci ne pouvait pas arriver. Il serait pris à partie pour quelque chose qu'il n'avait pas fait.

— Ce n'est pas juste ! Je suis innocent !

Maya roula des yeux.

— Innocent ? Il n'y a rien d'innocent en toi. Le seul innocent dans cette maison, c'est cette fille dans la pièce d'à côté. Et tu l'as privée de cette innocence. Tu devrais au moins avoir la décence de reconnaître ta culpabilité, comme un homme.

Oliver ferma les yeux. Il savait que cela avait été une erreur d'aider la fille. Il aurait dû suivre son premier instinct et faire demi-tour à la minute où elle s'était approchée de lui. Mais non, le chevalier en armure scintillante pour qui il se prenait avait voulu l'aider.

Menteur.

Il était embarrassé. D'accord, il avait uniquement décidé de l'aider *après* qu'elle lui eût adressé sa scandaleuse proposition sexuelle. Quoiqu'il ne l'eût de toute façon pas forcée à s'y tenir ! Cela n'importait pas : il s'était impliqué et, maintenant, il avait nombre d'ennuis. Et aussi longtemps que la fille n'admettrait pas la vérité, c'était sa parole contre la sienne.

Les preuves étaient accablantes : les marques de morsure sur le cou de la fille et l'abondante perte de sang. S'il pouvait lui parler et lui assurer qu'il ne l'obligerait pas à respecter sa promesse, peut-être avouerait-elle à Maya ce qui s'était réellement passé.

Il devait essayer.

— Je lui parlerai encore. Seul, dit-il en faisant un pas en direction de la porte.

— Aucune chance, objecta immédiatement Maya en bloquant l'issue. Tu crois que je ne sais pas ce que tu essaies de faire ?

— Faire quoi ? dit-il, d'une voix rauque.

— Tu vas essayer de l'influencer en utilisant le contrôle de l'esprit.

Oliver plissa le front.

— Peut-être que, pour changer, tu voudras bien vérifier les faits : comme Thomas pourra le confirmer, je ne maîtrise pas encore l'art de contrôler l'esprit.

En fait, éprouvant des difficultés dans ce domaine, il supposa que ses problèmes de capacité à contrôler son envie de sang avaient quelque chose à y voir, étant donné qu'ils le privaient de l'énergie nécessaire à exercer le contrôle de l'esprit et donc de pouvoir implanter de faux souvenirs dans le cerveau de ses victimes. Toutefois, il pouvait parfaitement effacer la mémoire d'une personne. C'était une habileté qui exigeait moins de finesse et qui était plus instinctive que l'art du contrôle de l'esprit, quoique ces deux compétences fussent liées.

Thomas, génie informatique de Scanguards et maître en contrôle de l'esprit, l'aidait à venir à bout de ses problèmes. Oliver faisait des progrès, mais il n'était pas près de maîtriser cette faculté. Au mieux, il réussissait seulement cinquante pour cent du temps.

— Une fois de plus, tu ne—

— Bon sang, Maya ! s'enflamma-t-il. Que veux-tu de moi ? Tu as déjà décidé de ma culpabilité et, maintenant, tu ne me permets même pas de parler à l'unique témoin qui puisse confirmer mon innocence. Même dans un tribunal, j'aurais une meilleure chance qu'avec toi.

Et il avait vu l'intérieur de plus d'une salle d'audience. Lorsqu'il était humain, avant que Samson, le propriétaire de Scanguards, ne le prît sous son aile, Oliver était rentré et sorti de prison pour possession de drogues et autres délits. Il n'avait jamais commis de crimes violents, mais il savait que, si Samson n'était pas arrivé et n'avait pas eu pitié de lui, il aurait dévalé la pente. La bande avec laquelle il traînait se trouvait déjà sur cette voie.

— Nous avons nos propres règles, insista Maya.

Avant qu'il ne pût répondre, il entendit l'ouverture de la porte d'entrée. La fille partait-elle ? Paniqué, Oliver bondit vers la porte de la pièce et l'ouvrit brusquement, scrutant le couloir. Le soulagement et la crainte entrèrent immédiatement en collision. C'était Blake qui avait ouvert la porte d'entrée, Cain sur les talons. Le regard des deux hommes s'abattit instantanément sur lui.

— On te cherchait, dit Blake, d'un ton accusateur.

— Va te faire foutre ! répliqua Oliver.

Il n'était pas d'humeur pour une autre confrontation. Celle qu'il venait d'avoir avec Maya suffisait pour une nuit. Il se détourna.

Un instant plus tard, il sentit une main sur son épaule. Il pivota et fit face à Blake tout en balayant sa main.

— Je n'ai pas fini de parler, poursuivit Blake. Cain et moi t'avons cherché dans toute la ville.

— Vous m'avez trouvé. Maintenant, laissez-moi seul.

— Pas si vite, petit frère. Je veux savoir où tu es allé ce soir.

— Je ne te dois aucune explication.

Et si Blake continuait à l'ennuyer, il recevrait plutôt une raclée.

Cain regarda soudain par-dessus son épaule.

— Hé Maya, que fais-tu ici ?

Oliver se retourna rapidement, lançant à la jeune femme un avertissement du regard.

— Ça ne les regarde pas, enchaîna-t-il.

— Qu'est-ce qui ne nous regarde pas ? dit Blake.

Apparemment, ce dernier ne laisserait pas tomber. Une fois qu'il s'était mis quelque chose en tête, il s'y accrochait tel un chien à son os.

— Rien ! répondit Oliver d'un ton mordant. Maintenant, sortez tous de ma maison et laissez-moi seul !

— Ça n'arrivera pas, insista Maya.

— Je vis ici. Tu n'as donc aucun droit de me jeter dehors, interrompit Blake.

— Je suppose que je ne suis pas désiré, ici, ajouta Cain, lequel se retourna en direction de la porte.

Mais Maya l'arrêta.

— Ne pars pas, Cain, il se peut qu'on ait besoin de toi.

En ce moment précis, Oliver rageait.

— Quel bordel on fait ! Je vais pouvoir gérer ça. Il n'est pas nécessaire que tous les membres de Scanguards soient impliqués.

Cain s'arrêta en chemin, plissant soudain le front, comme s'il percevait une menace.

— Que s'est-il passé ? demanda-t-il.

Oliver souleva le menton.

— Rien du tout ! Arrêtez tous de vous mêler de mes affaires et laissez-moi seul !

Il surprit Cain en train d'échanger un regard avec Maya.

— Cain, je veux que tu gardes un œil sur Oliver pendant que je discuterai avec Gabriel et Samson, dit la doctoresse.

Dégoûté par cette trahison, Oliver la regarda furieusement.

— Je ne peux pas croire que tu vas faire ça ! Je te faisais confiance. C'est pour ça que je t'ai appelée !

— C'est pour ton bien, répliqua Maya.

Oliver éleva la voix.

— Putain ! Je dis la vérité ! Mais tu ne veux pas le voir. Tu ne crois pas qu'il y ait encore quelque chose de bon en moi. Tu m'as laissé tomber, tout comme les autres.

Maya posa une main sur son avant-bras, mais il la repoussa.

— Ce n'est pas vrai. Tu le verras quand tu te seras calmé.

— Je suis calme !

Mais la tension dans sa mâchoire prouvait le contraire. Ses gencives lui faisaient mal, et il pouvait sentir la pointe de ses canines en train de s'allonger.

— Ouais, c'est ce que je vois ! railla Blake.

Oliver bondit sur Blake avant que les lèvres de ce dernier n'eussent laissé échapper le dernier mot.

— Maintenant, arrête ! l'avertit Maya.

Mais Oliver l'ignora. En lieu et place, il claqua Blake contre le mur et l'y maintint, le corps suspendu en l'air.

— Toi, petit con ! Tu veux savoir à quoi ça ressemble d'être un vampire, n'est-ce pas ? Peut-être que je devrais tout simplement te transformer et voir comment tu le supportes, hein ? C'est ce que tu veux ? C'est pour ça que tu me provoques constamment ?

— Dégage, espèce de salaud ! ordonna Blake tout en le menaçant du poing.

— Tu veux te battre ? le défia Oliver.

— Bon sang, Oliver ! jura Maya en lui saisissant le bras. Cain !

Un instant plus tard, Cain attaqua Oliver de l'autre côté. Furieux, ce dernier relâcha Blake et se tourna. Il sentit que ses canines s'allongeaient complètement et aperçut ses mains : ses doigts s'étaient transformés en griffes. Oui, il cherchait la bagarre.

Soulevant la tête, il regarda ses deux assaillants dont les canines s'étaient également allongées. Il perçut alors un mouvement dans le coin de l'œil. Il orienta alors son regard dans cette direction

Merde !

Ursula, la fille qu'il avait sauvée d'un vampire inconnu, se tenait dans l'embrasement de la porte du salon, les yeux grand ouverts, sous le choc. En guise d'appui, elle s'agrippait au chambranle.

— Oh Dieu, dit-elle, à bout de souffle. Tu es l'un d'entre eux. Tu es comme eux !

9

———————

Incrédule et horrifiée, Ursula observait la scène dans le hall d'entrée. Comment ceci avait-il pu se passer ? Elle était passée de Charybde en Scylla. Rien n'avait changé. Son audacieuse évasion n'avait servi à rien. Elle se retrouvait toujours entre les mains de vampires sauf que, cette fois, ils étaient différents. Le désespoir déferla en elle, propulsant des larmes dans ses yeux.

Il était inutile de courir : ces quatre-là bloquaient la porte d'entrée. De plus, elle avait conscience de la vélocité d'un vampire et savait que, si elle essayait d'atteindre les portes-fenêtres du salon qui donnaient sur la terrasse, ils la rattraperaient en un rien de temps. D'autant qu'elle était toujours affaiblie par tout ce sang qu'elle venait de perdre.

Rassemblant toutes les forces qui lui restaient, elle fixa Oliver du regard, cet homme qui l'avait sauvée. Bien, peut-être que *sauver* n'était pas le mot approprié, après tout. Il l'avait capturée. À présent, il avait les yeux rouges, les canines allongées, et des griffes acérées comme des rasoirs venaient compléter le bout de ses doigts. Il avait la bouche ouverte, et ses lèvres semblaient rouges et charnues. L'invitant toujours.

Dieu, non ! Son estomac se tordit lorsqu'elle se remémora le baiser qu'ils avaient échangé. Elle avait embrassé un monstre, la créature même qu'elle détestait le plus au monde. Et elle avait aimé cela ; c'était indéniable. Même à présent. Son corps avait brûlé de désir, et elle ne put qu'espérer que cela n'eût été qu'un effet secondaire du sang dont on l'avait gavée un peu plus tôt. Car elle ne pourrait jamais désirer un vampire.

Devant elle, le rouge présent dans les yeux d'Oliver se dissipa, et les pointes de ses canines se rétractèrent jusqu'à disparaître complètement dans sa bouche. Même ses griffes avaient disparu, comme si elle les avait simplement imaginées.

— Vous êtes des vampires, répéta-t-elle, la voix basse.

Oliver balaya de son bras la main du Dr Giles et celle du vampire aux cheveux foncés. Dr Giles ? Cette femme n'était probablement même pas médecin.

— Je suis désolé que tu aies dû voir ça, dit Oliver en tentant un pas dans sa direction.

Elle tressaillit. Immédiatement, il s'arrêta, les yeux empreints de regret. Regret ? Non, elle devait se tromper. Elle n'avait jamais vu un vampire exhiber un tel sentiment. Leurs sentiments étaient limités à la gourmandise, à la haine et à la luxure.

— Je ne te ferai aucun mal, dit-il.

Elle écouta les paroles d'Oliver et réprima l'envie de rire de façon hystérique. Bien sûr qu'il lui ferait du mal, tout comme les autres. Alors, pourquoi faire semblant ? Pourquoi lui mentir ? Pourquoi la torturer ? Peut-être était-il même plus cruel que Dirk ? Plus cruel, car il apparaissait comme quelqu'un en qui elle avait presque eu confiance, qui l'avait presque fait se sentir en sécurité. Pour finalement, plus tard, anéantir ses espoirs.

Les larmes qu'elle avait contenues jusqu'ici s'échappèrent, glissant le long de ses joues et la brûlant intensément. Elle n'osa pas prendre une inspiration.

— S'il te plaît, ne pleure pas, continua Oliver.

Sa voix était apaisante et, lorsqu'elle ferma les yeux, elle put imaginer qu'elle s'y abandonnerait. Peut-être était-il temps de laisser tomber, d'arrêter de combattre et d'accepter son destin. Pour eux, elle serait toujours une prostituée utilisée pour son sang. Ils ne la laisseraient jamais partir.

Elle ne reverrait plus jamais ses parents. Et elle ne pourrait pas venir en aide aux autres filles. Son prochain souffle s'accompagna d'un sanglot, lequel lui déchira la poitrine.

— Je veux rentrer à la maison.

Ses genoux cédèrent, sa vision se brouilla. Elle les vit tous bouger immédiatement, se dirigeant vers elle. La draineraient-ils de son sang, ce soir ? Serait-ce finalement la fin ?

— Je l'ai, dit Oliver à ses amis, la voix ferme et aiguisée.

Ursula sentit alors qu'il la soulevait dans ses bras pour la ramener dans le salon. La douceur avec laquelle il la déposa sur le divan la surprit, mais peut-être délirait-elle. Dès qu'elle s'assit, il tira la couverture sur la partie inférieure de son corps et recula.

— Tu es en sécurité, ici, affirma-t-il.

Les trois autres l'avaient suivi dans la pièce et se tenaient tout près.

— Qui est-elle ? demanda Blake.

Le médecin se tourna vers lui.

— Oliver l'a amenée ici.

Le jeune humain se plaça devant Ursula et lui tendit la main en la gratifiant d'un charmant sourire.

— Je suis Blake.

Ursula fixa la main et s'enfonça plus profondément dans les coussins du divan.

— Elle est effrayée, ne le vois-tu pas ? le réprimanda Oliver.

— Eh bien, c'est probablement parce que tu l'as effrayée ! répliqua Blake.

— Reste en dehors de ça !

— J'habite ici aussi. J'ai donc le droit de savoir ce qui se passe !

Oliver le regarda furieusement avant de poser de nouveau les yeux sur Ursula.

— Je pense que je dois t'expliquer plusieurs choses, maintenant que tu as vu ce que nous sommes.

Il se racla la gorge et poursuivit.

— Tu as déjà rencontré Maya. Elle est médecin, mais également un vampire. Et voici...

Il désigna alors le vampire aux cheveux foncés, lequel n'avait encore rien dit.

— ...Cain. Il travaille pour Scanguards. Vampire également et l'un de nos gardes du corps.

Donc, c'était ainsi qu'ils appelaient leurs gardiens de prison : des gardes du corps. Quelle différence !

Oliver pointa alors Blake du doigt.

— C'est Blake, mon demi-frère.

Blake redressa les épaules.

— Je suis humain.

Cette affirmation abasourdit Ursula. Un être humain vivait parmi eux ? Dans quel but ? En tant que source continuelle de sang ? Bouche bée, elle le dévisagea. Il était beau, grand et un peu plus large de carrure qu'Oliver. Et bizarrement, personne ne semblait le retenir, d'une façon ou d'une autre. Il n'apparaissait pas comme sous l'emprise de la coercition. Au contraire, il s'avérait plein d'assurance et prêt à chercher la bagarre avec Oliver pour un oui ou pour un non. Les regards hostiles qu'ils s'échangeaient ne lui avaient pas échappé.

— Humain ? répéta-t-elle.

— Oui, répondit Blake en lui souriant. C'est compliqué. Mais jouons-la simplement. Ce mec-là est, pour ainsi dire, mon demi-frère. Aussi ennuyeux qu'il puisse être.

Oliver pinça les lèvres, comme s'il voulait essayer de ne pas contester le commentaire de Blake.

— Comment te sens-tu ? demanda soudainement Maya.

Ursula leva les yeux vers elle tout en se raclant la gorge.

— Dr Giles, je ne sais vraiment pas pourquoi vous vous inquiétez.

Pourquoi feignaient-ils toujours d'être préoccupés par son bien-être ? Quelle différence cela faisait-il ?

Maya haussa un sourcil.

— D'abord, appelle-moi Maya, s'il te plaît, comme tout le monde. Et deuxièmement, je m'inquiète, effectivement, parce qu'Oliver t'a mise dans cette situation.

Le regard fixe d'Ursula dériva vers Oliver, se demandant ce que Maya voulait bien dire par là. Ursula remarqua à quel point les traits d'Oliver se tendaient lorsqu'il dévisagea de nouveau Maya.

— Comme je l'ai dit tout à l'heure, je n'ai pas fait ça ! affirma-t-il.

— Tu n'as pas fait quoi ? l'interrompit Blake.

Oliver pivota sur les talons pour faire face à son demi-frère.

— La mordre !

— Presque vidée de son sang, ajouta Maya.

— Toi, putain de trou du cul ! hurla Blake. Comment as-tu osé ? Regarde-la ! Comment as-tu pu faire ça à une gentille fille comme elle ?

Blake serra les poings et porta un coup. Oliver le bloqua et, juste avant qu'il ne ripostât par un coup de poing dans le visage, Ursula les interrompit.

— Il ne m'a pas mordu.

Instantanément, tous se calmèrent et se retournèrent vers Ursula.

— Ce n'est pas lui qui m'a mordue, répéta-t-elle, incertaine de la raison pour laquelle elle prenait la peine de le défendre.

— Tu te rappelles ! dit Oliver, la voix visiblement teintée de soulagement.

Soudain, un énorme sourire fendit le visage du jeune vampire et, avant même qu'Ursula ne pût comprendre ce qu'il voulait faire, il s'approcha d'elle et lui prit les mains. Il les serra fortement.

— Merci, merci, merci ! dit-il, de façon exubérante.

Il lui lâcha ensuite les mains et se tourna vers Maya. Son regard en disait long.

— Eh bien, Maya ?

Celle-ci haussa les épaules

— Eh bien, les circonstances étaient telles...

Elle marqua une pause avant de poursuivre.

— ...je suis contente d'avoir eu tort. Je te présente mes excuses pour t'avoir mal jugé.

Ursula écoutait la conversation, mais rien n'avait de sens. Pourquoi importait-il à chacun d'entre eux qu'Oliver l'eût mordue ou pas ? Pourquoi s'en inquiétaient-ils ?

— Puisque tu te rappelles, raconte-nous ce qui s'est passé, s'il te plaît, lui demanda Maya en désignant son cou. Je sais que tu as été mordue par un vampire. Qui était-ce ? Il faut que nous le sachions pour empêcher ce salaud de recommencer. Celui qui a fait ça était visiblement hors de contrôle. Il t'a laissée à moitié morte.

Lentement, Ursula oscilla la tête, incapable d'en croire ses oreilles.

Maya voulait arrêter celui qui lui avait fait ça ? Elle devait avoir mal entendu.

— Vous voulez faire quoi ? demanda Ursula.

Maya la regarda bizarrement.

— Maîtriser ce salaud. Il ne peut mettre les humains en danger de la sorte. Nous devrons nous en assurer.

— Mais... dit Ursula en balayant du regard les autres dans la pièce, lesquels semblaient aussi concernés que Maya par cette situation.

— ...Pourquoi feriez-vous ça ? Vous êtes également des vampires. Vous faites la même chose.

Oliver se rapprocha et s'accroupit devant elle, de sorte à se retrouver à la même hauteur qu'elle et lui éviter de tendre le cou. Elle réalisa que ce geste était aimable et se demanda pourquoi Oliver le faisait.

— Nous sommes civilisés. Nous faisons tous partie du même groupe. Nous travaillons pour une société appelée Scanguards. La plupart d'entre nous sommes gardes du corps ou agents de sécurité, et nous avons prêté serment de protéger les humains. Même contre notre propre espèce.

Incrédule, elle secoua la tête. C'était impossible. Non, elle devait être en train de délirer pour entendre quelque chose d'aussi incroyable.

— Non, ça ne peut être vrai, dit-elle.

— C'est vrai, ajouta Blake. Autant certains éprouvent des difficultés à maintenir leur envie de sang sous contrôle, autant les hommes de Scanguards adoptent un strict sens de l'éthique, dit-il en adressant à Oliver un regard qui en disait long. Crois-moi, si tel n'était pas le cas, je ne serais ni en vie aujourd'hui ni ne vivrais parmi eux sans craindre pour ma vie.

Elle dévia le regard vers Oliver.

— Tu veux dire que tu ne mords pas les gens ?

Une lueur de culpabilité apparut dans les yeux du jeune vampire. Il baissa ensuite les paupières afin d'éviter l'examen minutieux auquel elle s'adonnait.

— La plupart d'entre nous boivent du sang en bouteille. Du sang donné. Nous l'achetons par le biais d'une compagnie qui fournit du matériel médical.

La prudence dont il avait fait preuve dans son phrasé n'échappa pas à Ursula.

— La plupart d'entre vous ? demanda-t-elle.

Les paupières d'Oliver se soulevèrent entièrement, ses longs cils noirs touchant presque ses sourcils. Le bleu intense de ses yeux hypnotisa Ursula, tout comme lorsqu'elle l'avait rencontré, la première fois, dans cette rue sombre.

— Pas tous. Certains d'entre nous luttent toujours... pour s'adapter. Mais ce n'est pas facile. La tentation est toujours là.

Elle remarqua que ses yeux lorgnaient vers son cou. Une sensation de picotement lui parcourut alors le corps. La peur lui serrait toujours les cordes vocales, la rendant incapable de parler. En même temps, elle était incapable d'arracher son regard du sien.

La crainte et le désir entrèrent en collision lorsqu'il s'approcha un peu plus, lui remémorant leur baiser. Il avait été si chaleureux, si tendre. Et maintenant, elle savait également à quel point son baiser pouvait être mortel. Oliver aurait pu la mordre et terminer ce que l'autre vampire avait commencé. Et pourtant, elle ne pouvait pas bouger. Elle ne pouvait que l'observer, tandis qu'il se rapprochait.

— Oliver ! dit Cain d'une forte voix, l'amenant ainsi à s'écarter brusquement et à se relever.

Oliver se passa une main dans les cheveux et s'adressa à Ursula.

— Désolé. Comme je le disais, nous ne te ferons aucun mal.

Ursula hocha la tête, comme si elle était branchée sur le pilote automatique, tandis que son cerveau essayait de comprendre ce que cette mise au point allait apporter à son avenir immédiat. Était-elle vraiment en sécurité ? C'était trop beau pour être vrai et, lorsque quelque chose était trop beau pour être vrai, ce n'était pas réel. Quiconque avait vu une publicité vantant une pilule qui favorisait la perte de poids le savait.

— Cette compagnie dont tu parles, Scanguards, que fait-elle ?

Était-ce une autre société écran active dans le commerce du sang qui s'afférait aux mêmes abominations que celles que ses ravisseurs avaient fait subir tant aux autres filles qu'à elle-même ?

— Scanguards est une compagnie occupée dans le secteur de la sécurité. Nous protégeons les individus : dignitaires, politiciens, ou célébrités. Quiconque peut vraiment s'offrir nos services. Nos employés sont tant humains que vampires. Les humains occupent les postes diurnes, mais le reste d'entre nous prend la garde de nuit, en quelque sorte. Nos missions sont généralement plus dangereuses. Mais nous y sommes formés.

Ursula ne put s'empêcher de remarquer la fierté dans la voix d'Oliver lorsqu'il parlait. Pas plus que l'éclat de l'excitation qui brillait à présent dans ses yeux. Et pourtant, ses paroles lui semblaient si étrangères, si incroyables.

— Des vampires qui protègent des humains ? s'enquit-elle.

Oliver sourit.

— Nous sommes les gentils.

Elle ne put s'empêcher de secouer la tête. Ils n'étaient pas des gentils.

À côté d'Oliver, Blake lui souriait également.

— Ils le sont. Quand j'ai été enlevé par une bande de mauvais vampires, tous les membres de Scanguards sont venus à mon secours. Ils ont risqué leur vie pour la mienne, ajouta-t-il.

Oliver lança un espiègle regard oblique à son demi-frère.

— Uniquement parce que tu es le petit-fils de Quinn. Si j'avais eu mon mot à dire, j'aurais laissé ton pauvre cul entre leurs mains.

Ursula observait l'échange avec intérêt. Scanguards avait combattu d'autres vampires pour sauver un humain ? Pouvait-elle espérer qu'ils viendraient à la rescousse de ces filles qui étaient toujours emprisonnées comme putains pour leur sang ? Ou Scanguards ne soulevait-elle le petit doigt que pour les membres de sa propre famille ?

— Admets-le, fréro. Tu aimes m'avoir dans le coin, le taquina Blake.

Oliver roula des yeux.

— Juste, acquiesça-t-il, avant de se retourner sur Ursula.

— Ne fais pas attention à lui. Mais ce qu'il a dit est vrai : nous venons à l'aide quand on a besoin de nous ou quand l'un d'entre nous est en danger, qu'il soit humain ou vampire. Moi-même, j'ai été impliqué dans nombre de missions de sauvetage.

À nouveau, la fierté brillait à travers ces paroles. Apparemment, il aimait vraiment ce qu'il faisait. Était-elle tombée sur le seul groupe de personnes qui pourraient les aider, elle et les autres filles ? Pouvait-elle leur faire confiance ? Étaient-ils ce qu'ils prétendaient être, ou ne valaient-ils pas mieux que ces vampires qui l'avaient maintenue en captivité durant trois ans ?

— Et que fais-tu ? ne put-elle s'empêcher de demander.

— Moi ? Je suis garde du corps.

— Suffisamment parlé de nous, les interrompit subitement Cain, le front quelque peu plissé, comme s'il se méfiait d'elle. Pourquoi ne nous dis-tu pas ce qui t'est arrivé, afin que nous puissions déterminer quoi faire ?

Ursula éprouva des difficultés à déglutir. Cain pinçait si fermement les lèvres qu'il avait l'air d'être déterminé et inflexible. Instinctivement, elle réalisa qu'il ne laisserait pas les autres lui donner davantage d'informations qu'ils ne l'avaient déjà fait.

Oliver échangea un regard avec Cain, puis hocha la tête avant de regarder de nouveau la jeune femme.

— Ne le prends pas mal, Ursula, mais nous t'en avons déjà dit plus à propos de nous que ce que nous racontons à un humain dans des circonstances normales. Tu dois comprendre que nous devons protéger nos secrets.

Secrets ? Bien sûr qu'ils avaient des secrets. Tous les vampires en avaient. Et ils ne lui divulgueraient pas les squelettes qui se trouvaient dans leurs placards.

— Dis-nous, insista Maya, d'une voix plus douce, quoique pas moins pressante que celle de Cain. Que t'est-il arrivé ?

Ursula hésita. Que pouvait-elle leur raconter ? Et qu'en serait-il si, en fin de compte, ils étaient en relation avec les autres vampires ? Serait-elle renvoyée chez eux une fois qu'ils auraient découvert l'endroit d'où elle s'était échappée ?

Lorsqu'Oliver s'accroupit de nouveau face à elle et enroula sa grande main autour de la sienne, elle détourna le regard pour le fixer dans les yeux.

Les lèvres du jeune homme se murent et chuchotèrent deux mots.

— Raconte-moi.

Ursula ouvrit la bouche, comme par enchantement. Elle ne put s'empêcher de laisser sortir les mots.

— J'ai été emprisonnée par des vampires.

10

———————

Choqué, Oliver prit une inspiration. Avait-il bien entendu, ou le fait qu'il fût si proche de cette belle fille lui bousillait-il les sens ?

— Emprisonnée ?

Il jeta furtivement un coup d'œil en direction de ses amis, mais ils semblaient clairement tout aussi étonnés que lui après avoir entendu ces mêmes mots de la bouche d'Ursula.

Ses grands yeux marron écarquillés, elle parut aussi surprise que lui par cette révélation. N'avait-elle pas souhaité révéler cela, ou était-elle en train d'inventer des mensonges ? Ou était-elle tout simplement une très bonne actrice ?

Cain avait peut-être eu raison de mettre un terme aux questions qu'elle posait, de sorte à ne pas trop en divulguer à propos de Scanguards. Après tout, elle était une étrangère et, même si elle avait été mordue par un vampire, tout cela avait pu être un coup monté pour se rapprocher d'eux, pour infiltrer Scanguards. Et qu'en serait-il si un groupe de vampires l'employait comme appât ? Même maintenant, ils pouvaient être en train de la contrôler. En dépit de son attraction physique pour elle, Oliver devait être prudent. S'il s'impliquait, cela se terminerait mal lorsqu'il serait avéré qu'elle travaillait pour l'ennemi. Il n'irait jamais à l'encontre de Scanguards, pas même pour la femme la plus chaude qu'il eût rencontrée depuis longtemps. Il laissa involontairement tomber les yeux sur la poitrine de la jeune femme, là où de petits seins se soulevaient et retombaient, de concert avec sa respiration. Il remarqua en même temps combien sa main était moite, et à quel point son cœur battait vite.

Lorsqu'il leva le regard pour l'observer de nouveau les yeux dans les yeux, il réalisa que ce qu'il y voyait, c'étaient des signes de crainte. Les craignait-elle, lui et ses amis, ou avait-elle peur du vampire qui l'avait mordue ?

— S'il te plaît, l'exhorta-t-il. Dis-moi ce qui s'est passé.

Lentement, elle ôta sa main de la sienne. Il l'y autorisa, à contrecœur.

— Ils m'ont gardée pendant trois ans.

Les mots obstruaient sa gorge, comme si elle éprouvait des difficultés à parler.

Stupéfait par ces paroles, il demeura silencieux et attendit qu'elle poursuivît. Elle prit plusieurs inspirations, regarda ses amis et tourna la tête sur le côté, évitant ainsi tout contact visuel avec lui.

— J'étais étudiante à l'Université de New-York quand, une nuit, ils m'ont capturée après que j'aie quitté une conférence à laquelle j'assistais. Je ne pouvais croire ce qui était en train de se passer. Les vampires n'existaient pas ! Ils ne pouvaient pas exister. Ils n'étaient qu'un mythe, un folklore. Ils n'existaient que dans les films. Je n'ai jamais pensé...

Elle perdit la voix.

Oliver avait tant à dire, mais sa gorge s'assécha soudainement.

— Ils m'ont conduite dans un bâtiment où ils m'ont maintenue enfermée. Je n'étais pas la seule. Il y avait d'autres filles comme moi.

Elle leva les yeux. Ils étaient humides, mais elle ne pleurait pas. Elle rencontra alors le regard d'Oliver.

De son plein gré, celui-ci souleva une main, désireux de lui caresser la joue pour la réconforter mais, à la dernière minute, il la retira, se refusant de dévoiler ses sentiments ; tant à elle qu'à ses amis. Il devait demeurer impartial. C'était la marque de fabrique d'un bon garde du corps. Cain avait justement essayé de la lui apprendre, et Gabriel l'avait renforcée à de nombreuses reprises.

Cependant, cela ne changeait pas le fait qu'il se sentît affecté par ces paroles. Il éprouvait de la compassion.

— Qu'est-ce qu'ils t'ont fait ?

Ursula souleva le menton, les lèvres fermement pincées.

— Ils nous prostituaient pour notre sang.

— Prostituées pour votre sang ? dit Maya dans un souffle empreint d'incrédulité.

La réaction d'Oliver ne fut pas différente.

— Je n'ai jamais entendu parler de prostituées utilisées pour leur sang, dit-il en se retournant vers Cain pour en obtenir la garantie.

Son collègue secoua sa tête.

— Une telle chose n'existe pas. Ce n'est pas utile.

Ursula souleva les épaules, se redressa et poursuivit, les lèvres tremblantes.

— Ils nous utilisaient, les autres filles et moi, comme putains pour notre sang. Deux, parfois trois fois par nuit, ils amenaient des vampires afin que ceux-ci puissent s'abreuver de nous ; les sangsues, comme nous les appelons.

Elle suffoqua.

— Certaines filles ne survivaient pas. Mais ils trouvaient toujours d'autres filles pour les remplacer.

Cain fit un pas vers elle.

— C'est impossible. Il n'est absolument pas nécessaire de maintenir des humains en prison pour leur sang. Même ces vampires qui ne boivent pas de sang en bouteille n'ont pas besoin de ça. Ils sortent tout simplement pour ch...

— Trouver quelqu'un et boire à la source, l'interrompit rapidement Oliver. *Chasser*, voilà ce que Cain avait voulu dire. Et, d'une certaine manière, Oliver pensait que ce n'était pas le mot approprié à employer en présence d'Ursula.

— Aucun vampire ne risquerait de maintenir un humain captif, juste pour disposer de son sang à tout moment, poursuivit-il.

Si tel était le cas, pourquoi ne pas le boire à la bouteille ? Du moins, c'était comme ça qu'il le percevait : il aimait la chasse. Le frisson qu'elle procurait était ce qui le motivait à sortir nuit après nuit. Et il ne pouvait qu'imaginer qu'il en fût de même pour ces vampires qui ne s'étaient pas adonnés au sang en bouteille. Ils étaient là pour la chasse. Ils ne s'embêteraient pas à garder un humain en prison pour se nourrir de lui comme d'un animal en cage.

— Ils font des affaires, insista Ursula. Ils demandent cher pour notre sang. Et les sangsues payaient sans broncher.

— Pourquoi payer pour quelque chose qu'ils peuvent obtenir gratuitement dans la rue ? lança Maya, la voix tout autant empreinte de scepticisme que les propos de Cain.

Oliver chercha des signes extérieurs de mensonge sur le visage d'Ursula. Thomas essayait de lui enseigner cette habileté, mais il ne la maîtrisait pas encore. Cependant, de ce qu'il pouvait en dire, Ursula ne mentait pas. À moins qu'elle ne sût pas qu'elle était en train de mentir : il était possible qu'un vampire eût effacé ses souvenirs et lui en eût implanté de nouveaux dans l'esprit. Elle ne saurait jamais qu'elle mentait. La seule question qui demeurait était : pourquoi un autre vampire ferait-il ça ? Pourquoi inventer une telle histoire ? Quelqu'un essayait-il de tendre un piège à Scanguards en faisant appel à leur sens de l'honneur et du devoir, sachant qu'ils aideraient ceux qui en avaient besoin ?

Se méfiant de son récit, Oliver mit en pratique ce que Thomas lui avait appris : poser des questions pour voir si la personne pouvait maintenir son histoire de manière crédible. Les menteurs avaient tendance à oublier les petits détails de leurs histoires construites avec soin et commettaient finalement des erreurs.

— Tu as dit que tu allais à l'Université de New York. T'ont-ils amenée à San Francisco dès ton kidnapping ?

Elle secoua la tête.

— Nous sommes longtemps restées quelque part à New York. Une nuit, ils ont soudain tout emballé et nous ont mises à l'arrière d'un grand camion qui a traversé le pays. Je ne suis arrivée à San Francisco qu'il y a plus ou moins trois mois. Jusqu'à ce soir, je ne savais même pas dans quelle ville je me trouvais.

— Où te gardaient-ils ?

Elle haussa les épaules.

— Dans un grand bâtiment, peut-être un vieil immeuble à appartements ou un vieil hôtel. Je ne suis pas sûre. Il faisait nuit quand nous sommes arrivés, et on ne m'a jamais laissé sortir. Ils nous gardaient enfermées et, même lorsqu'ils nous conduisaient dans les chambres où les vampires se nourrissaient de notre sang, il y avait toujours un garde pour nous surveiller.

— Où est situé ce bâtiment ?

Les yeux d'Ursula se remplirent de larmes.

— Je ne sais pas. Pas loin de l'endroit où tu m'as trouvée. Je ne suis pas certaine de l'emplacement précis. Je ne pensais qu'à leur échapper.

Cain se racla la gorge.

— Ouais, à ce sujet : comment *t'es*-tu enfuie, étant donné qu'il y avait un garde ?

Ursula ferma les yeux pendant un instant et, lorsqu'elle les rouvrit, elle détourna le regard.

— Le gardien n'a pas été prudent. Il a été appelé dans une autre chambre pour une altercation avec une des sangsues. Il a oublié de verrouiller la porte. J'ai pu sortir par l'escalier de secours.

— Y avait-il seulement un garde ? poursuivit Cain.

Elle secoua la tête.

— Il y en avait beaucoup. Mais ils étaient trop occupés à surveiller les autres filles, s'empressa-t-elle d'ajouter.

Oliver la regarda avec méfiance. Les pulsations de la jeune femme avaient accéléré, et il pouvait ressentir que ses glandes sudoripares secrétaient plus de sueur. Pas une odeur désagréable, loin de là mais, néanmoins, elle transpirait, et cela signifiait qu'elle était nerveuse. Nerveuse parce qu'elle mentait ? Ou simplement agitée parce qu'elle se rappelait de son calvaire ?

Si seulement il savait.

Lorsqu'elle tourna totalement le visage vers lui, leurs regards se heurtèrent. Oliver prit une bouffée d'air et, par la même occasion, un peu de l'odeur d'Ursula. Bien qu'il se fût nourri quelques heures plus tôt, la faim déferla immédiatement en lui. Il n'aurait pas dû se sentir affamé : il n'aurait pas dû avoir envie de sang si tôt. Il en avait pris en abondance à ce jeune qu'il avait rencontré dans le quartier de Bayview. Plus qu'assez. Avec cela, il devait tenir vingt-quatre heures. Une irrésistible envie le submergeait toutefois, et il n'était pas certain de savoir s'il voulait mordre Ursula ou l'embrasser. Chacune de ces possibilités semblait tout aussi alléchante l'une que l'autre. Et tout aussi inadaptée à cette situation.

— S'il vous plaît, vous devez me croire, les pria-t-elle.

Oliver sentit Maya s'approcher de lui par l'arrière.

— Tu dois admettre que c'est une histoire invraisemblable, dit le médecin.

— Et elle n'a aucun sens, ajouta Cain.

— Mais, se pourrait-il que ce soit possible ? demanda Blake. Comme nous le savons, il y a quelques mauvais gars, là-dehors.

Oliver se retourna pour regarder Maya et Cain.

— Blake a raison. Nous ne pouvons pas simplement écarter ça. Si elle dit la vérité, alors nous avons un problème sur les bras.

Ursula bondit sur ses pieds, attirant de nouveau l'attention d'Oliver sur elle.

— Tu penses que je mens ?

Oliver se leva et voulut instinctivement se diriger vers elle, mais elle fit un pas de côté.

— Ce n'est pas ce que j'ai dit.

Les yeux remplis de larmes, elle lança un regard furieux à Oliver.

— Alors, qu'*es-tu en train* de dire ?

Nerveusement, le jeune vampire prit appui sur l'autre jambe, jetant un coup d'œil en direction de Cain. Celui-ci haussa les épaules.

— Tu veux que je lui dise ? dit Cain.

Son collègue avait visiblement les mêmes soupçons que lui. Et il semblait n'avoir aucun scrupule quant au fait de l'exprimer haut et fort. Mais Oliver était assez viril pour avoir le courage de faire le sale boulot lui-même. Et ce n'était pas bien d'accuser Ursula pour quelque chose dont elle était innocente. Mais c'était une possibilité qu'il ne pouvait tout simplement pas écarter.

Lorsqu'Ursula le cloua sur place d'un regard interrogateur, Oliver soupira.

— Il est possible que le vampire qui t'a mordu ait implanté ces souvenirs dans ton esprit pour que tu nous en parles et nous fasses tomber dans un piège. Tu ne saurais même pas que tu es en train de mentir.

Elle tressauta, s'écartant un peu plus de lui.

— Quoi ? Tu penses que ce n'est pas vrai ? Tu penses que tout ça est inventé ? Non ! Non ! J'ai vécu ceci. Pendant trois ans, j'ai enduré leur cruauté, l'humiliation, la douleur. Je sais ce que j'ai vu et ressenti. C'est réel.

Sa poitrine se soulevait suite à l'effort que cela avait dû lui coûter d'élever la voix et lui adresser ce plaidoyer si passionné.

— Mes parents me recherchent depuis trois ans.

— Comment le sais-tu ? demanda Cain.

Elle tourna la tête dans sa direction.

— Parce qu'ils m'aiment. Ils ne m'abandonneraient jamais.

Elle soutint le regard examinateur de Cain jusqu'à ce que ce fût lui qui le brisa. Lorsqu'il le fit, elle se retourna et regarda de nouveau Oliver.

— Je dois leur dire que je suis vivante.

Il reconnut la douleur qui se logeait profondément dans les yeux de la jeune femme et, en réaction, il ressentit un pincement au cœur. Peut-être disait-elle la vérité, aussi atroce que celle-ci parût. Mais, dans l'intérêt et pour la propre sécurité de Scanguards, ils devaient prendre des précautions avant de pouvoir agir.

— Plus tard, mais nous devrons d'abord vérifier certains faits.

Ses années de formation au sein de Scanguards se mettaient en marche. Il était essentiel de ne pas commettre la moindre erreur maintenant : Gabriel gardait déjà un œil sur tout ce qu'il faisait à cause de son incontrôlable désir de sang. S'il compromettait à présent Scanguards en ne vérifiant pas l'histoire d'Ursula au préalable, alors son patron aurait sa peau.

— Nous devons connaître ton parcours afin de confirmer ton identité, dit-il, se sentant juste un peu coupable de ne pas la croire.

Le regard déçu qu'elle lui lança le transperça comme un couteau. Ouais, il n'y avait absolument aucune chance qu'elle couchât un jour avec lui ; plus maintenant, après qu'il l'eût déçue. Cela n'aurait pas dû revêtir la moindre importance, mais c'était le cas. Car le baiser si prometteur qu'elle lui avait offert lui avait donné l'appétit de bien davantage. Était-il condamné à combattre un autre désir qu'il n'avait nullement le moyen de satisfaire ? La voix d'Ursula sembla teintée de résolution lorsqu'elle s'adressa finalement de nouveau à lui.

— Que veux-tu savoir ?

— Ton nom, le nom de tes parents, où tu habitais. Quand et où tu as été enlevée.

Il adressa ensuite un hochement de tête à l'intention de Cain.

— Cain, prends note. Je veux que tu recherches tout ce que tu pourras trouver. Il doit y avoir des rapports de police et probablement des articles de presse à propos du kidnapping d'Ursula.

Il l'espérait, car il n'aimait pas l'idée qu'elle fût une menteuse qui essayait de les duper. Cependant, il aimait encore moins l'idée qu'elle eût vécu en captivité durant trois ans, soumise à un groupe de vampires qui se nourrissaient d'elle chaque fois qu'ils en éprouvaient l'envie, et probablement encore pire.

Il savait ce qui accompagnait le fait de s'alimenter, cette excitation sexuelle que l'acte provoquait tant auprès de l'hôte que du vampire. Si l'histoire de la jeune femme était vraie, ils devaient l'avoir violée d'innombrables fois. Sauvagement.

Mais il n'arrivait pas à le lui demander. Pour son propre bien : car son sang bouillait rien qu'à savoir que quelqu'un eût pu utiliser Ursula de cette façon, eût violenté son corps non seulement en puisant son sang, mais en l'assaillant sexuellement. Il devrait alors tuer quelqu'un.

11

Dès qu'Ursula leur eut révélé les détails sollicités par Oliver, Cain hocha la tête et se dirigea vers la porte.

— Je reviendrai vers toi avec les résultats dès que je le pourrai, dit-il à Oliver.

— Merci, j'apprécie, répondit Oliver.

La porte d'entrée se referma derrière Cain, et le regard d'Oliver se posa sur Maya en train de ramasser sa valisette médicale noire.

— Blake, Oliver, j'ai un mot à vous dire, lâcha-t-elle.

Elle leur fit signe d'approcher, mais se retourna préalablement vers Ursula.

— Tout va bien se passer. D'une manière ou d'une autre, dit-elle à la jeune femme.

Oliver remarqua le regard dubitatif d'Ursula. Il suivit alors Maya et referma à moitié la porte après que Blake les eût rejoints.

— Oui ? demanda sèchement Oliver.

— Je parlerai de tout ça avec Gabriel.

— Pourquoi le tracasser ? En ce moment, il est occupé à New York.

Il préférait que Gabriel ne sût rien de tout ceci. Tant de choses n'étaient pas encore éclaircies.

— Ce n'est pas parce qu'il est parti pour quelques jours que ça veut dire qu'on va lui cacher quoi que ce soit. Tu devrais le savoir.

Elle lui adressa un regard sévère et poursuivit.

— Vous êtes tous les deux responsables du bien-être de la fille. Surveillez-là de près et ne l'autorisez pas à partir. C'est pour sa propre sécurité. Nous comprenons-nous bien ?

Blake hocha la tête.

Oliver grogna. Comme si c'était nécessaire de le lui dire. Il connaissait les règles.

— J'ai les choses en main. C'est mon affaire, répondit-il.

Étonnée, Maya haussa un sourcil.

— Gabriel décidera de cela. En attendant, faites comme je le dis.

Elle posa ensuite une main sur la poignée de la porte.

— Et, Oliver, je suis vraiment désolée de t'avoir accusé, tout à l'heure. Mais si tu la mords, Gabriel te sanctionnera sévèrement.

De colère, Oliver souffla.

— Je n'ai aucune intention de la mordre !

— J'ai vu la manière dont tu la regardais.

Blake posa une main rassurante sur l'épaule de Maya et ouvrit la porte pour elle.

— Ne t'inquiète pas, Maya, je vais m'assurer qu'il ne la touche pas.

— Merci, Blake.

Lorsque la porte se referma derrière elle, Blake sourit à Oliver.

— Bien, voyons comment nous pouvons rendre notre corvée un peu plus confortable.

Avant que le jeune humain n'eût pu atteindre la porte du salon, Oliver le tira en arrière.

— Oh, je sais ce que tu es en train de faire.

Son demi-frère lui jeta un œil par-dessus l'épaule.

— Je sauve juste une jolie fille du grand méchant vampire.

Oliver serra les dents.

— Tu ne la sauves de rien du tout ! Je l'ai vue le premier.

— Qu'est-ce que ça a à voir avec ça ? Elle n'aime visiblement pas les vampires et, puisqu'en ce moment, je suis le seul humain dans les parages, ne le prends pas mal si je tente ma chance.

— Tu ne vas rien tenter du tout, tu me comprends ?

— Comment vas-tu m'arrêter ? le défia Blake.

Beaucoup de choses vinrent à l'esprit d'Oliver en guise de réponse : lui déchirer la gorge en faisait partie. Choqué par la violence de ses propres pensées, Oliver laissa tomber les mains et le regarda simplement furieusement. Blake savait parfaitement bien qu'il ne lui ferait aucun mal. Dans le cas contraire, Oliver s'attirerait les foudres de Quinn. Mais cela ne signifiait pas qu'il autoriserait Blake à faire des avances à cette fille.

— Pourquoi te choisirait-elle ? Tu penses vraiment que tu es si charmant ? railla Oliver.

Blake sourit et rentra le ventre, gonflant le torse, tel un paon.

— Oh, je le suis. Bien plus charmant que tu ne le seras jamais. De plus, j'ai un avantage : je suis humain. J'ai bien peur que, pour une fois, tu aies rencontré une femme qui ne baissera pas sa culote pour le puissant vampire.

Cette affirmation le faisant rager, Oliver ouvrit la bouche et laissa échapper des mots qu'il voulut retirer dans la seconde qui suivit.

Elle m'a déjà offert du sexe !

Un souffle provenant de la porte lui donna l'envie de fuir sous terre.

Merde, merde, merde !

Il n'aurait pas dû laisser Blake le provoquer. Lentement, Oliver se tourna en direction de l'encadrement de la porte, là où Ursula se tenait, horrifiée, en train de le fixer. Elle n'avait visiblement pas souhaité que quiconque fût au courant de ce qu'elle lui avait dit dans cette sombre rue. Pas plus que lui. Non seulement il l'avait dit à Maya, chose qu'Ursula ignorait heureusement mais, maintenant, il s'en vantait même auprès de Blake. Stupide idée !

— Je suppose que mes chances viennent juste d'augmenter, murmura Blake.

— Ferme-la, siffla Oliver.

Ursula leur adressa un regard furieux.

— Si vous pensez que je vais écarter les jambes pour l'un de vous, vous pouvez rêver.

— Mais je suis humain, dit Blake.

— Tout comme des millions d'autres hommes dans ce pays, et je ne coucherai pas avec eux non plus.

— Mais tu ne me connais même pas encore.

Oliver ne put réprimer un sourire face à la pathétique tentative de Blake de gagner les faveurs de la jeune femme. Au moins, cela le déchargeait un peu.

— J'en ai vu assez !

Elle dirigea ensuite son regard vers Oliver et le regarda avec insistance.

— Et qu'est-ce qui te fait sourire ?

Immédiatement, il adopta un air sérieux.

— C'est juste un tic facial. N'en prends pas acte.

Par le regard indigné qu'elle lui lança, il réalisa qu'elle savait qu'il mentait. Mais lui accorderait-elle au moins des points pour l'originalité de sa réplique ?

Elle souffla, ne sachant visiblement que répondre tant elle était surprise, se retourna et claqua la porte derrière elle.

Un à zéro pour le vampire. Au moins, il avait toujours une chance.

— Elle ne t'a pas proposé de sexe. En aucune manière.

Ces paroles empreintes d'incrédulité amenèrent Oliver à tourner la tête vers Blake.

On ne le forcerait plus à dévoiler davantage de secrets qu'il ne l'avait déjà fait, comme lorsqu'Ursula l'avait embrassé ; et très passionnément en plus. Cette fois, son demi-frère ne le pousserait pas à dire quelque chose qu'il ne voulait pas divulguer. Par conséquent, Oliver haussa simplement les épaules.

— Pense ce que tu veux.

C'était déjà assez moche que Maya le sût. Il ne pouvait qu'espérer qu'elle ne révélât pas cette information à Gabriel. Connaissant son sens de la bienséance, le chef en second l'évincerait immédiatement de cette affaire et désignerait quelqu'un d'autre pour surveiller Ursula. Quoique ce ne fût pas encore une réelle affaire. Pour l'instant, ce n'était rien de plus qu'Oliver venant au secours d'une fille. On saurait bientôt si ceci avait quelque chose à voir avec Scanguards. Du moins l'espérait-il.

En attendant, il devait réparer ce qu'il avait bousillé.

Lorsqu'il posa une main sur la poignée de porte, il sentit la main de Blake sur son épaule.

— Eh, qu'est-ce que tu fais ?

Oliver le gratifia d'un regard qui en disait long.

— À quoi ça ressemble ? J'entre dans le salon. Donc, si ça ne te dérange pas... dit Oliver en balayant la main de Blake.

— Tu n'y vas pas, pas seul.

— Tu n'as rien de mieux à faire que m'espionner ?

Blake fronça les sourcils.

— Si tu savais te comporter, je ne devrais pas t'espionner.

— Venant de toi, c'est gonflé ! Si je me souviens bien, tu viens juste d'essayer de lui faire des avances. Et tu oses me dire que je ne sais pas bien me comporter ?

Sans un autre regard, Oliver ouvrit la porte et entra dans le salon. Derrière lui, Blake déboula dans la pièce. Apparemment, son idiot de demi-frère ne pouvait comprendre l'allusion.

Ursula se tenait près de la fenêtre, scrutant l'obscurité, bien qu'il sût qu'elle ne pouvait rien voir à l'extérieur avec la lumière du salon qui se reflétait dans le carreau. Elle fit volte-face lorsqu'elle entendit ses pas.

— Je ne voulais pas te faire peur, dit Oliver.

Il désigna la fenêtre.

— Tu devrais t'en éloigner. Quelqu'un pourrait te voir. Je ne suis pas sûr de ne pas avoir été suivi.

Elle s'écarta rapidement de la fenêtre et s'approcha de la cheminée. Même s'il n'avait pas remarqué avoir été suivi ou pas, Oliver dut admettre qu'il avait été trop préoccupé pour y prêter une attention appropriée.

Ursula souleva le menton et le fixa droit dans les yeux.

— Je veux appeler mes parents.

Pendant un instant, il envisagea cette requête, mais il connaissait déjà sa réponse. Il ne pouvait l'autoriser à contacter quiconque. Pas tant que Cain n'avait pas vérifié son histoire.

— Plus tard.

Le mal et la colère se mirent à flamboyer dans les yeux d'Ursula.

— Tu ne vaux pas mieux que ces vampires qui m'ont emprisonnée.

— Ce n'est pas juste. Je n'ai rien fait pour te blesser.

—Mais tu m'enfermes tout comme ils l'ont fait. Tu ne m'autorises pas à parler à mes parents. Et dans combien de temps vas-tu m'attaquer pour mon sang ? Combien de temps ?

Immédiatement, voulut-il crier. Mais il serra les mâchoires.

— Jamais ! Je ne suis pas un sauvage. Je te le prouverai.

Que disait-il ?

— Comment ? le défia-t-elle.

Sans la quitter des yeux, il proféra un ordre.

— Blake, va me chercher une bouteille de sang dans le garde-manger.

— Quoi ? demanda son demi-frère. Tu es sérieux ?

— Tu m'as compris.

Il entendit les bottes de Blake rayer les planches en bois, tandis qu'il quittait la pièce.

Ursula lui lança un regard dubitatif.

— Qu'est-ce que tu essaies de faire ?

— Je vais te prouver que je suis civilisé, que je ne veux pas de ton sang.

Il savait qu'il mentait, mais il devait la convaincre du contraire. Ou il n'obtiendrait jamais l'autre chose qu'il voulait : son corps, sous lui, en train d'haleter sous l'extase.

— En buvant du sang en bouteille ? Ça ne prouvera rien !

Elle avait probablement raison, mais cela établirait autre chose.

— Au moins, pour les prochaines vingt-quatre heures, tu sauras que je suis rassasié et que tu ne risqueras rien avec moi. Si tu as vraiment passé les trois dernières années avec des vampires, tu connais leurs habitudes, leurs fortes envies, leurs besoins. Tu sais qu'un vampire qui s'est suffisamment nourri n'éprouve pas l'irrésistible envie d'attaquer pour du sang.

Il y eut un hochement de tête presque imperceptible. Néanmoins, le doute dans les yeux d'Ursula ne disparut pas.

— Ça ne signifie pas que je ne risquerai rien avec toi.

Leurs yeux se rencontrèrent et, silencieusement, il dut agréer. Non, elle n'était pas en sécurité avec lui. Il pouvait peut-être conjurer l'envie que son sang suscitait en lui en se nourrissant plus que d'ordinaire, mais comment pouvait-il réprimer le désir qui grandissait dans son ventre ? Pouvait-il vraiment la surveiller sans être tenté de la toucher, de l'embrasser, de presser son corps contre le sien ? Ou le feu qu'elle avait initié avec son baiser deviendrait-il incontrôlable et exigerait-il qu'il la prît et lui arrachât les vêtements ? Ensuite, une fois qu'elle serait nue, en train d'haleter sous lui, trouverait-il la force de résister à la mordre ? Il en doutait.

Sachant ce qu'elle avait traversé, comment pouvait-il même avoir de telles pensées ? Qu'un homme la convoitât était probablement la dernière chose qu'elle souhaitait. Et encore moins qu'on la touchât.

Incapable de réfuter son affirmation, il détourna le regard. Il fut content d'échapper à la réponse lorsque Blake revint dans la pièce et lui mit une bouteille de sang dans la main.

— Merci.

Oliver ne gaspilla pas la moindre seconde à dévisser le bouchon et à amener le flacon à ses lèvres. C'était horrible : sans vie, insipide et froid. Mais ce n'était pas la température qui le tracassait : c'était le fait de ne pouvoir enfoncer ses canines dans de la chair humaine pendant qu'il buvait. C'était différent, et cela ne le gratifiait pas du frisson qu'il ressentait lorsqu'il chassait un humain et se nourrissait à la source. Cela lui procurait un sentiment de vide. Mais il avala néanmoins le liquide. Son corps serait repu et, comme il l'avait dit à Ursula, il ne convoiterait pas son sang pendant plusieurs heures. Cela ne voulait pas dire que son esprit serait rassasié ; cette partie de lui désirerait toujours ardemment chasser dans le but de ressentir l'excitation que ses canines enfoncées dans un être vivant et en train de respirer lui procurait.

Sous ses paupières mi-closes, il remarqua qu'elle l'observait. Elle ne faisait preuve d'aucun dégoût face à cet acte. Peut-être avait-elle été désensibilisée par ce qu'elle avait vu en captivité, ou peut-être avait-elle appris à bien cacher ses sentiments.

Lorsqu'il reposa la bouteille vide, il s'adressa de nouveau à elle.

— Tu veux peut-être te reposer ? Je vais te montrer la chambre d'amis.

— La chambre d'amis est en désordre, affirma Blake. Elle est pleine de boîtes remplies des vêtements de Rose, en attendant que la penderie de la chambre principale soit refaite.

Oliver jeta de nouveau un coup d'œil en direction de Blake.

— J'avais oublié. Ma chambre alors.

— Je ne dors pas dans ta...

Il souleva une main pour l'arrêter.

— Je ne l'utiliserai pas. De plus, elle a une salle de bains attenante avec une baignoire, au cas où tu voudrais...

Il se permit de laisser sa voix traîner. L'imaginer dans sa baignoire, enveloppée d'eau chaude et de mousse le priva soudain de sa capacité à parler.

— Elle a un verrou ?

— La salle de bains en a un, mais pas la porte de ma chambre. Mais je te le promets, personne n'entrera pendant que tu y seras.

Elle hésita un court instant.

— Bien.

12

Aucun verrou sur la porte de la chambre à coucher : cela voulait au moins dire qu'ils ne pouvaient pas l'y enfermer. Et puisque la salle de bains pouvait être verrouillée, Ursula pouvait même disposer de quelques minutes d'intimité.

Soulagée, Ursula soupira.

— Je vais te montrer où est ma chambre, proposa Oliver.

Blake s'interposa immédiatement en lui adressant un regard qui en disait long.

— Nous le ferons tous les deux.

Elle s'abstint de rouler des yeux face à cette démonstration d'excès de testostérone.

La chambre d'Oliver se situait au troisième étage de l'immense manoir. Un grand escalier de chêne menait aux étages supérieurs. Ursula observa l'environnement dans lequel elle évoluait. Lorsqu'Oliver ouvrit la porte et fit un pas à l'intérieur, elle le suivit. Blake entra derrière elle.

Pour une chambre de style Edwardien, la pièce était grande. Et un peu en désordre.

Oliver se précipita pour ramasser un boxer-short qui traînait à terre et le cacha derrière son dos.

— Désolé, s'excusa-t-il doucement.

Il désigna ensuite le coin de la pièce.

— Voilà la salle de bains. Les serviettes propres sont dans le placard et, si tu veux changer de chemise, tu peux emprunter un t-shirt. Il y en a plein à l'intérieur.

Elle baissa les yeux sur son top et y remarqua des taches de sang. Mais voulait-elle réellement porter l'un des t-shirts d'Oliver ? Pourquoi essayait-il d'être si gentil avec elle ? Pour lui procurer un faux sentiment de sécurité ? Elle jura de ne pas s'y laisser prendre.

Tout en hochant la tête, elle regarda autour d'elle. Elle se dirigea lentement vers la fenêtre et regarda à l'extérieur. Il n'y avait pas d'escalier de secours. Elle se retourna lentement.

— C'est une chouette chambre. Seuls vous deux vivez ici ?

S'ils pensaient qu'elle s'adonnait à une conversation de courtoisie, ils se trompaient. Tout ce qu'elle voulait savoir, c'était si quelqu'un d'autre pouvait débarquer plus tard dans la maison et bouleverser ses plans.

Oliver sourit.

— Nos parents, Quinn et Rose, possèdent la maison. Mais ils sont en lune de miel, en Angleterre.

Angleterre ? Suffisamment loin d'eux pour ne pas revenir subitement. Mais quelque chose d'autre dans sa réponse n'avait aucun sens.

— Lune de miel ?

S'ils avaient deux fils adultes, pourquoi étaient-ils seulement maintenant en lune de miel ?

— Oui, c'est un peu compliqué, concéda Oliver.

Blake rit sous cape.

— Je t'expliquerai, si tu veux.

Ursula haussa les épaules. Plus elle en apprenait à propos de ce à quoi et à qui elle avait affaire, et mieux c'était. Mais à part ça, leur situation familiale ne l'intéressait pas le moins du monde. *Menteuse.*

Visiblement enthousiaste d'avoir quelque chose à dire, Blake se lança dans son explication.

— En fait, je suis leur seul parent de sang et...

— Si tu dois raconter l'histoire, l'interrompit Oliver, alors va directement aux faits, s'il te plaît. Je porte le sang de Quinn ; donc, je suis tout autant un parent de sang que toi.

Ursula regarda fixement Oliver, trouvant étrange qu'il semblât légèrement contrarié par les paroles de Blake. Comme s'il voulait s'assurer de ne pas être exclu.

— Bien, d'accord, j'ai donc employé les mauvais mots, la belle affaire ! Enfin.

Blake se retourna pour la regarder et poursuivit.

— Quinn et Rose sont mes arrière-grands-parents au quatrième degré. Il y a deux cents ans, ils se sont brouillés et ne se sont retrouvés qu'il y a quelques mois.

Cela expliquait une chose : Rose et Quinn étaient des vampires. Cependant, une autre chose dans l'histoire de Blake ne pouvait, dès lors, être vraie.

— Les vampires ne peuvent pas avoir d'enfants. J'ai entendu les gardes en parler.

Savoir cela l'avait, d'une certaine manière, remplie de satisfaction : au moins, cela signifiait que les vampires ne pouvaient pas procréer de la même manière que les humains et se voyaient, dès lors, privés d'un moyen de renflouer les rangs.

— Pas entièrement vrai, lança Oliver. Les vampires mâles peuvent procréer avec leurs compagnes humaines. Mais dans le cas de Quinn et Rose, c'est différent : ils étaient tous les deux humains lorsqu'ils ont eu un enfant.

Blake hocha impatiemment la tête.

— Oui, et je descends de cette lignée. Oliver n'est apparenté qu'à Quinn, pas à Rose, dit-il en désignant son demi-frère.

Oliver le regard d'un air furieux.

— Ce qui ne fait pas de moi un moindre membre de la famille, rétorqua le jeune vampire avant de se décontracter les muscles faciaux. Quinn est mon père créateur. Je travaille pour Scanguards depuis plus de trois ans. J'étais humain à l'époque, mais je savais ce qu'ils étaient. Samson, le propriétaire, m'a pris sous son aile. Le jour, lorsqu'il était vulnérable, j'étais son bras droit, ses yeux et ses oreilles.

Ursula ne put s'empêcher de remarquer la fierté qui brillait dans ses yeux lorsqu'il parlait de son patron.

— J'étais avec eux de mon propre libre arbitre. Jusqu'à ce que...

Il hésita et regarda fixement ses chaussures.

Ursula ne dit rien, se contentant d'attendre anxieusement qu'il poursuivît. Comment était-il devenu un vampire ? L'avait-il choisi ? Ou l'y avait-on finalement forcé ?

— Quoiqu'il en soit, je suis certain que tu seras bien ici, finit-il par ajouter.

Le regard d'Oliver s'éloigna ensuite d'elle et pointa en direction du lit. Quoi qu'il y vît l'amena à se rapprocher. Elle retint sa respiration, se demandant s'il allait subitement l'attaquer. Il passa cependant à côté d'elle, ce qui amena Ursula à se retourner.

Saisissant quelque chose sur la table de nuit, il marmonna.

— Juste une précaution.

Ce fut alors qu'elle aperçut ce qu'il était en train de faire : il débranchait le petit téléphone noir qui s'était confondu avec la sombre couleur des meubles. Zut ! Elle ne l'avait pas immédiatement remarqué lorsqu'elle était entrée dans la pièce mais, une fois seule, elle l'aurait vu dès qu'elle aurait procédé à une évaluation plus minutieuse. Trop tard. Ses chances d'appeler ses parents venaient de s'amenuiser.

Elle ravala sa déception et rencontra le regard d'Oliver. Quelque chose qui s'apparentait à du regret scintillait dans les yeux bleus du jeune vampire. Elle balaya cette pensée. Non, les vampires n'éprouvaient aucun regret. Peut-être était-elle tout simplement trop épuisée pour penser clairement.

— Je suis désolé, dit-il, comme s'il percevait sa frustration. Mais nous ne pouvons prendre le risque que tu appelles qui que ce soit. Non seulement cela pourrait nous mettre en danger, mais toi également. Je sais que tu veux parler à tes parents, mais qu'est-ce qui se passera si ceux qui t'ont capturée les surveillent, maintenant que tu t'es évadée ? Ils doivent savoir que tu vas essayer de les contacter. Ça trahirait ta cachette.

À contrecœur, elle dut admettre qu'il avait raison. Son sang leur était trop précieux pour qu'ils prissent le risque de la perdre. Ils essayeraient de la reprendre et emploieraient tous les moyens pour ce faire. Mais Oliver n'en savait rien.

— Donc, tu me crois ?

Ces paroles s'étaient échappées de ses lèvres sans qu'elle y eût même réfléchi.

Il sembla analyser sa réponse tout en promenant longuement son regard sur son corps, un regard qui, étrangement, lui donna chaud et lui procura des frissons.

— Mon instinct me dit que tu nous as raconté la vérité, mais je ne peux pas toujours m'y fier. J'ai besoin de preuves, car beaucoup trop de choses n'ont aucun sens.

— Comme quoi ? répliqua-t-elle.

— Pourquoi te gardaient-ils captive pour ton sang, alors qu'on peut se le procurer facilement dans la rue ?

On ne pouvait se procurer facilement son sang dans les rues, comme il le disait, mais elle ne pouvait le lui avouer. Une fois qu'il connaîtrait les vertus de son hémoglobine, il en voudrait également. Et il y trouverait le potentiel à se faire beaucoup d'argent en devenant son souteneur et en l'offrant à d'autres vampires, tout comme ses ravisseurs l'avaient fait. Non, elle ne pouvait divulguer ce genre d'informations.

— C'est ce qui est arrivé, mais je ne sais pas pourquoi, mentit-elle en tentant de ne pas cligner des yeux lorsqu'ils se regardèrent fixement.

Pouvait-il deviner qu'elle mentait ?

— Disons juste que, par exemple, il y avait une impérieuse raison, concéda-t-il. Mais alors, je trouve très étrange que tu aies pu t'échapper. Tu as dit qu'ils employaient des gardes pour te surveiller.

Ursula étira les épaules vers l'arrière.

— Oui, c'est vrai. Mais il y a eu un ennui, et le gardien a été appelé dans une autre chambre. J'ai utilisé cette opportunité pour m'enfuir.

Oliver dodelina de la tête.

— Et l'autre vampire ? Celui qui se nourrissait de toi ? Où était-il ? Tu vois que ça n'a de sens en aucun point ? Il n'a certainement pas quitté la chambre, lui.

— Bien sûr que non.

— Ne me dis pas que tu as maîtrisé un vampire toute seule.

Le regard moqueur présent dans les yeux d'Oliver la fit monter sur ses grands chevaux. Comment osait-il se moquer d'elle ?

— Et qu'est-ce qui t'incite à penser que je ne peux pas le faire ?

— Regarde-toi ! Tu mesures combien, un mètre soixante, un mètre soixante-cinq ? Et combien pèses-tu ? Cinquante-cinq kilos ? Tu ne pourrais même pas maîtriser un homme, encore moins un vampire. Quelqu'un doit t'avoir aidée à t'échapper.

En colère, elle posa les poings sur ses hanches et le regarda furieusement. Mais elle maintint sa langue sous contrôle.

— Ce con s'en foutait ! D'accord ? Il avait eu ce qu'il était venu chercher et m'a laissé sortir de la pièce ! Il ne savait pas que j'étais en train de m'enfuir. Il a probablement pensé que je retournais à ma chambre.

Lorsqu'Oliver la dévisagea, les yeux empreints de suspicion, elle soutint son regard sans cligner.

— Je ne le crois pas, rétorqua-t-il.

— Tu ne peux pas la laisser tranquille ? râla Blake derrière lui. Qu'est-ce qu'il y a de si important là-dedans maintenant ? Elle s'est enfuie. Fin de l'histoire.

— Qu'est-ce que tu ne me dis pas ? insista Oliver, ignorant ainsi son demi-frère.

— Rien.

Il ne la croyait pas ; c'était évident. Elle ne pouvait même pas l'en blâmer.

Lentement, il recula.

— Bien. Nous parlerons demain. Tu es fatiguée, et tu as traversé beaucoup de choses. Fais comme chez toi. Il y a la télé, la musique, des livres. Si tu as faim, Blake t'apportera à manger.

Ensuite, il fit demi-tour et quitta la pièce. Elle entendit ses pas s'évanouir, tandis qu'il marchait dans le couloir.

— Tu as faim ? demanda Blake.

— Non.

Blake hocha la tête et s'éloigna, la laissant seule.

Pour l'instant, elle avait esquivé une balle, mais pendant combien de temps encore parviendrait-elle à cacher la vérité à Oliver ?

13

Ursula s'enfonça dans l'eau chaude, l'autorisant à caresser son corps fatigué, se donnant beaucoup de peine pour garder le bras blessé en dehors de l'eau, de sorte à ne pas mouiller le bandage.

Elle avait non seulement verrouillé la porte de la salle de bains mais, en guise de précaution supplémentaire, avait également coincé le panier de vêtements sous la poignée de porte. Qu'Oliver ou Blake fît irruption pour la voir nue ne l'aurait pas étonnée. Ils l'avaient tous les deux dévisagée avec des yeux empreints de désir. Concernant Blake, elle était certaine qu'il ne la désirait pas pour son sang mais, pour Oliver, elle avait des doutes. Peut-être voulait-il les deux : son corps et son sang. Après tout, elle lui avait offert son corps un peu plus tôt dans la soirée. Peut-être voulait-il qu'elle respectât sa promesse, maintenant qu'elle était hors de tout danger immédiat.

Mais elle n'avait pas fait cette proposition à un vampire – pas sciemment, en tout cas. Elle l'avait faite à un beau jeune homme, un homme qu'elle croyait humain. Et par désespoir, de surcroit. Depuis lors, les choses avaient changé. Il était devenu l'ennemi.

Cette pensée la calma. Comment n'avait-elle pas vu les signes ? Après trois années de vie commune avec des vampires, elle avait développé un certain sens pour reconnaître ce qui les trahissait : leurs mouvements fluides et gracieux, la vivacité dans leur yeux, leur peau d'apparence si parfaite et impeccable. Et alors, leur vitesse, bien sûr. Mais Oliver s'était simplement tenu là, sans bouger, lorsqu'elle l'avait rencontré, l'absence de mouvement éliminant donc toute possibilité de reconnaître sa nature de vampire.

Ses yeux bleus l'avaient hypnotisée, aveuglée, de sorte qu'elle n'avait rien vu d'autre.

Elle refoula ses pensées loin de lui. Il était inutile de pleurer sur le lait renversé. À présent, le plus important était de travailler sur un plan d'action. Dès qu'elle en aurait terminé avec son bain. Toutefois, sentant à quel point l'eau chaude relaxait ses muscles endoloris, à quel point elle apaisait son corps fatigué, elle voulut simplement fermer les yeux et autoriser le sommeil à l'emmener vers un endroit sûr. Si elle pouvait juste prendre un moment pour se reposer, peut-être que tout lui semblerait moins désespéré, moins épouvantable.

Mais non, elle ne pouvait se permettre de se laisser aller. Déterminée à rester forte et vigilante, elle attrapa le gel douche et se savonna, se débarrassant des dernières traces de sang et de saleté qui s'étaient accumulées durant son évasion de sa prison. Elle frotta de plus en plus fort comme si, en agissant de la sorte, elle pourrait faire disparaître les cicatrices de ces trois dernières années.

Toutefois, elle se sentait toujours sale, souillée par les vampires qui l'avaient utilisée. Elle craignait que cette crasse ne disparût jamais, quelle que fût la quantité de savon qu'elle utiliserait pour l'effacer.

Réalisant la futilité de ses efforts, les larmes lui montèrent aux yeux. Et dans l'intimité de la salle de bains d'un étranger, elle les autorisa à jaillir. Elle ne put dire pendant combien de temps elle avait pleuré mais, lorsque finalement, elle s'arrêta, l'eau était tiède.

Engourdie par cette démonstration de faiblesse, elle saisit la serviette qu'elle avait, au préalable, sortie du placard et se sécha. Sans remettre son slip, lequel séchait sur le porte-serviettes, elle enfila son pantalon. Mais lorsqu'elle regarda son t-shirt taché de sang et de boue, elle considéra l'offre d'Oliver de lui prêter des vêtements propres.

Cela lui coûta une bonne dose de fierté d'admettre qu'elle voulait sentir une chemise propre sur sa peau. Jetant son t-shirt à terre, elle ôta la barricade posée devant la porte et déverrouilla celle-ci.

La chambre à coucher était vide ; personne n'y était entré. C'était un soulagement.

Examinant la penderie d'Oliver, Ursula ne trouva rien qui sortît de l'ordinaire : son goût pour les vêtements était très... *humain*. Jeans aux nuances variables de bleu et de noir, t-shirts dans une grande variété de couleurs, quelques complets, ce qui, d'ailleurs, la surprit étant donné qu'il n'apparaissait pas comme quelqu'un qui portait des costumes. Il y avait également des chaussures, des ceintures et des cravates.

Elle ouvrit un tiroir : des chaussettes. Celui d'à côté dévoila une pile de sous-vêtements. Une vague de chaleur l'envahit. Toute rouge de confusion, elle le referma rapidement. Bien sûr, elle savait que même les vampires portaient des boxers ou des slips. Mais il lui importait peu de connaître la catégorie à laquelle Oliver appartenait. Elle le savait déjà : un peu plus tôt, il avait ramassé un boxer qui traînait à terre.

Après s'être aveuglément emparée d'un t-shirt sur une des piles, elle ferma la porte de la penderie. Elle enfila rapidement le vêtement par-dessus la tête et en fourra les extrémités dans le pantalon. Il était trop grand pour elle, ce qui était prévisible, mais il faisait l'affaire.

Ursula jeta un œil à l'horloge posée sur la table de chevet. Encore quatre sinon cinq heures avant le lever du soleil. Il était temps de prendre une décision : rester ici avec les vampires en espérant qu'elle pourrait les convaincre de les aider, elle-même et les autres filles qui étaient toujours emprisonnées, ou prendre les jambes à son cou en espérant que la police croirait en son histoire et viendrait à son secours.

Quel scénario détenait la probabilité la plus élevée de réussite ?

Comme toujours, lorsqu'elle était confrontée à une énorme décision qui pourrait changer sa vie pour le meilleur ou pour le pire, elle en examina consciencieusement le pour et le contre. Tout d'abord, l'option de s'enfuir et de se rendre à la police : cela semblait relativement simple. Seuls deux hommes étaient présents dans la maison. L'un d'entre eux étant humain, ses sens n'étaient pas plus affûtés que les siens. Bien que Blake semblât fort, elle avait le sentiment qu'elle pourrait le duper. Pas comme Oliver. Mais sachant que les vampires étaient des créatures de la nuit, il était plus que probable qu'il dormît profondément durant la journée, la seule option viable d'évasion se résumant, dès lors, à une fuite diurne. En outre, même s'il venait à se réveiller dès qu'elle se serait sauvée de la maison, il ne pourrait pas la suivre s'il ne souhaitait pas être carbonisé par le soleil.

Trouver un commissariat de police ne devrait pas s'avérer trop difficile. Elle pourrait demander son chemin à n'importe quel passant. Mais dès qu'elle y serait, que leur dirait-elle ? Qu'un groupe de vampires l'avait enlevée et détenait toujours une douzaine d'autres filles captives ? Non. Ils penseraient qu'elle était folle. Et si elle leur disait qu'un réseau illégal de prostitution emprisonnait des filles ? C'était un scénario plus probable, et la police investiguerait certainement. Elle était sûre de retrouver son chemin vers son ancienne prison dès qu'elle serait de retour dans le district de Bayview, là où Oliver avait dit l'avoir trouvée. Elle avait pris soin de se souvenir du nom des rues qu'elle avait empruntées ainsi que de certains bâtiments.

Mais une fois que la police serait là et ferait irruption dans le building, que se produirait-il, alors ? Elle savait que les armes mortelles dont la police disposait ne tueraient jamais un vampire. Ce dont ils avaient besoin, c'étaient de pieux et de fusils à balles d'argent, chose qu'elle avait apprise durant sa captivité. La police serait massacrée par les vampires. Elle-même se trouverait suffisamment loin que pour s'enfuir et être à même de rentrer à la maison. Mais pourrait-elle vivre avec la culpabilité d'avoir envoyé autant d'hommes vers leur propre mort ? Et qu'en serait-il des autres filles ? Pourrait-elle vivre en sachant qu'elles étaient toujours prisonnières, prostituées pour leur sang ?

Ursula secoua la tête.

Mais la seconde option était-elle meilleure ? Pourrait-elle convaincre les vampires de Scanguards de l'aider et de mettre hors d'état de nuire ses ravisseurs, afin de sauver les autres filles et s'assurer que ceci n'arrivât plus à quelqu'un d'autre ? Au plus elle y pensait, au plus elle savait qu'elle n'avait pas le choix. Si quelqu'un pouvait combattre ces vampires, ce serait d'autres vampires. Ils sauraient à quoi s'attendre et y seraient préparés. Ce serait, au moins, un combat loyal. Mais s'ils y parvenaient, pourrait-elle continuer à cacher ce que son sang et celui des autres filles signifiaient pour un vampire ? Ou découvriraient-ils que ce sang agissait comme une drogue efficace sur eux ? En voudraient-ils également ?

Elle pensa et repensa maintes fois aux conséquences liées au fait de rester plutôt que de s'enfuir et de tenter sa chance avec la police. Au plus profond d'elle, elle connaissait la réponse à ce dilemme, mais était trop effrayée pour s'en convaincre. Alors que les minutes s'écoulaient, elle ne put retarder plus longuement sa décision. Elle resterait.

Cependant, il y avait une chose qu'elle se devait tout d'abord de faire : elle devait appeler ses parents pour leur dire qu'elle allait bien, et qu'elle serait bientôt à la maison. Un court appel téléphonique, juste pendant quelques secondes, voilà tout ce dont elle avait besoin. Suffisamment court pour que personne ne pût le tracer jusqu'à la maison d'Oliver.

Mais, puisqu'il avait enlevé le téléphone de sa chambre, elle devait en trouver un autre. Peut-être en gardait-il un de rechange, quelque part. Dans le cas contraire, elle devrait s'aventurer au rez-de-chaussée, dès qu'il serait endormi, et essayer dans la bibliothèque ou la cuisine. Tout le monde ne possédait-il pas un téléphone dans la cuisine ?

Ursula saisit la télécommande et alluma la télé, augmentant le volume, afin que le son pût masquer ses propres agissements. Elle était totalement consciente de l'excellente ouïe des vampires, une ouïe plus fine que celle de n'importe quel humain. Elle devait lui laisser croire qu'elle regardait la télé.

Tandis qu'une publicité ennuyeuse vantant le dernier médicament pour la perte de poids émanait du moniteur, elle explora la chambre à coucher.

Elle chercha minutieusement, ne négligeant pas le moindre coin. Cependant, ses espoirs furent rapidement anéantis : aucun ordinateur avec accès à Internet, aucun vieux téléphone portable, aucun téléphone de rechange à brancher dans la prise. Ce qu'Oliver détenait en abondance, c'étaient des CDs et une grande collection de DVDs.

Si elle n'en avait pas su davantage, elle aurait imaginé que cette pièce appartenait à un homme parfaitement normal, un *humain*, et pas à un vampire. Tout semblait décidément si... normal.

Quoiqu'elle n'eût jamais été dans la chambre d'un vampire auparavant. Même si elle savait que la plupart des gardiens vivaient dans le même bâtiment que celui où elle avait été emprisonnée, elle n'était jamais descendue aux étages inférieurs, là où étaient situés leurs quartiers.

Déçue de ne pas avoir trouvé quelque chose d'utile, elle se laissa tomber sur le lit, posa les deux oreillers dans son dos et commença à zapper. Lorsqu'elle tourna la tête, elle inhala une odeur enivrante : masculine, forte, attirante. Elle reconnut cette odeur : c'était celle d'Oliver, lorsqu'elle l'avait embrassé. Cela lui fit quelque chose. Cela l'incita à se toucher pour trouver la libération. Bon sang, mais elle ne le ferait pas. Elle ne se toucherait pas, parce qu'excitée par l'odeur d'un vampire !

La honte la parcourut à cette simple pensée. Non, elle ne sombrerait pas si bas, même si elle n'avait pas éprouvé de satisfaction sexuelle depuis longtemps. Bien qu'elle n'eût plus aucune entrave, elle ne s'abandonnerait pas à ses désirs maintenant. Bientôt, elle serait vraiment libre. Dès lors, elle pourrait recommencer à vivre.

Ursula ferma les yeux et respira profondément, tentant de penser à d'autres choses. À retourner à l'université pour finir ses études, à finalement revoir ses parents. À sortir voir des films avec des amis, à des réunions de famille, à des voyages à la plage. À des choses que toute jeune femme normale voulait. Des choses dont on l'avait privée.

Dans un soupir, elle se décontracta contre les oreillers et tira un coin de la couverture sur le bas du corps, afin d'endiguer le frisson qu'elle ressentait soudainement. La fatigue envahit lentement ses jambes et s'installa dans son ventre. Peut-être devrait-elle juste faire une sieste de quelques minutes. Juste pour récupérer des forces.

Ursula se rassit brusquement. Pendant une seconde, elle ne sut plus où elle se trouvait mais, ensuite, tout lui revint. Tout cela n'avait pas été un rêve.

— Bonjour, dit une voix masculine, lui provoquant ainsi un arrêt de cœur et l'obligeant à tourner la tête dans sa direction.

Deux secondes supplémentaires furent nécessaires pour que le soulagement pût s'installer, lorsqu'elle réalisa qu'un présentateur du journal avait prononcé ces mots en saluant ses téléspectateurs pour débuter une de ces émissions matinales locales.

Elle bondit du lit, courut à la fenêtre et tira les lourdes tentures. Lorsqu'elle regarda à l'extérieur, elle réalisa que, bien qu'il fît déjà jour, peu de lumière pénétrait à travers le carreau de la fenêtre. Elle focalisa son attention sur le verre et remarqua qu'un fin film coloré le recouvrait, limitant ainsi la quantité de lumière qui entrait dans la pièce. Elle se demanda si ce film agissait comme un pare-soleil, même s'il n'était pas suffisamment foncé que pour bloquer les rayons du soleil, tout comme une couverture noire l'aurait fait. Peut-être était-il réfléchissant de l'autre côté, détournant de ce fait la lumière du soleil tel un miroir ?

Enfin, cela lui importait peu. Il était temps de se préparer. Elle devait descendre et trouver un téléphone.

La nervosité lui desséchait la bouche. Dans le but de se soulager, elle pénétra dans la salle de bain, se remplit la bouche d'eau sous le robinet, l'engloutit et s'observa ensuite dans le miroir. Les poches sous ses yeux s'étaient atténuées, et personne ne saurait jamais qu'elle avait pleuré. Elle n'avait aucune idée de la raison pour laquelle cela la fit se sentir mieux. Ce n'était pas comme si elle se souciait de l'opinion qu'un vampire avait d'elle.

Laissant la télé allumée pour couvrir chaque bruit qu'elle faisait, elle tourna prudemment la poignée de la porte et l'ouvrit délicatement. Le couloir était faiblement illuminé. Seule une applique murale éclairait l'extrémité opposée. L'étage du dessous semblait sombre.

Après s'être assurée de ne pas être surveillée, elle se faufila à l'extérieur et referma silencieusement la porte de la chambre derrière elle. Prenant la précaution de marcher légèrement, elle se dirigea en direction de l'escalier. La douillette moquette sous ses chaussures était suffisamment épaisse que pour amortir le bruit de ses pas.

Lorsqu'elle atteignit le haut des escaliers, elle saisit la rampe, posa délicatement un pied plus bas, puis l'autre, prudemment, afin de ne pas trébucher. Tandis qu'elle descendait, laissant le troisième étage derrière elle, il fit plus sombre. Comme elle l'avait deviné, aucune lampe n'était allumée à cet étage. Elle ne pouvait voir qu'une faible lueur provenant du premier étage, plus que probablement de la lampe du hall d'entrée.

Lorsqu'elle posa le pied sur la dernière marche et atteignit le deuxième étage, elle continua à utiliser la balustrade pour se guider. *À mi-chemin,* s'encouragea-t-elle.

La maison était silencieuse. Oliver dormait probablement. Et même si Blake était éveillé, il ne possédait pas une ouïe semblable à celle d'un vampire. Si elle demeurait silencieuse et ne respirait que légèrement, il ne l'entendrait jamais.

Encore quelques pas, et elle atteindrait le haut de la dernière volée d'escaliers.

— Tu nous quittes bientôt ?

Elle retint sa respiration, et son cœur sauta quelques battements. Les mains d'Oliver se trouvèrent ensuite sur elle, la forçant à s'éloigner de l'escalier. En une fraction de seconde, elle se retrouva pressée contre le mur, le corps et les bras d'Oliver formant, autour d'elle, une cage dont elle ne pouvait s'échapper.

Les secondes s'écoulèrent sans que quiconque ne parlât.

— Sans voix ? se moqua-t-il.

— Je...

Elle détestait qu'il eût raison. Aucun mot ne s'échappa de sa bouche, son cerveau étant toujours sous le choc d'avoir été prise. Ou peut-être était-ce le choc de sentir le corps du jeune homme si près du sien.

— Ursula, Ursula... dit-il en dodelinant de la tête, tandis que sa main se dirigeait vers le visage de la jeune femme afin de balayer une mèche de cheveux noirs qui le recouvrait partiellement.

— Quel nom peu commun pour une Chinoise. Est-ce même ton nom ?

D'un air provoquant, elle souleva le menton.

— Mon père était un grand fan d'Ursula Andress. Et aucune loi ne dit que je dois avoir un nom chinois parce que je suis chinoise.

Quoique, naturellement, elle en eût un. Son deuxième prénom était chinois, et tous les membres de sa famille l'appelaient par son nom asiatique, pas par l'occidental.

— Je vois que ton père a bon goût pour les femmes.

— Je suis étonnée que tu saches qui elle est.

— C'était une James Bond girl.

Ursula avait vu les nombreux DVDs qu'Oliver possédait, mais elle ne s'était pas souciée de les parcourir pour découvrir ce qui l'intéressait. Apparemment, il aimait 007.

— Maintenant, laisse-moi partir.

Elle le poussa, mais il ne bougea pas d'un pouce.

— Non.

Offusquée par ce refus, elle pinça les lèvres.

Il rit doucement.

— Tu pensais vraiment que tu pourrais te faufiler hors de la maison sans que je ne le remarque ?

Elle décida de ne pas le corriger. Il n'était pas nécessaire qu'il découvrît qu'elle essayait d'appeler ses parents.

— Je croyais que tu avais vécu avec des vampires ces dernières années. Cela ne t'a rien appris à notre propos ? Nos compétences ?

Il rapprocha la tête.

— Nos désirs ?

Elle déglutit difficilement face à cette insinuation mais, en même temps, elle fut incapable de rompre le contact visuel. Les yeux bleus d'Oliver la regardaient avec une telle intensité qu'elle se sentit paralysée.

— Oui, dit-il encore plus doucement, particulièrement nos désirs.

Il baissa le regard vers les lèvres d'Ursula et, rien qu'en agissant de la sorte, il les fit trembler.

— Te souviens-tu de notre baiser ?

Il n'attendit pas la réponse, quoiqu'Ursula n'eût pas la force de lui en donner une.

— Quand je ferme les yeux, je peux encore sentir tes lèvres sur les miennes, poursuivit-il.

Elle inspira, et le soulèvement subséquent de sa poitrine amena ses tétons à se frotter contre le torse dur du jeune homme. Les yeux d'Oliver s'écarquillèrent immédiatement avant qu'il n'y répondît en pressant davantage son corps contre celui d'Ursula.

— Et je me souviens de ce que tu m'as proposé.

La jeune femme retrouva finalement sa voix.

— Je ne coucherai jamais avec un vampire !

Il baissa si rapidement les paupières qu'elle ne put voir comment il réagissait à ses paroles.

— Je l'avais compris. Mais, dis-moi, si j'avais été humain, aurais-tu couché avec moi ?

Surprise par cette question audacieuse, elle émit un soupir.

— Ce n'est pas une—

— Réponds juste à la question, l'interrompit-il. Si nous nous étions rencontrés en d'autres circonstances et, si j'avais toujours été humain, aurais-tu fait plus que m'embrasser ? Serais-tu allée au lit avec moi ?

Elle détourna la tête pour échapper à ses yeux perçants, mais la main d'Oliver sur son menton la força de nouveau à le regarder.

Aurait-elle couché avec lui ? Ursula étudia les beaux traits du jeune homme, son menton proéminent, son grand nez et ses épais sourcils. Elle essaya de ne pas regarder ses lèvres, mais il était difficile de les éviter. Oui, s'ils s'étaient rencontrés sur un campus universitaire ou s'ils avaient été présentés lors d'une fête, elle serait sortie avec lui, l'aurait ramené dans sa chambre à la résidence et l'aurait dépouillé de ses vêtements. Mais cela ne s'était pas passé comme ça.

Elle oscilla la tête.

— Non !

— Menteuse, chuchota-t-il sans malice. Ma belle petite menteuse. En ce moment, comme j'aimerais toujours être humain.

Congelée sur place, elle observa ses lèvres se rapprocher. Elles touchèrent les siennes, apparemment sans précipitation, presque comme s'il lui laissait du temps pour se retirer. Et pourtant, elle ne pouvait échapper à cette envie croissante qui montait en elle, même si elle refusait de se l'admettre. Elle voulait encore sentir ses lèvres.

Lorsqu'il pressa plus fermement la bouche contre la sienne, elle inclina la tête et écarta les lèvres. Un léger gémissement s'échappa de la gorge d'Oliver et vint rebondir contre elle. Il laissa ensuite sa langue caresser les lèvres de la jeune femme, avant de la plonger en elle.

Elle n'avait jamais rien ressenti d'aussi doux et... tendre, presque comme si Oliver avait peur de l'effrayer ou de la blesser. Mais la seule chose qui l'affolait plus que ce baiser, c'était sa propre réaction face à cela. S'il lui demandait à présent si elle aurait couché avec lui, sa réponse serait un *oui* retentissant. Heureusement, il était trop occupé à l'embrasser pour la questionner davantage.

14

Pour la deuxième fois en moins de vingt-quatre heures, il embrassait Ursula. Mais, cette fois, il l'appréciait encore plus que la première fois. Prenant son temps, il l'encouragea dans ce baiser par de douces et taquines caresses. L'effrayer était bien la dernière chose qu'il voulût faire ; l'amener à lui faire confiance et outrepasser le fait qu'il fût *la* créature qu'elle détestait étant suffisamment stimulant. Par conséquent, il jouerait à contre-courant : être tendre plutôt qu'exigeant, affectueux plutôt qu'agressif, et doux plutôt que dur.

Enfin, ce n'était peut-être pas vrai pour la dernière affirmation : physiquement parlant, c'était impossible ; il pouvait déjà le sentir. Car il était dur, dur comme la pierre. Dès l'instant où il l'avait vue analyser sa question, à savoir si elle coucherait avec lui au cas où il aurait encore été humain, le sang avait jailli dans son membre et l'avait fait gonfler.

En dépit de sa résolution à ne pas donner l'impression d'être exigeant et agressif, Oliver frotta ses hanches tout contre le ventre d'Ursula, la poussant plus fort contre le mur. Toute masculinité en lui voulait la persuader de son besoin. Lorsqu'elle gémit, consciente d'avoir senti son érection, il voulut hurler. Mais, plutôt que d'intensifier le baiser, il garda le contrôle grâce à chaque fibre de son être.

Doucement, se dit-il, afin de se mettre en garde.

Il glissa une main à travers les cheveux soyeux de la jeune femme. Leur texture était douce et pourtant forte et parfaitement raide à la fois. Tout en continuant à fouiller dans la chaude caverne de cette bouche et à danser d'une manière séduisante avec elle, il laissa son pouce caresser la veine rebondie de son cou. Celle-ci pulsait sous sa caresse, l'appelant à elle. Sachant qu'il ne pouvait se diriger dans cette voie, il ignora ce besoin particulier : s'il la mordait, elle ne coucherait jamais avec lui et, dans l'immédiat, son besoin de sentir le corps d'Ursula en connexion avec le sien était plus fort que son irrésistible envie de sang. Bien plus fort.

En fait, son désir d'avoir des relations sexuelles avec elle engloutissait presque complètement son besoin de sang. Rien n'était jamais parvenu à faire cela. Ces deux derniers mois, depuis sa transformation, il n'avait même jamais ressenti le besoin d'avoir des relations sexuelles, car son incroyable envie de sang avait tout éclipsé. Le but de ses quelques excursions au bordel de Vera n'avait, en dépit de la croyance, pas été le sexe. Il s'y était plutôt rendu pour y avoir de la compagnie.

Lorsqu'il sentit une des mains d'Ursula dans ses cheveux et l'autre lui caresser la nuque, un frisson lui parcourut la colonne vertébrale. Il arracha ses lèvres des siennes et prit une inspiration bien nécessaire.

— Oh Dieu, bébé !

Il plaqua ensuite les lèvres sur le cou de la jeune femme et, la bouche ouverte, lui déposa des baisers sur sa peau chaude.

— Si belle, murmura-t-il en laissant glisser une main sur sa poitrine.

Lorsqu'il y rencontra un sein dépourvu de soutien-gorge et l'enroba dans sa main, Ursula laissa échapper un soupir. Dans un souffle, un mot provint alors des lèvres de la jeune femme.

— Oui.

Tant l'homme que le vampire en lui hurlaient triomphalement. Il la mordilla jusqu'au lobe de son oreille tout en continuant à titiller son sein, ses doigts capturant le téton endurci à travers le tissu. Petit à petit, la respiration d'Ursula devint plus erratique, ses battements de cœur de plus en plus rapides. Son parfum se modifia : la douce odeur de son excitation se mit à présent à taquiner les narines d'Oliver, réveillant le vampire en lui. Mais il ne pouvait autoriser la bête à faire surface. Trop de choses dépendaient de la façon dont elle le percevait et, libérer son côté indompté ne ferait que détruire le progrès qu'il venait d'accomplir jusqu'ici.

Après tout, Ursula lui répondait, oubliant clairement qu'elle embrassait un vampire. Elle l'autorisait à la toucher intimement. Lui permettait de l'exciter. Tout comme elle l'émoustillait. Il ne voulait pas détruire ce sentiment en l'amenant à se souvenir de ce qu'il était : un prédateur.

Dans ses bras, le corps d'Ursula lui semblait souple, précieux même. Savoir ce qu'elle avait traversé dans sa courte vie était peut-être la raison pour laquelle il se sentait protecteur envers elle. Il ne pouvait y avoir d'autre raison à cela. Tout comme pour le désir qu'elle éveillait en lui, la raison en était indéniable : Ursula était la femme la plus séduisante qu'il eût jamais rencontrée. Belle et exotique, forte et déterminée, et si passionnée. On ne pouvait ne pas remarquer son énergie sexuelle. Elle semblait irradier de chaque pore de son corps si tentant. Qu'un homme pût la regarder et ne pas être instantanément tenté de l'embarquer dans son lit lui était inconcevable.

À cette pensée, il sentit un coup tranchant dans sa poitrine, comme si quelqu'un y enfonçait une lame. Se remémorant la façon dont Blake l'avait regardée un peu plus tôt, la façon dont il avait essayé d'utiliser son charme certes considérable sur elle, amena Oliver à presser de nouveau ses lèvres sur les siennes pour les marquer d'un baiser qui, il l'espéra, lui ferait oublier que son demi-frère existât même.

Oui, il devait s'assurer qu'Ursula ne regardât que lui, n'offrît son corps de pécheresse qu'à lui. Emmêlant sa langue à la sienne, il captura davantage de sa douceur, inhala encore son parfum. Tel un cocon, cela l'enveloppa, comme les bras de la jeune femme qui l'étreignaient et le maintenaient tout contre elle.

Il relâcha ses lèvres et exprima sa requête.

— Touche-moi.

Sans rompre le rythme, les yeux toujours fermés, elle laissa glisser les mains vers ses fesses.

— Mon sexe, touche mon sexe.

Il ôta une des mains de son postérieur et s'écarta juste suffisamment pour qu'elle pût la glisser entre eux. Lorsque la chaleur de la paume enroba sa forte érection une seconde plus tard, il grogna bruyamment, plongea, à nouveau, les lèvres sur son cou et embrassa sa chair excitée.

— Oui, bébé, l'exhorta-t-elle.

Une décharge électrique le foudroya lorsqu'elle serra la main. Instinctivement, il se poussa plus fort, lui en demandant davantage, lui intimant de réitérer son action.

Elle s'exécuta.

Le plaisir qu'elle lui procurait par ce toucher grandit à chaque caresse, à chaque coup qu'elle donnait de la main. Telle une tentatrice expérimentée, Ursula parcourut toute la longueur de l'érection avec ses ongles, chassant ainsi toute saine pensée de l'esprit d'Oliver.

— Comme ça ? chuchota-t-elle, toute aussi essoufflée que lui.

— Juste comme ça, marmonna-t-il tout contre sa peau, refusant d'ôter les lèvres de son cou. Il lécha et mordilla, embrassa et caressa, délibérément de manière taquine, de façon à s'empêcher de perdre le contrôle. Mais il savait que ce serait en vain. Si elle continuait à le toucher de la sorte, il l'aurait nue, sous lui, dans peu de temps. Mais était-elle prête pour cela ? Pour lui ?

Ou le maudirait-elle lorsqu'elle reviendrait à la raison ? Car il ne valait pas mieux que ces vampires qui avaient pris son sang et... Oh, Dieu, il ne pouvait même pas aller au bout de cette pensée suggérant l'autre manière dont ils avaient abusé de son corps. Comment pourrait-il, lui, Oliver, oser agir de même ?

Avant qu'il ne pût répondre à cette question qu'il se posait à lui-même, il sentit des mains sur ses épaules, mains qui l'arrachèrent à Ursula. Il trébucha vers l'arrière et heurta la rampe avant de se ressaisir.

— Qu'est-ce que— ?

Son dernier mot fut refoulé dans sa gorge par le poing de Blake qui lui atterrit dans le visage.

— Abruti ! Tu es en train de la mordre ? Espèce de con ! jura Blake en balançant à nouveau le bras.

Mais, ayant déjà récupéré, Oliver esquiva le poing qui s'abattait à nouveau sur lui. Répliquant d'un coup qu'il avait bien pratiqué, il catapulta son mêle-tout de demi-frère contre le mur et l'y épingla.

— Je ne l'ai pas mordue, espèce d'idiot !

Il jeta un regard oblique à Ursula, laquelle écarquillait les yeux.

Elle recula à présent devant lui, défroissant nerveusement son t-shirt. Elle avait les lèvres gonflées et le cou rouge à l'endroit où Oliver l'avait embrassée. Ce ne fut qu'à cet instant que ce dernier remarqua que le plafonnier éclairait le couloir. Blake devait l'avoir allumé et, l'esprit brouillé, Oliver ne l'avait même pas remarqué. Ses sens, propres aux vampires, l'avaient abandonné pendant qu'il embrassait Ursula.

Blake suivit son regard et laissa ses yeux balayer le corps d'Ursula.

— Alors, qu'est-ce que... dit-il, avant de s'arrêter net. Oh ! Jésus, Oliver ! T'es toujours aussi con ! Après tout ce qu'elle a traversé ?

Calmé, Oliver le relâcha. Blake avait raison mais, cela, il ne lui avouerait jamais. Il chercha Ursula des yeux, mais celle-ci évita son regard.

— Je suis désolé, Ursula. Je ne sais pas ce qui m'a pris.

C'était un mensonge. Oui, il était désolé, mais il savait ce qui l'avait pris : Ursula. Il l'avait dans la peau. Elle avait réveillé en lui des désirs auxquels il n'avait pas prêté attention durant sa courte vie en tant que vampire. Était-ce la raison pour laquelle ils le submergeaient à présent, parce qu'il ne les avait pas assouvis depuis un certain temps ?

Ursula ne répondit pas.

Dieu, qu'il se sentait bête ! Il l'avait séduite et, à ce qu'il y semblait à présent, elle regrettait de s'être laissé aller. Et que Blake les eût surpris en plein acte ne faisait qu'accroître son évident embarras.

Oliver regarda de nouveau son demi-frère.

— De toute façon, qu'est-ce que tu viens faire ici ? N'étais-tu pas censé surveiller les portes ?

— Cain vient d'appeler. Il a des infos pour toi, répondit Blake.

— Il est toujours en ligne ?

— Il t'attend via le circuit interne de Scanguards.

— Excuse-moi, dit-il à Ursula.

Au moins pouvait-il être sûr d'une chose : Ursula n'autoriserait pas Blake à la toucher dans l'immédiat, pas après ce qui venait juste de se produire. Et Blake était suffisamment intelligent pour ne rien tenter, ne fût-ce que pour ne pas être mis dans le même pot que lui.

Oliver entra d'un pas ferme dans le bureau et se laissa tomber dans le fauteuil derrière le pupitre. L'écran montrait Cain, également assis derrière un bureau. Ils étaient reliés par le système de communication sécurisé de Scanguards, un programme de vidéoconférence semblable à Skype. Cependant, il était crypté et, grâce aux qualifications de Thomas en tant que programmeur, également à l'épreuve des pirates informatiques.

— Te voilà, dit Cain.

— Quoi de neuf ? Qu'as-tu trouvé ?

Cain semblait sérieux.

— Pas mal de choses, mais je ne suis pas sûre que tu aimeras ça.

Oliver ferma fortement les yeux durant un instant. Il était déjà tellement impliqué qu'il ne pouvait qu'espérer que les nouvelles ne fussent pas si mauvaises. Si Ursula était en train de leur mentir et s'avérait une espionne d'un groupe de vampires rivaux, il n'avait aucune idée de la manière dont il se sortirait de la situation dans laquelle il se trouvait. Il voulait Ursula et, à chaque baiser, son besoin s'accentuait.

— Continue, ne m'incite pas à te tirer les vers du nez.

Cain acquiesça.

— J'ai trouvé des articles de journaux relatant sa disparition, et Thomas a pu me procurer les rapports de police correspondants. C'est bien elle sur la photo. Son nom est Ursula Wei Ling Tseng. Fille d'un diplomate chinois posté à l'ambassade chinoise à Washington DC. Fille unique. Avant sa disparition, elle allait à l'université de New-York.

Oliver se décontracta, laissant retomber les épaules pour relâcher la tension présente dans son cou.

— Jusqu'ici, ça concorde. Qu'est-ce que je ne vais pas aimer, alors ?

Cain grimaça.

— Elle nous a dit qu'elle avait été enlevée. Il semble plutôt qu'elle se soit enfuie.

Un souffle provenant de la porte incita Oliver à détourner la tête de l'écran. Ursula se tenait là, bouche bée, Blake derrière elle.

— Ce n'est pas vrai !

Elle se précipita dans la pièce, contourna le bureau et répéta ces mots lorsqu'elle regarda fixement Cain sur l'écran.

— C'est un mensonge, poursuivit-elle.

Oliver perçut sa détresse, mais n'osa pas poser une main réconfortante sur son bras.

— Tu es sûre, Cain ? demanda-t-il plutôt, s'efforçant de maintenir une voix calme malgré la tempête qui faisait rage en lui.

— Désolé, mais oui, répondit Cain en soulevant quelques feuilles de papier. C'est dans le rapport de police. Apparemment, ils ont trouvé une note écrite par Ursula.

Complètement sous le choc, Ursula se pencha vers l'ordinateur.

— Je n'ai jamais écrit de note ! Il n'y avait aucune note !

— Ce n'est pas tout, continua Cain. Le rapport dit que tes parents et toi avez eu une violente dispute, quelques jours avant ta disparition.

Ursula recula brusquement en arrière, et Oliver remarqua la façon dont elle tressaillit.

— Mais... hésita-t-elle en regardant Oliver, les larmes jaillissant dans ses yeux. Je... tout ça n'était qu'un grand malentendu. J'étais stressée avec mes examens. Je ne voulais pas me disputer avec eux.

Ses yeux le suppliaient de comprendre, et Oliver en eut mal au cœur pour elle.

Depuis les haut-parleurs, on entendit un raclement de gorge.

— Les preuves que la police a trouvées, la note, un morceau de vêtement t'appartenant sur une jetée à Manhattan... ils en ont conclu que tu avais craqué, que tu ne pouvais le supporter. Ils ont conclu à un suicide.

Un sanglot déchira la poitrine d'Ursula. Oliver la vit saisir le coin du bureau pour se soutenir. Il sauta de son siège pour la rattraper avant que ses genoux ne se dérobassent sous elle.

— Mes parents pensent que je suis morte ? sanglota-t-elle. Non. Non, s'il vous plaît, non.

Oliver regarda de nouveau l'écran.

— Merci, Cain. Je te rappellerai plus tard.

Il accompagna ensuite Ursula vers le Chesterfield qui trônait sous la fenêtre et l'aida à s'abaisser tout en s'asseyant à côté d'elle sans la relâcher de ses bras.

Les larmes n'étaient interrompues que par des bouffées d'air frénétiques, ce qui donnait lieu à des sanglots encore plus bruyants. Il n'avait jamais vu une femme pleurer de la sorte.

— Ils pensent que je suis morte, répéta-t-elle, encore et encore.

Oliver lui passa une main sur les cheveux et pressa la tête de la jeune femme contre sa poitrine.

— Je suis désolé, bébé.

— S'il te plaît, crois-moi, chuchota-t-elle d'une façon à peine audible.

— Oui. Je te crois.

Ses doutes à propos de cette histoire s'étaient évaporés dès l'instant où elle s'était mise à pleurer, après avoir découvert que tout le monde la croyait morte. Sa réaction avait été instantanée et pure. Elle n'avait pas feint sa mort pour s'échapper. Celui qui l'avait kidnappée, qui qu'il fût, avait fait cela pour que ses parents et la police pussent arrêter les recherches. À présent, Oliver n'avait aucun doute à ce sujet.

— Mes parents, renifla-t-elle. Je dois leur faire savoir que je suis vivante.

Il hocha la tête.

— Je vais m'en occuper. Mais tu vas devoir me laisser du temps. Si tes ravisseurs se sont donnés tellement de mal pour te faire disparaître, ça ne m'étonnerait pas qu'ils surveillent tes parents, maintenant que tu t'es échappée. Ils doivent s'attendre à ce que tes parents soient les premières personnes que tu contactes. Je veux m'assurer que personne n'ait mis leur téléphone sur écoute ou n'intercepte les communications.

— Mais, tu ne comprends pas ! Ils doivent souffrir. Je dois leur dire que je suis toujours en vie.

Elle le fixa dans les yeux avec un regard qui aurait pu faire jaillir du sang d'un caillou.

— Oliver a raison, dit Blake depuis la porte. Pas seulement pour ta sécurité, mais aussi pour la leur. Et si jamais ils menacent tes parents, s'ils ont une raison de croire qu'ils savent où tu es ?

Ces mots semblèrent faire leur effet car, finalement, Ursula hocha la tête. Mais cela n'atténua pas la douleur gravée sur son visage.

— Je vais faire en sorte que notre bureau de New York envoie quelqu'un à Washington pour vérifier la situation. Si tout est clair, nous veillerons à ce que tu leur parles. Je te le promets, dit Oliver.

C'était une promesse qu'il était déterminé à respecter.

15

———

Il vaudrait mieux que tu aies raison à ce propos, l'avertit Zane.

Oliver écarta les épaules et souleva légèrement le menton. Tous deux se tenaient près du Hummer de Zane, lequel était garé à l'extérieur de la maison d'Oliver. Le soleil ne s'était couché qu'une demi-heure plus tôt.

— Elle dit la vérité. Tu dois la croire, dit Oliver.

— Je *ne dois* rien faire. La seule raison pour laquelle j'autorise ceci, c'est parce que toute cette histoire m'intrigue.

— Si Gabriel était ici, il...

— Mais il ne l'est pas, l'interrompit Zane. Pour le moment, c'est moi le responsable. Et je m'attends à ce qu'on obéisse à mes ordres.

Oliver se retint d'exprimer sa prochaine remarque. Parfois, Zane pouvait être un tel connard. Et maintenant qu'il remplaçait Gabriel, lequel visitait les quartiers généraux de Scanguards à New York pour s'assurer que tout se passait bien, Zane était carrément insupportable.

— Compris.

Une Porsche noire déboula au coin de la rue et fonça vers eux. Aucun des deux ne tressaillit. Lorsque la voiture s'arrêta à quelques centimètres à peine d'eux, Oliver secoua la tête.

— Il aime faire son entrée, dit Oliver en regardant la portière s'ouvrir et

Amaury sortir du véhicule.

Un large sourire s'étalait sur le visage de son collègue, et la légère brise du soir soufflait à travers ses longs cheveux noirs. Ses yeux bleus perçants étaient encore plus brillants durant la nuit que durant la journée.

— Juste à l'heure, reconnut Zane en soulevant une main pour le saluer.

Oliver fit un pas vers lui.

— Hé, Amaury, merci d'être venu.

— Je ne voulais pas manquer l'action, dit Amaury d'une voix rauque qui fit écho dans la petite rue tranquille.

— Nous verrons bien s'il doit y avoir de l'action, l'avertit Zane. Amaury, tu viens avec moi. Oliver, tu prends Cain et la fille.

— Elle a un nom.

Zane haussa un sourcil.

— Ursula, alors. Oliver, nous te suivrons. Et elle ferait mieux de ne pas nous lancer sur une fausse piste. Appelle-moi quand tu seras dans la voiture et laisse la ligne ouverte. Je veux entendre tout ce qui se passe.

D'un ferme hochement de tête, Oliver se retourna et remonta les escaliers qui menaient à la porte d'entrée. Après que Cain lui eût communiqué les informations relatives à l'histoire d'Ursula, il avait contacté Zane pour que ce dernier lui vînt en aide, sachant que, s'il faisait quoi que ce soit sans l'appui de Scanguards, il mettrait en danger, non seulement lui-même, mais plus que probablement les autres. Par *d'autres,* il pensait principalement à Ursula mais, cela, il le gardait pour lui.

Lorsqu'il entra dans le salon, Ursula se redressa subitement du divan. Dans l'expectative, Cain et Blake le regardèrent.

— Zane a marqué son accord, dit Oliver.

Blake sourit.

— Excellent ! Un peu d'action !

— Tu ne viens pas, Blake.

— Quoi ?

— Tu m'as bien entendu. Personne n'est d'humeur à sauver ta peau ce soir.

Ce n'était pas exactement la manière dont Zane l'avait dit mais, étant donné qu'ils ne savaient pas à quoi ils seraient confrontés, ils s'étaient mis d'accord pour ne pas embarquer l'humain. C'était déjà assez moche qu'ils dussent en emmener un : Ursula. Deux d'entre eux pourraient les distraire lorsque les ennuis commenceraient.

— C'est totalement injuste ! se plaignit Blake.

— La vie n'est pas juste. Faut t'y habituer.

Oliver fit ensuite signe à Cain et Ursula.

— Allons-y. Nous prenons le monospace. Zane et Amaury suivront dans le Hummer.

Lorsqu'Ursula passa près de lui, leurs regards se heurtèrent. Un silencieux remerciement scintilla dans les yeux de la jeune femme. Il espéra ne pas se tromper à propos d'elle ; qu'elle ne les menait pas dans un piège.

Quelques instants plus tard, ils se retrouvèrent dans le fourgon. Cain était assis sur la banquette arrière et Ursula sur le siège passager. Oliver mit le moteur en marche et déboula dans la rue. En dépassant le Hummer qui était toujours stationné, il utilisa la numérotation abrégée de son portable pour appeler celui de Zane. On lui répondit avant même que la première sonnerie n'eût retenti.

— *Avance.*

Dans le rétroviseur, Oliver vit que le Hummer de Zane les suivait.

— Je me dirige vers Bayview, là où je suis tombé sur Ursula, dit Oliver en regardant la jeune fille de côté. Après ça, elle devra nous guider.

Ursula hocha nerveusement la tête.

— Je ferai de mon mieux.

— *Ça vaudrait mieux,* dit la voix de Zane à travers les haut-parleurs.

— Elle le fera, dit Oliver d'un ton déterminé, avant de se concentrer sur le dense trafic du soir dans le centre-ville.

Ils roulèrent en silence jusqu'à ce qu'il eût traversé le pont de la 3è Rue derrière le terrain de baseball, dépassé quelques nouveaux lotissements huppés et puis pénétré dans le quartier moins savoureux de Bayview.

Ce secteur n'avait rien pour lui. Il était en proie au crime, et même la récente extension de la voie ferrée, le MUNI comme on l'appelait, en bas de la 3è Rue, l'améliorait très peu. Cela aidait plutôt les voyous à se déplacer.

Oliver le savait : il avait grandi ici. Et il n'appréciait pas d'être de retour. À chaque pâté de maisons qu'il dépassait et qui l'amenait plus profondément au cœur du quartier, il sentait ses épaules et sa poitrine se serrer.

Il y avait seulement une nuit qu'il s'était retrouvé ici pour se nourrir d'un jeune clochard. À présent, cette pensée le dégoûta. Pourquoi y était-il même revenu ? Il évitait ce quartier depuis qu'il avait commencé à travailler pour Scanguards mais, depuis sa transformation, deux mois plus tôt, quelque chose l'y avait de nouveau attiré. Avait-il pressenti que quelqu'un aurait besoin de son aide, ici ?

Il balaya cette stupide idée. Il n'était pas médium, pas plus qu'il ne possédait de don particulier comme Samson, Gabriel ou encore Yvette. Peut-être avait-il simplement considéré le quartier de Bayview comme un terrain de chasse facile où il pourrait apaiser son envie de sang. Rien de plus. Hormis que, ce soir, il n'était pas ici pour le sang, bien qu'il eût quitté la maison avec l'estomac vide. Il le sentit à présent grogner, mais refoula sa faim. Pendant quelques heures, il irait bien. Ensuite, plus tard, lorsque ce raid serait terminé, il se nourrirait. Le souvenir d'avoir bu la bouteille de sang la nuit précédente le hantait toujours : cela l'avait laissé vide et insatisfait. Et il n'avait nullement l'intention de réitérer cette expérience.

Oliver ralentit la voiture.

— C'est là que j'étais quand Ursula m'a demandé de l'aide.

— *OK. De quel côté venait-elle ?* demanda Zane à travers la ligne ouverte du téléphone portable.

— De l'Est, répondit-il en désignant le carrefour.

— Oui, je pense bien, dit Ursula, une certaine hésitation dans la voix.

Lorsqu'il la regarda, elle hocha rapidement la tête.

— J'en suis presque sûre, affirma-t-elle.

Oliver bifurqua dans la rue suivante et maintint la voiture à vitesse réduite, accordant à Ursula une chance de se repérer.

— Reconnais-tu quelque chose ? lui demanda-t-il, doucement.

Elle observa les alentours, d'abord à gauche, à droite, puis droit devant. Elle tapa du poing contre ses cuisses.

— Oui, ça me semble familier. Mais je courais. Et j'avais peur.

— *Fais un effort !*

Sous l'effet de cet ordre proféré sèchement par Zane, Oliver la vit tressaillir.

Elle pointa immédiatement le doigt vers une cible lointaine.

— Par là. J'ai remarqué cette boutique barricadée.

Mètre par mètre, ils progressèrent dans le secteur, atteignant lentement les abords du quartier qui coïncidaient avec ce que San Francisco avait de pire à offrir : Hunter's Point, un endroit qu'aucun touriste eût jamais vu, un endroit où même la plupart des habitants de San Francisco ne s'étaient jamais aventurés. Peu de gens y habitaient, et la plupart de ceux qui y vivaient logeaient dans des HLM délabrés. Plus près de la baie, plusieurs lopins de terre étaient à nu ; d'autres étaient occupés par de vieux entrepôts et complexes industriels.

Non loin du parc de l'India Basin, la respiration d'Ursula changea soudainement.

— Arrête, dit-elle.

Oliver arrêta la voiture et constata, d'un regard dans le rétroviseur, que Zane avait fait de même.

— Qu'est-ce qu'il y a ?

La main d'Ursula trembla lorsqu'elle désigna quelque chose de l'autre côté du pare-brise.

— Là. Le panneau de la société d'import/export. Je suis passée devant.

Elle déglutit et poursuivit.

— Le bâtiment où ils me retenaient se trouve juste au coin. À droite, au prochain bloc.

Oliver réenclencha la vitesse et avança, petit à petit.

— Non. Pas trop près, le pria-t-elle.

Il la regarda.

— Tu vas devoir nous montrer le bâtiment et, puisque je doute que tu veuilles sortir de la voiture, il va falloir que je m'en rapproche.

Oliver remarqua que sa mâchoire se contractait de concert avec le reste de son corps, comme si elle essayait de s'armer de courage contre un assaillant invisible.

— Ne t'inquiète pas, si quelqu'un s'approche de nous, nous accélérerons.

Et ensuite, ses collègues et lui-même reviendraient plus tard sans elle. Mais cela, il ne le lui dit pas.

— *C'est quel bâtiment ?* demanda Zane.

Oliver bifurqua au coin et avança au ralenti. Ses yeux suivirent ensuite la main tendue d'Ursula.

— Celui-là.

16

L'immeuble de quatre étages était construit en briques et semblait tout aussi sinistre que durant la nuit où elle s'était échappée. Rien qu'en le regardant, Ursula sentit un frisson parcourir sa colonne vertébrale. La peur lui serrait la gorge, la rendant incapable de dire quoi que ce soit d'autre.

— *L'immeuble en briques ?* demanda Zane à travers le haut-parleur.

— Oui, confirma Oliver.

— *Tout paraît sombre. Il n'y a aucune voiture à proximité, et je n'y détecte aucun mouvement. Rien. Je dis qu'il est désert. Normalement, je ne le ferais pas ce soir, mais ne perdons pas de temps et vérifions maintenant.*

— Non ! Non, ils vont vous attraper. Vous aurez besoin de plus de personnes, les avertit Ursula, prise de panique.

S'ils y entraient seulement à quatre, ils seraient facilement maîtrisés. Et alors, elle ne se retrouverait pas plus avancée qu'auparavant : ses ravisseurs la captureraient de nouveau.

— *Cain, reste avec la fille. Les autres, on y va.*

Avant qu'elle ne pût stopper Oliver, il ouvrit la portière et sortit. Elle vit comment les deux autres vampires, Zane et Amaury, quittèrent le Hummer.

Un peu plus tôt, tandis qu'ils attendaient ses collègues, Oliver lui avait décrit Zane. Quoiqu'il lui eût dit que c'était uniquement à cause de sa tête chauve que Zane semblait dur, Ursula n'avait pu être préparée à ce qu'elle voyait. Il était grand et maigre. Lorsqu'il tourna un court instant la tête dans sa direction, son regard glacial la refroidit jusqu'aux os. Il pinçait les lèvres en une fine ligne. Sa démarche était déterminée, résolue, et Ursula sut instinctivement que ces longues jambes pouvaient rattraper sa proie en quelques secondes. Jamais ne voudrait-elle attirer les mauvaises grâces de Zane !

Amaury semblait différent. Comparé à Zane, il ressemblait à un ours en peluche, mais elle n'était pas dupe. Il était tout aussi implacable et, plus massif que son collègue, il pouvait écraser n'importe quel humain ou vampire sans le moindre effort. Ces deux-là étaient de dangereux vampires, capables de tuer.

Elle les observa rejoindre Oliver et avancer vers le bâtiment. Lorsqu'ils passèrent près d'un réverbère, elle remarqua que tous trois étaient armés. Elle prit une rapide bouffée d'air : elle n'avait pas noté qu'Oliver portait une arme lorsqu'il avait quitté la voiture.

— Ne t'inquiète pas, ils savent ce qu'ils font, dit Cain depuis le siège conducteur.

Elle poussa un cri perçant. Elle n'avait pas vu qu'il était également sorti du fourgon et avait pris la place d'Oliver au moment où elle avait regardé les trois vampires se diriger vers son ancienne prison.

— Juste au cas où nous devrions fuir rapidement, lui dit-il.

Ursula enroula les bras autour de son torse. Elle avait froid et était effrayée. Le vampire à ses côtés n'était pas comme Oliver. Oui, en surface, il semblait amical. Contrairement à Zane dont elle avait ressenti l'hostilité, alors même qu'elle ne l'avait vu que de loin, Cain ne l'affichait pas. Mais il y avait quelque chose d'illisible en lui. Cela la rendait mal à l'aise en sa compagnie. D'autre part, Oliver libérait en elle un tout autre sentiment. Elle se sentait attirée par lui, de la plus primitive des manières qu'elle eût jamais ressenties. Était-ce le fait qu'il fût le premier homme à l'avoir embrassée en trois ans ? Était-ce parce qu'elle manquait si cruellement d'intimité physique qu'elle avait temporairement mis de côté son dégoût pour les vampires, lorsqu'il avait pressé ses lèvres sur les siennes ?

Quoi que ce fût, une telle intensité l'effrayait. Car elle savait que si cela se reproduisait, il lui serait impossible de le repousser, de même qu'il lui avait été impossible de refuser sa demande de le toucher.

Désireuse de faire taire ses pensées, elle chercha un sujet de conversation.

— Depuis combien de temps travailles-tu pour Scanguards ?

Empreint de suspicion, Cain fronça les sourcils.

— Pourquoi demandes-tu cela ?

— Aucune raison particulière.

Elle regarda par la fenêtre. Oliver et ses collègues avaient disparu. Étaient-ils entrés dans le bâtiment ou l'encerclaient-ils ?

— Où sont-ils ? demanda-t-elle.

— À l'intérieur.

Au ton nonchalant de sa voix, elle lui lança un regard furieux.

— N'es-tu pas inquiet ?

— Ils savent ce qu'ils font. Amaury et Zane sont les meilleurs.

Ses jambes tremblaient. Elle pressa les paumes de ses mains sur ses cuisses pour cacher le fait qu'elle était complètement effrayée.

— Et Oliver ?

Pourquoi Cain n'avait-il pas dit qu'Oliver était également un des meilleurs ?

Cain hésita.

— Il est encore… jeune.

— Mais il peut se défendre, n'est-ce pas ?

— Naturellement qu'il le peut. Tu t'inquiètes pour lui ?

Ursula se pressa de nouveau contre le siège.

— Non.

Menteuse, menteuse, t'es qu'une sale menteuse.

— Alors, cesse de remuer. Si ce que tu dis est vrai, et que ces vampires exploitent une espèce de bordel de sang, mes collègues se feront passer pour des clients pour tâter le terrain. Ils ne commenceront pas à se battre ce soir.

Pourquoi Oliver ne lui avait-il pas dit cela ? Avait-il peur qu'elle eût pu trouver un moyen d'avertir ses ravisseurs ? Ne la croyait-il toujours pas ?

— Et les armes ?

— Tu as une bonne vue.

— Ce n'est pas une réponse à ma question, lui balança-t-elle en retour.

— Peut-être ne suis-je pas d'humeur à répondre à des questions.

Inflexible, il la regarda d'un air sévère.

— J'ai lu ton dossier in extenso. Les rapports de police, les articles de journaux. Plus tout ce que tu nous as raconté. Le fait que tu te sois échappée de cet endroit...

Il désigna le bâtiment d'un signe de tête.

— ... ça me semble une chose difficile à faire, particulièrement s'il y a autant de vampires sur les lieux que tu ne le dis. Quelque chose pue dans ton histoire. Et ce n'est pas parce que tu t'es débrouillée pour mener Oliver par le bout du nez que tu pourras y arriver si facilement avec le reste d'entre nous. En ce qui me concerne, je ne pense pas avec ma queue !

De colère, Ursula souffla. Elle ouvrit la bouche, mais il l'interrompit.

— Économise ta salive !

Elle croisa les bras sur sa poitrine et regarda par la fenêtre, observant attentivement le bâtiment. Il faisait sombre, mais cela ne voulait rien dire. Toutes les fenêtres étaient soit peintes en noir de l'intérieur soit barricadées ou, dans certains cas, garnies de lourdes tentures, afin que la lumière ne pût pénétrer à l'intérieur. Ou même s'échapper à l'extérieur. Elle était certaine que ses ravisseurs l'avaient fait exprès de sorte que personne ne se rapprochât du bâtiment et ne commençât à poser des questions.

Elle ne pouvait que supposer la manière dont ils attiraient les clients. Le bouche à oreille, plus que probablement. Ils n'avaient pas intérêt à faire la publicité des prostituées qu'ils mettaient à disposition pour leur sang spécial.

Le temps sembla marquer une pause. Nerveusement, Ursula se rongeait les ongles lorsque, finalement, elle aperçut un mouvement à la porte du bâtiment. La porte d'entrée s'ouvrit et, un par un, les trois vampires sortirent et se dirigèrent directement vers le fourgon.

Elle attendit impatiemment. Tous trois marchaient de son côté du van, mais Zane fut le premier à l'atteindre. Il ouvrit la portière, la fouettant d'un regard furieux.

— Putain, c'était quoi ça ? demanda-t-il.

Secouée par la dureté du ton employé, elle sursauta.

— Qu'est-ce qui s'est passé ?

— Rien du tout ! Absolument rien ! dit Zane, laconiquement. Perte de mon putain de temps !

Ursula lança un regard furtif derrière lui, afin de chercher Oliver. Lorsque les yeux de ce dernier rencontrèrent les siens, elle y vit quelque chose qui ressemblait à de la déception.

— Oliver, le pria-t-elle.

Oliver hésita une seconde avant de parler.

— L'endroit était vide.

Elle secoua automatiquement la tête.

— Non, non, ce n'est pas possible, répondit-elle en désignant le bâti-ment de la main. C'est cette maison. J'en suis absolument certaine. C'est là qu'ils m'ont emprisonnée.

Oliver baissa les yeux, comme s'il voulait l'éviter. Derrière lui, le visage d'Amaury était figé.

— Il n'y a rien là-dedans, ajouta Amaury. Aucun vampire, aucun humain, aucun meuble.

Incrédule, Ursula oscilla la tête.

— Non, tu mens ! Ils sont là. Ils doivent y être !

— Nous n'avons aucune raison de mentir ! grogna Zane. Toi, par contre, tu nous as guidés sur une fausse piste. Je ne sais pas à quel jeu tu joues mais, honnêtement, à ce stade, je m'en fous. Parce ça s'arrête ici.

Tant choquée qu'effrayée par les paroles de Zane, elle sentit ses mains trembler. Qu'avait-il l'intention de lui faire ?

— S'il te plaît, je peux le prouver ! Je te montrerai où j'ai gravé mon nom dans le mur de la ma cellule. Je peux—

Zane se pencha et l'interrompit, le visage à une dizaine de centimètres du sien.

— Je me moque de tes mensonges. Quel que soit ton jeu, je n'y joue pas.

Il se tourna alors vers Oliver.

— Efface sa mémoire. Ensuite, Cain et toi, mettez-la dans un avion pour Washington DC. Envoyez un message anonyme à ses parents pour qu'ils viennent la chercher à l'aéroport. Si quelque chose tourne mal, je vous en rendrai responsables. Sommes-nous bien d'accord, Oliver ?

Non ! voulait-elle hurler, mais la peur de ce que Zane pourrait faire si elle s'exécutait lui paralysa les cordes vocales.

Oliver fixa Zane.

— Écoute, il doit y avoir une autre manière.

Son ami chauve le regarda furieusement.

— Fais comme je dis ! ordonna-t-il en pointant le bâtiment du doigt. Tu es entré là-dedans. C'était vide !

— Oui, trop vide. Et ça sentait également le propre, comme si une équipe de nettoyage y était passée tout récemment. Ne trouves-tu pas ça suspect ?

— Ça ne doit pas obligatoirement signifier quelque chose.

— Je pense que nous devrions attendre jusqu'à ce que Gabriel soit de retour de New York.

Zane plissa le front.

— Dans quel but ?

Ne voulant pas qu'Ursula pût entendre sa suggestion, Oliver lui fit signe de s'éloigner de la voiture et baissa la voix.

— Il pourrait examiner ses souvenirs et nous dire ce qu'elle a vu.

— Ça ne servira à rien si quelqu'un lui a implanté de faux souvenirs, rétorqua Zane.

— Je ne suis pas d'accord. Gabriel a pu distinguer l'endroit où les souvenirs de Maya avaient été altérés. Il le verrait si quelqu'un avait trifouillé dans sa mémoire. Je pense que nous devrions attendre.

Zane secoua presque immédiatement la tête.

— Écoute, Oliver. Il n'y avait rien là-dedans. Si elle s'est vraiment échappée de ce bâtiment la nuit dernière, pourquoi n'avons-nous pas trouvé la moindre trace de quoi que ce soit à l'intérieur ? Je vais te le dire : parce qu'ils n'y étaient pas avant. Je maintiens mon ordre. Soit tu t'en charges avec Cain, soit il le fera seul.

— Non ! protesta Oliver.

Il refusait que quelqu'un la malmenât.

— Je vais le faire, poursuivit-il.

Et il commença déjà à se détester lui-même. Mais il ne pouvait contester leur découverte : la propriété était vide, et il n'y avait aucune trace d'autres vampires ou des filles dont Ursula avait parlé. Elle lui avait à nouveau menti et, aussi désireux fût-il d'avoir tort, il ne pouvait tout simplement pas nier l'évidence.

Zane hocha la tête. Mais il n'eut pas le temps de s'éloigner que son portable se mit à sonner.

— Oui ? aboya-t-il.

La fine ouïe d'Oliver perçut la voix à l'autre bout du fil. C'était celle de Thomas.

— Quelques vampires complètement fous ont été repérés dans une boîte de nuit au centre- ville ! J'ai besoin de tous les hommes disponibles ! Maintenant !

— Merde ! jura Zane.

Il fit signe à Amaury de se rendre vers le Hummer et regarda ensuite Cain qui était demeuré dans le monospace.

— Changement de plans : Cain, nous avons besoin de toi. Nous avons des infos sur ces fous furieux de vampires.

— Bordel ! jura Cain en sautant du fourgon.

— Si nous nous dépêchons, je pense que nous pourrons les avoir, cette fois ! répondit Zane en se retournant sur Oliver. Il le pointa du doigt.

— Tu as tes ordres. Je n'aime pas t'y envoyer seul. Fais en sorte que je ne le regrette pas !

Ses collègues et lui sautèrent ensuite dans le Hummer et démarrèrent à toute vitesse.

Lorsqu'Oliver regarda de nouveau Ursula, il remarqua qu'elle l'implorait des yeux. Ils ressemblaient à des soucoupes, un filet d'humidité au bord des paupières. Il referma la portière du côté passager et détourna le regard.

Il s'installa sur le siège conducteur et fit coulisser la portière. Sans regarder Ursula, il introduisit la clé de contact et fit démarrer la voiture. Le monospace fit demi-tour et, dans le rétroviseur, Oliver vit le bâtiment disparaître lorsqu'il tourna au carrefour suivant.

Il se dirigea vers l'autoroute qui menait à l'aéroport situé à une demi-heure au sud de San Francisco. Le trafic était fluide.

— S'il te plaît, ne fais pas ça, l'implora-t-elle, sa voix semblant obstruée.

Il garda les yeux sur la route, effrayé d'être amené à hésiter s'il la regardait.

— Je n'ai pas le choix.

Sans l'appui de Scanguards, il ne pouvait rien faire d'autre pour elle. Sa confiance était ébranlée. Il l'avait réellement crue, lorsqu'elle lui avait parlé de son emprisonnement, et encore plus lorsqu'il l'avait vue s'effondrer après avoir appris que ses parents la croyaient morte. Quel imbécile il avait été de permettre à une jolie femme de troubler son jugement.

— Tu as toujours le choix, affirma-t-elle. C'est juste que tu ne veux pas me croire.

Il tourna la tête pour la regarder droit dans les yeux.

— Je te croyais ! Mais tu nous as menti, à mes collègues et à moi. Tu nous as menés par le bout du nez.

Et moi, par ma queue, aurait-il dû ajouter.

— Je crains d'en avoir bien fini de croire aux bobards pour ce soir, ajouta-t-il.

— Ce ne sont pas des mensonges ! hurla-t-elle en le regardant furieusement.

Dieu, comme ses joues étaient rouges de colère, et comme cela la rendait belle. Et ses lèvres, si pleines et accueillantes en dépit des affabulations qu'elles débitaient.

Oliver reposa les yeux sur l'autoroute.

— Je t'ai même donné le bénéfice du doute quand tu as refusé de me dire comment tu t'es échappée. J'ai tout fait pour convaincre mes collègues de vérifier tes affirmations. J'ai pris des risques pour toi.

— S'il te plaît, ne me laisse pas tomber. Il y a d'autres vies en jeu. Les autres filles—

— Il n'y a aucune autre fille ! l'interrompit-il tout en serrant davantage le volant. Tu as tout inventé. Et je ne veux même plus savoir pourquoi.

Parce qu'il ne voulait plus entendre de mensonges. Pas hors de cette jolie bouche avec laquelle elle l'avait embrassé. Oh bon sang, pourquoi ne pouvait-il pas oublier cela ? Cette image le hanterait-elle pour toujours ?

— Tu es le seul qui puisse nous aider. Je serais allée à la police si je pensais qu'ils auraient eu une chance de vaincre ces vampires. Mais les policiers seront tout simplement massacrés. Tes collègues et toi, vous êtes les seuls à pouvoir le faire. J'ai besoin de toi.

Le cœur d'Oliver se serra. *Elle avait besoin de lui.* C'était un aveu qui l'aurait réjoui encore quelques heures plus tôt mais, après avoir vu le bâtiment vide qu'elle prétendait être sa prison, ces mots lui donnèrent presque la nausée.

— Ça ne m'intéresse plus, répondit-il, ces mots lui déchirant profondément le cœur.

— Que dois-je faire pour que tu m'aides ?

Il se passa une main à travers les cheveux.

— Tu veux que je t'aide ?

— Oui.

Il lui adressa un méchant regard.

— Alors, donne-moi quelque chose... juste une information qui m'aidera à te croire. Quelque chose, afin que je sache que tu me dis la vérité.

Il maintint les yeux sur elle et remarqua qu'elle aspirait de l'air. Ses paupières se baissèrent, et il vit l'appréhension dans ses yeux, l'hésitation qui l'incitait à demeurer silencieuse.

Déçu, il arracha son regard d'elle.

— Je le savais. Tu n'as jamais eu l'intention de me dire la vérité.

Il dodelina ensuite de la tête et rit amèrement.

— Comme j'ai été stupide. De penser que je t'aimais réellement bien. Et pas seulement parce que je voulais coucher avec toi.

— Et maintenant, tu ne le veux plus ? demanda Ursula, la voix redevenue soudainement calme, semblant presque résignée.

— Non, mentit-il.

Car, s'il la touchait à présent, il ne serait jamais capable de lui effacer la mémoire et de la mettre dans cet avion.

— Menteur, dit-elle, doucement.

— Je me fous de ce que tu crois.

Du coin de l'œil, il la vit hocher la tête.

— Bien. Je vais tout te dire, ajouta la jeune femme. Mais seulement à toi. Aucun de tes collègues ne devra jamais l'apprendre. Si tu ne me crois pas après ça, alors mets-moi dans l'avion qui me conduira à la maison. Mais si tu me crois, alors aide-nous, moi et ces filles.

Il la regarda, tentant de découvrir ce qu'elle trafiquait.

— Prends la prochaine sortie et gare-toi sur le côté, afin que nous puissions parler, poursuivit-elle.

Suspicieux, il plissa le front.

— Si tu crois que tu peux arriver à tes fins en me séduisant, tu te trompes. Je ne suis pas si naïf.

Elle lui adressa un sourire inattendu.

— Non, tu ne l'es pas. Quoique tu sois très mignon, pour un vampire.

Il ouvrit la bouche, mais elle l'interrompit avant même qu'il ne pût rétorquer.

— Qu'as-tu à perdre ? Même si j'essayais de te séduire, ce qui n'est pas le cas, serait-ce une telle contrainte ? C'est une situation gagnant-gagnant pour toi. Je suis celle qui risque tout.

Oliver laissa instinctivement voyager ses yeux sur le corps d'Ursula avant de les ramener sur son visage.

— Et que risques-tu ?

— Je risque que tu me draines de mon sang dès que tu sauras ce dont il est capable.

17

Oliver traversa trois bandes de circulation pour sortir de l'autoroute. Il bifurqua au prochain carrefour et trouva une petite rue transversale. Celle-ci menait à un taillis d'arbres à côté d'une maison délabrée pour laquelle un avis de saisie avait été affiché dans la cour avant.

Il coupa le moteur avant de se retourner sur son siège et faire face à Ursula. Les mots qu'elle avait prononcés l'avaient rendu plus curieux qu'il n'aimait l'admettre.

— Je suis tout ouï.

Il la regarda déglutir avant de se mettre à parler.

— Il y avait environ une douzaine de filles. Au début, nous ne savions pas pourquoi ils nous avaient capturées. Mais nous présentions des similitudes. Toutes les filles étaient chinoises, originaires de Chine continentale. Elles avaient toutes été capturées aux États-Unis. Certaines étaient plus âgées, certaines étaient jolies, d'autres pas. Nous savions donc que ni la beauté ni la jeunesse n'étaient ce qu'ils recherchaient. C'était notre sang.

Il hocha la tête, toujours sceptique à propos d'où elle voulait en venir.

— Continue.

— Ils amenaient des vampires qui se nourrissaient de nous. Deux, parfois trois par nuit. Pendant que les vampires se sustentaient, ils les surveillaient de près. Ils s'assuraient qu'ils ne prennent pas trop de sang. Mais nous avons toutes remarqué un changement lorsqu'ils arrêtaient de boire : ils semblaient en plein délire, en train de planer. Comme s'ils étaient défoncés.

Oliver haussa un sourcil.

— Défoncés ? Je suis désolé, mais les vampires ne font pas cela. D'ailleurs, nous ne sommes sensibles à aucune drogue humaine, qu'il s'agisse d'alcool, de coke, d'héroïne, d'herbe ou quoi que ce soit d'autre.

Elle hocha la tête.

— Je l'ai appris. Mais néanmoins, les vampires se shootaient... avec notre sang.

— Impossible.

Pourtant, au moment même où il le dit, la tentation lui démangea les gencives, indiquant clairement que son corps désirait ardemment du sang. Et de préférence, celui d'Ursula. Ce n'était pas le bon moment pour que sa faim ne l'envahît.

— C'est ce que nous pensions aussi, mais nous savions que c'était ça qui se produisait. Et ensuite, il y avait d'autres signes : les gardes ne buvaient jamais notre sang, même s'ils avaient l'air d'être tentés. Et la façon dont ils parlaient de nous : à quel point nous avions de la valeur, à quel prix notre sang était vendu à leurs clients. La somme qu'ils facturaient semblait effarante. Je n'ai aucune idée du prix d'un gramme de cocaïne, mais les gardiens disaient que notre sang se vendait plus cher que ça. Tu as demandé comment je me suis évadée. Le garde a été appelé à l'aide dans une autre chambre, car un des clients devenait sauvage, probablement à cause du sang. Et durant ce temps, je me suis assurée que le vampire qui se nourrissait de mon sang puisse en prendre plus qu'il ne le devait. Il a fait une overdose et s'est évanoui. C'est ainsi que j'ai pu m'échapper.

Oliver écoutait attentivement. Y'avait-il la moindre possibilité que tout ceci fût arrivé exactement comme elle le prétendait ?

— Personne n'a remarqué que tu t'échappais ?

— Je suis sûre que si, mais trop tard. J'ai utilisé la sortie de secours et ai couru jusqu'à ce que je te fonce dedans.

Oliver ne s'en souvenait que trop bien. Était-ce pour avoir laissé ce vampire boire une trop grande quantité de son sang qu'elle avait côtoyé la mort de si près ? En repensant au moment où il l'avait rencontrée, Oliver se souvint d'avoir entendu des pas, au loin. Il n'avait pas attendu pour voir qui se rapprochait.

— Ils doivent avoir tout emporté, lorsqu'ils se sont rendu compte que je m'étais échappée et qu'ils ne pouvaient pas me retrouver. Ils doivent avoir eu peur que je ne ramène quelqu'un dans leur cachette.

Oliver hocha lentement la tête.

— Le bâtiment semblait un peu trop propre pour ce secteur. Comme si quelqu'un s'était assuré d'effacer leurs traces. Qui dirigeait cette affaire ?

— Je ne sais pas. Qui que ce soit, il ne venait jamais à l'étage où nous vivions et... où les clients se nourrissaient de notre sang. En fait, je pense que même les gardes ne savaient pas qui il était. J'avais le sentiment que, qui qu'il y ait derrière tout ceci, il gardait son identité cachée. Et les gardes avaient peur de lui.

Oliver devait continuer de l'interroger, non seulement parce qu'il devait en apprendre autant que possible, mais également parce qu'il devait se distraire de sa faim. Et plus elle parlait de sang, plus il voulait enfoncer ses canines en elle.

— Qu'as-tu entendu ?

— Que n'importe quel garde serait sévèrement puni si une fille dont il avait la charge mourait parce qu'il n'avait pas empêché une sangsue de lui puiser tout son sang. Les gardiens suspectaient que leur patron ait placé des mouchards dans le bâtiment pour s'assurer d'être au courant de tout ce qui s'y passait, à tout moment.

Toute cette histoire semblait toujours bizarre. Mais pourquoi l'inventerait-elle ?

— Pourquoi seulement des chinoises ? Les vampires avaient-ils une préférence ?

— Je pense que ça avait quelque chose à voir avec notre sang. Pourquoi une douzaine de filles environ leur suffisait-elle, alors qu'ils pouvaient certainement en capturer plus dans une grande ville ? Cela m'a fait penser que ce que nous possédons est rare. Peut-être quelque chose de génétique, peut-être quelque chose qui ne peut être trouvé que dans le sang de femmes chinoises.

Sang. Le mot pulsait dans tout son corps.

— T'ont-ils réellement dit que tu avais un sang spécial ?

Elle oscilla la tête.

— Seulement indirectement.

Oliver pinça les lèvres.

— Je ne sais pas, Ursula, ton histoire est invraisemblable. Mais je ne peux la vérifier d'aucune façon, dit-il en soupirant. On m'a ordonné de t'acheter un billet d'avion et de te donner assez d'argent pour rentrer à la maison. Donne-moi une raison de défier ces ordres. Une minuscule preuve.

Ursula s'arrêta de respirer un instant.

— L'argent. Naturellement !

Elle posa alors une main sur le bras d'Oliver, lui envoyant, par ce contact, une vague de chaleur à travers le corps et intensifiant son désir.

— Oliver, attends, attends ! J'en ai la preuve !

Il attrapa chaud partout à la manière dont son nom avait roulé des lèvres de la jeune femme.

— En voilà davantage. Comment ai-je pu oublier ? Je me suis débrouillée pour voler le portefeuille d'une des sangsues quand le garde et celle-ci ont été distraits.

— Pourquoi ne l'as-tu pas dit plus tôt à Zane ?

— Zane m'a effrayée à mort ! J'ai essayé, mais je ne pouvais pas penser correctement avec lui qui me regardait furieusement.

Oliver fronça les sourcils.

— Il a cet effet sur les gens.

— Tant de choses se sont produites ces dernières vingt-quatre heures. Je n'y ai juste pas pensé.

Lorsqu'il lui adressa un regard interrogateur, elle poursuivit.

— J'avais prévu que, si jamais je parvenais à m'échapper, j'utiliserais l'argent et les cartes de crédit qu'il y avait dans le portefeuille pour rentrer à la maison. Je l'ai caché dans ma chambre. Le nom sur les cartes de crédit nous mènera à une des sangsues. Tout ce que tu dois faire, c'est l'interroger, et tu sauras que je dis la vérité.

Il autorisa ces nouvelles à envahir son corps, se réjouissant silencieusement. Ensuite, il se calma.

— Le bâtiment était complètement vide. Tous les meubles sont partis. Donc, où que tu l'aies caché, le portefeuille est parti.

Et dès lors, une autre possibilité d'essayer de vérifier son histoire avait disparu avec lui.

Elle secoua la tête.

— Non. Il est toujours là. Je l'ai caché sous le plancher. Ils ne peuvent pas l'avoir trouvé.

— Donc, tu veux que j'y retourne, c'est ça ?

Et puis merde s'il était simplement un peu curieux quant au fait qu'elle eût raison. Non, c'était plus que cela : il voulait qu'elle eût raison. Il voulait que cette histoire fût vraie. Car alors, il pourrait prouver que ses collègues avaient eu tort, et il investiguerait davantage. Il ne devrait pas effacer la mémoire d'Ursula et la renvoyer à la maison. Et enfin, ce qui se tramait entre eux pourrait peut-être, juste peut-être, avoir une chance de se développer.

Ursula le regarda droit dans les yeux, le regard fixe et direct.

— Oui. Pour que je puisse te prouver que je ne mens pas.

LE CHEMIN du retour vers son ancienne prison parut long. Peut-être avait-elle eu cette impression parce qu'elle était anxieuse de retourner à l'intérieur de cet endroit qu'elle considérait comme l'enfer. Ou peut-être avait-elle peur que, contre toute attente, ses ravisseurs eussent trouvé sa cachette et eussent enlevé le portefeuille, la laissant les mains vides.

Que ferait-elle alors ? Elle avait épuisé tous les moyens de convaincre Oliver de lui faire confiance. Il ne lui restait rien, excepté le fait de lui laisser goûter son sang. Et elle ne l'y autoriserait pas, trop effrayée qu'il ne pût être capable de le supporter. Cette fois, il n'y aurait aucun garde pour veiller à sa sécurité.

Les mains d'Ursula se mirent à trembler de manière incontrôlable avant qu'ils ne rejoignirent le bâtiment et ne sortirent de la voiture. Oliver lui lança un regard de côté et prit ensuite sa main dans la sienne. La chaleur de sa peau l'apaisa instantanément.

— Calme-toi, dit-il doucement. Je te promets qu'il n'y a personne à l'intérieur.

Elle lui répondit d'un demi-sourire hésitant et se cramponna à sa main, sachant qu'il était le seul allié dont elle disposait, quoique leur alliance fût des plus chancelante et pût se dissoudre aussi rapidement qu'elle ne s'était formée.

À pas hésitants, elle marcha à côté de lui. Lorsqu'ils atteignirent son ancienne prison, Oliver ouvrit la porte et la poussa doucement à l'intérieur. Il la suivit de près, sa respiration devenant la seule chose qu'Ursula pût entendre.

Dans l'obscurité, elle chercha sa main et fut contente qu'il ne repoussât pas ce contact.

— Je ne vois rien, chuchota-t-elle.

— Je ne veux pas allumer la lumière. On pourrait la voir de la rue. Je peux nous guider dans le noir si tu me dis où tu veux aller.

— Au quatrième étage.

Tandis qu'il la conduisait à travers les escaliers, elle essaya de bloquer les frissons qui lui montaient le long de la colonne vertébrale à la pensée de ce que cet endroit représentait. Elle fut surprise lorsque la main d'Oliver lui caressa le bras dans un mouvement apaisant.

— Merci, murmura-t-elle.

— On y est presque.

Lorsqu'ils atteignirent le haut de la dernière volée d'escaliers, elle entendit qu'on actionnait l'interrupteur. Un instant plus tard, les faibles lumières du hall s'allumèrent, ce qui l'aida à se repérer. Elle regarda Oliver immédiatement.

— Est-ce qu'il est prudent d'allumer la lumière maintenant ?

Il hocha la tête.

— Il y a seulement deux fenêtres dans le couloir, et chacune des deux est occultée.

Soulagée, Ursula désigna l'autre extrémité du couloir.

— C'est là qu'est la sortie de secours que j'ai utilisée, dit-elle avant de se tourner dans l'autre direction. La chambre est par-là.

Elle ralentit le pas en passant devant les nombreuses portes qui donnaient sur les chambres des autres filles. Tant de fois elle avait entendu des sanglots s'en échapper. Mais ce soir, le silence régnait sur tout l'étage. Quoiqu'elle marchât lentement, elle atteignit finalement la porte de son ancienne cellule. Elle posa la main sur la poignée, mais ne put trouver la force de pousser la porte.

Congelée sur place, elle ferma les yeux.

— Faisons-le ensemble, murmura Oliver, derrière elle, en déposant sa main sur la sienne pour tourner la poignée.

Lorsque la porte s'ouvrit vers l'intérieur de la pièce, elle fit un pas hésitant vers l'avant et tendit la main vers l'interrupteur. Elle l'actionna. Ses yeux scannèrent alors la pièce. Celle-ci était vide, tout comme le reste de la maison. Combien d'heures avait-elle passé ici en priant et en espérant d'être secourue ?

— Il y avait un lit, ici. Ils m'y enchaînaient pendant la journée pour ne pas que je bouge.

Elle désigna un coin où une poutre en bois était visible. La moitié inférieure de celle-ci avait toujours été cachée par la tête de lit mais, maintenant, elle était exposée.

Ursula s'avança et entendit les pas d'Oliver, lequel la suivait. Lorsqu'elle se laissa tomber à terre, elle laissa courir les doigts sur les lettres qu'elle avait gravées dans la poutre en bois.

— Mon nom, l'adresse de mes parents, au cas où quelqu'un l'aurait trouvée, pour qu'on puisse leur dire que j'étais ici.

Elle se tourna pour regarder Oliver et remarqua qu'il fixait l'endroit qu'elle désignait des doigts. Il laissa alors également courir sa main sur la surface du bois. Ses yeux capturèrent ceux d'Ursula.

— Je suis tellement désolé.

Si elle n'avait pas vu ses lèvres bouger, elle n'aurait pas perçu ces mots qu'il avait chuchotés.

Surprise par la tendresse qui s'affichait dans son regard, elle fut incapable de bouger lorsqu'il approcha son visage du sien. De ses lèvres, il lui toucha la joue et déposa un doux baiser sur sa peau.

Ravalant la boule qu'elle avait dans la gorge, elle se redressa et désigna le plancher.

— C'est là.

Oliver recula pour lui donner de l'espace, tandis qu'elle poussait sur un des côtés de la planche mal fixée, en soulevant de ce fait l'autre extrémité pour pouvoir l'agripper et la retirer.

Elle tendit la main dans l'ouverture, son cœur battant dans sa gorge, priant que ses ravisseurs n'eussent pas découvert le compartiment qui abritait le portefeuille volé. Ses doigts touchèrent quelque chose de lisse et, de soulagement, elle inspira en extirpant le portefeuille. Elle le remit à Oliver.

— Le voilà.

Oliver l'ouvrit et parcourut les cartes qui se trouvaient à l'intérieur.

— Parfait.

Il aida ensuite Ursula à se relever.

— Sortons. Je vois bien que tu n'es pas à l'aise, ici.

De la tête, il désigna l'endroit où son lit s'était autrefois trouvé.

— Ce doit être horrible de revenir à l'endroit où tu as été violée.

Elle le fixa des yeux, bouche bée. Il pensait qu'elle avait été violée ?

— Excuse-moi. Je n'aurais pas dû te le rappeler, ajouta-t-il.

Avant qu'elle n'eût pu penser à la façon dont elle allait répondre, il la fit sortir de la chambre et du bâtiment. Lorsqu'elle se rassit dans le mono-space et le regarda mettre la clé de contact, Ursula posa une main sur le bras d'Oliver pour l'arrêter.

Étonné, il tourna la tête vers elle, mais ne dit rien.

Elle ne savait pas pourquoi elle se sentait obligée de corriger la fausse idée qu'il s'était forgé, mais elle le fit. Peut-être que la tendresse et la compréhension dont il avait fait preuve dans son ancienne cellule lui avaient procuré quelque chose. Ou peut-être s'adoucissait-elle.

— Nous n'avons jamais été violées.

L'effet de surprise éclaira les yeux d'Oliver.

— Mais les vampires... la morsure. Tu dois avoir ressenti leur excitation. Et avec quelqu'un d'aussi jolie que toi...

Il pensait qu'elle était belle ?

— Je suis désolé de le dire, mais je ne vois pas quel vampire pourrait résister. Je ne voulais pas m'immiscer, et ça n'a pas d'importance que tu ne veuilles pas me le dire. Je n'avais pas le droit de le mentionner. Oublie ça, tout simplement.

Il parut embarrassé. Et tellement humain.

— Je connais l'excitation, j'en ai fait l'expérience tant de fois mais, les gardes, ils veillaient à ce que les sangsues ne nous touchent jamais de cette façon. Cela aurait diminué l'effet de notre sang, disaient-ils.

— Quoi ? demanda-t-il, la voix teintée de confusion.

— Ils prétendaient que, si une fille éprouvait une satisfaction sexuelle, cela annulerait le côté dopant de son sang. C'est pour cette raison qu'ils ne nous ont jamais violées. C'est également pour ça qu'ils nous enchaînaient à nos lits pendant la journée. Pour ne pas qu'on puisse se toucher.

Oliver en demeura bouche bée.

Ursula hocha lentement la tête, se souvenant des heures où elle ne dormait pas et durant lesquelles elle avait combattu ses envies sexuelles.

— Et pendant la nuit, ils utilisaient le contrôle de l'esprit sur nous pour qu'on n'essaie pas de se masturber, lorsque nous étions seules.

— Tu veux dire... ?

Il s'arrêta.

Elle détourna le regard, soudainement embarrassée d'avoir été aussi franche. Elle n'avait pas à lui parler de cette partie de son supplice mais, pour une quelconque raison, elle voulait qu'il comprît ce qu'elle avait traversé.

— Je n'ai pas eu le moindre orgasme depuis qu'ils m'ont capturée, il y a trois ans.

Suite à cet aveu, elle l'entendit brusquement expirer.

— Oh mon dieu !

Elle sentit la chaleur se répandre sur ses joues.

— Mais tu es si passionnée.

Il lui prit la main, et ce geste amena Ursula à le regarder.

— J'aimerais pouvoir rattraper ça, ajouta-t-il.

Immédiatement, il sembla réaliser ce qu'il avait dit et poursuivit.

— Oh Dieu, non, ce n'est pas ce que je voulais dire. Je voulais dire...

Elle savait exactement ce qu'il voulait dire. Cela aurait dû l'inciter à reculer et, pourtant, il n'en fut rien. Quoiqu'Oliver fût un vampire, au cours des dernières heures, elle avait vu une autre face de lui. Il s'intéressait. Il avait écouté et avait mis son incrédulité de côté. Il avait fait l'effort de l'aider. Et il s'était comporté d'une manière purement et simplement sensible lorsqu'elle avait eu peur de pénétrer dans son ancienne cellule. Comme s'il pouvait sentir ce qu'elle ressentait. Était-ce si mal de vouloir se pencher contre lui en guise de soutien ? Pour un peu de chaleur ?

— Peut-être que tu peux...

La voix d'Ursula trembla légèrement, lorsqu'elle continua.

— ... je meurs d'envie d'être touchée.

Touchée par lui. Par le vampire qui l'avait sauvée.

Oliver tendit la main vers elle et enroba sa joue.

— Tu veux que *je* te touche ?

Ursula ferma les yeux et s'appuya contre la paume de sa main.

— Serait-ce une telle contrainte ?

Elle le sentit secouer la tête.

— Tu penses vraiment que je suis mignon, je veux dire, pour un vampire ?

Elle ouvrit les yeux et lui sourit. Mignon ? Cela ne pouvait décrire ce qu'elle ressentait.

— Mignon n'était peut-être pas le bon mot.

— Quel est le bon mot, alors ? demanda-t-il en se rapprochant de quelques centimètres.

Ursula baissa le regard sur ses lèvres entrouvertes.

— Que ferais-tu si je disais que je te trouve... sexy ?

Oliver gémit.

— Es-tu en train de jouer avec moi, Ursula ? Parce que, si c'est le cas, tu devrais arrêter, ou je vais faire quelque chose qu'il se pourrait que tu ne veuilles pas que je fasse.

Elle se rapprocha de lui.

— Et qu'est-ce que ce serait ?

Non, elle ne jouait pas avec lui. Elle le voulait. Et à présent, elle était sûre que ce n'était pas l'excitation résiduelle de la morsure du vampire. Trop d'heures s'étaient écoulées depuis lors. Non, ce qu'elle ressentait en ce moment était différent. Elle voulait Oliver. Et elle voulait oublier.

— Je pensais que tu détestais les vampires, dit-il, déviant ainsi la conversation.

— Effectivement.

Mais elle ne pouvait faire surgir ce même sentiment pour Oliver.

— Dans ce cas, pourquoi voudrais-tu coucher avec moi ?

De l'index, elle se caressa la lèvre inférieure.

— Quand tu m'as embrassée chez toi, tu m'as procuré l'envie d'en vouloir davantage.

Tellement plus que ce dont elle n'avait espéré durant ces trois dernières années.

— Aussi simple que ça ?

Ursula dodelina légèrement de la tête.

— Non. Rien n'est simple. Mais je veux me sentir à nouveau vivante. Peux-tu faire ça pour moi ? Peux-tu m'aider à me sentir vivante ?

Le visage d'Oliver s'approcha, et ses lèvres avancèrent vers sa bouche jusqu'à ce qu'elles ne fussent plus qu'à quelques centimètres des siennes.

— Tout ce que tu voudras, bébé.

18

———

Oliver inclina les lèvres sur celles d'Ursula et captura sa bouche dans un baiser. D'abord doucement et délicatement, au cas où elle changerait d'avis. Puisqu'elle n'en fit rien, il l'attira plus près de lui et intensifia le baiser.

Il ne pouvait croire à la tournure que ces événements avaient prise. Dès l'instant où Ursula avait pénétré dans le bâtiment abandonné, il avait instinctivement su qu'elle disait la vérité. Il avait perçu sa crainte. Retrouver le portefeuille d'un client du bordel de sang, comme il l'appelait, le confortait suffisamment dans l'idée qu'il pouvait lui faire confiance.

Mais découvrir qu'elle n'avait pas été violée, qu'aucun de ces ignobles vampires n'avait posé ses sales pattes sur elle, le réjouit. Et il les maudissait à la fois de lui avoir refusé toute sorte de plaisir charnel.

Il mit un terme au baiser et la regarda.

— Allons à la maison.

Ensuite, il l'emmènerait dans son lit et s'assurerait de lui prodiguer la libération dont elle avait besoin.

À sa surprise, Ursula secoua la tête.

— Je ne peux pas attendre. S'il te plaît.

Elle lorgna vers la banquette arrière du monospace.

Le cœur d'Oliver manqua un battement.

— Maintenant ? Ici ? Dans le van ?

Son membre pompa davantage de sang, le rendant encore plus dur qu'un pied-de-biche. Au même moment, la faim déferla en lui. Il devait se nourrir, et bientôt, ou il ne serait plus maître de ses propres agissements.

— Oui, murmura-t-elle en glissant une main sur sa cuisse et en la déplaçant vers le haut.

Lorsque les doigts de la jeune femme atteignirent le contour de son érection, Oliver gémit, sa faim instantanément oubliée.

— Va derrière, lui dit-il.

Il verrouilla les portières et la suivit. Lorsqu'il la vit déboutonner le haut de son jeans, il l'arrêta. Surprise, elle le fixa du regard.

— Si tu crois que je vais précipiter tout ceci, tu te trompes.

— Mais—

Il sourit.

— Aucun *mais*. Si tu veux coucher avec moi, alors nous observerons toutes les étapes : le baiser, les caresses, la séduction. Je ne vais pas manquer une opportunité de faire l'amour à la plus belle fille que j'ai jamais vue en la baisant simplement comme un animal.

L'expression sur le visage d'Ursula s'adoucit, et ses joues se colorèrent d'un joli rose, tandis qu'elle battait des cils.

— Tu veux me faire l'amour ?

Oliver se rapprocha et vint positionner la paume de sa main sous le menton de la jeune femme.

— Et je veux te faire jouir si fort que tu penseras que le monde éclate autour de toi. N'est-ce pas ce que tu veux ?

Elle ouvrit les yeux si grands que ses cils touchèrent presque ses sourcils. Ses yeux chatoyaient.

— Oliver ?

— Hmm ?

— Pourquoi es-tu si bon avec moi ?

— Parce que tu as besoin de quelqu'un qui soit bon avec toi.

Et plus que tout, il voulait être cette personne.

— Allons-nous parler toute la nuit ou vas-tu m'embrasser ?

Il gloussa. Ah, comme il aimait une femme enthousiaste !

— Dans mon esprit, je n'ai jamais cessé de t'embrasser.

Elle se rapprocha, ses lèvres étant, à présent, à moins de deux centimètres des siennes.

— Fais-en une réalité, alors.

Lorsqu'il prit à nouveau sa bouche, le monde autour de lui se fondit dans le décor. De douces lèvres se pressaient contre lui, les mains d'Ursula l'attirant plus près d'elle, le priant de traîner son corps contre le sien. En un mouvement, il l'amena sur ses genoux, de sorte qu'elle le chevauchât. D'une main sur le bas du dos de la jeune femme, il la pressa tout contre lui.

— C'est mieux, murmura-t-il.

Oliver lui captura à nouveau les lèvres et fouilla dans les chaudes cavernes de sa bouche. Il caressa et lécha, goûta et explora. La réponse d'Ursula fut tout aussi enthousiaste : elle joua assez vivement avec sa langue. Le désir déferla en lui, envoyant de chaudes décharges de feu en son centre et à l'extrémité de son membre.

Il gémit dans la bouche d'Ursula, action qu'elle reproduit quelques secondes plus tard. Inclinant la tête, il chercha une connexion plus profonde, un baiser plus acharné. Comme si sa vie en dépendait, elle enfonça les mains plus profondément dans les épaules du vampire et lui répondit encore bien plus passionnément.

Il la sentit alors passer la langue le long d'une de ses canines. Une décharge le submergea lorsqu'il sentit ses gencives le démanger au même moment. Il savait ce que cela signifiait : ses dents étaient sur le point de s'allonger.

Ursula lécha encore. Il mit un terme au baiser et, la respiration forte, la maintint à quelques centimètres de distance de lui.

— Ne fais pas ça !

Effrayée, elle le regarda fixement, l'appréhension se propageant sur son visage.

— Qu'est-ce qui ne va pas ?

Il baissa les paupières. Dieu, comment pouvait-il lui expliquer ceci sans lui rappeler ce qu'il était, et ce que ce geste déclenchait potentiellement en lui ?

— S'il te plaît, est-ce que je fais quelque chose de mal ? demanda-t-elle, la voix brisée.

Non, il ne pouvait la décevoir, ne pouvait la laisser à nouveau pleurer.

Mais il devait être honnête avec elle. Lorsqu'il souleva les yeux pour rencontrer les siens, il déglutit difficilement.

— Quand tu lèches mes canines comme cela, je peux les sentir grandir.

Elle s'arrêta de respirer.

— Ces dents représentent les zones les plus érogènes d'un vampire. Elles aiment que tu les lèches. Mais je ne peux le permettre car, si je le fais...

Il hésita, cherchant des signes de peur sur son visage.

— Qu'est-ce qui se produira ?

Le regard d'Oliver chuta sur la veine pulsante de son cou.

— Dès qu'elles pointent, il ne faut pas longtemps pour que je ne puisse plus réfréner mon désir de sang. Je te mordrais.

Elle inspira une rapide bouffée d'air.

Voyant qu'elle s'écartait de lui, il poursuivit rapidement.

— Mais je ne le ferai pas. Je te le promets. Je ne te ferai pas ça. Tu as traversé suffisamment de choses. S'il te plaît, accorde-moi une chance. Si nous faisons attention...

Il espéra ne pas mentir. Pourrait-il réellement réfréner sa faim durant la prochaine heure, de sorte à pouvoir lui faire l'amour sans la soumettre à la chose qu'elle détestait le plus : être mordue par un vampire ?

— Faire attention, comment ? demanda-t-elle en s'approchant douce-ment, baissant la tête vers le creux de son bras et de son épaule.

— Comme ça ? poursuivit-elle en déposant un doux baiser sur sa peau, puis un autre.

Oliver ferma les yeux, permettant à cette douce caresse de l'emporter.

— Parfait.

Elle posa alors les mains sur le t-shirt d'Oliver et le sortit de son jeans.

— Enlève-le, chuchota-t-elle dans son oreille.

Il fit ce qu'elle demandait, accueillant avec plaisir l'air frais qui touchait sa peau chaude. Mais le soulagement ne dura pas car, une seconde plus tard, les mains d'Ursula se trouvèrent sur sa poitrine, en train de le cares-ser. Sa tête tomba en arrière contre l'appui-tête. N'était-il pas censé être celui qui devait la séduire, et pas l'inverse ? De toute évidence, les choses ne se déroulaient pas exactement comme prévu, quoiqu'il ne s'en plaignît pas.

Cependant, il lui avait fait un serment : lui donner du plaisir. Et il ne manquerait pas à sa promesse. Il était temps de reprendre les rênes.

Oliver attrapa, à son tour, son t-shirt et le sortit de son jeans.

— Soulève tes bras, lui dit-il.

Elle n'hésita pas et le laissa la dépouiller de son vêtement, exposant ainsi ses seins nus à sa vue.

— Beaux, poursuivit-il.

Ses seins étaient petits, mais parfaitement formés, ronds et fermes. Il en enroba un dans la paume de sa main, le serra légèrement et baissa la tête pour sucer le mamelon. Le petit bouton de rose était déjà dur lorsqu'il balaya sa langue par-dessus. La peau d'Ursula avait un goût d'agrumes, pur et jeune. Innocent. Cette pensée amena soudainement une question.

— Es-tu vierge ?

Elle secoua la tête.

— Non.

— Bien, murmura-t-il tout contre sa douce peau. Car je détesterais que tu aies mal lorsque je serai en toi.

Que cette douleur fût de courte durée importait peu.

Il retourna titiller le mamelon et accorda ensuite la même attention à l'autre sein, écoutant et observant, pendant tout ce temps, les réactions de sa partenaire, afin de déterminer ce qu'elle aimait le plus. Il poursuivit son chemin vers l'estomac et la déplaça en un mouvement, le dos sur la banquette, de sorte qu'il pût se pencher sur elle.

Tandis que ses lèvres se frayaient une voie vers son nombril, ses mains s'affairaient déjà à déboutonner son jeans et à baisser la fermeture éclair. Lorsqu'il tira sur le pantalon et releva la tête, il remarqua qu'elle l'observait, les lèvres entrouvertes, la respiration inégale. Le désir brillait dans ses yeux, et ses joues étaient aussi rouges que son torse tout entier.

— Je n'ai pas fait ça depuis tellement longtemps, dit-elle, la voix basse, presque comme si elle s'excusait.

Il gloussa doucement.

— C'est comme monter sur un vélo.

Sauf que, ce soir, elle monterait sur lui. Cette pensée lui envoya une autre vague de chaleur à travers tout le corps, l'enflammant même davantage.

Il la libéra de son jeans et de son slip, lui ôta les chaussures dans la foulée et laissa ensuite ces objets tomber par terre. Elle était étendue devant lui, nue. Il fut heureux, qu'en dépit du faible éclairage, sa vision de vampire lui permît de la voir dans toute sa splendeur.

Ses mains lui caressèrent les mollets et remontèrent. Il lui écarta ensuite les jambes et baissa la tête vers le sommet des cuisses.

— Tu vas— ?

Elle s'arrêta.

Oliver souleva les yeux pour regarder son visage.

— Tu ne pensais pas que je zapperais ceci ?

Pas la moindre chance.

— Quand j'ai dit que nous respecterions toutes les étapes, je le pensais. Et goûter ta douce petite chatte en fait partie.

Dès l'instant où la bouche d'Oliver entra en contact avec ses lèvres inférieures, Ursula gémit. Il lécha la rosée qui recouvrait déjà cette chair bien dodue et en laissa le goût se répandre sur sa langue. Son corps se durcit. Bordel ! Sa saveur était incroyable. Lui écartant les jambes aussi fort que possible dans cet endroit confiné dans lequel ils se trouvaient, il lécha les plis humides, mordilla et explora. Sa détermination à l'amener à l'orgasme grandissait à chaque léger gémissement et soupir qui provenaient de la bouche d'Ursula.

Il avait toujours aimé lécher le sexe d'une femme, mais celui de la belle Asiatique était bien plus qu'un festin. Qu'il pût lui procurer quelque chose qu'elle avait désiré si ardemment pendant trois ans le stimulait. Léchant plus haut, il se dirigea vers le clitoris. Le petit amas de nerfs était déjà gonflé, signe qu'Ursula était excitée. Oliver le caressa doucement de sa langue. Son corps se raidissant, Ursula se souleva presque de la banquette.

— Doucement, bébé, l'apaisa-t-il. Je serai doux.

Et pourtant, cette gentillesse lui en coûtait : à l'intérieur de lui, la bête voulait être libérée, afin d'exercer ses prouesses sur elle. Réprimer son côté sauvage représentait une lutte qu'il finirait par perdre. Il le savait. Il était toutefois déterminé à opposer de la résistance. Car dans l'immédiat, satisfaire Ursula était plus important que toute autre chose. Cela cimenterait la confiance qu'elle avait en lui ; il en était sûr. Et il voulait qu'elle lui fît confiance.

Avec une détermination accrue, il continua à caresser ce tendre organe de sa langue, lentement, en y exerçant davantage de pression. La respiration d'Ursula changea, devint plus inégale. Ses battements de cœur palpitaient à travers son corps en un rythme effréné, l'ouïe de vampire d'Oliver en amplifiant le son. L'excitation d'Ursula alimentait la sienne, et il n'était que trop conscient de son érection pressée contre la fermeture éclair de ce jeans. Jeans qu'il portait toujours, afin de ne pas amener ce membre qui le torturait, à pénétrer en elle, avant qu'elle n'eût trouvé sa libération. Dès qu'il serait nu, qui pût dire ce qu'il ferait.

Tel un chat, Ursula se tordit sous lui, ses gémissements devenant plus bruyants, ses soupirs plus prononcés. Il redoubla d'efforts, réalisant qu'elle était proche de cette libération.

— Ça ne marche pas, dit-elle. Je ne peux pas.

Dans sa voix, la frustration se heurta à la déception.

Bordel ! Il ne le faisait pas bien.

19

───────

Ursula ferma fortement les yeux. Elle était si proche et pourtant si loin de l'orgasme qu'elle ne l'avait jamais été. Son corps n'obtempérait pas. Il s'accrochait à cette tension qu'il avait ressentie ces trois dernières années. Comme si des chaînes la maintenaient toujours attachée à son lit, et que les pensées de ses ravisseurs envahissaient toujours son esprit, l'empêchant de trouver la libération.

— Bébé, je suis désolé, je ne le fais pas bien, entendit-elle dire Oliver.

Elle ouvrit les yeux et le regarda s'asseoir. Il semblait bouleversé.

— Ce n'est pas ta faute. C'est juste que je ne peux pas.

Il souleva une main et vint lui caresser tendrement la joue.

— Nous allons essayer autre chose.

Elle oscilla la tête.

— C'est inutile. Mon corps ne fonctionne plus de cette manière.

Oliver se rapprocha rapidement et enroula les bras autour d'elle.

— Ne dis pas de bêtises, bébé. Tu es juste un peu tendue.

Elle le sentit hésiter, et il poursuivit.

— Est-ce parce que je suis un vampire ? As-tu peur que je te morde ?

Ses yeux rencontrèrent ceux d'Oliver, et elle remarqua à quel point il redoutait sa réponse. D'un dodelinement de la tête, elle tenta de balayer ses inquiétudes mais, à l'intérieur, elle savait qu'elle gardait toujours en elle un infime soupçon d'inquiétude qu'il pût perdre le contrôle et, finalement, l'agresser. Elle ne le laissa pas transparaître, refusant de décevoir Oliver davantage.

— Non, ce n'est pas ça. C'est juste... les souvenirs d'avoir été attachée, de ne pas avoir été capable de...

— Chut, je vais te faire oublier ça, dit-il avant de déposer un doux baiser sur ses lèvres et de s'écarter en la libérant de son étreinte. Nous allons essayer autre chose.

Se demandant ce qu'il avait à l'esprit, elle le regarda se débarrasser de son pantalon, de son boxer et de ses chaussures, avant de se rasseoir. Ses yeux passèrent de cette poitrine bien sculptée et imberbe à l'énorme érection. Même sous cette faible lumière dispensée par le monospace, il était difficile de la manquer. Elle était grosse et longue. Son utérus se contracta à l'idée de sentir Oliver en elle.

— Chevauche-moi, exigea-t-il en s'appuyant contre la banquette.

Hésitante, elle lui obéit, souleva une jambe, la passa par-dessus ses cuisses et s'arc-bouta sur les genoux. Oliver se mut en avant et se positionna sur le bord de la banquette, permettant à son membre de pointer en l'air tel le mât d'une tente.

— Maintenant, je veux que tu te frottes contre mon sexe, lui dit-il en la regardant dans les yeux. Ne me fais pas entrer en toi, glisse juste contre moi et trouve ton rythme.

— Mais tu...

— Et ne t'inquiète pas pour moi, dit-il en souriant, cela lui conférant un air plus jeune et si peu ressemblant à un vampire. Je vais apprécier ceci tout autant que j'espère que tu le feras.

Lorsqu'elle sentit les mains de son partenaire sur ses hanches, elle l'autorisa à la guider dans le premier mouvement, s'abaissant afin que son sexe pût glisser contre son manche en érection. Sa cyprine enduisit le membre et l'aida à bien glisser sur toute sa longueur.

Oliver laissa retomber la tête contre l'appui-tête.

— Bordel ! jura-t-il en fermant les yeux.

Encouragée par cette réaction, Ursula répéta le mouvement. En haut, puis en bas, tout en observant son visage, tandis qu'il serrait les mâchoires et que les muscles de son cou enflaient, comme s'il avait mal. Mais elle savait qu'il n'avait pas mal. Il tentait de se retenir. Pour elle. Afin qu'elle pût trouver la libération. Un autre homme ferait-il preuve d'autant d'abnégation ou coucherait-il simplement avec elle sans se soucier qu'elle atteignît l'orgasme ou pas ?

Ursula perçut la manière dont son corps adoptait inconsciemment son propre rythme, dont elle bougeait sans réfléchir, comme si quelque chose en elle avait pris l'initiative. À chaque passage, l'érection d'Oliver glissait contre son clitoris si sensible. Les vrilles du plaisir l'atteignirent, les vibrations bourdonnèrent à travers son corps, et les flammes commencèrent à danser sur sa peau et à l'exciter. Ses longs cheveux lui tombaient sur le dos et lui caressaient la peau nue, lui procurant un contact aussi délicat que celui d'une plume avec laquelle on la titillerait. Et durant tout ce temps, Oliver exprima son plaisir par des gémissements, un son qui pénétra les murs de son cœur.

— Oh, bébé, murmura-t-il, ses mains lui caressant les seins, ses doigts jouant avec ses durs mamelons, ne faisant qu'accroître le désir qui circulait dans tout son corps.

Ayant besoin de davantage de friction, Ursula saisit son membre en érection et le pressa plus fortement contre sa chair tout en continuant à se frotter contre lui. Un bruyant gémissement s'échappa de ses lèvres, lorsqu'une décharge électrique la transperça.

— Oh, oui... c'est ça... c'est ça, s'encouragea-t-elle.

Oliver laissa glisser une main derrière son cou et attira sa tête vers lui.

— Dieu, que tu es belle !

Il captura ensuite sa bouche et lui brûla les lèvres d'un baiser. Sa langue s'enfonça en elle, tandis qu'il inclinait la tête et cherchait une connexion plus profonde. Sans hésitation, Ursula lui répondit et autorisa son esprit à lâcher prise. À présent, plus rien n'avait d'importance à part l'homme dont les lèvres fusionnaient avec les siennes. La saveur d'Oliver était enivrante, son corps alléchant. Et sous sa main, le dur membre en érection pulsait, indiquant clairement qu'il avait besoin de la prendre.

Au mouvement ascendant suivant, elle sentit un afflux de chaleur tombé du ciel l'envahir. Son corps tout entier sembla alors flotter. Elle se laissa tomber et sentit les vagues de son orgasme se briser en elle. Son cœur s'arrêta, et son souffle l'abandonna.

Tandis qu'elle surmontait ce flux qui s'abattait sur son corps, Oliver relâcha ses lèvres et lui sourit tout en lui passant une main à travers les cheveux.

— Tu vois, chuchota-t-il. Je savais que tu pourrais y arriver.

Ursula enroula les bras autour de son cou et l'attira plus près.

— Merci.

Il laissa glisser une main vers le bas de son dos.

— Ravi d'avoir aidé.

Elle sentit son membre contre le sensible centre de sa féminité, lui rappelant qu'il était toujours en érection.

— Serais-tu d'accord... commença-t-il en écartant la tête pour la regarder avant de rabaisser les yeux sur son érection. Ça ne sera pas long. Je suis tout près de l'orgasme.

— Ça ne sera pas long ? demanda-t-elle.

Il secoua la tête.

— Non, je le promets. Je sais que ton corps est épuisé, dans l'immédiat. Trente seconde maxi, dit-il, la voix presque teintée d'excuses.

Elle dut sourire et, de la main, elle lui souleva le menton. Après tout ce qu'il avait fait pour elle, ne pouvait-il prétendre qu'à une poignée de secondes ? Pas si elle pouvait y faire quelque chose !

— C'est une honte, car j'adorerais te sentir en moi plus longtemps qu'une trentaine de secondes. Mais si c'est tout ce que tu peux faire...

Il se redressa de la position affalée dans laquelle il se trouvait et étira les épaules.

— Non ! Ce n'est pas ce que je voulais dire. Je *pourrais* le faire en si peu de temps, si tu avais besoin que je sois rapide mais, si ce n'est pas le cas... Bébé, je peux me retenir aussi longtemps que tu le voudras.

Un beau sourire dévastateur s'afficha sur son visage.

— Et peut-être que cette fois, nous pourrons jouir ensemble ? poursuivit-il.

— Ne penses-tu pas que ce soit un peu ambitieux ?

Il attira la tête d'Ursula plus près de la sienne, amenant ses lèvres à une distance suffisante pour pouvoir l'embrasser, à présent débordant de confiance en lui.

— J'aime le défi.

Ses lèvres se retrouvèrent ensuite sur les siennes, et il lui agrippa les hanches en la pressant de se soulever. La grosse tête de son membre sonda son sexe et la pénétra sans la moindre résistance. Lorsqu'elle se laissa glisser sur lui et s'empala, il libéra ses lèvres et gémit.

— C'est encore meilleur que ce que j'avais imaginé.

Une main posée sur la nuque d'Ursula, il laissa son pouce lui caresser la joue et pressa le front contre le sien.

— C'est plus que ce que je ne mérite, ajouta-t-il.

— Tu m'as sauvée.

— C'est pour cette raison que tu couches avec moi ?

Elle dodelina lentement de la tête.

— Bien, parce que je ne donne pas dans le sexe en guise de remerciement ou de pitié. Je préfère penser que tu couches avec moi parce que tu es attirée par moi.

Elle gloussa doucement.

— À quoi verrais-tu la différence ?

— Par ta réaction face à ceci, affirma-t-il en lui soulevant les hanches et en introduisant d'un seul coup son membre en elle, jusqu'au bout.

Un bruyant gémissement s'échappa des lèvres d'Ursula, et sa tête retomba en arrière. Elle avait l'impression que ses genoux étaient de la gelée, et son cœur s'emballa. En un seul coup, il pouvait lui faire cela, la transformer en une femme qui n'était commandée que par le désir.

— Tu vois, continua-t-il, c'est la réaction que je recherchais.

Elle le regarda dans le bleu brillant de ses yeux.

— Alors, tu ferais mieux d'arrêter de parler et de commencer à agir.

— Comme tu veux.

Ce dernier mot fut à peine libéré des lèvres d'Oliver qu'Ursula se retrouva de nouveau couchée sur le dos, les jambes en l'air et Oliver au-dessus d'elle, la verge contre son sexe.

OLIVER LA REGARDA dans ses grands yeux marron et attendit qu'elle trouvât ses repères. Il la tenait là où il la voulait : sous lui, de sorte à la prendre plus fortement qu'il ne l'aurait fait si elle l'avait chevauché. Savoir qu'elle aimait ceci tout autant que lui redoubla son désir pour elle. Il se serait contenté d'une baise de trente secondes si elle avait réalisé, après son orgasme, que c'était tout ce qu'elle voulait, et qu'il n'avait représenté qu'un moyen d'atteindre son but. Mais, heureusement, elle voulait toujours de lui, même après avoir joui.

Son membre toujours enduit du nectar de sa partenaire, Oliver s'enfonça de nouveau en elle et s'installa tout au fond. L'étroitesse de ses muscles internes le dépouilla presque de tout contrôle, mais il ne s'autorisa pas à se hâter dans le but de chercher la libération. C'était une victoire trop douce pour la précipiter. La chaleur et la moiteur d'Ursula l'enveloppèrent, l'accueillant en elle tel un fourreau qui accueillerait sa lame.

Tout en s'abaissant sur le corps de sa partenaire, il mut les hanches d'avant en arrière, entrant et sortant en mouvements lents et mesurés, ignorant le vampire qui était en lui et qui exigeait qu'il y allât plus fortement et plus rapidement. Cette partie de lui gagnerait bien assez tôt, mais il voulait d'abord que son côté humain pût apprécier ce doux frottement de la chair contre la chair, une chose qu'il n'avait pas expérimentée du temps où il était humain : il avait toujours utilisé des préservatifs. Mais maintenant, en tant que vampire, ces maudites choses n'avaient plus d'utilité. Il ne pouvait ni contracter ni transmettre de maladies. En outre, les vampires mâles ne pouvant féconder que leurs compagnes de sang-mêlé, les grossesses non désirées ne représentaient également plus aucun risque.

Sous lui, la poitrine d'Ursula se soulevait de concert avec sa respiration, et un fin lustre de transpiration scintillait sur sa peau. Elle avait les lèvres entrouvertes, les paupières mi-closes, et les sons qui s'échappaient de sa gorge étaient de profonds gémissements et des soupirs qu'il engloutissait comme s'il était affamé.

Dieu, comme il aimait les femmes réceptives, et la beauté asiatique sous lui était bien plus que simplement cela. Ses mouvements reflétaient la passion qu'il avait préalablement vue dans ses yeux et traduisaient le feu qui brûlait en elle. Il pouvait voir les flammes qui tentaient d'atteindre la surface, et il pouvait percevoir le désir qu'elle avait enfoui en elle pendant si longtemps. Ce besoin qu'elle avait dû refouler. Plus maintenant. À chaque poussée de son membre, il titillait ce besoin, exigeant qu'elle lui montrât ce qui se trouvait derrière ces yeux mystérieux et ce qui se cachait dans son cœur.

Sans le moindre effort conscient de sa part, son corps se mut en synchronisation avec celui d'Ursula, ajustant son rythme à celui des battements de cœur et de la respiration de sa partenaire. Il s'était toujours demandé à quoi cela ressemblerait de faire l'amour en tant que vampire. Maintenant, il le savait : c'était plus intense. Toutes les sensations étaient amplifiées, chaque effleurement plus significatif, et chaque baiser plus passionné. Et en même temps, son énergie était illimitée, même s'il savait qu'il ne pourrait éternellement se contrôler.

Toutefois, la chose à laquelle il n'avait jamais pensé, c'était, qu'en tant que vampire, il aurait fait la première fois l'amour à l'arrière d'un van. Mais l'endroit où ils étaient n'avait pas d'importance, car la seule chose qu'il pouvait regarder, c'était Ursula, avec son visage impeccable et son corps parfait. Leur environnement passait au second plan.

Se retrouver en elle et les conduire tous deux vers l'extase était tout ce qui l'intéressait. De plus en plus, le vampire en lui évinçait l'amant désintéressé d'auparavant et reprenait les rênes. Tout comme le désir de sang qui revenait à la surface, cette fois de manière plus pressante. Son regard vira sur la veine du cou de sa partenaire dont les battements de cœur martelaient ses oreilles, le sang qui se précipitait dans ses veines retentissant comme une cascade qui s'écrasait dans une pataugeoire.

Il arracha son regard de ce lot si tentant et, en lieu et place, lui captura les lèvres et détourna son attention en l'embrassant et en se concentrant sur les sensations qu'elle procurait à son membre, lorsque ses muscles l'agrippaient à chaque pénétration.

À chaque coup plus fort et plus profond qu'il assénait en elle, il rassemblait toutes ses pensées en un seul but : trouver sa libération avec elle. C'était la seule chose qui pouvait écarter, un peu plus longuement, ce besoin de sang.

Relâchant ses lèvres, il chercha ses yeux.

— Bébé, je viens. Je ne peux pas...

Avant qu'il ne pût même finir sa phrase, ses testicules se contractèrent, signal de l'approche de son orgasme. Une seconde plus tard, son sexe expulsa sa semence, inondant sa partenaire, tandis qu'il continuait à s'enfouir en elle.

La respiration lourde, il s'effondra finalement sur elle et posa un genou à terre, de sorte à ne pas l'écraser.

— Oh Dieu, soupira-t-elle.

Il releva la tête un instant.

— Je suis désolé. Tu n'as pas joui. Je rattraperai ça plus tard.

Après s'être nourri. Il ne pouvait s'y risquer dans l'immédiat.

— Ça n'a pas d'importance, répliqua-t-elle en se passant une main dans les cheveux.

— Ça en a. Plus tard.

Et il trouverait un moyen pour qu'ils pussent jouir en même temps, même si ce devait être la dernière chose qu'il eût à faire. Juste après s'être sustenté de sang.

— Rentrons à la maison, maintenant.

Elle le regarda d'un air interrogateur.

—À la maison ?

— Oui, ma maison.

— Qu'est-ce que tu vas faire au sujet du portefeuille ?

— Ne t'inquiète pas, je trouverai le gars.

— Promets-moi que tu ne parleras pas de mon sang à tes collègues. Ils ne doivent pas le savoir, le pria-t-elle.

Il n'avait aucune idée de la manière dont il pourrait indéfiniment cacher l'information à ses collègues. Par la suite, il devrait leur dire ce qui se passait, particulièrement si l'homme à qui appartenait le portefeuille venait à confirmer que le sang d'Ursula s'avérait une drogue pour les vampires.

— S'il te plaît.

Oliver hocha la tête, incapable de la décevoir.

— Je te le promets.

20

La boîte de nuit était bondée, et la musique était assourdissante. Cain se faufila difficilement à travers la foule et, à l'instar de Zane et Amaury, se fraya son propre chemin tout en examinant les différentes personnes se trouvant sur son passage, à la recherche de vampires.

— Je ne vois rien d'anormal, hurla-t-il, afin d'attirer l'attention de Zane.

Son patron se retourna.

— Le club a trois étages et quelques pièces privées.

Cain hocha la tête.

— Thomas et quelques-uns de nos gardes devraient déjà être ici, ajouta Zane. Mais je ne les vois pas. Amaury et moi allons monter à l'étage du dessus. Tout semble calme en bas, mais vérifie toutefois toutes les pièces de ce niveau et rejoins-nous ensuite si tu ne trouves rien.

Cain s'y conforma à contrecœur et les observa se diriger vers les escaliers. Apparemment, il n'y avait aucun signe de bagarre à cet étage, et il préférait prendre part à tout type d'action qui aurait lieu plus haut dans le bâtiment.

— Merde, jura-t-il.

Il scanna la piste de danse avec efficience et ne remarqua rien qui ne fût à sa place. Juste une masse de gens qui se tordaient les uns contre les autres sur un rythme monotone de techno.

Il poussa ces corps en sueur pour passer tout en ignorant l'odeur du sang chaud, lequel était plus intense à chaque fois qu'un corps humain s'échauffait par l'exercice physique ou par la danse. Diverses gammes de parfums se mélangeaient à l'air conditionné du club, mais la climatisation ne pouvait suivre à recycler l'air vicié. L'odeur de l'alcool s'y mêlait. Les habitués du club buvaient tout en dansant et renversaient la moitié de leurs boissons à terre.

Les yeux de Cain scrutèrent le bar longeant le mur de l'autre côté de la piste de danse. Trois barmen étaient occupés à étancher l'interminable soif de leurs clients. Il ne vit toujours rien qui sortît de l'ordinaire. Il était sur le point de partir lorsque ses yeux furent attirés par un homme qui pressait une jeune femme contre lui. Pas un homme, un vampire, à en croire son aura. Cain focalisa sa vision sur eux, mais rien de sauvage ou d'incontrôlé dans le comportement du suspect ne fut remarqué.

Désireux d'y jeter un œil de plus près, Cain traça son chemin à travers la foule et se dirigea vers le bar afin de s'assurer que la femme ne fût pas en détresse. Il choisit un angle d'approche duquel l'individu ne pouvait le voir, quoique conscient que ce dernier le détecterait.

Lorsque Cain fut suffisamment proche pour capter leur conversation, il s'arrêta et observa.

La femme avait une petite vingtaine d'années, était jolie et dotée d'une paire de seins que n'importe quelle starlette d'Hollywood lui envierait. Une main sur le derrière de l'homme, lequel était bien moulé dans son jeans, elle le pressait nettement contre son corps, certes très alléchant.

Cain entendit le gémissement du gars.

— Chérie, si tu continues à faire ça, je vais simplement devoir te prendre ici.

Elle gloussa.

— Bon, peut-être que nous devrions sortir d'ici, alors.

Il plongea la tête vers son cou. Cain se mit en alerte. Allait-il la mordre sous les yeux de quelques centaines de témoins humains ? Les jambes de Cain se déplacèrent de leur plein gré, l'amenant ainsi plus près de l'inconnu.

Soudain, le vampire releva la tête et se retourna pour fixer Cain. Les yeux de ce dernier observèrent immédiatement la peau de la femme, mais celle-ci était intacte. Il rencontra ensuite le regard insistant de l'individu.

L'étranger hocha furtivement la tête, notifiant à Cain qu'il l'avait vu et qu'il savait qu'il était de son espèce. Il se retourna ensuite sur la femme qu'il tenait dans ses bras.

— Je crois que l'heure d'aller au lit est passée, lui dit-il, ne faisant aucun effort pour baisser la voix.

Cain se détourna. Ce vampire était clairement en possession de toutes ses facultés. Il n'y avait rien de fou chez lui. Qu'il voulût emmener une humaine au lit ne le regardait nullement, surtout que la femme y consentait de bon cœur.

— Amuse-toi bien, murmura Cain, sachant que l'autre vampire pourrait l'entendre.

Tandis que ce dernier s'en allait avec sa conquête d'une nuit, Cain se dirigea vers l'autre partie du club qu'il n'avait pas encore couverte. Là, des cloisons faites de miroirs séparaient la piste de danse d'une zone pourvue de hautes tables et de tabourets de bar. Quoiqu'aussi bondée, il y faisait légèrement plus calme.

Cain se promena à nouveau dans la zone, à la recherche de tout signe de vampires, mais il ne vit pas l'éloquente aura qui entourait cette espèce, chose que seules d'autres créatures surnaturelles pouvaient distinguer. Après avoir ratissé le premier étage, il se dirigea vers les escaliers. Lorsqu'il posa le pied sur la première marche, quelque chose dans sa vision périphérique attira son attention.

Il tourna la tête dans cette direction et remarqua une porte entrouverte. On aurait très bien pu ne pas la remarquer, car elle était faite avec le même matériau que la brillante boiserie noire qui l'encadrait. Une faible lumière provenait de la pièce.

Ses battements de cœur accélérant d'un cran, il se dirigea vers la porte, scannant des yeux les personnes tout autour, mais personne ne sembla prêter attention à lui. Du bout du doigt, il l'ouvrit de quelques centimètres de plus et épia l'intérieur de la pièce. Du peu qu'il put voir de cet angle, l'endroit semblait être une arrière-salle privée pourvue d'un grand meuble à éléments.

Cain affûta ses sens, mais ne put percevoir la présence d'un vampire. Il inspira. Ce qu'il sentit lui démangea les gencives : du sang.

— Merde ! jura-t-il en écartant suffisamment la porte pour pouvoir se faufiler à l'intérieur. Tout en retenant sa respiration, il la referma derrière lui.

Une seconde suffit pour que ses yeux pussent évaluer la situation, et une de plus pour que son estomac se retournât.

***

Concentré sur un groupe de jeunes qui criaient avec la musique et dansaient frénétiquement, Zane plissait le front. Ce fut alors qu'il perçut une odeur. À ses côtés, Amaury grogna : il avait senti la même chose.

Simultanément, Amaury et lui poussèrent la foule et se frayèrent un chemin vers l'endroit d'où provenait cette odeur de sang. Zane scanna le secteur. De l'autre côté du bar, lequel était de taille similaire à celui du premier étage, de plus petites alcôves dont l'entrée était partiellement obstruée par des miroirs se dissimulaient dans un coin. De moelleux sièges et des tables basses pour les boissons les composaient.

Tandis qu'il se rapprochait, Zane perçut l'aura d'un vampire. Il déboula dans la pièce, Amaury à seulement quelques pas derrière lui. Un vampire suçait le cou d'une jeune femme asiatique et, à la façon dont elle se débattait, il était clair que la morsure n'était pas la bienvenue et que l'assaillant n'utilisait pas ses facultés de contrôle de l'esprit pour l'apaiser. Il avait la main collée sur sa bouche pour l'empêcher de hurler, mais les yeux de la jeune femme criaient en lieu et place. Il la laissait souffrir délibérément.

Lorsque le vampire fit volte-face et le regarda, les yeux rouges et du sang s'écoulant de ses canines, Zane sauta dans sa direction. Immédiatement, l'étranger bondit avec une telle férocité que Zane fut projeté contre un mur, faisant voler en éclats la surface en miroir.

Il se reprit rapidement, mais le vampire était plus sauvage que tout ce qu'il avait pu voir. Tel un animal, il attaqua de nouveau en grognant ; de la salive et du sang coulaient de sa bouche, tandis que ses griffes s'abattaient sur le cou de Zane, lequel parvint à les éviter.

Les cris de la fille, préalablement étouffés par ce vampire peu scrupuleux, s'échappaient à présent de sa gorge. Du coin de l'œil, Zane vérifia qu'Amaury prenait les choses en mains et se concentra à nouveau sur son assaillant.

Zane était accoutumé aux combats sanglants mais, quoique de taille moyenne, ce vampire était différent, fort et dangereux. Il semblait avide de sang. Il n'y avait aucune autre explication à cela.

Pour tout autre combat, Zane aurait tout simplement saisi son pieu pour l'envoyer dans le cœur de l'abruti, mais il avait besoin de ce dernier en vie. En réalité, c'était la première fois que les membres de Scanguards se retrouvaient face à face avec un des cinglés que le maire leur avait demandé de surveiller. Et s'ils voulaient comprendre ce qui se passait réellement et ce qui les rendait complètement dingues, il devait en attraper un vivant.

Lorsqu'il esquiva un autre coup de l'assaillant, Zane pivota, sauta derrière lui et lui asséna un coup de pied à l'arrière des genoux. Mais, au lieu de tomber sur ceux-ci, comme Zane l'avait prévu, le vampire lança brusquement les coudes en arrière et les lui claqua contre la cage thoracique. Sous l'effet de l'impact, Zane fut incapable de respirer.

— Putain ! expulsa Zane, lorsqu'il accusa ce coup violent.

— Chaîne ! hurla Amaury derrière lui.

Zane tourna la tête et vit Amaury enfiler ses gants à la vitesse du vampire, avant de mettre la main dans la poche. Lorsqu'il en extirpa une chaîne en argent, Zane bondit sur le côté, gratifiant Amaury d'un champ de vision direct sur l'attaquant, lequel s'était déjà retourné, prêt à asséner davantage de coups.

Ses coups de pieds en hauteur empêchèrent Amaury de se rapprocher suffisamment près pour lui lancer la chaîne autour du cou. Tout en divulguant ses canines, le voyou grogna comme une bête et bondit en direction d'Amaury. Zane, toujours sur le côté, y vit une opportunité et, d'un coup de jambe, cogna dans les parties intimes du vampire en train de sauter. Il céda.

Amaury ne perdit pas de temps et lui enroula la chaîne d'argent autour du cou. Un relent de chair et de cheveux brûlés s'imprégna immédiatement dans l'air.

— Foutu trou du cul ! jura Amaury en lui serrant la chaîne derrière le cou tout en le faisant tomber à terre. Le vampire lutta, amenant les mains vers l'entrave dans le but de l'ôter de son cou, mais il se brûla les doigts en touchant l'unique métal qui fût toxique aux vampires.

Zane asséna un coup de botte contre la hanche du voyou et aida ensuite Amaury à l'attacher à l'aide d'une deuxième chaîne. Derrière lui, la fille pleurait toujours. Zane se redressa et la regarda.

Son cou saignait abondamment ; son corps était couvert d'ecchymoses provoquées par les griffes de son agresseur. Il l'avait brutalisée.

— Merde ! siffla Zane.

Un regard vers l'entrée de l'alcôve lui confirma qu'aucun des habitués du club n'avait remarqué ce qui se passait : la musique était trop bruyante pour que quiconque eût pu entendre le combat ou les cris de la fille, et le miroir qui faisait office de cloison et camouflait partiellement l'entrée de la pièce cachait le carnage qui se déroulait derrière celle-ci.

Zane regarda la fille dans les yeux, se concentra sur son esprit et fit fonctionner sa magie, effaçant ainsi tout souvenir de cet horrible événement. Mais pour stopper le saignement et la guérir, il avait besoin d'aide. En tant que vampire lié par le sang, il ne pouvait boire un autre sang que celui de sa compagne hybride. Dès lors, s'il léchait les blessures de la fille pour les refermer, il en consommerait par inadvertance, et cela le rendrait terriblement malade. Il avait soit besoin d'un vampire non lié par le sang, soit d'un vampire lié par le sang à un de ses pairs, lesquels pouvaient digérer du sang ne provenant pas de leur compagne ou compagnon. En outre, les blessures de la fille étaient graves. Du sang de vampire lui était nécessaire pour guérir, car lui lécher les blessures et laisser la salive les refermer ne serait pas suffisant.

— Nous avons besoin de Cain, dit-il à Amaury. Et putain, où est Thomas ?

CAIN S'ABSTINT de maintenir la main sur le nez et sur la bouche, mais il était difficile de ne pas vomir à la vue de tout ce sang. La fille étendue sur ce sol bien sale était morte. On lui avait ouvert la gorge, et il était évident qu'un vampire se fût brutalement nourri d'elle avant de l'achever avec ses griffes. Comme s'il avait été en colère. Non, pas juste en colère : furieux ! Il avait voulu punir la fille pour quelque chose.

Ses yeux en forme d'amande étaient ouverts, le fixant toujours avec horreur. Preuve évidente que le vampire responsable de ceci ne s'était pas soucié d'utiliser le contrôle de l'esprit afin qu'elle ne se rendît pas compte de ce qu'il était en train de lui faire. La pauvre fille avait eu conscience de ce qui lui arrivait.

Cain se détourna de cette scène ensanglantée et examina la pièce, à la recherche de toute indication pouvant le mener au responsable. D'instinct, il sut qu'il n'en trouverait aucune. Il était arrivé trop tard.

Il baissa la tête et remarqua alors un petit rayon de lumière sous une des cloisons en miroir. Il se dirigea dans cette direction. Il n'y avait aucun reflet dans la glace et, même s'il y était habitué, cela l'effrayait toujours de temps en temps et l'amenait à se demander s'il existait vraiment, ou s'il n'était qu'une ombre de sa propre imagination. Se débarrassant de cette pensée rebelle, il laissa ses mains glisser le long du miroir, à la recherche d'encoches ou de crochets qui pourraient lui permettre de passer derrière la cloison. Il n'y avait aucun loquet mais, lorsqu'il la poussa, celle-ci s'éloigna du mur et dévoila une autre pièce à l'arrière : un espace de rangement, à ce qu'il y semblait.

Une silhouette sauta sur lui en un mouvement flou, mais la réaction de Cain fut instantanée. Il alla s'écraser contre l'attaquant qu'il identifia comme un vampire. Ce dernier était plus large et un peu plus lourd que lui, et un relent de sang était toujours présent sur lui. Cain lui asséna un crochet du droit sous le menton, lui fouettant ainsi la tête en arrière et enchaîna avec un coup de poing dans la trachée doublé d'un coup de pied à la cuisse.

Mais le type ne céda pas aussi facilement que ne l'avaient fait d'autres adversaires avant lui.

— Merde !

Le vampire lui balança un méchant sourire.

— Meilleur sang !

Momentanément distrait par cet étrange commentaire, Cain ne put éviter la riposte dirigée vers son cou, laquelle le claqua contre l'étagère fixée au mur. La douleur lui traversa tout le corps, mais ce ne fut que momentané. Il se releva immédiatement et fut ainsi capable d'éviter le coup suivant. Il bondit sur le côté et donna un coup de pied sur la hanche de l'attaquant, le projetant dès lors contre le mur opposé.

— Putain de meurtrier ! jura-t-il en observant l'abruti.

Le vampire grogna et plissa le front, tandis qu'il se préparait à contre-attaquer.

— Elle n'avait pas le bon sang. Cette garce l'a mérité !

Ce fou était clairement en train de délirer, ses marmonnements n'ayant aucun sens. Le désir de sang transparaissait partout sur lui : sa respiration était irrégulière, ses yeux injectés de sang, la salive dégoulinant de sa bouche tel un chien enragé. Malheureusement, une autre chose s'avérait également exacte : tout comme les autres vampires avides d'hémoglobine, il semblait plus fort et plus féroce.

Tandis qu'ils se battaient, échangeant des coups de pieds et de poings, Cain chercha désespérément des armes qu'il pourrait utiliser pour soumettre son adversaire sans le tuer. Il avait un pieu dans la poche de sa veste, mais il ne l'utiliserait pas. L'ordre de Zane était d'attraper vivants ces vampires fous furieux qu'ils pourchassaient. S'ils pouvaient en capturer un en vie, ils auraient une chance de découvrir ce qui se passait.

Au coup suivant, les griffes de la crapule touchèrent le cou de Cain à toute volée. Le sang s'écoula des coupures.

Une rage folle s'empara de Cain. Il le repoussa en soulevant un genou et en le cognant dans les bijoux de famille. Tandis que l'ennemi se repliait sur lui-même, Cain asséna de nouveau un coup de pied vers le haut, envoyant son adversaire contre l'armoire derrière lui. Les fournitures s'entrecho-quèrent, et les articles empilés sur les étagères tombèrent.

Cain l'épingla contre l'armoire, le bras lui écrasant le cou.

— Je te tiens !

Les yeux de la brute dansèrent d'abord vers la gauche, puis vers la droite, tandis qu'il tendait les bras.

— Non, tu ne me tiens pas !

Lorsque le bras de son assaillant s'avança, Cain le vit tenir un morceau de bois.

— Merde !

Cain relâcha le cou du type et enfouit une main dans sa poche tout en pivotant à moitié, afin de se dégager de la trajectoire du bras porteur du pieu de fortune qui fusait dans sa direction. Son propre pieu à présent en main, il poursuivit son pivot sur lui-même et écrasa l'arme dans la poitrine du gars.

Un bruit derrière lui le fit se retourner, tandis que son opposant se désintégrait en poussière. Il souleva son pieu, prêt à attaquer celui qui était entré, lorsqu'il soupira de soulagement.

— Thomas, murmura-t-il. Il était temps !

À côté de Thomas, Eddie passa la tête à l'intérieur de la pièce.

— Désolé, il y avait un accident impliquant un bus sur Mission. Nous avons été coincés, expliqua Eddie.

— Je n'ai pas eu le choix, dit Cain en regardant l'endroit où les cendres du vampire s'amoncelaient à présent sur le sol. Je suppose qu'une autre occasion de découvrir ce qui se passe s'évanouit à nouveau.

Il avait échoué, et il n'aimait pas l'échec.

— Ne t'inquiète pas, dit Thomas en désignant d'un signe de tête la pièce où la jeune fille morte était étendue, massacrée. Il l'a mérité. De plus, Zane et Amaury en ont attrapé un vivant.

Cain laissa échapper un soupir de soulagement.

— C'est l'heure du nettoyage, suggéra Eddie.

Cain ferma les yeux pendant un moment.

— Elle doit avoir terriblement souffert, dit-il.

Lorsqu'il leva les yeux vers ses collègues, ceux-ci répondirent de la même manière à son triste regard.

— Il brûlera en enfer pour ça, affirma Thomas.

Cain secoua la tête.

— Il est libre, maintenant. J'aurais dû le laisser vivre pour lui montrer ce qu'est réellement l'enfer.

Car l'enfer ne se trouvait pas dans un autre monde. Il était bien sur terre.

Cain laissa le nettoyage à Thomas et aux autres vampires qui étaient arrivés peu de temps après lui et ramena le prisonnier de Zane et Amaury au quartier général de Scanguards, dans la Mission. Tandis que Zane et Amaury emmenaient le vampire toujours en train de lutter dans une des cellules d'isolement au sous-sol, Cain se dirigea vers le salon *V*, une grande pièce uniquement accessible aux vampires via leurs cartes d'identité spécialement codées.

Il avait besoin de se distraire de ce qu'il avait vu cette nuit, et il savait que le salon lui procurerait cette distraction.

Lorsqu'il entra, l'atmosphère apaisante de la pièce atténua immédiatement la tension de la nuit. Le salon ressemblait à un vieux club pour gentlemen pourvu de confortables sièges, d'une cheminée et d'un bar avec du sang en fût.

C'était là que les vampires se reposaient entre les missions, revoyaient leurs collègues ou appréciaient un furtif casse-croûte. Les vampires en visite ne faisant pas partie de Scanguards se divertissaient également ici mais, ce soir, Cain n'y vit que ses collègues. Aucun visiteur n'était présent. Il en gratifia quelques-uns d'un signe de tête, tandis qu'il se dirigeait vers le bar en vue de s'appuyer au comptoir. La femme qui se trouvait derrière celui-ci lui sourit.

Il laissa ses yeux voyager sur sa robe noire, laquelle ne cachait rien de ses courbes. Cette vision le fit saliver. Quoiqu'il n'en eût plus aucun souvenir, il savait qu'il préférait les femmes plantureuses.

— Que puis-je vous servir ? demanda-t-elle poliment.

Que diriez-vous de vous sur un plateau ? pensa-t-il. Mais il s'arrêta. Ce ne serait pas bien de baiser quelqu'un au service de Scanguards. Après tout, une relation ne l'intéressait pas, et les choses pourraient devenir gênantes s'il était amené à la revoir après leur aventure d'un soir. Elle était un vampire et, dès lors, lui effacer la mémoire après l'acte n'était pas une option. Ce tour tout particulier ne marchait pas sur ses pairs, uniquement sur les humains.

Pendant sa nuit de congé, il devrait aller dans une boîte de nuit et lever une humaine pour s'accorder du sexe sans complication, tout comme l'avait fait le vampire qu'il avait rencontré plus tôt. Mais l'idée de se rendre dans une boîte de nuit ne le tentait pas dans l'immédiat, pas après ce qu'il y avait vu cette nuit. Peut-être qu'une visite au bordel de Vera serait plus indiquée. Ses filles étaient jolies et ne posaient aucune question. Et depuis qu'il avait commencé à travailler pour Scanguards, il avait assez d'argent à dépenser pour de pareilles distractions.

Cain désigna une des pompes.

— AB positif, s'il vous plaît.

Il continua de l'observer pendant qu'elle versait le liquide rouge dans un verre à vin avant de le déposer devant lui et de taper sur sa caisse enregistreuse. Sans y être invité, il glissa son identifiant dans l'appareil pour payer sa boisson. Le prix du sang était subventionné par Scanguards. En fait, la société le vendait à ses employés au prix coûtant. Ce service était fourni dans le but de convaincre davantage de vampires de boire du sang en bouteille plutôt que de se nourrir à même les humains.

Cain aimait la commodité du sang en bouteille mais, occasionnellement, il sortait chasser. Il n'en faisait pas étalage, particulièrement devant Oliver, lequel éprouvait suffisamment de difficultés à se maîtriser. Cela ne l'aiderait pas s'il savait que Cain appréciait également une petite chasse de temps à autre. Toutefois, Cain était tout à fait d'accord avec Quinn sur un point : Oliver devait d'abord apprendre à se contrôler avant d'être laissé en liberté parmi le grand public. Et à ce que Cain pouvait en voir, Oliver était plus loin d'atteindre ce but qu'il ne l'avait jamais été.

Il prit sa boisson et s'enfonça dans un fauteuil à oreilles demeuré libre devant la cheminée.

Les mots du vampire qu'il avait tué faisaient écho dans sa tête. *Elle n'avait pas le bon sang.*

Qu'avait-il voulu dire par là ?

21

———

Ursula se détendit sur le siège du passager, tandis qu'Oliver roulait à travers les rues pratiquement désertes de la ville. Elle se sentait fatiguée et décontractée à la fois. De même que légèrement embarrassée par son comportement. Elle n'avait jamais été aussi... coquine. Et plus particulièrement avec un vampire.

Elle ne pouvait qu'espérer n'avoir commis la moindre erreur en lui faisant confiance.

— Tu regrettes ? demanda Oliver sans crier gare tout en lui adressant un regard oblique. Est-ce pour ça que tu fronces les sourcils ?

— Je fronce les sourcils ? Je suis désolée. Je me demandais juste comment tu allais retrouver le vampire à qui j'ai volé le portefeuille et ce que tu allais lui dire ?

— Ne t'inquiète pas. Je suis entraîné à ce genre de choses. Ce ne sera pas difficile de le trouver. Il y a un permis de conduire dans le portefeuille. Je commencerai par là.

— Et puis ? demanda-t-elle en lui lançant un regard dubitatif. Quand tu l'auras retrouvé, que diras-tu ?

La sangsue avouerait-elle être passée au bordel de sang dans le but de se nourrir à même les filles ? Ou nierait-elle son existence ?

— Je le ferai parler. Je te le promets.

Elle hocha la tête.

— Et s'il ne sait pas où ils ont déplacé le commerce ?

— J'ai le sentiment qu'il le sait. J'imagine bien qu'ils ont dit où ils allaient à tous les clients habituels. Pourquoi aller chercher de nouveaux clients quand ils peuvent faire revenir les anciens ? Ils doivent avoir un moyen de communiquer l'endroit où ils se trouvent actuellement à leur clientèle existante.

— J'espère que tu as raison. Nous devons trouver où ils ont emmené les autres filles.

Elle devait tenir sa promesse envers elles et les aider à sortir du trou à rats dans lequel elles se trouvaient.

— Tu te soucies d'elles, déclara Oliver.

— Nous étions comme des sœurs. On ne nous autorisait pas à être beaucoup en contact, mais nous trouvions néanmoins des moyens de communiquer. Etre confronté à la même douleur crée des liens.

Telle était la raison pour laquelle elle devait les aider, car elle avait mal de savoir qu'elles étaient toujours en train de souffrir.

— Je ferai ce que je peux. Mais tu sais qu'une fois que nous aurons connaissance de l'endroit où elles sont retenues, nous devrons impliquer Scanguards. Ce n'est pas quelque chose que je peux faire seul.

Ursula savait à quoi il faisait allusion.

— Mais tu ne leur diras rien à propos de la spécificité de mon sang, n'est-ce pas ?

Elle le regarda, mais il continua à fixer la route, droit devant lui.

— Pourquoi as-tu si peur qu'ils ne le découvrent ? Tu *me* l'as bien dit.

— Je ne les connais pas. Et s'ils sont comme les vampires qui m'ont gardée en prison ? S'ils veulent la même chose ?

Oliver oscilla la tête.

— Tu ne me connais pas non plus.

Ursula en eut le souffle coupé. Qu'essayait-il de lui dire ?

— Toi aussi tu veux mon sang ?

Sa voix se brisa. Avait-elle commis une énorme erreur en lui faisant confiance ?

Elle l'entendit respirer fort et remarqua ensuite qu'un frisson lui parcourait tout le corps.

— Ce n'est pas ce que tu crois. Oui, je veux ton sang. À cause de ce que nous venons juste de faire.

Il lui adressa un regard prédateur et poursuivit.

— Quand un vampire fait l'amour, il veut prendre sa femme de toutes les façons possibles. Et cela veut dire enfoncer ses canines en elle et boire son sang.

Ursula recula sur son siège, se rapprochant de quelques centimètres vers la portière.

Oliver sembla le remarquer et ôta une main du volant.

— Tu ne dois pas avoir peur de moi. Je ne prendrai pas ton sang. Je ne peux pas.

Elle le fixa d'un regard empreint d'incrédulité, ne comprenant pas ce qu'il était en train de dire.

— Mais tu viens de dire que—

— Je sais ce que j'ai dit, l'interrompit-il. Mais il y a quelque chose que tu dois savoir. Si ton sang agit comme une drogue, alors il me sera toujours interdit. Il y a longtemps de cela, j'étais un drogué. Quand j'étais humain. Et je ne retomberai jamais là-dedans. Jamais.

Ses yeux bleus cherchèrent ceux d'Ursula, la regardant avec une intensité qu'elle n'avait jamais vue auparavant.

— Car si je reprends des stupéfiants, peu importe le genre de drogue, je n'y survivrai pas, cette fois. Ça me détruira. Mais je ne veux pas gaspiller la seconde vie qui m'a été offerte.

La détermination dans sa voix donna à réfléchir. Était-il vraiment assez fort pour résister à la tentation ?

— Je préfèrerais renoncer au plaisir de me nourrir de toi en faisant l'amour plutôt que de redevenir un drogué.

Il marqua une pause pendant un instant et reprit.

— C'est-à-dire, si tu me laisses à nouveau te faire l'amour.

Un simple mot s'échappa des lèvres d'Ursula.

— Oh.

Il voulait encore lui faire l'amour ? Elle baissa les yeux.

— Tu n'as pas à me répondre maintenant. Je te demande juste de ne pas me rejeter catégoriquement à cause de ce que je viens de te dire. Mais j'ai pensé que tu apprécierais la vérité.

Elle leva les yeux pour le regarder, désireuse de lui dire qu'elle ne voulait rien de plus qu'unir son corps au sien, lorsqu'elle remarqua une lueur rouge dans ses yeux. C'était une chose à laquelle elle était plus que familiarisée. Elle baissa instantanément le regard vers les mains d'Oliver, lesquelles étaient agrippées au volant. Des griffes commençaient à percer le bout de ses doigts.

Un sentiment de crainte s'imposa à elle. Elle en avait la gorge nouée et ne pouvait plus parler. Elle ne parvenait qu'à fixer Oliver.

— Je suis désolé, Ursula. J'ai très faim. Mais je ne t'attaquerai pas. Je le promets.

Il déglutit avec difficulté et, lorsqu'il ouvrit à nouveau la bouche, Ursula aperçut les canines saillantes.

Un souffle s'échappa de sa poitrine.

— Nous sommes presque à la maison. Je vais te laisser descendre sur le trottoir. Tu dois rentrer. Blake sera là. Il te protégera. Promets-moi que tu vas aller directement près de lui. Raconte-lui ce que tu veux, tout ou pas assez, mais reste à ses côtés.

La voix d'Oliver semblait à présent différente, tendue, comme s'il éprouvait des difficultés à prononcer les mots.

Elle hocha automatiquement la tête.

— J'attendrai que tu sois à l'intérieur. S'il te plaît, ne t'enfuis pas. Si tu le fais, mon instinct prendra le relai, et je te pourchasserai. Et dans ce cas, que Dieu nous vienne en aide.

— Je le promets, dit-elle d'une voix étouffée.

N'importe quoi pourvu qu'il ne la mordît pas.

Elle observa le moindre de ses mouvements, tandis qu'ils dépassaient les quelques pâtés de maisons suivants. Elle en avait les mains moites, et son cœur battait deux fois plus rapidement que d'ordinaire. Elle savait qu'Oliver pouvait l'entendre, qu'il pouvait percevoir l'odeur de sa sueur tant ses mâchoires étaient serrées et la jointure de ses doigts blanche.

Cela lui parut une éternité avant qu'Oliver ne s'arrêtât devant sa maison.

— Vas-y !

Sans se retourner sur lui, elle ouvrit la portière, sortit et la claqua derrière elle. Se forçant à marcher normalement, elle gravit les quelques marches menant à la porte d'entrée et actionna plusieurs fois la sonnette, à brefs intervalles. Tandis qu'elle attendait impatiemment, elle regarda par-dessus son épaule. Oliver était toujours dans le monospace, le moteur en marche.

Son cœur s'arrêta presque de battre lorsqu'on ouvrit brusquement la porte d'entrée.

— Ursula ?

— Laisse-moi entrer ! Ferme la porte ! exigea-t-elle en poussant Blake pour rentrer.

Ce ne fut que lorsqu'elle entendit qu'on refermait et verrouillait la porte qu'elle respira de soulagement.

— Que s'est-il passé ?

Blake lui prit le bras et lui fit faire volte-face.

— Oliver a faim.

La fureur se répandit sur le visage de Blake.

— Putain ! Il t'a blessée ? Il t'a mordue ? demanda-t-il en cherchant son cou des yeux.

Elle secoua rapidement la tête.

— Non.

Mais pour une raison inexplicable, elle se demanda soudain à quoi cela ressemblerait de sentir les canines d'Oliver dans son cou pendant qu'il lui ferait l'amour. Une pensée alla et vint dans son esprit : ses ravisseurs leur avaient refusé d'avoir des relations sexuelles, tant à elle qu'aux autres femmes, car ils croyaient que cela affaiblirait le potentiel de leur sang. Elle ne pouvait être certaine de la véracité de ce fait, mais elle en avait parlé à Oliver. Se rappelait-il ce détail ? Et si c'était le cas, essaierait-il de la mordre s'il croyait que la drogue présente dans son sang serait moins efficace dès qu'elle aurait eu des relations sexuelles ? Mais surtout : le laisserait-elle faire ?

À quel point était-elle perturbée pour en arriver à penser à ça ? N'avait-elle pas suffisamment souffert aux mains de ses ravisseurs ?

Les larmes débordèrent de ses yeux et, au souffle suivant, un sanglot lui déchira la poitrine.

22

<hr>

Après avoir assouvi son besoin de sang dans une allée près du Centre Civique, Oliver retourna dans le monospace et mit le cap vers l'adresse mentionnée sur le permis de conduire qu'il avait trouvé dans le portefeuille. Elle se situait à North Beach. Tout en conduisant, ses pensées se dirigèrent à nouveau vers Ursula et au regard effrayé qu'elle avait arboré en réalisant son urgent besoin de sang.

S'il était honnête avec lui-même, il admettrait qu'ils n'avaient aucun avenir ensemble. Même si Ursula l'autorisait à la mordre, ce qu'elle ne ferait clairement pas, il ne pourrait jamais s'y risquer. Le sang de la jeune femme était une drogue, et il était un drogué en voie de guérison. Il n'y avait aucune différence avec un alcoolique qui retomberait immédiatement dans son addiction s'il buvait la plus petite goutte d'alcool. Le sang d'Ursula aurait le même effet sur lui. Non seulement verrait-il sa vie détruite en tombant dans la déchéance, mais celle d'Ursula se terminerait : sachant à quel point son sang le rendrait dépendant, il finirait par en prendre trop et l'en drainerait. Elle mourrait dans ses bras.

Cette pensée l'incita à vouloir se ranger sur le côté de la route pour vomir. Il refoula la bile. Non, il ne serait pas faible à ce point. Il résisterait, pour le bien-être d'Ursula, et pour le sien. Il se retrouvait donc face à deux choix : continuer à se nourrir des habitants les moins chanceux de cette ville ou s'habituer au sang en bouteille. Aucune option ne sembla lui plaire, le sang de la jeune femme représentant l'ultime tentation.

Après lui avoir fait l'amour à l'arrière de son monospace, il ne pouvait imaginer mieux que de réitérer l'acte et, cette fois, de lui enfoncer les canines dans son magnifique cou, rendant la connexion encore plus intense qu'elle ne l'avait été.

Une pensée fugace éveilla davantage son désir. Ursula n'avait-elle pas dit que ses ravisseurs ne lui avaient autorisé aucune relation sexuelle parce qu'ils pensaient que cela aurait atténué l'effet dopant de son sang ? Cela semblait absurde, et il ne put que supposer que ces vampires étaient des sadiques qui jubilaient de voir ces femmes souffrir, leur refusant toute forme de jouissance par pur plaisir. Poursuivre dans l'optique qu'il pourrait y avoir un moyen de boire le sang d'Ursula sans le moindre risque ne fit qu'accroître la tentation. C'était seulement le toxico qui était en lui qui parlait et qui essayait de se raccrocher à l'espoir, aussi mince fût-il, qui se présentait à lui. Il ne pouvait se permettre de l'écouter plus longuement : il devait y couper court ou les scénarii de simulation le rendraient complètement fou.

Oliver ravala le désir qui le parcourait et se concentra sur sa prochaine tâche.

Paul Corbin, le propriétaire du portefeuille qu'Ursula avait volé, vivait dans une villa à North Beach. D'après l'adresse, ce devait être un quartier riche ou, du moins, aisé, le prix des villas situées dans ce quartier italien bien ensoleillé de San Francisco débutant à environ deux millions de dollars... pour une maison à rénover.

Oliver gara la voiture dans l'allée. Il l'obstrua, non seulement parce qu'il n'y avait jamais de place de parking disponible dans les environs, mais également pour empêcher l'homme de s'échapper. Il ne suspectait toutefois pas qu'il le fît. Après tout, Oliver n'était ici que pour rendre le portefeuille et lui demander ce qu'il savait à propos des bordels de sang.

Il sortit de la voiture, la verrouilla et se dirigea vers la porte d'entrée d'une impressionnante maison. Elle semblait avoir été complètement rénovée depuis peu. À en juger par les marches de l'entrée recouvertes de travertin et par la porte d'entrée en acier massif, on n'avait nullement lésiné sur la dépense. Il supposa que les matériaux à l'intérieur fussent tout aussi luxueux.

Oliver appuya sur la sonnette et entendit le charmant carillon à l'intérieur de la maison. Une lumière parvint au-dessus de sa tête, et il souleva les yeux dans sa direction, remarquant au passage une caméra pointée sur lui. Apparemment, Corbin préférait savoir qui se trouvait derrière sa porte avant de l'ouvrir.

Désireux d'apparaître non-menaçant, Oliver laissa un sourire désinvolte se former sur ses lèvres. Il n'avait nullement l'intention d'effrayer l'autre vampire. Il ne dut pas attendre longtemps avant de percevoir les pas qui s'approchaient de la porte. On actionna la serrure, et la porte s'ouvrit.

L'homme était grand. C'était un vampire et, d'après la photo qu'Oliver avait vue sur le permis de conduire, il était bien Paul Corbin. D'une certaine manière, Oliver s'était attendu à ce qu'un serviteur eût ouvert la porte pour lui. Dans une maison aussi grandiose, les serviteurs auraient été à leur place.

— Oui ? demanda Corbin en haussant un sourcil.

— Monsieur Corbin, vous avez apparemment perdu votre portefeuille, commença Oliver tout en observant la réaction de l'homme. Je suis heureux de vous dire que je l'ai trouvé.

Étonné, l'homme ouvrit plus grand la porte, ce qui permit à Oliver d'avoir plus qu'un aperçu de l'intérieur. Il faisait sombre, mais il put distinguer un couloir pourvu de portes de chaque côté et d'une grande double porte en son extrémité.

— Vous êtes ici pour me rendre mon portefeuille ? Je le considérais déjà comme complètement perdu, admit Corbin.

Oliver sourit tout en extirpant le portefeuille de la poche de sa veste. Il remarqua un raidissement instantané des épaules de l'autre vampire avant qu'il ne lui remît l'objet.

— Comment puis-je vous remercier, Monsieur...euh... ? demanda Corbin d'une manière polie et sèche à la fois.

Oliver s'appuya sur l'autre pied.

— Oliver Parker, mentit-il. En réalité, je me demandais si je pourrais vous poser quelques questions au sujet de l'endroit où j'ai trouvé le portefeuille.

Le visage de l'homme demeura impassible lorsqu'il répondit.

— Et où l'avez-vous trouvé, Monsieur Parker ?

Oliver tourna la tête, regarda autour de lui et remarqua un homme en train de promener son chien.

— Je préfèrerais ne pas parler de ça à l'extérieur, répondit-il en désignant l'homme et son animal. Les gens comme nous se doivent d'être prudents.

— Bien sûr, comme c'est irréfléchi de ma part. Veuillez entrer.

En pénétrant dans la maison, Oliver se demanda quel âge avait le vampire. Il semblait très vieux jeu et raide.

Corbin ouvrit la double porte au bout du couloir et lui fit signe d'entrer. Tandis que l'homme refermait les portes derrière lui, Oliver évalua rapidement l'environnement. Tous deux se trouvaient dans un salon généreusement pourvu d'un piano demi-queue, d'un ensemble de sièges et de baies vitrées allant du sol au plafond et qui offraient une vue sur le Coit Center, un des monuments emblématiques de San Francisco.

— Je ne veux pas vous presser, mais j'ai des projets pour ce soir, dit l'homme.

Oliver se retourna pour faire face à son hôte et se racla la gorge.

— Je vais aller directement au but. J'ai trouvé votre portefeuille dans un bâtiment à Hunter's Point.

Il marqua une pause, observant ainsi la réaction de Corbin. Il y eut une infime lueur de quelque chose, mais l'autre vampire se contrôla rapidement.

— C'est un endroit où certains de notre espèce vont se nourrir, poursuivit Oliver, ne mentionnant délibérément pas que l'endroit fût à présent vide, désireux d'apprendre tout ce que l'homme savait à ce propos.

— Vous y êtes allé pour vous nourrir ? demanda Corbin.

Oliver hocha la tête.

— C'est très spécial.

Corbin se détourna et regarda par la fenêtre.

— Donc, je suppose que vous avez découvert mon sale secret. Ce n'est pas une chose dont je suis fier.

Ne voulant pas interrompre la confession de l'homme, Oliver attendit patiemment.

— J'y suis allé une fois. Une connaissance m'en avait parlé. J'ai pensé que ça me procurerait un certain frisson, quelque chose qui viendrait perturber la monotonie de ma vie.

Il ricana et désigna ensuite la pièce derrière lui, indiquant ainsi que l'argent seul ne le rendait pas heureux.

— Mais, franchement, je n'ai pas apprécié. Je n'ai pas aimé la manière dont je me suis senti.

Oliver essaya de réprimer les émotions qui luttaient en lui : cet homme avait bu le sang d'Ursula. Le corps de la jeune femme s'était retrouvé sous lui, et il lui avait planté les canines dans son joli cou. Il serra les mâchoires, tentant de ne pas faire étalage de sa fureur.

— Et comment vous êtes-vous senti ?

Le regard de Corbin rencontra celui d'Oliver.

— Vous, dites-le-moi, dit l'homme.

Se souvenant du temps où il était addict, Oliver sut qu'il pourrait avancer une réponse plausible.

— Insouciant, léger.

Corbin hocha la tête.

— Mais j'ai su que je ne pourrais pas y retourner. Déjà après la première fois, j'ai compris à quel point on en deviendrait dépendant. Je n'ai jamais pris de sang de cette façon. Je n'avais pas la moindre idée que cela existait. Mais je ne pouvais tolérer que ce sang me change. Vous comprenez, n'est-ce pas ?

— Donc, vous n'y êtes allé qu'une fois ?

— Oui, et je le regrette. Je suppose que cela m'a bien servi qu'ils m'y volent mon portefeuille. Ça m'a enseigné une leçon.

Il haussa les épaules.

— Néanmoins, merci de me l'avoir rendu, poursuivit-il.

Il désigna la porte, comme s'il voulait prendre congé d'Oliver, mais ce dernier n'en avait pas encore fini avec ses questions.

— Je me demande si on vous a signalé que le commerce a été déplacé ailleurs.

Corbin haussa un sourcil.

— Déplacé ? Je n'en avais pas entendu parler.

— Oui, j'ai peur que le bâtiment à Hunter's Point n'ait été évacué.

— Peut-être qu'ils ont fermé l'établissement. Bon débarras.

— J'en doute beaucoup. C'était un business très lucratif, rétorqua Oliver.

— Pourquoi vous en souciez-vous ?

Oliver regarda longuement Corbin. Ce dernier ne semblait pas être un toxicomane, ce qui rendait son affirmation plausible quant au fait qu'il ne s'y était rendu qu'une seule fois. Mais, néanmoins, il était un ancien client du bordel de sang et, en tant que tel, il pouvait probablement avoir un moyen de contacter les vampires qui le dirigeaient.

— Je dois mettre la main sur les personnes qui dirigent ce lieu. Mais j'ai peur qu'ils ne m'aient pas averti de l'endroit où ils ont déplacé le business.

Espérant pouvoir duper l'homme, Oliver baissa les paupières.

— Vous voyez, poursuivit-il, j'aime la manière dont je me sens quand je me nourris là-bas.

— Je crains de ne pouvoir vous aider. Comme je l'ai dit, je n'y suis allé qu'une seule fois.

— S'ils vous contactent, disons pour vous signaler l'endroit où ils ont déménagé, me le feriez-vous savoir ?

Corbin le regarda curieusement.

— Si vous y êtes allé et, à ce qu'il y semble, plus souvent que moi, pourquoi ne vous contacteraient-ils pas directement ? Ils ne voudraient sûrement pas perdre un bon client, simplement parce qu'ils ont déménagé.

L'esprit d'Oliver fonctionna rapidement pour inventer une excuse.

— Vous voyez, mes coordonnées ont récemment changé, et je crains de n'avoir oublié de le leur faire savoir. Ils n'ont aucun moyen de me contacter. C'est pourquoi j'étais si heureux quand j'ai trouvé votre portefeuille. J'ai pensé que vous pourriez être en mesure de m'aider.

Corbin hocha lentement la tête.

— Bien sûr. Mais, comme je l'ai dit, je doute qu'ils me contactent.

Oliver sortit une carte de sa poche et la lui remit. Seuls son prénom et un numéro de téléphone y figuraient. Refusant de fournir trop d'informations, Scanguards préférait qu'il en fût ainsi.

Corbin prit la carte et la regarda.

— Merci. Et puis-je vous demander une faveur en échange ?

Oliver lui adressa un regard empreint de curiosité.

— Oui ?

— Puis-je vous demander de ne parler à personne du fait que je sois allé dans un endroit où ils gardent des femmes qui ont un sang dopé ? Je ne veux vraiment pas être jugé par mes pairs. Je suis nouveau en ville, et vous savez comment ça va quand les commérages se répandent.

Votre secret est en sécurité avec moi.

Oliver quitta la maison, satisfait d'avoir pu confirmer les affirmations d'Ursula. Elle lui avait dit la vérité, et cette nouvelle l'incita à se sentir beaucoup mieux. Toutefois, il n'était pas près de découvrir où ses ravisseurs avaient emmené les autres filles.

23

Ursula observa minutieusement les deux nouveaux arrivants, lesquels étaient revenus quelques minutes auparavant, chargés de grosses valises. Une expression d'inquiétude s'affichait sur leur visage. Blake les avait salués avec enthousiasme et les avait présentés en tant que Rose et Quinn, ses arrière-grands-parents au quatrième degré.

Aucun des deux ne semblait avoir plus de vingt-cinq ans. Rose était d'une beauté classique avec de longs cheveux dorés et une silhouette de mannequin à tomber à la renverse. Quinn n'en était pas moins beau. Ses cheveux blonds semblaient balayés par le vent, et ses yeux noisette étaient vifs et beaux.

— Tu dois être Ursula, la salua-t-il en lui tendant la main.

Ne voulant pas se montrer impolie, étant donné qu'elle séjournait chez lui, elle la lui serra.

— Heureuse de vous rencontrer.

La véracité de cette affirmation n'était pas encore avérée.

Lorsqu'il lui relâcha la main, Quinn s'adressa à Blake.

— Où est Oliver ?

— Dehors.

— Où dehors ?

Blake croisa les bras sur sa poitrine.

— Je ne sais pas.

Avant que Quinn ne pût rétorquer autre chose, Rose posa une main sur son bras, l'incitant à la regarder. L'expression dans les yeux de son époux s'adoucit immédiatement, et il lui sourit.

— Amour, il va revenir. Je ne le vois pas demeurer loin très longtemps, dit-elle en désignant Ursula.

Lentement, la tension dans les épaules de Quinn sembla s'atténuer.

— Tu as raison. J'estime juste que nous n'aurions jamais dû partir. Il n'est pas prêt à demeurer seul.

— Ne le couve pas, l'avertit Rose. Il est adulte.

— Je suis toujours responsable de lui.

Ursula observa leur échange avec intérêt. Donc, c'était le père créateur d'Oliver, le vampire qui l'avait transformé. Et à ce qu'il y paraissait, il ne ressemblait en rien aux vampires qu'elle avait rencontrés durant les trois dernières années. Il avait plutôt l'air d'un père concerné. Il lui rappelait le sien, la façon dont il s'était inquiété lorsqu'elle avait déménagé à New-York pour aller à l'université. Au début, il l'appelait tous les jours pour se rassurer et savoir qu'elle allait bien. Ce souvenir était peut-être la raison pour laquelle elle voulut à présent apaiser les inquiétudes de Quinn.

— Oliver est sorti pour se nourrir. Il sera bientôt de retour.

Elle garda pour elle le fait qu'il recherchait l'homme à qui elle avait volé le portefeuille. Elle ne pouvait le révéler sans dévoiler des choses qu'elle n'était pas disposée à partager. La situation était suffisamment compliquée.

Quinn laissa ses yeux vagabonder sur le visage d'Ursula.

— Donc, tu sais qu'il ne boit pas de sang en bouteille. Est-ce que cela t'effraie ?

Elle hésita. Un peu plus tôt, lorsqu'elle avait vu Oliver avec les canines allongées, les griffes acérées et les yeux rouges, elle avait ressenti une réelle crainte en elle mais, maintenant, ce souvenir semblait si loin qu'elle ne put se rappeler le sentiment procuré.

— Je ne sais pas, répondit-elle, honnêtement.

— Pourquoi n'irions-nous pas nous asseoir un peu ? Je suis épuisée du voyage, confessa Rose en se dirigeant vers le salon.

Sans la moindre raison de décliner son invitation, Ursula entra dans la pièce. Elle observa l'horloge sur le manteau de cheminée. Oliver était parti depuis longtemps. Avait-il eu des ennuis avec le vampire à qui elle avait volé le portefeuille ? Elle savait qu'elle n'avait pas à s'inquiéter pour lui. Après tout, il était un vampire et un garde du corps entraîné. Et il était armé.

Un fourmillement dans le cou lui fit soudain tourner la tête vers l'entrée du salon. Son cœur s'arrêta presque : Oliver était de retour. Il se tenait dans l'embrasure de la porte et fixait Rose et Quinn sans même la remarquer.

— Que faites-vous si tôt à la maison ? demanda-t-il, la voix serrée.

— C'est comme ça que tu accueilles ta famille, ces temps-ci ? répliqua Rose, les mains sur les hanches.

— Bien sûr que non, dévia rapidement Oliver en s'avançant vers elle. Bienvenue à la maison, Rose. Comment était ta lune de miel ? Tandis qu'il l'attirait vers lui pour la serrer rapidement dans ses bras, son regard s'arrêta soudain sur Ursula.

Lorsqu'il se libéra de Rose, il hocha la tête à l'intention de son père.

— Vous devez être fatigués du voyage. Pourquoi ne montez-vous pas vous reposer ? Je peux me charger de vos valises.

Quinn fronça les sourcils.

— Oliver, je suis plus âgé que toi. Alors ne crois pas que tu peux juste m'envoyer promener. Nous sommes de retour à la maison à cause de ce qui se passe ici.

Oliver lança un regard furieux à Blake.

— J'aurais pu gérer la situation sans la moindre intervention de quiconque.

Blake écarta les jambes, le regardant également furieusement.

— C'est ça !

Quinn leva une main afin de stopper tout début de dispute.

— Blake ne nous a pas appelés. C'est Maya qui l'a fait. Elle était inquiète que vous demeuriez tous les deux seuls avec Ursula.

Visiblement furieux, Oliver fixa son créateur du regard.

— Je n'ai pas besoin d'un chaperon !

— Moi, non plus ! répliqua Blake, se mettant immédiatement du côté de son demi-frère.

Ursula dut presque rire sous cape. Ces deux-là étaient pratiquement en train de se sauter à la gorge, et la minute suivante, ils se serraient les coudes face au chef de famille.

Ursula surprit la façon dont Rose roulait des yeux et dodelinait de la tête.

— Les enfants ! l'entendit-elle doucement murmurer.

Rose regarda alors Ursula.

— Ursula, pourquoi n'irions-nous pas toutes les deux en haut pour les laisser seuls, tous les trois, à discuter de leurs divergences. Pour ma part, je ne peux plus supporter le moindre étalage de testostérone dans l'immédiat.

Hésitante, Ursula hocha la tête.

— Je ferais mieux de reprendre tous mes vêtements de la chambre d'amis pour que tu sois plus à l'aise, ajouta Rose.

— Mais je dormais dans la chambre d'Oliver, ne put s'empêcher de lâcher Ursula.

Le regard furieux, Rose tourna violemment la tête en direction d'Oliver.

— Oliver ! Je ne peux pas croire que tu puisses ainsi tirer profit d'une jeune femme effrayée. C'est ignoble !

Oliver se passa une main dans les cheveux.

— Je n'ai rien fait ! Je n'ai pas dormi dans ma chambre !

Rose souffla d'indignation.

— Bien sûr que tu n'as pas *dormi* !

Avant qu'Ursula ne pût dire quoi que ce soit pour défendre Oliver, Rose l'attira hors de la pièce.

Oliver les observa, tandis qu'elles quittaient le salon. Le timing était épouvantable : Rose et Quinn ne devaient pas mettre leur nez dans ses affaires maintenant. Il n'avait pas besoin de ça. Il avait trop de choses à maintenir sous silence : qu'il n'avait pas suivi les ordres de Zane de mettre Ursula dans le prochain avion pour Washington DC, que le sang d'Ursula était une drogue, et qu'il avait pu trouver un réel client du bordel de sang où elle avait été retenue pendant trois ans. Jusqu'à ce qu'il sût comment procéder, il ne pourrait mettre quiconque au courant de ces choses au sein de Scanguards.

Il espéra pouvoir maintenir Quinn suffisamment longtemps à l'écart pour trouver une stratégie. Si c'était Maya qui lui avait parlé de cette situation, alors Quinn ne savait pas encore grand-chose. Maya ne savait pas ce qui s'était passé à Hunter's Point ; pas plus que Blake. Quinn ne pouvait donc être au courant ni des ordres de Zane ni du fait qu'ils n'eussent rien trouvé dans le bâtiment à Hunter's Point et, dès lors, réfuter les affirmations d'Ursula.

Merde, comment tout cela était-il devenu si compliqué ?

— Tout est sous le contrôle, Quinn, fais-moi confiance, affirma Oliver, se forçant à arborer un air rassurant.

— C'est ça ! dit sèchement Quinn. Pourquoi ne m'expliques-tu pas ce qui se passe ?

— Qu'est-ce que Maya t'a dit ?

— Assez pour que nous fassions nos sacs et quittions l'Angleterre pour rentrer rapidement à la maison. Alors, raconte. Qu'est-ce qui s'est passé depuis ?

Oliver déglutit.

— Nous avons trouvé la propriété à Hunter's Point, là où Ursula avait été retenue. Mais ils avaient déjà tout nettoyé avant que nous n'arrivions. Je suppose qu'ils ont pensé qu'elle reviendrait avec de l'aide alors, ils se sont sauvés. Nous n'avons encore aucune information sur l'endroit où ils peuvent avoir repris leur activité.

Il sentit que son corps s'échauffait. Comme il détestait avoir à cacher des choses à son créateur. Mais à ce stade, moins Quinn en savait, et mieux c'était. S'il était au courant des ordres de Zane, il y avait une chance qu'il le séparât d'Ursula. Et Oliver ne pouvait prendre ce risque. Elle lui faisait confiance pour la protéger, et il ne pouvait le faire que s'il était avec elle. De plus, il avait besoin de lui parler en privé afin de lui dire qu'il avait pu confirmer son histoire.

— Hmm. Quoi d'autre ?

Tentant de paraître décontracté, Oliver haussa les épaules.

— Rien d'autre. Nous faisons travailler tous nos contacts pour découvrir si quelqu'un a entendu parler de cet endroit et sait où ces crapules pourraient être à présent. Ils maintiennent captives une douzaine d'autres filles. Elles ont besoin de notre aide.

— Et le fait que vous n'ayez rien trouvé dans la propriété à Hunter's

Point, ça n'a dérangé aucun d'entre vous ? se demanda Quinn.

— Ça m'aurait incité à me demander si elle disait la vérité, lança Blake tout en regardant Oliver. Tu sais que nous en doutions tous, même toi.

— Vas-y et dérange Zane en lui demandant s'il doute toujours de son histoire. Va voir comme il aime quand on le questionne, bluffa Oliver.

Blake s'y laisserait-il prendre ? Et plus important encore, Quinn cesserait-il de poser des questions ?

— Bien, soit. Je dis ça, je dis rien. J'espère que vous me laisserez vous accompagner dans ces raids. On ne me laisse jamais rien faire de marrant, se plaignit Blake. Ça ne m'étonne pas que je ne sois jamais dans le coup. Même Cain a le droit de patrouiller en ville, à la recherche de ces fous de vampires, et il n'est chez Scanguards que depuis quelques mois.

Quinn posa une main sur le bras de Blake.

— Que sais-tu à propos de ces fous ? Ce sont des infos confidentielles.

Blake sourit.

— Cain m'en a parlé, car je suis de la famille. Il a dit que ceux qui étaient en ville semblaient fous, comme des animaux dopés.

Les oreilles d'Oliver se redressèrent. Dopés ? Il n'avait jamais entendu qu'on les dépeignait de cette manière. Lorsque les membres de Scanguards parlaient d'eux, ils utilisaient des mots tels assoiffés de sang. Et s'ils étaient drogués ? Ou plutôt, et s'ils prenaient du sang dopé ?

Était-il possible qu'il y eût une connexion entre le bordel de sang et ces incidents dont ils avaient entendu parler, concernant des vampires devenus complètement dingues, comme s'ils souffraient d'une terrible soif de sang ?

Ce soir, Zane avait reçu un appel disant que plusieurs de ces fous avaient été repérés dans une boîte de nuit en ville. Oliver devait découvrir ce qu'il en était ressorti. Peut-être que cela lui procurerait l'information dont il avait besoin pour retrouver la nouvelle adresse du bordel de sang.

— Hé, Quinn, interrompit-il. Écoute, c'est super que Rose et toi soyez de retour. Vous nous avez manqué. N'est-ce pas Blake ?

Son demi-frère hocha rapidement la tête.

— Je ferais mieux d'aller me coucher. Le lever du soleil est proche, et cette nuit a été très chargée, dit-il en étreignant son père créateur.

— C'est bon d'être à la maison, fils.

Quinn lui sourit en le libérant de son étreinte.

Oliver était sur le point de se retourner, lorsque Quinn mit une main sur son épaule.

— Au sujet de la fille, dit-il en désignant l'étage supérieur.

— Quoi donc ?

— Ne fais rien que tu puisses regretter plus tard. Elle est vulnérable.

Oliver fit attention à ne pas montrer que la remarque le contrariait. Il savait qu'elle était vulnérable ; il n'avait pas besoin que Quinn le lui dît.

— Si tu insinues que je pourrais la mordre, laissez-moi vous le dire une fois pour toutes à tous les deux : je ne le ferai pas.

Et c'était une promesse qu'il était déterminé à tenir. Quel qu'en fût le coût.

OLIVER ATTENDIT que le bruit dans la maison se calmât. Il semblait que Rose et Quinn fussent finalement allés se coucher, et que Blake se fût retiré dans sa chambre. Rose avait installé Ursula dans la chambre d'amis, ne voulant clairement pas qu'elle demeurât encore dans celle d'Oliver. Mais ils devraient en faire beaucoup plus pour l'empêcher de la voir.

Après que tout bruit eût cessé, il attendit une heure supplémentaire avant de se faufiler furtivement, pieds nus, vers la chambre d'amis. Le plancher craqua sous ses pieds, mais personne ne sembla l'entendre.

Une fois à destination, il tendit l'oreille afin d'entendre le moindre bruit provenant de l'intérieur. Mais rien. Il ne pouvait pas prendre le risque de frapper, de peur que Rose et Quinn ne pussent l'entendre depuis la chambre principale située de l'autre côté du couloir. Il ouvrit donc tout doucement la porte et se glissa à l'intérieur avant de la refermer derrière lui.

Les tentures étaient tirées, mais un peu de lumière filtrait dans la pièce, suffisamment pour voir très nettement qu'Ursula dormait et ce, même s'il n'avait pas été un vampire doté d'une vision nocturne. Il s'approcha doucement du lit, s'assit sur le bord et se pencha sur Ursula. La bouche contre son oreille, il murmura.

— Ursula, bébé, c'est moi, Oliver.

Une inspiration étouffée émana d'elle. De peur qu'elle ne fît trop de bruit et alertât tout le monde dans la maison, il glissa les lèvres sur les siennes et y déposa un doux baiser, prêt à l'intensifier, si nécessaire.

— Oliver ? marmonna-t-elle.

— Oui, bébé.

— Mmm.

Le bruit de fredonnement qu'elle libéra fut une raison suffisante pour qu'il la pressât d'écarter les lèvres à l'aide de sa langue, de sorte à plonger dans sa bouche si accueillante. En un instant, le désir qu'il éprouvait pour elle revint avec force à la surface. Se souvenant du motif de sa présence ici, il dut se forcer à s'écarter.

— J'ai des nouvelles.

Elle ouvrit les yeux et se redressa en position assise. Elle portait toujours un de ses t-shirts, et cela lui fit plaisir. Naturellement, si elle dormait avec lui, elle ne porterait rien. Il la couvrirait plutôt de baisers et de caresses.

— Que s'est-il passé ?

Oliver écouta si aucun bruit ne provenait de l'autre côté de la porte avant de poursuivre.

— Nous devons être silencieux. Quinn et Rose seront fâchés s'ils me trouvent ici.

— Sont-ils très vieux jeu ?

— Non, juste très protecteurs envers les personnes innocentes.

— Mais je ne suis pas—

Même dans l'obscurité, il remarqua la façon dont elle rougit. Il ne put résister à l'envie de poser un baiser sur sa joue rose.

— Je suis désolé de ce qui s'est passé tout à l'heure.

— Tu veux dire parce qu'ils sont rentrés à l'improviste ?

Il secoua la tête.

— Non. Au sujet de ce que tu as vu dans le monospace. Quand j'avais… faim.

— Oh.

— Je sais que je t'ai effrayée. Ça ne se reproduira plus. Je vais m'assurer de me nourrir plus souvent afin que tu n'aies plus à voir ça.

Tandis qu'elle baissait les paupières plutôt que de répondre, il se demanda si ses paroles n'aggravaient pas la situation. Après tout, il se nourrissait toujours d'humains, même s'il lui avait promis de ne pas la mordre, *elle*.

— Je suis ce que je suis, Ursula, poursuivit-il. J'essaie de changer, très fort, mais c'est... difficile.

Elle posa une main sur son avant-bras.

— Je comprends.

Les battements de cœur d'Oliver accélérèrent.

— Donc, c'est ok ? Je veux dire, toi et moi, nous sommes d'accord ?

— Nous sommes d'accord, lui dit-elle en souriant. Tu as dit que tu avais des nouvelles.

— J'ai trouvé le vampire à qui tu as volé le portefeuille.

Oliver ressentit l'excitation la submerger.

— S'il te plaît, dis-moi ce qu'il a dit, répondit-elle, les yeux suspendus à ses lèvres.

— Il a confirmé être allé là-bas pour le sang. Il sait que celui-ci a des effets dopants.

— T'a-t-il dit où ils sont partis ?

— Il dit qu'il n'en sait rien.

La déception se répandit sur le visage d'Ursula. De sa main, Oliver souleva la tête de la jeune femme.

— Ne t'inquiète pas. Il est encore temps. S'ils ont déplacé le bordel, ça pourrait leur prendre quelques jours pour en avertir tous les clients. Nous devons être patients.

Elle hocha la tête mais, malgré cela, il put voir qu'elle n'était pas totalement convaincue.

— J'espère que tu as raison.

Du pouce, il lui caressa la joue.

— En attendant, je vais vérifier une autre info.

— Laquelle ?

— Je m'en occupe. Quand j'aurai quelque chose de plus concret, je t'en parlerai. C'est juste que je ne veux pas que tu t'emballes au cas où ça ne marcherait pas comme prévu. S'il te plaît, fais-moi confiance, nous les retrouverons.

— Je déteste attendre.

— Ça ne sera pas long.

Ensuite, Oliver se leva.

— Je ferais mieux de partir, poursuivit-il.

Elle le retint en posant une main sur son bras.

— S'il te plaît, reste un peu, seulement jusqu'à ce que je me sois rendormie.

— Je ne devrais pas.

Mais elle le supplia du regard, et il ne put y résister d'aucune manière.

— Juste quelques minutes, acquiesça-t-il.

Il tira la couverture, se glissa par-dessous et tira Ursula contre son corps tout habillé.

— Ça va ? demanda-t-il.

— Oui, chuchota-t-elle en se blottissant contre lui.

Il l'entoura de ses bras et en laissa glisser un vers son postérieur. Tandis qu'il l'enrobait dans la paume de sa main, elle ronronna comme un chaton et passa une jambe par-dessus ses cuisses.

— Dors, maintenant, murmura-t-il en lui caressant ses cheveux soyeux.

24

———

Cain était assis derrière la vitre d'un petit bureau qui surplombait une salle d'interrogatoire. À ses côtés, Thomas engloutissait le reste de sa bouteille de sang.

— Il serait temps que cet idiot reprenne connaissance. J'ai besoin de fermer un peu les yeux.

Cain ne pouvait agréer davantage. Après qu'ils eussent ramené cette crapule de vampire aux quartiers généraux de Scanguards, le con s'était évanoui comme s'il avait été en état d'ébriété. Cela signifiait au moins qu'il s'était arrêté de crier pour avoir du *vrai sang*, quoi qu'il eût voulu dire par là. Thomas, Zane et Cain lui-même avaient attendu, pendant des heures dans le salon *V*, que le prisonnier reprît conscience. Amaury était rentré chez lui depuis longtemps, après que sa compagne l'eût appelé.

Même Cain avait pu entendre la séduisante voix de Nina au téléphone en train de décrire les vêtements qu'elle portait à Amaury. Il n'avait jamais vu son collègue de vampire bouger plus rapidement. Quoiqu'ils n'eussent pas besoin de lui pour interroger la canaille. Zane s'était porté volontaire pour ce job bien particulier, et il tapait déjà impatiemment du pied, en attendant le vaurien dans la pièce du dessous.

Cain tourna brusquement la tête en direction de la porte de la salle d'interrogatoire lorsque celle-ci s'ouvrit et que deux vampires y trainèrent le prisonnier en train de se débattre. Il avait les mains menottées devant lui. Pour ne pas lui infliger une douleur inutile, on lui avait bandé les poignets afin que les menottes en argent ne pussent toucher sa peau nue. Qu'il pût garder les bandages sur ses poignets durant l'interrogatoire ne dépendait que de sa coopération. Et à en juger par l'expression sur le visage de Zane, il sembla que le supérieur de Cain espérait clairement que le prisonnier ne coopérât pas immédiatement, de sorte à lui infliger une certaine douleur.

Thomas renversa un interrupteur afin que les bruits provenant de la salle d'interrogatoire pussent traverser les haut-parleurs de la salle d'observation.

— Laissez-le ! ordonna Zane aux deux gardes.

Ils relâchèrent le prisonnier et quittèrent la pièce en refermant la porte derrière eux.

Thomas appuya sur un bouton, cadenassant ainsi la pièce à distance de sorte qu'on ne pût l'ouvrir de l'intérieur.

— C'est verrouillé, annonça-t-il à travers le micro en pressant sur le bouton du haut-parleur, avant de le relâcher.

Zane acquiesça d'un hochement de tête, attrapa le prisonnier par le cou et le claqua sur l'unique chaise de la pièce.

— Maintenant, on parle.

Conscient de pouvoir toujours apprendre quelque chose de Zane, Cain observa attentivement.

Le captif souleva les yeux d'un air provoquant, le regard furieux. Il se plia en avant sur la chaise, apparemment incapable de demeurer immobile. Il se tordait les mains, et les muscles de son cou enflaient.

— Je veux du sang ! exigea-t-il en plissant le front.

— Tu en as eu assez la nuit dernière, affirma Zane. Tu as presque drainé cette fille. Tu as de la chance qu'elle soit vivante.

— Ou quoi ? cracha l'homme en guise de réponse.

Zane bondit et lui saisit le cou, une fois de plus. Le prisonnier souleva une main. Les menottes d'argent touchèrent Zane, mais ne purent toutefois lui faire du mal : celui-ci portait une chemise à manches longues et des gants en cuir.

— Ou je t'aurais arraché le cœur pendant que tu observais !

Cain regarda Thomas.

— Il bluffe, non ?

— Il l'a déjà fait auparavant. Je ne vois pas pourquoi il ne le referait pas.

Cain tenta de ne pas faire état du choc que les paroles de Thomas lui causaient et se concentra plutôt de nouveau sur les événements de la salle du dessous. Apparemment, le prisonnier semblait assez intimidé par l'affirmation de Zane et recula sur son siège.

— Tu ne te nourriras pas tant que je n'aurai pas l'info que je recherche.

— Tu ne peux pas me retenir ici pour toujours.

— Je ne peux pas ? rétorqua Zane en lançant un semblant de demi-sourire à son détenu. Fais-moi chier, et je te jette dans une cellule souterraine et t'y oublie.

Le regard méfiant sur le visage de la fripouille prouva qu'elle commençait à croire que Zane était capable de le faire.

— Comment t'appelles-tu ? demanda Zane.

Une courte hésitation s'ensuivit. Puis la réponse.

— Michael Valentine.

— Pas son vrai nom, dit Thomas à Cain, tandis qu'il tapotait déjà le nom sur le clavier devant lui.

— Marrant comme nom ! Que dirais-tu d'un vrai nom ? continua Zane.

— C'est mon nom. J'ai été transformé en 1900, le jour de la St-Valentin. L'idée de quelqu'un de faire une mauvaise plaisanterie. Donc, j'ai pris le nom.

— Et avant ça, quel était ton nom ?

— Garner, dit-il.

Zane regarda en l'air, en direction de la fenêtre, une question silencieuse sur les lèvres.

Thomas appuya sur le haut-parleur.

— Donne-moi une minute.

Il relâcha le bouton et continua à tapoter sur le clavier. Un instant plus tard, il retourna vers le haut-parleur.

— On vérifie. Continue.

Cain regarda l'écran de l'ordinateur. Un message clignotait : *donnée pas trouvée.* Il adressa un regard interrogateur à Thomas.

Ce dernier haussa les épaules.

— Il se peut que Zane ne bluffe pas mais, moi, oui. Nous voulons juste qu'il pense que nous pouvons vérifier la moindre chose qu'il nous dit. Ça l'incitera vraisemblablement plus à nous dire la vérité.

— Mais si Garner n'est pas son vrai nom non plus, il pourrait comprendre que tu n'as aucun moyen de vérifier ce qu'il dit.

Thomas sourit.

— Mais Garner est son vrai nom.

— Comment le sais-tu ?

— L'expérience. J'ai observé le mouvement de ses yeux. Ça m'en dit long sur une personne : si elle ment ou pas.

— Je vois. Et qu'en est-il de la base de données, alors ?

— Nous ne possédons aucune base de données complète de tous les vampires d'hier et d'aujourd'hui. Personne n'en a. Il doit y avoir des centaines d'hommes qui s'appellent Michael Garner. Ce serait gaspiller mon précieux temps que d'éplucher internet et toutes les bases de données publiques pour trouver le bon. Cependant, je complète ma base de données tous les jours. Et maintenant, le nom de ce con y figure.

Cain regarda de nouveau Zane et le vampire qui disait s'appeler Michael Valentine. Zane ne se tenait à présent plus qu'à un mètre de lui, les jambes écartées, les bras le long du corps. Il semblait presque décontracté, mais le prisonnier aurait été fou de présumer d'une telle chose. Zane était prêt à bondir au moindre faux mouvement de Valentine. Par le passé, Cain avait vu Zane en action. Il savait à quoi s'attendre.

— Donc, voici le marché, Michael Valentine : je pose une question ; tu y réponds. Tu piges ça ?

Valentine hocha la tête.

— Qu'est-ce qu'il s'est passé à la boîte de nuit ? Pourquoi te nourrissais-tu en public ?

Le prisonnier souleva la tête et sourit à Zane.

— Ça, c'est deux questions.

Avant que le dernier mot ne se fût échappé de ses lèvres, le dos de la main de Zane vint frapper la joue du gredin, fouettant sa tête si violemment sur le côté que Cain s'attendit presque à ce qu'elle se séparât de son cou.

— Putain ! siffla le prisonnier, tandis que le sang s'écoulait de son nez. Tu m'as cassé le nez !

— Bon, alors tu ferais mieux de commencer à parler avant que je ne casse quelque chose de plus précieux.

Finalement, Valentine sembla tenir compte de l'avertissement et comprit que Zane parlait affaires.

— Bien, dit le détenu, j'étais affamé. J'avais besoin d'une dose.

— Une dose ? répéta Zane. Précise !

Les yeux de Valentine se dirigèrent comme une flèche vers la fenêtre, comme s'il était inquiet de la personne qui l'observait.

Zane grogna.

— J'attends !

— Une dose, tu vois. De sang. Pour planer. Et la nana, elle était asiatique. J'ai cru qu'elle pourrait avoir ce dont j'avais besoin. Elle ressemblait aux autres. Mais...

— Mais quoi ?

— C'était juste du sang ordinaire. Rien de spécial. Je n'ai pas pu planer. Ce n'était pas la bonne substance.

Zane regarda en l'air vers la fenêtre, un étrange regard sur le visage, comme s'il voulait demander à Thomas et Cain s'ils savaient de quoi Valentine parlait.

Cain enfonça le bouton du haut-parleur.

— Qu'est-ce qui te fait croire que le sang t'aurait fait planer ?

Valentine se redressa brusquement en entendant la voix provenant du haut-parleur et regarda en l'air vers la fenêtre. Mais, la vitre étant teintée de l'autre côté, Cain savait qu'il ne pouvait pas le voir.

— Parce que j'en ai pris à de maintes reprises. Mais elles ne sont plus là. Et j'avais besoin d'une dose. J'avais besoin de me défoncer. Ce n'est pas ma faute. Une fois qu'on commence, on ne sait pas s'arrêter.

Cain reconnaissait un drogué quand il en voyait un. Et ce vampire était un drogué. Mais à quoi était-il dopé ? Au sang ? Était-il victime du désir irrépressible de sang ? Avant qu'il ne pût demander autre chose, Zane continua d'interroger le détenu.

— Laisse-moi bien comprendre. Tu affirmes que tu as soif de sang, et que c'est pour ça que tu as pété les plombs sur cette fille ?

Valentine secoua la tête.

— Non ! Je n'ai pas soif de sang ! Tu es fou, mec ? J'ai juste un problème de toxicomanie. Rien de majeur. Je peux le gérer. J'ai juste besoin d'une dose, et j'irai bien.

— Un problème de toxicomanie ? De quoi parles-tu, bordel ? Tu crois que je suis né d'hier ? Les drogues n'ont aucun effet sur les vampires. Tout nouveau-né le sait ! Alors, ne débite pas de conneries dans le genre ou je te les enfonce bien profondément dans la gorge !

Valentine bondit de sa chaise.

— Mais tu dois me croire !

Zane le regarda d'un air furieux.

— Je ne *dois* rien faire du tout ! Tu as presque tué cette fille ! Et qui que soit cet autre

vampire, il en a massacré une autre en bas. Ou était-ce toi également ?

Choqué, Valentine recula.

— Non, je ne l'ai pas tuée. Larry, il avait encore plus besoin d'une dose que moi. Je le promets ! C'était Larry, c'est lui qui a tué cette fille. Il n'a pas pu s'arrêter. Et lorsqu'il a réalisé qu'elle n'avait pas le bon sang, il s'est emballé sur elle.

Zane l'attrapa par le col de sa chemise.

— Quel *bon sang* ? Un groupe sanguin spécifique ?

— Non ! Pas un groupe sanguin. Ce n'est pas ça. C'est juste...

— C'est quoi ? grogna impatiemment Zane.

— Je ne sais pas ce que c'est, mais c'est comme une drogue. Ça te fait planer. Ça vient de ces Chinoises. Ils les gardent dans cet endroit.

Cain laissa échapper un souffle et échangea un regard furtif avec Thomas. Cette conversation allait-elle dans la direction qu'il pensait qu'elle allait ?

— Quel endroit ?

— Là-bas, un vieux bâtiment à Hunter's Point. Ils y gardent tout un groupe. Ils les louent. C'est cher, mais cette merde est bonne. Mais, bordel, ils sont partis ! Ils sont partis d'une nuit à l'autre !

Un regard empreint de prise de conscience s'afficha sur le visage de Zane lorsqu'il releva la tête pour regarder vers la fenêtre.

— Es-tu en train de dire qu'il y a un endroit à Hunter's Point où des vampires gardent des femmes pour leur sang ?

Valentine hocha la tête.

— C'est juste que ce n'est pas du sang ordinaire. C'est comme une drogue, du crack ou de l'héroïne. Et toutes les filles sont chinoises. C'est pour ça que Larry et moi, on a pensé que si on trouvait des nanas chinoises et qu'on se nourrissait d'elles, on en trouverait peut-être une qui avait le même genre de sang. Mais ce n'était pas le même. C'était juste du sang ordinaire.

— Merde ! jura Zane.

Cain regarda Thomas.

— Ursula disait la vérité.

— Thomas, dis aux gardiens de revenir ici pour le ramener dans sa cellule, ordonna Zane.

Quelques instants plus tard, les gardes emmenèrent Valentine.

— Qu'allez-vous faire de moi ? Vous devez me laisser partir ! pleurnicha Valentine, tandis qu'ils le traînaient hors de la pièce. Je vous ai dit tout ce que vous vouliez savoir !

— Qu'est-ce qu'on va faire maintenant, bordel ? demanda Cain.

Thomas se passa une main dans ses cheveux blonds et s'appuya contre le dossier de son fauteuil.

— Trouver ces salauds.

— Et Ursula ?

— Il n'y a rien qu'on puisse faire maintenant. Oliver a effacé sa mémoire et, maintenant, elle doit avoir atterri à Washington DC. Peut-être que ça vaut mieux.

— Mais elle aurait pu nous aider. Elle sait à quoi ils ressemblent, insista Cain. Nous devrions...

La sonnerie du téléphone l'interrompit. Thomas prit l'appel.

— Ouais ?

Cain entendit une voix familière, puis la salutation de Thomas.

— Quinn, tu es de retour ? C'est une bonne surprise.

La porte s'ouvrit violemment, et Zane déboula dans la pièce, jurant vigoureusement.

— Putain, putain, putain !

Cain s'abstint de dire quoi que ce soit, sachant que Zane bouillait d'avoir failli à reconnaître les affirmations d'Ursula comme étant la vérité.

— Nous devons mettre une stratégie en place, dit Zane avant de se tourner vers Thomas. Laisse le téléphone. Ceci est plus important.

Thomas pinça les lèvres.

— C'est Quinn, et je pense que tu vas vouloir entendre ce qu'il a à dire… Quinn, je te mets sur haut-parleur. Zane et Cain sont ici.

Il appuya sur un bouton et déposa le combiné.

— Maintenant, dis-leur ce que tu viens juste de me dire, poursuivit Thomas.

— Salut les gars. Je ne suis pas trop au courant, suis rentré il y a quelques heures, mais la fille qui dit avoir été emprisonnée par des vampires, elle est ici.

Zane se pencha sur le bureau.

— Oliver ne l'a pas emmenée à l'aéroport ?

— Non, pourquoi ?

— Parce que je lui ai ordonné de le faire ! tonna Zane.

On marqua une pause à l'autre bout de la ligne.

— Je présume qu'il n'a pas apprécié ton ordre, dit Quinn.

— En effet, se dit Cain, dans un murmure, pas pour le moins surpris de la tournure des événements. Il avait vu la façon dont Oliver regardait la fille. Elle avait probablement fait usage de ses grands yeux marron pour le mener par le bout du nez et lui faire faire tout ce qu'elle voulait.

— Bien, ça n'a plus d'importance, maintenant, dit calmement Thomas. Elle pourrait encore se révéler utile, car nous venons juste de découvrir ce qui se passe dans ce bordel.

— Tu nous en fais profiter ? demanda Quinn.

Thomas se mut plus près du téléphone.

— Apparemment, toutes les filles du bordel ont un sang spécial. Il agit comme drogue sur les vampires. Ils en sont fous et, quand ils n'en ont plus, ils montrent des symptômes de manque. Comme des drogués humains. Ce n'est pas joli.

Pas joli n'était qu'un euphémisme pour décrire cela, pensa Cain, se souvenant de la scène à la boîte de nuit.

— Tu en es sûr ? demanda Quinn.

— Absolument, confirma Thomas.

— Alors, nous avons un problème, dit gravement Quinn.

Zane mit une main sur l'épaule de Thomas et se pencha au-dessus du haut-parleur du téléphone.

— Je sais, Quinn. Je pensais la même chose.

Cain regarda fixement Zane, et ensuite Thomas, lequel hocha la tête.

— Quoi ? demanda Cain.

Zane soupira.

— Oliver était toxicomane quand il était humain. Il est vulnérable à toute forme d'addiction. S'il est avec la fille et qu'il la mord, nous devrons supposer le pire.

Thomas se tourna vers le téléphone.

— Quinn, il a couché avec elle ?

— Je n'en suis pas sûr, mais je le suspecte.

Zane jura.

— Bordel ! Alors, il l'a probablement déjà mordue !

— Non ! le percuta la voix de Quinn, tel un tir de pistolet. Il a insisté sur le fait qu'il n'allait pas la mordre.

— Et tu le crois ? demanda Cain. Quinn, j'étais là-bas, j'ai vu la fille, et j'ai vu comment il la regardait. Il la voulait. Et pas seulement son corps, mais également son sang.

Un soupir traversa la ligne.

— Doux Jésus ! Rose et moi n'aurions jamais dû partir.

— On va s'en occuper, lui assura Zane.

— Que prévois-tu ?

— Nous devons les séparer. C'est pour leur propre protection, à elle, comme à lui. Dès que le soleil se couchera, voilà ce que je veux que vous fassiez...

25

———

Oliver sentit un souffle chaud sur son cou dénudé. Les battements de cœur d'une autre personne cognaient contre lui, et le parfum d'une femme lui titillait les narines.

Il s'était endormi avec Ursula dans ses bras et, à un moment de la journée, il s'était débarrassé de sa chemise, car il avait eu trop chaud. Il aurait dû quitter son lit à ce moment-là, mais elle s'était lovée contre lui avec tant de confiance qu'il n'avait pu s'arracher à elle.

Le soleil se couchait déjà et, d'ici peu, la maison se transformerait en ruche. Il valait mieux qu'il retournât maintenant dans sa chambre, avant que Rose et Quinn ne pussent remarquer sa présence dans celle d'Ursula.

Tandis qu'il ôtait le bras de la jeune femme de sa poitrine, avant de la laisser rouler sur le dos sans la réveiller, la porte s'ouvrit. Les yeux d'Oliver fusillèrent la silhouette qui se tenait dans l'encadrement de la porte : Quinn.

— C'est juste génial ! dit Quinn, d'un ton sarcastique. Tu n'as pas pu la laisser seule, n'est-ce pas ?

Ursula se réveilla brutalement, un soupir craintif s'échappant de ses lèvres.

— Ne peux-tu pas frapper ? grogna Oliver, à l'intention de son créateur.

— Bon sang, Oliver, n'as-tu rien écouté de ce que je t'ai dit la nuit dernière ?

— Je n'ai rien fait !

Quinn le regarda de haut en bas.

— Oh, arrête de mentir !

Outré par la mauvaise interprétation qu'avait Quinn de cette situation, Oliver saisit un des bords de la couverture pour sortir du lit, mais son père souleva une main en guise de protestation.

— Épargne-moi la vue de ton corps dénudé ! dit-il avant de se retourner.

— Je ne suis pas... *nu*, voulut-il dire.

Mais Quinn claqua la porte.

Depuis le couloir, son mentor proféra un dernier ordre.

— Habille-toi ! Samson veut te voir. Maintenant !

Ses pas furent alors étouffés par le tapis du couloir.

Oliver se passa une main dans ses cheveux en bataille et regarda Ursula.

— Oh, merde !

Choquée et embarrassée, elle avait les yeux grands ouverts.

— Je suis désolée, je n'aurais pas dû te demander de rester.

Il lui sourit et, de la jointure des doigts, lui caressa la joue.

— Ne sois pas sotte. Il va se calmer. Il n'est juste pas habitué à ce que j'invite une fille.

Oliver fournit cette explication même s'il savait que c'était faux. Quinn était inquiet à propos de ce qu'il ferait à Ursula si son envie de sang devenait trop forte. Il s'était montré clair à ce sujet. Mais cela ne l'excusait toutefois pas d'avoir déboulé dans la chambre sans frapper. Quelque chose d'autre devait l'avoir agacé.

— Tu n'invites pas beaucoup de filles ? demanda Ursula.

Il se pencha sur elle et déposa un baiser sur sa joue.

— Non, tu es la première, répliqua-t-il avant de se redresser.

— Et même si j'aimerais rester avec toi en ce moment, je ferais mieux d'aller voir ce que mon patron veut.

Un regard effrayé transparut sur le visage de la jeune femme.

— Tu me laisses seule avec eux ?

— Tu n'as rien à craindre. Ils ne te feront aucun mal.

En fait, elle serait beaucoup plus en sécurité avec Quinn, Rose et Blake qu'avec lui. Au moins, aucun des trois ne serait tenté par son sang. Mais il garda cette pensée pour lui.

Tout en la rassurant d'un autre regard, il sauta du lit, saisit sa chemise qui traînait à terre et quitta la chambre d'Ursula. Il se rendit dans la sienne et, dix minutes plus tard, fut prêt à affronter son patron. Il n'était pas inhabituel que Samson voulût le voir. Celui-ci l'appelait souvent dans sa résidence privée pour prendre de ses nouvelles et voir comment il allait. Après avoir travaillé durant trois ans en tant qu'assistant personnel de Samson, Oliver entretenait toujours une étroite relation avec son patron, quoiqu'il fût à présent assigné à d'autres fonctions.

Malheureusement, cette réunion avec Samson tombait sacrément à un mauvais moment. En effet, il aurait voulu passer aux quartiers généraux afin de voir s'il pouvait en apprendre davantage sur ce qui s'était passé avec ces fous dans la boîte de nuit.

Quinn se trouvait dans le foyer lorsqu'Oliver descendit les escaliers. Son père créateur lui adressa un regard étrange. Toujours contrarié par sa grossière intrusion, laquelle contrevenait aux impeccables manières de Quinn, Oliver souleva le menton et le regarda d'un air furieux.

— La prochaine fois, vérifie les faits : je n'étais pas nu !

Il passa ensuite à côté de lui et claqua la porte, ne réalisant que trop tard qu'il avait garé la voiture dans le garage.

— Bon sang !

Mais il était trop fier pour faire demi-tour et rentrer. La maison victorienne de Samson ne se trouvait qu'à deux pas, dans le quartier voisin de Nob Hill. Il n'avait qu'à s'y rendre à pied.

Delilah, l'épouse de Samson, lui ouvrit la porte à son arrivée. Elle semblait plus belle que jamais et avait complètement retrouvé sa silhouette depuis la naissance de sa fille Isabelle, soit seulement six mois plus tôt.

— Salut Oliver, comment vas-tu ?

Il lui sourit et entra avant de refermer la porte derrière lui.

— Content de te revoir, Delilah. Comment va Isabelle ? Est-ce qu'elle dort ?

Delilah soupira et lui fit signe de la suivre dans le salon.

— J'aimerais bien ! Mais j'ai peur qu'elle n'ait adopté les heures de son père.

— Samson voulait me voir.

Delilah s'accroupit à terre, là où une grande couverture avait été étendue.

— Il est toujours au téléphone. Pourquoi ne me tiendrais-tu pas compagnie en attendant ?

Elle lança une petite boule en direction d'Isabelle, et la fillette tendit la main pour l'attraper, mais un chiot Labrador bondit subitement dessus et la prit.

— Coco ! le gronda-t-elle. Tu ne lui laisses pas une chance.

Mais l'enfant en bas âge ne sembla pas se soucier d'avoir été battue par son animal domestique. Isabelle rit, et cela ressembla plus à un gargouillis. Mais ses yeux rayonnèrent lorsqu'elle leva la tête et sourit à Oliver, dévoilant ainsi de minuscules canines.

— Dieu, chaque semaine, elle devient plus grande, dit-il en se penchant pour lui tendre les bras. Tu veux venir chez oncle Oliver ?

— Peut-être plus tard, l'interrompit la voix de Samson.

Oliver se retourna immédiatement et se leva.

— Samson.

— Rejoins-moi dans mon bureau.

Oliver longea le couloir lambrissé qui menait au bureau de Samson, à l'arrière de la maison. En pénétrant dans la pièce derrière son patron, le temps où il avait travaillé ici en tant qu'humain lui revint immédiatement à l'esprit. Il avait passé beaucoup d'heures dans cette maison à s'occuper de Samson et à le protéger pendant son sommeil diurne.

— Prends un siège.

Oliver s'assit sur la chaise en face de l'énorme bureau qui abritait deux écrans d'ordinateur et divers autres appareils électroniques. Samson prit place sur son siège à l'arrière du bureau, les mains jointes du bout des doigts.

— Je t'ai appelé parce que nous avons des problèmes, commença Samson d'une voix calme, l'air sérieux.

Oliver haussa un sourcil et s'avança sur sa chaise, un sentiment de détresse s'élevant de ses entrailles. Des conversations qui commençaient de la sorte ne se terminaient jamais bien.

— Oui ? répondit-il.

Samson reposa les bras sur le bureau et replia ses mains, tandis qu'il se penchait en avant.

— Tu me déçois, Oliver.

Le cœur d'Oliver sauta un battement. Merde ! À quoi son patron faisait-il allusion ?

— Tu n'as pas suivi les ordres qui t'avaient été donnés. La fille était supposée être dans un avion pour Washington.

Oliver bondit de sa chaise, le cœur emballé. Comment Samson le savait-il déjà ? Bordel ! Qui avait cafté ?

— Blake ! Il ne peut garder sa bouche fermée !

— Assieds-toi, ordonna Samson.

À contrecœur, il se rassit rapidement sur son siège.

— Blake n'a rien à voir avec ceci. Et peu importe la façon dont nous l'avons appris. Le fait est que tu n'as pas suivi les ordres de Zane et, en agissant ainsi, tu t'es mis en danger.

— Je ne suis pas en danger !

— Il se peut que tu penses ainsi, car tu ne connais pas toute l'histoire. Alors, laisse-moi t'expliquer ce qui se passe : durant un raid dans une boîte de nuit la nuit dernière, nous avons appréhendé un de ces voyous de vampires que nous pourchassons depuis des semaines. Cain en a détruit un autre, mais celui-ci avait déjà tué une Asiatique après l'avoir massacrée. Ces deux vampires montraient des symptômes de manque.

Les engrenages du cerveau d'Oliver se mirent en place. Il comprit où tout cela menait.

— Ils voulaient se doper au sang. À un sang spécial auquel ils étaient dépendants. Ils s'étaient nourris dans un bordel de sang à Hunter's Point, ce même endroit où Ursula t'a conduit et que tu as trouvé vide. Lorsqu'ils n'ont plus pu s'approvisionner auprès des filles qui étaient gardées au bordel, puisqu'ils ne savaient pas où celui-ci avait été déplacé, ils ont commencé à attaquer des filles asiatiques.

Oliver ferma très fortement les yeux. Il réalisa ce que les criminels avaient essayé de faire : trouver des femmes asiatiques qui avaient le même sang qu'Ursula.

— Mais lorsqu'il fût avéré que les femmes qu'ils avaient rencontrées dans la boîte de nuit n'étaient pas dotées d'un sang qui les faisait planer, ils ont pété les plombs ! Je ne veux pas que la même chose t'arrive.

Oliver rencontra le regard intense de Samson.

— Pourquoi est-ce que ça m'arriverait ?

— Oliver, Ursula a un sang spécial. Il te fera planer, et tu en deviendras dépendant. Nous savons tous à quel point tu es vulnérable. Et je te connais mieux que quiconque. On ne peut pas t'autoriser à rester près d'elle. Une morsure, et ton destin pourrait déjà être scellé.

— Non ! Tu as tort. Je ne la mordrai pas.

— S'il te plaît, Oliver, l'implora Samson, la voix à présent plus douce. On m'a dit comment tu la regardes. Ce n'est pas un secret que tu veuilles coucher avec elle, si ce n'est déjà fait. Tu sais ce que cela signifie. Tu voudras la mordre pendant que tu lui feras l'amour. Et ensuite, tu ne seras pas capable d'arrêter. Nous ne pouvons pas prendre ce risque, car nous ne voulons pas te perdre.

Furieux, Oliver secoua la tête.

— Je ne suis pas comme ça ! Je ne l'ai pas mordue, la première fois. Je m'en étais fait la promesse, car je ne pouvais plus m'engager sur cette voie ! Je devais être fort. Et je l'ai été. Je le suis !

Samson plissa le front, et son expression changea.

— Tu le savais ? Tout ce temps, tu connaissais les effets de son sang, et tu n'en as rien dit à personne ?

Oliver réprima un juron. Merde ! Par inadvertance, il avait déballé trop de choses.

— Pourquoi n'es-tu pas venu vers moi ? Tu aurais dû me le dire ! tonna Samson.

— Je lui ai promis de ne rien dire à personne.

— Elle t'a confié son secret ?

Oliver hocha la tête.

— Elle a peur de vous. Elle ne l'a raconté qu'à moi pour que je lui vienne en aide, mais ellecraint que vous ne l'emprisonniez, tout comme les autres vampires l'ont fait, si jamais vous veniez à l'apprendre.

Il se passa une main dans les cheveux.

— Mais tu sais bien que nous ne ferions jamais ça !

— *Je* le sais ! Mais pas elle ! Sais-tu ce qu'elle a traversé ? Ce que ces animaux lui ont fait pendant trois ans ?

Il serra les poings et poursuivit.

— Je vais les tuer pour ça !

— Tu ne vas rien faire du tout dans l'immédiat ! Dorénavant, tu obtempèreras aux ordres.

— Si j'avais suivi le stupide ordre de Zane, Ursula serait de retour à Washington, et on ne serait nulle part. Au lieu de ça—

Samson leva une main pour l'arrêter.

— Je te le concède. Avec du recul, l'ordre de Zane était mauvais mais, étant donné les informations dont il disposait à ce moment-là, c'était la seule solution logique.

Samson se pencha alors au-dessus du bureau.

— Ça ne me dérange pas qu'Ursula soit toujours ici. En fait, je pense qu'elle pourrait se révéler utile lorsqu'on essaiera de trouver le repère de ces vampires. Mais ce qui me fait chier, c'est que tu ne m'aies pas fait assez confiance pour venir me dire ce qui se passait. Et que tu as continué à t'exposer à la tentation du sang. C'est irresponsable. De tous, tu es celui qui devrait savoir le mieux qu'un alcoolique ne peut s'occuper d'un magasin de vins et spiritueux.

Oliver sentit son sang bouillir.

— Ce n'est pas comme ça ! Je peux le gérer.

— Pendant combien de temps ? Jusqu'à ce que tu surestimes la période durant laquelle tu peux continuer sans la moindre goutte de sang ? Jusqu'à ce que ton désir devienne trop fort ? Jusqu'à ce que tu ne puisses plus avoir les idées claires, et que tu ne penses plus qu'à enfoncer tes canines dans son cou ?

Oliver sentit ses gencives le démanger à la simple pensée de s'abreuver d'Ursula, tandis qu'elle halèterait sous lui.

— Elle a besoin de moi.

— Elle représente un danger pour toi. Tu as couché avec elle ?

Oliver évita le regard de Samson.

— Ce ne sont pas tes affaires !

— Donc, c'est oui, conclut Samson. Et vous le referez. Et qu'en sera-t-il si, la prochaine fois, tu perds subitement le contrôle ? Si tu te nourris d'elle ? Tu n'as aucune idée des effets de son sang sur toi. Zane et les autres l'ont vu au club. Ces vampires étaient fous. Violents. Incontrôlables. On ne peut tolérer que cela t'arrive. Je suis désolé.

Un frisson glacial remonta lentement le long de la colonne vertébrale d'Oliver. Le front plissé, il regarda furieusement son patron.

— Qu'es-tu en train de dire ?

— Tu sais ce que je dis. Tu ne peux plus rester près d'elle. Elle t'est interdite.

— Tu ne peux pas faire ça !

Samson le regarda sérieusement.

— S'il te plaît, essaie de te mettre à ma place. Je ne t'ai pas sauvé d'une vie en tant que drogué et criminel pour te laisser glisser dans le même genre de fosse à purin que celle dans laquelle je t'ai trouvé. Tu as une vie prometteuse devant toi. N'est-ce pas cela que tu as toujours voulu ? Être l'un des nôtres ? Devenir un super garde du corps ? Avoir des missions excitantes ?

Samson dodelina de la tête et poursuivit.

— Tu gâcherais tout ça si tu la mordais et redevenais un toxico. En tant que vampire, tes désirs et tes besoins sont bien plus forts. Tu seras incapable de surmonter la dépendance, cette fois. Tu ne seras pas assez fort. C'est pourquoi je ne peux t'autoriser à la revoir.

Oliver souleva le menton, prêt pour la contre-attaque.

— Et qu'en aurait-il été si quelqu'un t'avait dit la même chose à propos de Delilah ?

Samson martela le bureau du poing.

— C'est déplacé, et tu le sais ! Tu ne peux en rien comparer Delilah avec une fille que tu as rencontrée il y a deux nuits !

Oliver bondit. Il savait qu'il avançait sur un terrain glissant, mais il n'avait rien à perdre.

— Si je me souviens bien, tu ne connaissais pas Delilah depuis beaucoup plus longtemps que je ne connais Ursula quand tu es devenu si possessif avec elle !

Lentement, tel un tigre à la traque, Samson se leva derrière son bureau.

— Je te conseille de faire très attention à ce que tu dis. Une autre parole d'insubordination, et je te raie de ton poste au sein de Scanguards. Et tu redeviendras chauffeur.

De rage, Oliver s'approcha nez contre nez avec Samson.

— Vas-y ! Mais tu ne pourras pas me garder loin d'Ursula.

— Je l'ai déjà fait. Le temps que tu rentres chez toi, elle sera partie.

Oliver tressauta. Samson l'avait piégé. Il lui avait demandé de venir chez lui afin que les autres pussent emmener Ursula à son insu.

— Va te faire foutre !

— Tu m'en remercieras plus tard.

Oliver le regarda furieusement, tourna sur les talons et sortit en courant de la maison tout en ignorant Delilah et le bébé qui jouaient dans la pièce de devant.

Il devait rentrer chez lui et les empêcher d'emmener Ursula.

26

———————

Ursula entendit la sonnette, tandis qu'elle finissait de s'habiller après une douche rapide. Mal à l'aise de se retrouver seule dans la maison avec Rose, Quinn et Blake, elle n'avait pas voulu s'attarder dans la baignoire. Blake ou Rose ne l'inquiétaient pas, mais elle se sentait déconcertée par l'irruption de Quinn dans la chambre. Il avait semblé fâché et, pour une quelconque raison, elle ne pensait pas que ce fût dû au fait de les avoir trouvés ensemble au lit. De ce qu'elle savait à propos des vampires, elle ne croyait pas qu'ils eussent des critères moraux élevés, et qu'ils se préoccupassent de qui dormait avec qui.

De plus, Oliver et elle n'avaient même pas couché ensemble, cette fois. Il l'avait simplement tenue dans ses bras durant son sommeil. Rien qu'à y penser, elle se réchauffa et se sentit en sécurité. En sécurité dans les bras d'un vampire. Trois jours plus tôt, cette pensée l'aurait encore fait rire de manière hystérique.

Un bruit dans le hall de nuit la fit brusquement tourner la tête dans cette direction et renoncer à ses pensées. Une seconde plus tard, on frappa à la porte.

— Ursula ? Es-tu habillée ? demanda Quinn.

— Oui.

La porte s'ouvrit et Quinn entra. Derrière lui, Zane fit un pas dans la chambre. La vision de ce vampire chauve lui noua l'estomac. Que voulait-il ?

— Zane est venu pour t'emmener dans un endroit sûr.

Ursula s'étrangla presque avec sa salive. Instinctivement, elle recula et se cogna les jambes contre le cadre de lit.

— Qu...oi ? bégaya-t-elle.

Elle était en sécurité, ici, avec Oliver.

Quinn eut l'air d'être désolé pour elle.

— Nous devons t'emmener ailleurs. Tu ne peux pas rester ici, ajouta-t-il.

Elle agita la tête.

— Pourquoi ? Je ne comprends pas. C'est parce que vous avez trouvé Oliver dans mon lit ? Je suis désolée, mais ce n'est pas ce que vous pensez. Nous n'avons pas—

— Ce que je pense n'a aucune importance. Et ce n'est pas à ce propos. Il lança un regard à Zane.

— Qu'est-ce qu'il y a ? S'il vous plaît ! le pria-t-elle.

Zane fit un pas vers elle.

— Tu aurais dû nous parler de la spécificité de ton sang dès le départ. Cela nous aurait épargné beaucoup de temps.

Complètement sous le choc, elle sentit son cœur s'arrêter de battre. Elle comprit soudain tout d'un coup : non seulement Zane savait qu'Oliver ne l'avait pas conduite à l'aéroport pour la mettre dans un avion à destination de Washington, mais il était également au courant pour son sang. Il connaissait son secret !

La déception et la peur s'emparèrent d'elle, et les larmes lui montèrent aux yeux. Elle tenta de les contenir.

— Non dit-elle, d'une voix étouffée.

Comment Oliver avait-il pu lui faire ça ? Comment avait-il pu manquer à sa promesse de garder son secret en sécurité ? De *la* garder en sécurité ? Elle lui avait fait confiance. Elle l'avait cru différent, bon et loyal. Soucieux d'elle. Comme elle avait été stupide de penser ça !

On ne pouvait faire confiance à aucun vampire, aussi doux ou prévenant semblât-il.

Oliver l'avait trahie.

— Je déteste Oliver ! Et je vous déteste tous ! cria-t-elle.

Zane haussa les épaules.

— Ouais, eh bien, j'en ai rien à faire. Tu nous as menti. Est-ce une façon de traiter les gens qui te viennent en aide ? Tu nous as fait perdre notre temps ! Si tu nous avais dit immédiatement à quoi nous avions affaire, nous n'aurions pas perdu ce temps.

Perdu du temps ? Elle savait ce que cela signifiait.

— Donc, vous voulez mon sang pour vous, c'est ça ?

Zane lui adressa un regard dégoûté.

— Tu rêves, ma petite ! Je n'en veux pas : je me suis lié par le sang avec ma compagne. Je ne bois que le sien. Je ne toucherais pas au tien, même si ma vie en dépendait. Tu ne comprends pas ça ?

Elle le regarda fixement, sans comprendre. Un vampire lié par le sang ne buvait que celui de sa partenaire ? Il n'attaquait pas les autres pour l'avoir ?

— Alors, vous allez juste me louer, tout comme les autres l'ont fait. Quelle différence !

Zane échangea un regard avec Quinn.

— Je ne pensais pas qu'elle était lente d'esprit mais, hé, même moi je peux me tromper parfois.

— Je ne suis pas d'esprit ! cria-t-elle, les poings sur les hanches.

— Alors, entre bien ça dans ton petit crâne : personne au sein de Scanguards ne veut boire de sang qui agit comme une drogue ! Nous ne voulons aucun toxico parmi nous. Nous avons un boulot à faire, et nous ne pouvons y arriver si nous sommes tous complètement dopés et en train de planer. Nous devons avoir l'esprit clair.

Elle écouta ces paroles, mais les crut difficilement. Pourquoi Scanguards laisserait-elle filer une chose aussi précieuse que son sang, alors qu'elle pourrait faire tant d'argent avec ? Non, ils étaient probablement en train de l'apaiser jusqu'à ce qu'ils eussent trouvé ce qu'ils allaient faire d'elle. Elle ne pouvait leur faire confiance. Elle avait commis cette erreur une fois en l'accordant à Oliver, et il l'avait trahie.

Elle ressentit un pincement au cœur en pensant à lui. Pourquoi avait-il fait ça ?

Elle laissa retomber la tête.

— Qu'allez-vous faire de moi ?

— On va t'emmener dans une maison où tu seras en sécurité.

— Pendant combien de temps ?

— Pendant le temps qu'il faudra pour retrouver les autres filles et anéantir les autres vampires, répliqua Zane.

Un sanglot déchira la poitrine d'Ursula. Et une fois qu'ils auraient les autres filles, ils pourraient lancer l'opération eux-mêmes. Était-ce ce qu'ils prévoyaient ? Ou allaient-ils vraiment les sauver, elle et les autres filles ? Si seulement elle pouvait leur faire confiance, mais ce sentiment particulier lui faisait défaut. Elle avait donné toute sa confiance à Oliver, et il en avait abusé en divulguant son secret à ses collègues.

Zane se rapprocha d'un pas.

— Et tu pourrais être utile pour débusquer tes ravisseurs.

Quinn haussa un sourcil.

— Tu veux l'utiliser comme appât ?

— Il se pourrait que nous ayons à le faire. Nous en discuterons plus tard. Maintenant, partons, dit Zane en faisant signe à Ursula.

Elle se dirigea vers la porte, la tête haute en passant à côté de Zane et de Quinn, refusant ainsi de dévoiler la douleur qu'elle ressentait en elle.

— Y a-t-il quelque chose que tu veuilles que je dise à Oliver de ta part ? demanda Quinn.

La douceur dans sa voix l'incita presque à éclater en sanglots, mais elle serra les mâchoires et regarda fixement droit devant elle dans le couloir.

— Vous pouvez lui dire d'aller en enfer.

Elle n'essaya pas de s'échapper lorsque Zane la conduisit au Hummer et lui ouvrit la portière du côté passager. Elle savait que ce ne serait qu'un gaspillage d'énergie. Il était infiniment plus rapide qu'elle et, à ce qu'il y paraissait, suffisamment méchant pour lui infliger de la douleur au cas où elle ne se conformerait pas à ses désirs. Affronter la souffrance émotionnelle qu'elle ressentait était déjà suffisamment pénible.

Et dire qu'elle avait pensé qu'elle était en train de tomber amoureuse d'Oliver. Oh Dieu, comme elle était stupide ! Et durant tout ce temps, il l'avait trompée quant à ses intentions. À la première occasion, il l'avait dénoncée à ses collègues. Comment avait-elle pu se tromper à ce point sur lui ?

— J'ai besoin que tu me donnes un peu plus de renseignements. Il y avait combien de gardes sur les lieux ? demanda Zane tout en mettant la voiture en marche.

— Il y en avait toujours quatre qui surveillaient l'étage supérieur où nous vivions toutes et où ils se nourrissaient de nous. Mais ils étaient plus nombreux.

— Combien de plus ? insista Zane.

— Au moins sept ou huit autres. Il y avait une tournante.

— Et à part toi, combien de filles ?

Elle hésita.

— Pourquoi veux-tu savoir ça ?

Il lui lança un regard de côté.

— Parce que j'ai besoin de savoir à quoi nous avons affaire.

Un sentiment de gêne rampa le long de sa colonne vertébrale. Comment exploiterait-il cette information ? Était-ce pour planifier ce qu'il y aurait à faire avec les filles ? Était-ce pour savoir où installer le magasin une fois que Scanguards les aurait *libérées* ?

— Je t'ai posé une question.

— Je ne sais pas combien.

Il serra les dents.

— Parle ou je te fais parler.

Elle ne douta nullement qu'il le fît, et elle savait également qu'elle n'avait plus assez de force pour le combattre.

— Je ne peux en être sûre, une douzaine, mais il y a une fille que je n'ai pas vue depuis un certain temps. Je ne peux jurer qu'elle soit toujours vivante. Et il y en a deux nouvelles qui sont arrivées récemment. Mais je pense que c'est douze.

— Toutes des Chinoises ?

Ursula hocha la tête.

— Bien.

Zane redevint ensuite silencieux. Il n'était visiblement pas le gars à faire un brin de causette. Et heureusement, elle n'en était pas d'humeur non plus.

Durant le reste du voyage, elle regarda par la fenêtre. Lorsque Zane arrêta le Hummer, juste quelques minutes après avoir quitté la maison de

Quinn, elle examina les environs. Ils étaient garés devant un grand bâtiment faisant le coin. À ce qu'elle pouvait en dire, il avait quatre étages et semblait avoir été construit vers le début du siècle, ou peut-être quelques années plus tard.

Zane lui fit signe de sortir de la voiture. Ursula referma la portière derrière elle et observa la grande porte d'entrée. Une plaque en laiton était apposée au mur à côté de celle-ci. Lorsqu'elle atteignit la porte, Zane à ses côtés, elle la lut. *Services exécutifs*, y était-il gravé. Zane actionna la sonnette, tandis qu'elle se demandait quel genre d'activité se cachait derrière ces élégantes portes.

L'interphone crépita.

— Oui ?

— Zane pour Vera.

La sonnerie retentit, Zane poussa la porte et la tint ouverte pour Ursula. Hésitante, elle fit un pas à l'intérieur. Un élégant et opulent vestibule menant à un majestueux escalier l'accueillit. À sa gauche, il y avait une sorte de salon duquel une douce musique et des voix lui parvinrent. Tout le long du côté droit, elle remarqua plusieurs portes.

Tout en continuant d'examiner les lieux, Ursula suivit Zane, lequel se rapprochait du grand escalier dominant l'extrémité du vestibule. Tandis qu'elle passait devant le salon, elle ralentit le pas et affûta sa vision. Des femmes dans des robes au décolleté suggestif se rapprochaient des hommes assis sur de confortables fauteuils et canapés. Elle se focalisa sur un couple. Tandis que l'homme buvait son verre, la belle femme de couleur à ses côtés lui enroula la jambe autour des hanches tout en lui frottant l'entrejambe.

Ursula jeta un regard vers les gens assis sur un autre canapé pas très loin de celui-là. Le même tableau se présenta. La femme était en train d'ouvrir la chemise de l'homme, glissait la main à l'intérieur, tandis que lui, à la vue de tous, lui baissait la fine bretelle de l'épaule et lui enrobait subitement le sein dénudé.

Ursula se tourna vers Zane et le regarda furieusement.

— Ohhh ! Tu m'as amenée dans un bordel ! Comment as-tu osé ?

Elle ne se serait jamais attendue à une telle cruauté, pas même de la part de Zane mais, apparemment, sa capacité à évaluer les gens laissait à désirer. Zane *était* cruel au point de la conduire dans le même genre d'endroit que celui duquel elle venait juste de s'échapper. Que la marchandise fût, ici, le sexe plutôt que le sang importait peu. C'était toujours la même chose.

Zane haussa les épaules, comme s'il ne comprenait même pas son objection.

— C'est sûr. Et c'est géré par une alliée. Mais le plus important, c'est que personne ne se doutera que tu es ici.

Au bruit des pas qui provenaient de l'escalier, Ursula tourna la tête. Une magnifique femme chinoise dans un élégant tailleur en descendait, la démarche aussi gracieuse que celle d'une princesse. Ses cheveux noirs étaient relevés sur le haut de sa tête, et son visage était mis en valeur par un maquillage subtil qui faisait ressortir ses yeux expressifs. Elle semblait ne pas avoir plus de trente ans.

D'une voix rauque, elle salua le vampire.

— Zane.

Ce dernier hocha simplement la tête avant de désigner Ursula.

— Vera, merci d'avoir accepté. Voici Ursula.

Vera laissa courir les yeux sur la jeune femme et l'inspecta sous toutes les coutures.

— Ainsi, c'est toi la spéciale. Je suis Vera. Je gère cet établissement.

Elle tendit la main, et Ursula se sentit obligée de la lui serrer. En dépit de cet acte de politesse, elle ne put se retenir de faire un commentaire.

— Donc, vous êtes mon nouveau gardien de prison.

— Aïe ! répondit Vera de manière théâtrale en pressant une main contre sa poitrine avant de regarder Zane. Que lui as-tu fait pour qu'elle ait une si mauvaise opinion de nous ?

Zane grogna.

— Rien.

— Je vois. Tu t'es donc montré agréable, comme d'habitude.

Lorsque Zane la regarda de nouveau, Ursula voulut presque sourire. Vera n'avait visiblement pas peur de lui. Elle-même devait être un vampire. Aucun humain n'oserait énerver Zane. Et peu de vampires s'y risqueraient également.

— Comme Samson l'a demandé : garde-la ici, ne la quitte pas des yeux et ne lui laisse aucun accès à un téléphone ou à tout autre moyen de communication. Elle ne doit avoir aucun contact avec qui que ce soit de Scanguards, et Oliver en particulier.

Vera haussa les paupières.

— Oh ? Qu'est-ce que ce pauvre garçon a fait, maintenant ?

Ursula soupira en entendant cela. Pauvre garçon ?

— Con ! lâcha-t-elle, dans un souffle. Tout d'abord il l'avait séduite et, ensuite, il l'avait trahie.

— Oh, je vois. Bien, je m'en occupe. Je prendrai bien soin d'elle.

Sans autre mot, Zane se retourna et s'en alla. Lorsque la porte d'entrée se referma, Vera posa une main sur le bras d'Ursula et lui désigna le haut des escaliers.

— Je fais préparer une chambre pour toi au dernier étage. Elle est très sûre et confortable.

Ursula lui jeta un regard oblique.

— Vous voulez dire que je ne pourrai pas m'échapper.

Vera la gratifia d'un regard de réprimande.

— Allons, allons. Pourquoi si hostile ? Je prévoyais de te traiter comme une invitée. Si tu préfères plutôt être traitée comme une prisonnière, toutefois, ça peut s'arranger.

Ursula pinça les lèvres.

— Écoute, ma chère, on m'a dit ce que tu as traversé, et c'est quelque chose que je ne souhaiterais à personne. Mais ça s'est produit, et tu dois lâcher prise. Je te regarde, et je me vois à ton âge.

Elles atteignirent le deuxième étage et empruntèrent la volée d'escaliers suivante.

— C'est seulement que j'étais enceinte à cette époque, admit Vera.

Étonnée, Ursula la regarda.

— Mais vous êtes un vampire, n'est-ce pas ? Si vous connaissez tout ceci à mon sujet et que vous êtes associée à Scanguards, vous devez être l'une d'entre eux.

Elle sourit.

— Oui, naturellement. Mais, auparavant, j'étais humaine. Et jeune, comme toi.

— Vous êtes toujours jeune. Regardez-vous.

— Ma coquille est jeune, mais à l'intérieur, j'ai vieilli. J'ai eu du chagrin pour l'enfant que je n'ai jamais pu élever. Et les années que j'ai gaspillées à essayer d'obtenir vengeance pour le mal qu'on m'a fait. Ne commets pas les mêmes erreurs que moi. Il est temps de vivre.

Ursula baissa les paupières.

— J'aimerais que ce soit si facile. Mais je ne suis pas seule là-dedans. Il y en a d'autres comme moi et, tant qu'elles souffriront, je souffrirai.

Elle n'avait pas oublié les femmes qui étaient devenues ses sœurs durant toutes ces années, les femmes qui avaient enduré les mêmes difficultés qu'elle.

— Laisse Scanguards s'en occuper, rétorqua Vera en ouvrant la porte et en faisant signe à Ursula d'entrer.

Une jeune femme mettait la touche finale au lit avant de se rendre dans la salle de bains adjacente.

— Vous faites confiance à Scanguards ? demanda Ursula.

— Entièrement. Ils sont honnêtes et fiables. Tu ne trouveras personne avec une plus grande éthique que les hommes qui travaillent pour Scanguards.

Ursula souffla d'indignation au moment où la jeune femme sortait de la salle de bains.

— Bien, si c'est le cas, je suppose alors qu'Oliver est une pomme pourrie dans le panier !

— Oliver ? demanda Vera, visiblement étonnée, tout comme l'autre femme qui stoppa net tout mouvement et la regarda. Oliver est l'homme le plus doux qu'on puisse désirer. Plein d'intégrité, d'honneur et—

— intégrité ? Ha ! Il m'a trahie à la première occasion !

Vera haussa les sourcils et se retourna sur la fille qui avait fait la chambre.

— Tout est fait ?

— Oui, Vera. Le linge est frais, et il y a des serviettes chaudes dans la salle de bains. Tout est propre.

Vera hocha la tête.

— Merci, Karen, c'est très aimable de ta part d'aider. Je sais que ce n'est pas ton travail.

— Ça ne me dérange pas.

Karen quitta la chambre et referma la porte derrière elle.

Dès l'instant où elles se retrouvèrent seules, le visage de Vera redevint sérieux.

— Je suis désolée que tu ressentes ça à propos d'Oliver. Peut-être as-tu vu une face de lui que je ne connaissais pas. Quoi qu'il en soit... , dit-elle en désignant la table de nuit. C'est un téléphone interne, il n'est relié qu'à cet immeuble, forme juste le zéro, et un membre du personnel t'apportera ce dont tu as besoin. Il y a tout un choix de vêtements dans la penderie. Je crains que certains ne te plaisent pas, mais il y a quelques simples chemises de nuit et t-shirts parmi ceux-ci qui te siéront.

Vera se tourna vers la porte.

— Je suis désolée. Je ne suis pas fâchée contre vous, s'excusa Ursula, se sentant mal du fait que la femme se fût montrée ouverte et amicale tandis que, jusqu'ici, elle n'avait fait que se plaindre. Je suis juste...

— Pas besoin d'expliquer. Ce ne sont pas mes affaires, j'en suis sûre.

Lorsque la porte se referma derrière Vera, Ursula se jeta sur le doux double-lit et permit à ses larmes de couler librement. Tout ce à quoi elle pouvait penser, c'était à Oliver et au fait qu'il l'eût trahie.

27

Oliver courait plus vite qu'il ne l'avait jamais fait. La vitesse d'un vampire pouvait atteindre soixante kilomètres à l'heure sur de courtes distances, et il en était à présent heureux. Qu'on pût l'apercevoir et remettre sa propre santé mentale en question ne le dérangeait pas. Tout ce qui l'intéressait, c'était de rentrer à la maison avant qu'Ursula ne fût emmenée par ses collègues.

Son cœur battait comme un marteau piqueur, et ses poumons accueillaient et expulsaient rapidement l'air, tandis qu'il tournait finalement dans sa rue et montait en courant les escaliers menant à la porte d'entrée de sa maison. Il enfonça la clé dans la serrure, ouvrit la porte et débaula dans le vestibule.

— Ursula ? Ursula ? cria-t-il.

Aucune réponse. La bête en lui hurla de frustration.

— Ursula, où es-tu ? répéta-t-il en courant vers les escaliers.

Il aperçut alors un mouvement sur la droite. Il fouetta la tête dans cette direction.

Quinn se tenait à la porte du salon, les mains enfoncées dans ses poches.

— Elle est partie.

Furieux, Oliver fonça sur Quinn et le propulsa contre le chambranle.

— Où est-elle ?

Son père créateur le repoussa sans difficulté.

— Ils l'ont emmenée dans un endroit sûr.

— Où ?

— Je ne peux pas te le dire.

Oliver plissa le front.

— Tu ne peux pas ou tu ne veux pas ?

— Les deux.

— Alors, tu es contre moi.

Quinn agita la tête et lui adressa un regard sévère.

— Je te protège. Dans l'état où tu es, on ne peut pas deviner ce que tu vas faire. Crois-tu vraiment que je vais laisser cette sorte de tentation juste sous ton nez et t'observer en train de te détruire ? Je ne t'ai pas créé pour te voir faire n'importe quoi de ta vie !

— Tu n'as aucune idée de ce qui se passe en moi !

Il remarqua que Rose et Blake étaient sortis du salon.

— Aucun de vous ! Vous n'avez aucune confiance en moi ! Je peux prendre mes propres décisions. Mais vous ne croyez pas que je puisse résister à la tentation. Vous me pensez faible ! Je ne suis pas un enfant, bon Dieu ! Je sais ce qui est bien et mal ! Mais vous croyez tous que vous devez penser pour moi ! Accordez-moi du putain de crédit ! Tout ce que je voulais, c'était votre soutien et votre amour ! Et au lieu de cela, vous m'étouffez ! Vous me traitez comme un jeune délinquant sur le point de commettre un crime ! Bon sang ! Je n'allais jamais faire de mal à Ursula ! Je me soucie d'elle !

Il prit une inspiration pour se remplir les poumons avant de poursuivre.

— Elle me faisait confiance ! Et maintenant ?

Il savait ce qu'Ursula pensait de lui, à présent. Il n'avait pas besoin d'être neurochirurgien pour le deviner. Elle le détestait, il en était sûr, parce qu'elle croyait qu'il avait trahi sa confiance en rompant sa promesse. Il avait juré de protéger son secret.

Oliver pointa Quinn du doigt.

— S'il lui arrive quoi que ce soit, je t'en rendrai responsable.

Ensuite, il se retourna et courut vers la porte qui menait au garage. Il descendit les escaliers, sauta dans le petit monospace et démarra en trombe pour s'enfoncer dans la nuit. Il devait trouver Ursula.

Il atteignit les quartiers généraux de Scanguards dans la Mission peu de temps après et entra dans le parking souterrain à l'aide de sa carte d'accès. Après s'être garé sur l'emplacement qui lui était assigné, il prit l'ascenseur jusqu'à l'étage auquel se trouvait la direction. Lorsque les portes de l'ascenseur s'ouvrirent, il remarqua l'intense activité qui faisait bourdonner, telle une ruche, cet étage habituellement tranquille.

Oliver s'approcha de la grande salle de réunion où plusieurs de ses collègues vampires attendaient. Il tapa sur l'épaule de l'un d'entre eux.

— Que se passe-t-il, Jay ?

— Zane a convoqué l'assemblée. Il semble qu'on ait des infos sur ces fous qui sont la cause de nos patrouilles en ville. Selon la rumeur, Zane en a capturé un la nuit dernière. Je suppose qu'on va nous attribuer de nouvelles missions.

Oliver hocha la tête. Il savait déjà qu'ils avaient attrapé une des sangsues, terme utilisé par Ursula pour désigner ces vampires qui avaient fréquenté le bordel de sang.

— Ce n'est pas une rumeur. Où est Zane maintenant ?

Jay haussa les épaules.

— Aucune idée, dit-il en jetant un coup d'œil sur sa montre. La réunion est censée commencer dans quinze minutes.

Le vampire sourit en voyant la foule qui s'était déjà formée.

— Tout le monde se lèche déjà les babines tant ils sont désireux d'avoir un peu d'action, poursuivit-il.

— Je vois ça, répliqua Oliver.

Cela signifiait au moins que Scanguards s'engageait pleinement en essayant de découvrir où le bordel de sang avait été délocalisé. Cela l'incita à se sentir très légèrement mieux. Mais là n'était pas sa priorité, en ce moment. Découvrir l'endroit où se trouvait Ursula l'était.

— As-tu vu Thomas ?

Jay lança brusquement le pouce par-dessus l'épaule.

— Probablement dans son bureau.

— Merci !

Oliver descendit le couloir et s'arrêta devant le bureau de Thomas. Il frappa brièvement.

— Entre, entendit-il dire Thomas.

Il appuya sur la poignée de porte, poussa celle-ci et s'engouffra rapidement dans la pièce. Thomas quitta l'écran de l'ordinateur des yeux.

— Euh, je pensais bien que tu finirais par te montrer.

— Où est-elle ?

Thomas siffla entre ses dents.

— Quoi, aucune civilité ? Tu es devenu franchement grossier depuis ta transformation !

Le front plissé, Oliver regarda furieusement Thomas.

— Eh bien, nous ne pouvons pas tous être aussi gentils qu'Eddie, n'est-ce pas ?

L'expression de Thomas vira au mécontentement.

— Si tu penses qu'en me faisant chier, tu vas me faire dire où se trouve Ursula, tu es plus mauvais stratège que je ne le pensais.

Oliver posa les mains sur le bureau et se pencha par-dessus.

— Où la caches-tu ? Ici dans le bâtiment ? Dans une des cellules ?

Cette pensée lui envoya un frisson dans le bas de la colonne vertébrale. Savoir qu'Ursula était enfermée quelque part le mettait en colère. Dès lors, ses gencives le démangèrent, ses canines étant désireuses de descendre.

— Tu nous crois stupides à quel point ? Penses-tu que nous la cacherions à la vue de tous, où tu pourrais simplement débarquer avec ta carte d'accès pour te rendre auprès d'elle ?

— C'est pour ça que Zane n'est pas encore revenu ? Parce qu'il est sorti pour la cacher quelque part ?

Thomas ne céda pas. Il avait trop d'expérience pour lâcher une quelconque info. Néanmoins, Oliver le savait : Zane était celui qui avait emmené Ursula.

— Quelle importance ? Ce qui compte, c'est que tu sois en sécurité.

Oliver rit amèrement.

— En sécurité ? De quoi ? Son sang ? Tu ne comprends pas ? Je ne la mordrai pas. Je le lui ai promis. Penses-tu que je lui ferais ce que ces trous-du-cul lui ont fait ? L'utiliser pour son sang ?

Ce qui ne voulait pas dire qu'il ne voulait pas son corps, sous lui, haletant sous l'extase.

— Tu dis ça maintenant, mais attends que la tentation soit trop forte, dit Thomas en se redressant. Si ça ne te dérange pas, je dois assister à une réunion. Et tu ferais bien de te joindre à nous. Après tout, c'était ta première affaire. Si seulement tu nous avais dit la vérité à propos d'Ursula quand tu l'as découverte, ce serait toujours ton affaire. Dis-moi, Oliver, où va ta loyauté ? À nous ou à elle ?

Thomas pressa alors quelques touches de son clavier, verrouillant vraisemblablement l'écran de son ordinateur et sortit du bureau sans attendre la réponse.

Analysant les paroles de Thomas, Oliver laissa tomber la tête et scruta ses chaussures. Scanguards était sa vie et sa famille. Mais au cours des dernières heures, il s'était pratiquement battu avec chaque membre de cette famille élargie et leur avait dit, en gros, qu'il les détestait tous. Tout ça à cause d'une femme. Il n'avait jamais pensé que ça en arriverait là. Il n'avait jamais cru qu'une femme eût pu s'interposer entre lui et Scanguards.

Sachant qu'il devait faire quelque chose, il quitta le bureau de Thomas et, d'un pas raide, longea le couloir. Il s'arrêta dans son élan lorsqu'il vit la porte de secours ouverte. Une seconde plus tard, Blake apparut, se dirigeant furtivement vers l'étage de la direction.

Oliver regarda autour de lui afin de vérifier que personne n'eût déjà aperçu son demi-frère. Il alla vers lui. Blake tressauta à la vue d'Oliver, mais il se reprit rapidement.

— Tu es fou ? demanda Oliver sous sa barbe en tirant son demi-frère dans un coin où un réfrigérateur et quelques étagères étaient entreposés. Tu ne peux pas venir ici.

— Quand tu es parti comme une furie, je me suis senti mal. Je veux juste aider, répondit Blake pour se justifier.

Oliver se passa une main dans les cheveux.

— Tu ne peux pas. Cette affaire est strictement réservée aux vampires.

— Bon sang, je peux aider. J'en sais suffisamment pour être utile. Il doit y avoir quelque chose que je puisse faire.

Les sourcils d'Oliver se froncèrent davantage.

— Tu peux trouver Ursula ; voilà ce que tu peux faire.

Quoiqu'il sût que Blake avait encore moins de chance que lui de la trouver.

— Mec, je ne pensais pas un seul instant qu'ils allaient tout simplement l'emmener. Ça ne paraît pas juste. Tu étais le premier à l'avoir protégée.

Quelque peu surpris que son demi-frère se mît de son côté, Oliver hocha la tête.

— Effectivement. Elle me fait confiance. Peux-tu imaginer ce qu'elle doit penser, maintenant ?

— Mais Zane ne nous dira jamais où il l'a emmenée. Tu le connais.

— Hmm.

— Qui d'autre est au courant ?

D'un signe de tête, Oliver désigna le couloir derrière lui.

— Thomas. Mais il ne parle pas. J'ai déjà essayé. Malheureusement, il ne te dira rien non plus.

Soudain, Blake grimaça.

— Mais il pourrait le dire à Eddie.

— Eddie ? répéta Oliver, tandis qu'il avait l'impression qu'une ampoule s'allumait au-dessus de sa tête. Mon dieu, tu as raison. Pourquoi n'y ai-je pas pensé ? Thomas dirait n'importe quoi à Eddie. Tout le monde sait qu'il craque pour lui.

Un mouvement sur la gauche incita Oliver à tourner brusquement la tête.

Il fixa les yeux grands ouverts d'Eddie.

— Oh merde ! jura Oliver.

Blake souffla fortement.

Depuis un certain temps, ce n'était un secret pour personne que Thomas nourrissait plus qu'une simple amitié envers le jeune vampire qui vivait avec lui. Tout le monde pouvait le voir, même si Thomas s'évertuait à essayer de réprimer ses sentiments pour le jeune hétérosexuel. Le seul qui ne fût pas au courant, c'était Eddie, lui-même. Enfin, jusqu'à maintenant.

Eddie le regarda fixement, figé sur place et choqué au plus profond de lui-même.

— Thomas... il...

Eddie agita la tête, comme s'il essayait de se débarrasser de ces mots. Il semblait affolé.

— Écoute, Eddie, oublie ce que tu as entendu.

Les muscles du cou d'Eddie se bombèrent.

— Bordel, comment crois-tu que je puisse simplement oublier ça ?

— Crois-moi, Thomas est un homme honorable. Il n'agira jamais sur base de ses sentiments, puisqu'il sait qu'ils ne sont pas réciproques.

Merde ! Non seulement il n'obtiendrait pas d'Eddie qu'il glanât des informations auprès de Thomas mais, de surcroît, il se retrouvait à défendre ce dernier, alors qu'il était énervé contre lui pour s'être vu refuser toute info concernant Ursula. Mais ce qu'il disait à Eddie était la vérité : Thomas ne lui ferait jamais d'avances. Il avait gardé ses sentiments secrets depuis la transformation de son jeune protégé, et il n'y avait aucune raison de penser qu'il eût jamais essayé de mettre le jeune vampire mal à l'aise en lui dévoilant ses sentiments.

— Dieu, j'aurais préféré ne jamais le découvrir.

— Je suis désolé, dit Oliver.

Il posa une main sur l'épaule d'Eddie en vue de le calmer, mais le jeune homme le repoussa.

— Ne me touche pas !

Eddie se retourna et s'en alla.

Oliver échangea un regard avec Blake, lequel semblait tout aussi ébranlé que lui par cet incident.

— Putain ! jura de nouveau Oliver.

Il avait semé la pagaille. Une pagaille royale. Comment allait-il pouvoir arranger tout ça ?

28

———————

près avoir convaincu Blake qu'il était imprudent de demeurer à l'étage de la direction et après s'être assuré que ce dernier fût parti de la manière dont il était arrivé, Oliver se dirigea vers la salle de réunion. La séance avait déjà commencé. Le moins qu'il pût faire, à présent, était de voir s'il pouvait aider à appréhender les vampires qui géraient le bordel de sang. Après tout, il détenait des informations qu'il n'avait pas encore partagées avec ses collègues. Cela ne signifiait pas pour autant qu'il cesserait de rechercher Ursula.

Oliver s'arrêta devant la porte ouverte de la salle de réunion et scruta l'intérieur. Environ une douzaine de vampires étaient rassemblés et, puisqu'aucun siège n'était disponible, il demeura debout près de la porte.

Entretemps, Zane était arrivé. Thomas et lui dirigeaient la réunion, informant les vampires réunis de ce qu'il s'était passé dans la boîte de nuit et de tout renseignement qu'Ursula avait pu leur fournir à propos du bordel de sang. Des murmures d'étonnement se firent entendre dans la foule.

— Nous devons supposer qu'une petite gorgée du sang de ces femmes peut vous rendre dépendants, continua Zane.

— Je ne suis pas de ton avis, interrompit Oliver, attirant ainsi l'attention de l'assistance sur lui.

— Ainsi, tu as décidé de te joindre à nous, après tout, dit Thomas.

Oliver ignora cette pique et fixa de nouveau Zane du regard.

— Un peu plus tôt dans la soirée, j'ai rencontré un ancien client du bordel.

— Pourquoi n'en sommes-nous informés que maintenant ? ronchonna Zane entre ses dents.

— Si vous n'aviez pas été si occupés à me mettre à l'écart, dans le but de kidnapper Ursula derrière mon dos, peut-être que je vous l'aurais dit plus tôt !

D'un geste de la main, Zane lui indiqua de se taire.

— Ceci ne regarde personne. Alors, viens-en au fait, à moins que ce ne soit une autre tentative pour nous convaincre de te laisser la voir.

Oliver plissa le front, mais décida de ne pas le combattre sur ce point. Il y aurait du temps pour cela, plus tard.

— Le vampire était une sangsue. C'est comme ça que les filles du bordel appelaient les clients. Très approprié, je trouve. Il prétendait n'avoir visité le bordel qu'une seule fois, et je n'ai pu distinguer aucun signe de dépendance.

Zane souffla comme s'il ne le croyait pas.

— Quoi d'autre ?

— Il était coopératif et a accepté de nous contacter si on lui communique le nouvel emplacement du bordel.

— Comment as-tu pu vérifier qu'il était un ancien client ? Comment l'as-tu trouvé puisque, selon toi, il ne montrait aucun signe de dépendance ou un comportement qui se démarquait ?

— J'ai trouvé son portefeuille.

Zane haussa un sourcil.

— Où ?

— Dans le bâtiment à Hunter's Point.

— Le bâtiment était vide.

— Pas tout à fait, répliqua Oliver, il y avait un portefeuille à l'intérieur. Ursula l'avait dérobé à un client et l'avait ensuite caché sous le plancher de sa prison. Je l'y ai ramenée pour le chercher.

— Quand tu étais censé la conduire à l'aéroport, ajouta Zane.

Oliver croisa les bras sur sa poitrine et écarta les jambes.

— Ce qui, nous le savons tous, était la mauvaise décision. Si j'avais fait ça, je n'aurais ni trouvé le portefeuille ni la sangsue.

Mais Zane ne mordit pas à l'hameçon et demeura d'apparence calme.

— Et quand allais-tu nous présenter les preuves ?

— Ne suis-je pas en train de le faire, maintenant ?

— Après cette réunion, je veux te voir dans mon bureau, seul.

Zane regarda alors de nouveau les vampires de l'assemblée.

— Maintenant, au boulot. Nous n'avons encore aucune info concernant l'endroit où ils pourraient avoir déménagé, mais nous supposons qu'ils sont toujours dans le secteur de la Baie, parce que c'est là que se trouvent leurs clients.

Il pointa du doigt un des vampires dans l'assistance.

— Jay, tu vérifieras les antécédents de ce Michael Valentine que nous avons appréhendé. Nous le détenons toujours prisonnier. Fouille son appartement, son courrier, son ordinateur ; regarde dans son téléphone, ses carnets d'adresses, et tout ce que tu pourras trouver. Regarde s'il a reçu quelque chose depuis ces deux derniers jours qui pourrait nous indiquer à quel endroit le bordel a été déplacé.

Jay hocha la tête.

— C'est comme si c'était fait.

— Benjamin, que Jay te donne la liste de tous les amis et connaissances de Valentine. Ensuite, Andrew et Greg, vous vous renseignerez sur tous les noms de cette liste pour voir si certains d'entre eux sont aussi des clients du bordel de sang. Dans l'affirmative, mettez-leur la pression et faites-les parler. Voyez s'ils ont reçu des messages ou des mails mentionnant la nouvelle adresse du bordel. Nous devons trouver cet endroit. Une douzaine de femmes y sont toujours prisonnières. Nous devons les en sortir. Rapidement.

Zane laissa alors ses yeux parcourir l'assemblée.

— Le reste d'entre vous continue à patrouiller normalement à la recherche de ces... *sangsues*. Allez dans les clubs et surveillez tout particulièrement les vampires qui se nourrissent de femmes asiatiques ou qui parlent même avec elles. De ce que nous en savons, elles-seules semblent posséder ce sang. Si vous le devez, faites quelques allusions et prétendez que vous savez où un vampire peut se doper. Assurez-vous d'avoir du renfort. Est-ce bien clair ?

Plusieurs d'entre eux répondirent par un « oui » retentissant ; d'autres hochèrent simplement la tête.

Ayant remarqué l'approche d'Eddie, Oliver jeta un coup d'œil sur le côté. Le jeune homme regarda dans la pièce et épingla Thomas du regard, lequel se tenait dans un coin et parlait à Zane, tandis que les autres vampires se levaient de leurs chaises.

Comme s'il pouvait sentir les yeux d'Eddie sur lui, Thomas tourna la tête et le regarda. Il y eut un temps mort assez embarrassant avant qu'Eddie ne fît demi-tour et ne partît.

Après la réunion, Thomas se dirigea vers Oliver tout en regardant longuement dans le couloir par lequel Eddie avait disparu.

— J'ai besoin du nom et de l'adresse de ce vampire que tu as trouvé.

Oliver hocha la tête.

— Tu as quelque chose pour écrire ?

Thomas lui tendit son bloc-notes et son stylo, et Oliver commença à griffonner les informations.

— Quelque chose qui ne va pas avec Eddie ? demanda nonchalamment Thomas.

Oliver fut content d'être toujours en train d'écrire l'adresse afin de ne pas avoir à regarder Thomas pendant qu'il lui répondait.

— N'ai rien remarqué.

Se sentant toujours mal à propos de ce qu'Eddie l'avait surpris en train de dire, il remit le bloc et le stylo à Thomas et changea de sujet.

— Ne montre pas à Corbin que tu vérifies ses antécédents. Il est coopératif, donc ne bousille pas les progrès que j'ai déjà faits.

— Je ne suis pas un amateur.

Un instant plus tard, Oliver se tenait dans le bureau de Zane, tapant du pied en attendant que le vampire chauve fît son apparition. Il savait qu'il allait se prendre un savon, mais il se souciait peu de ce que Zane avait à lui dire.

Il ne dut pas attendre longtemps. Zane fit irruption dans le bureau et claqua la porte derrière lui, rappelant ainsi à Oliver de quelle humeur il était. Dire qu'il était énervé était un euphémisme.

Zane l'épingla du regard.

— Insubordination. Rétention de preuves. Refus de suivre les ordres...

— Tu te répètes. Insubordination et refus de suivre les ordres sont, je crois, la même chose.

Oliver savait qu'il marchait sur un terrain glissant, mais il ne pouvait s'en empêcher. Zane avait besoin de descendre de ses grands chevaux.

— Oh, tu te crois si intelligent ! Qu'est-ce qui t'est arrivé, Oliver ? Qu'est-ce qui est arrivé au gentil jeune garçon qui ne pouvait rien faire de mal ? Qui nous respectait ?

Oliver mit les poings sur les hanches.

Ce gars est devenu comme toi, et il a réalisé que tu es entièrement fait de chair et d'os, tout comme le reste d'entre nous. Tu n'es pas mieux que moi ! Tu es juste un plus gros connard ! Alors, vas-y, sois toi-même ! Comporte-toi comme un abruti, comme tu le fais toujours, et finissons-en avec ceci. Tu veux me passer un savon ? Frappe-moi ! Je m'en fous !

L'affrontement dura quelques secondes. Zane soupira enfin.

— Tu n'as pas du tout changé ! Tu es toujours une tête brûlée, tout comme quand tu étais humain. Sauf qu'à l'époque, tu avais un peu de respect pour nous. Ou peut-être avais-tu peur de nous.

— Je n'ai jamais eu peur de vous, siffla Oliver.

— Bon, alors il est temps de s'assurer que tu aies peur de nous, maintenant. Donc, laisse-moi te dire ceci : si tu ne te conformes pas aux règles maintenant, tu peux dire au revoir à ton job et à ta collaboration avec Scanguards. Les ordres proférés par un supérieur de Scanguards doivent être suivis. C'est comme ça pour tout le monde, y compris toi !

Oliver croisa les bras sur sa poitrine.

— C'est marrant, venant de toi. Etant donné qu'il n'y a pas si longtemps, tu défiais les ordres directs de Gabriel et de Samson pour être avec Portia.

La poitrine de Zane se souleva.

— Laisse Portia en dehors de ça !

Satisfait d'avoir touché un point sensible, Oliver poursuivit.

— C'est la même chose. Donc, ne me fais pas croire que je suis le premier dans cette compagnie à avoir jamais défié un ordre, sachant que ce dernier n'était pas correct. De tous, toi tu devrais le comprendre. Mais non, tu es soudain devenu guindé. Quand as-tu cessé d'utiliser tes tripes pour savoir ce qui est bien ou mal ?

— Ne me dis pas qui tu crois que je sois ! tonna Zane. Je sais ce que tu essaies de faire, et ça ne marche pas. Je ne te dirai pas où elle est. Aucune discussion là-dessus. Tu n'es pas en condition pour te retrouver dans ses parages. Son sang te détruira. Et nous tous au sein de Scanguards, nous nous soucions trop de toi pour laisser une chose pareille se produire.

— Vous avez une drôle de manière de le montrer ! bougonna Oliver en se tournant vers la sortie.

Zane n'eut pas le temps de l'arrêter. Oliver franchit la porte et la claqua encore plus fort que Zane ne l'avait fait, quelques instants auparavant.

29

Une sonnerie persistante pénétra son sommeil. À l'aveuglette, Oliver tendit la main vers son réveil et tapa la main sur le bouton d'arrêt momentané. Mais la sonnerie ne s'arrêta pas. Il se força à soulever une paupière et regarda le réveil. Il était seulement trois heures de l'après-midi. Qui l'avait réglé sur cette heure-là et, bon sang, pourquoi ne s'arrêtait-il pas ?

Il se força à s'asseoir et jeta un coup d'œil dans la chambre plongée dans l'obscurité. À chaque seconde plus éveillé, il finit par réaliser que la sonnerie ne provenait pas du réveil, mais du tas sur lequel il avait jeté ses vêtements lorsqu'il était rentré à la maison peu de temps avant le lever du soleil.

Il se précipita vers celui-ci et extirpa son téléphone portable de la poche de son jeans.

— Oui ? répondit-il sans même vérifier l'identité de l'appelant.

— Hé, Oliver, roucoula une voix féminine.

— Euh ? Qui est-ce ?

On gloussa à l'autre bout de la ligne.

— C'est Karen, bien sûr. Ne me dis pas que tu dormais.

— Hé, Karen, répondit-il rapidement.

Karen était l'une des filles de Vera, probablement la plus bavarde de toutes, et elle ne savait pas du tout qu'il était un vampire. Aucun de ceux qui fussent au courant de ce qu'il était n'osait l'appeler durant la journée.

— Je me suis couché tard. Quoi de neuf ?

Voulait-elle qu'il passât chez Vera ce soir ? Quoiqu'il fût un régulier de l'établissement, toutes les filles là-bas savaient qu'il n'y venait jamais pour le sexe. Il aimait simplement traîner avec Vera et flirter avec les femmes à son service. Même s'il avait reçu d'innombrables offres de plusieurs de ces femmes, des baises gratuites pour ainsi dire, il n'en avait jamais accepté aucune. Il ne commencerait pas maintenant.

— On ne t'a pas vu de la semaine. Tu nous trompes ?

— Est-ce que je te ferais ça ?

Il se força à glousser même s'il voulait retourner dormir pour être frais au coucher du soleil et continuer à rechercher Ursula. La nuit précédente, il s'était arrêté chez Amaury et n'y avait trouvé que Nina, seule. Après cette visite, il avait éliminé leur maison en tant que cachette pour Ursula et était parti chez Zane. Le chien était seul à la maison. Il avait sonné, et personne n'avait répondu. Après avoir grimpé à l'escalier de secours et jeté un coup d'œil par les fenêtres de l'étage supérieur, il en avait conclu qu'il n'y avait, là non plus, aucune trace d'Ursula. En outre, sachant qu'elle essaierait probablement de s'échapper, Zane ne l'aurait jamais laissée seule dans sa maison.

La voix de Karen revint alors vers lui.

— ... donc, j'ai pensé à t'appeler.

Merde, il avait manqué la moitié de la conversation !

— Mmm, répondit-il, se demandant ce qu'elle lui avait dit.

— Alors, quel est le problème ? Pourquoi ne t'aime-t-elle pas ?

Confus, Oliver se gratta la tête.

— Qui ?

— Cette fille, bien sûr. Est-ce que tu as écouté ?

— Naturellement. Quelle fille ?

Si c'était l'une de ses histoires interminables, il devait alors inventer une excuse pour se sortir de cette conversation sans intérêt.

— Écoute, je dois y aller, poursuivit-il.

— Allez, dis-le-moi. Est-ce qu'elle t'a fait des avances et s'est énervée parce que tu n'aimes pas les Chinoises ?

Oliver fut immédiatement à l'affût.

— Chinoise ? De quoi elle a l'air ?

— Bien, d'une Chinoise, bien sûr. Longs cheveux noirs. Jolie.

Pouvait-il être si chanceux ? Karen parlait-elle d'Ursula ?

— Qu'est-ce qu'elle t'a dit ?

— Eh bien, elle ne *me* l'a pas dit, mais je l'ai entendue le dire. Elle affirmait que tu l'avais trahie à la première occasion. Elle me semblait plutôt très énervée.

Il n'en fut pas surpris, mais jura néanmoins.

— Ah, merde ! Et tu ne sais pas où elle est, maintenant ?

— Elle est dans la chambre 407.

Sous l'effet du choc, il fut catapulté hors du lit.

— Au bordel ?

Karen se vexa.

— On ne le nomme pas comme ça !

Oliver fit marche arrière.

— J'ai voulu dire, à l'établissement de... euh...Vera... ?

Mais il n'écouta pas ce que Karen lui dit ensuite car, tout ce à quoi il put penser, c'était qu'il savait où se trouvait Ursula. Plutôt que n'importe où ailleurs, Zane l'avait cachée dans un bordel. Ce gros mufle n'avait-il aucun respect pour les sentiments d'Ursula ? La cacher dans un bordel, alors qu'elle avait été emprisonnée dans un de ceux-ci pendant trois ans !

— Merci, Karen, tu es un amour. Puis-je te demander une faveur, s'il te plaît ?

— Bien sûr que tu peux, chéri.

— Ne dis à personne que tu m'as parlé d'elle. Je dois faire profil bas à ce sujet. Promis ?

— Qu'est-ce que je reçois en échange ? négocia-t-elle.

Oliver y réfléchit durant un instant, se demandant ce qui pourrait l'amadouer.

— Des fleurs ? Des billets pour un spectacle ?

— Les meilleurs sièges ?

— Les meilleurs, rien que pour toi.

Lorsqu'il mit fin à l'appel, il était prêt à l'action. Il se rendit dans la salle de bains et sauta dans la douche. Il ne fut pas surpris que son membre fût déjà pleinement en érection au moment de se savonner. Pas étonnant : il imaginait les mains d'Ursula sur lui. Bien sûr, avant que cela ne pût arriver, il devait d'abord lui expliquer qu'il n'avait pas révélé son secret. Etant donné l'opinion qu'elle avait actuellement de lui, il douta qu'elle lui laissât prendre sa main et encore moins lui faire l'amour.

Durant les heures précédant le coucher du soleil, il arpenta sa chambre et réfléchit à ce qu'il allait lui dire, à la manière dont il commencerait ses explications pour s'assurer qu'elle le crût.

Le temps sembla une éternité mais, finalement, le soleil se coucha sur l'océan pacifique. Sur le point de partir, Oliver s'arrêta dans la bibliothèque et déverrouilla l'armoire à fournitures dans laquelle Quinn gardait des gadgets électroniques de rechange. Il saisit un téléphone portable et se dirigea vers la porte. Il laissa sa voiture, désireux de passer aussi inaperçu que possible. Il ne voulait pas que quiconque se pointant chez Vera et appartenant à Scanguards y aperçût son véhicule stationné dans le secteur. De plus, l'établissement de Vera se trouvant à Nob Hill, laquelle était adjacente à Russian Hill, il n'y avait qu'une courte distance à parcourir.

Le soir venant à peine de tomber, il ferait calme chez Vera. La plupart des clients arriveraient plus tard dans le courant de la soirée. Par conséquent, Oliver se devait d'être très silencieux. Sachant qu'il ne pouvait pas entrer dans le bâtiment par la porte principale, il le contourna jusqu'à la petite allée qui le ceinturait d'un côté et dans laquelle se trouvait un escalier de secours. La chambre 407 surplombait cette allée, mais n'était pourvue d'aucun escalier. En lieu et place, elle disposait d'un minuscule balcon.

Oliver évalua rapidement la situation. L'escalier de secours le plus proche menait à la chambre voisine de la 407, soit l'antichambre qui conduisait au bureau de Vera. Il ne pouvait donc pas passer par là pour pénétrer dans la chambre d'Ursula. Il devait atteindre le balcon.

On ne pouvait emprunter l'escalier qu'à partir du premier étage, là où un levier d'ouverture rapide permettait à quiconque désireux de s'échapper du bâtiment de faire descendre le reste de l'échelle à terre. Mais de l'endroit où il se trouvait dans l'allée, Oliver ne pouvait s'y accrocher à aucun endroit. Testant la hauteur à laquelle il pouvait sauter, Oliver recula de quelques pas, courut et sauta en l'air tout en étirant les bras. Mais ses doigts n'agrippèrent pas complètement l'escalier en métal. Pour faire bonne mesure, il essaya de nouveau, mais son deuxième essai ne s'avéra pas plus fructueux que le premier. Il n'était pas en forme. Peut-être que s'il s'élançait de plus loin, à une plus grande vitesse, il pourrait atteindre l'escalier.

Il laissa ses yeux parcourir l'allée. Une grande benne à ordures se trouvait à moins de quatre mètres de l'escalier. Il s'en approcha et l'inspecta : aucune roulette par-dessous et, quoiqu'il eût pu déplacer ce lourd engin en faisant usage de sa force de vampire, le bruit du métal rayant le béton aurait réveillé tout le voisinage.

Oliver grimpa sur la benne à ordures, referma le couvercle du pied et monta dessus. À présent, l'escalier se trouvait presque à hauteur des yeux. Il évalua rapidement la distance et décida que cela valait la peine d'essayer. Un pas en arrière, et d'un brusque mouvement vers l'avant, il sauta en direction de sa cible, les bras tendus vers le haut et vers l'avant. Ses doigts entrèrent en contact avec la plateforme métallique et se refermèrent autour d'une barre, tandis que son corps continuait de balancer.

— Je t'ai ! murmura-t-il dans un souffle tout en lançant les jambes vers le haut. Ses forts muscles abdominaux l'aidèrent à se hisser sur la plateforme et à se redresser.

Il regarda en l'air, monta les trois volées d'échelons en métal jusqu'au quatrième étage et s'arrêta à cet endroit. Il s'appuya contre le mur, s'assurant ainsi de ne pouvoir être vu depuis la fenêtre de l'antichambre de Vera. En observant le petit balcon de la chambre 407, il réalisa qu'il avait surestimé la distance qui le séparait de la plateforme sur laquelle il se trouvait. Il n'y avait aucune chance qu'il pût sauter sur le balcon depuis sa position actuelle.

Recherchant une autre solution, il jeta un coup d'œil en l'air. S'il pouvait atteindre le toit, il pourrait directement sauter sur le balcon. Il ajusta sa vision et remarqua plusieurs petites barres en métal qui sortaient du mur. Ne mesurant pas plus de sept centimètres, elles étaient ancrées dans la façade en brique et avaient, un jour, dû supporter une autre échelle qui menait au toit. Pour une raison ou pour une autre, celle-ci avait été enlevée, mais quelques-unes de ces barres en métal y avaient été laissées.

Oliver se baissa rapidement pour passer de l'autre côté de la fenêtre et se hissa sur la balustrade qui entourait l'escalier de secours. De là, il posa un pied sur la première barre métallique et attrapa celle du dessus avec la main. Tel un cambrioleur, il se fraya un passage vers le haut en prenant soin de ne pas lâcher prise pour ne pas tomber et attirer l'attention sur lui.

Il atteignit le toit en quelques secondes et se hissa dessus. Tentant de ne pas faire trop de bruit, il marcha à pas légers jusqu'à l'endroit où se trouvait la chambre d'Ursula. Il regarda en bas. Il se trouvait juste au-dessus de l'étroit balcon.

Oliver sauta, pliant complètement les genoux en position accroupie dans le but d'absorber le choc et le bruit de la chute. Il atterrit en plein milieu du balcon. Il jeta un rapide coup d'œil, mais personne ne l'avait vu ou ne l'avait entendu. Les tentures de la chambre d'Ursula étaient tirées, et les fenêtres étaient fermées. D'expérience, Oliver savait toutefois que le bâtiment était vieux et que beaucoup de fenêtres ne se verrouillaient pas, ces vieilles fenêtres à guillotine s'étant déformées au cours des ans.

Priant que ce fût le cas de celle-ci, Oliver en saisit le cadre et le poussa vers le haut. Ce dernier bougea. Sachant qu'Ursula aurait déjà entendu le bruit, il le souleva aussi vite que possible et se glissa à l'intérieur. Il ne pouvait la laisser crier.

Il écarta frénétiquement les tentures. La lumière de la chambre était tamisée. Une seule petite lampe de chevet était allumée, et la télé marchait. Ursula avait bondi du lit, la télécommande soulevée au-dessus de la tête, comme si elle voulait le frapper avec.

— Ursula, c'est moi. Oliver, s'annonça-t-il.

Elle haleta et ouvrit plus grand la bouche, comme si elle voulait crier. D'instinct, il sauta et l'attrapa, les amenant ainsi tous les deux sur le lit, tandis qu'il pressait simultanément une main sur la bouche de la jeune femme.

Ursula lutta, cognant ses petits poings sur la poitrine d'Oliver.

— Chut ! Ursula, arrête, je ne suis pas ici pour te faire du mal.

Elle le regarda, la fureur dans les yeux. Une seconde plus tard, ses dents s'enfoncèrent dans la paume de la main du jeune vampire. Elle le mordait !

— Aïe ! Pourquoi fais-tu ça ? demanda-t-il, sans toutefois relâcher sa bouche. Me promets-tu de ne pas crier si j'enlève ma main ?

Elle plissa le front, puis coinça sa jambe entre les cuisses d'Oliver et asséna un coup vers le haut. Mais il fut plus rapide : il s'appuya sur l'autre jambe et emprisonna celles d'Ursula, l'empêchant ainsi de réussir à le cogner dans les parties.

— À quoi tu joues ?

Il lui relâcha la bouche.

— Espèce de connard ! Tu m'as trahie ! Tu leur as parlé de mon sang ! cracha-t-elle.

— Ce n'était pas moi ! Je ne leur ai pas dit un traître mot de ce que tu m'as confié.

— Conneries ! rétorqua-t-elle avec un regard provoquant. Maintenant, lâche-moi ou je crie après Vera.

— Tu essaies de crier, je t'embrasse ! Et fais-moi confiance, je suis plus rapide que toi.

Il l'était et ne bluffait pas.

En-dessous de lui, Ursula se calma. Lentement, il décala le poids de son corps en prenant appui sur les coudes et les genoux et prit soin de le pas l'écraser. Mais il n'avait pas l'intention de la relâcher avant d'être certain qu'elle ne crierait ou ne lui échapperait pas.

Ursula sembla réaliser qu'il pensait ce qu'il disait et pinça les lèvres en une fine ligne. Apparemment, Oliver allait se retrouver face à un mur de silence.

— Écoute, bébé, j'ai été appelé chez Samson—

— Je ne suis pas ton bébé ! ronchonna-t-elle.

— Tu l'étais quand tu as dormi dans mes bras.

Elle détourna le visage pour l'éviter. Mais il posa les doigts sous son menton et l'amena à le regarder.

— Je peux voir que tu m'en veux.

— Sans blague, Sherlock !

Il dut sourire, malgré lui.

— Tu es un chat sauvage, Ursula. Nous en tirerons peut-être avantage plus tard, quand nous ferons l'amour. Ça ne me dérangerait pas d'avoir tes griffes pointues enfoncées en moi quand je serai en toi.

Outragée, elle aspira de l'air.

— Si tu crois que je vais coucher avec toi après tout ce que tu as fait, tu te trompes !

— Vraiment ? murmura-t-il en baissant la tête, autorisant ainsi ses lèvres à planer au-dessus de celles d'Ursula. Je parie que, si je t'embrassais maintenant, tu m'embrasserais en retour.

Ensuite, il recula de nouveau la tête.

— Mais je ne t'embrasserai pas, parce que tu dois savoir ce qui s'est réellement passé.

Il se rassit sur les cuisses, la gratifiant d'une plus grande liberté de mouvements. Immédiatement, elle se traîna vers l'arrière et se redressa en position assise.

— J'ai été appelé chez Samson. C'était une ruse pour me faire sortir de la maison et m'éloigner de toi. Tu te rappelles quand Zane et les autres ont été appelés, la nuit où nous sommes allés vérifier le bâtiment à Hunter's Point ?

Elle hocha la tête à contrecœur, ses yeux observant chacun des mouvements d'Oliver.

On les a envoyés dans une boîte de nuit. Apparemment, quelques vampires y semaient le trouble. En fait, il s'est avéré qu'ils étaient deux de tes clients. Des sangsues.

Intéressée, elle écarquilla les yeux.

— Ils se nourrissaient tous les deux de filles chinoises. Mes collègues ont dû limiter les dégâts, effacer les mémoires et tout nettoyer. Une des sangsues avait tué une fille. Cain l'a poignardé avec un pieu.

Un halètement s'échappa de la gorge d'Ursula.

— Oh Dieu, non !

Oliver la regarda tristement.

— Mes collègues n'ont malheureusement pas pu la sauver. Elle était déjà morte quand ils sont arrivés. Mais ils ont sauvé l'autre fille. Et ils ont capturé ce fou de vampire. Ils l'ont ramené au quartier général et l'ont interrogé. Il leur a tout dit : qu'il voulait du sang spécial, du sang qui dopait, que le bordel de sang où il allait à Hunter's Point était parti. Il était drogué, Ursula. Il était en manque, c'est pour ça qu'il était si fou. Quand Zane et les autres ont réalisé ce qui se passait, ils ont immédiatement compris que tu devais aussi avoir un sang spécial.

Il la regarda dans les yeux et vit qu'elle comprenait. Elle savait qu'il disait la vérité.

— C'est pour ça que Zane est venu me chercher.

Oliver hocha la tête.

— Après avoir vu ce que ce sang fait aux vampires, ils ont voulu s'assurer que je ne reste pas près de toi. C'est pour ça qu'ils t'ont emmenée. Ils ont eu peur que je te morde et ne finisse comme ces vampires devenus fous à cause de la drogue.

— Donc, ils ne veulent vraiment pas mon sang. Tes collègues, ils ne me gardent pas à cause de ça, dit-elle, comme si elle se parlait.

— Non. Ils ont voulu me protéger. Même s'ils étaient royalement fâchés quand ils ont découvert que je savais déjà pour ton sang, et que je ne leur avais pas dit. De toute façon, maintenant qu'ils pensent qu'ils me gardent loin de toi, ils sont occupés à ratisser la ville pour trouver des indices relatifs à l'endroit où le bordel de sang a été déplacé. Ils veulent détruire ces vampires. Je te le promets.

— Et les filles, et moi ? Qu'est-ce qu'ils vont faire de nous ? demanda-t-elle, la peur dans la voix.

Oliver travaillait depuis assez longtemps pour Scanguards pour savoir ce qu'ils prévoyaient, quoique personne n'eût parlé du plan final.

— Dès qu'on les aura trouvées, nous nous assurerons qu'elles retournent dans leurs familles et, si nécessaire, nous leur créerons une nouvelle identité pour que personne ne puisse jamais découvrir quoi que ce soit sur elles et sur ce qui les rend spéciales.

— Ils feront ça ? Pour nous ? Pour des humains ?

De la jointure des doigts, Oliver lui caressa la joue.

— Oui. Ils sont ici pour te protéger. Tout comme moi.

Elle se rapprocha de lui.

— Comment as-tu fait pour me trouver ?

— Une des filles d'ici a entendu quand tu as dit quelque chose à mon sujet, et elle m'a appelé.

Elle écarquilla les yeux et recula brusquement.

— Tu es client, ici ?

Oliver se pencha plus près d'elle.

— Non, je ne le suis pas. Je viens juste ici pour... euh, avoir de la compagnie.

— De la compagnie ?

Elle le regarda, ne le croyant visiblement pas.

— Vera et moi sommes amis. Ses filles m'aiment bien. Mais je ne suis jamais venu ici pour le sexe.

Il sourit.

— Du moins, pas jusqu'à cette nuit.

30

Il voulait dormir avec elle. Ursula sentit une vague de chaleur s'élever de son ventre jusque dans sa tête pour se répandre sur ses joues. Si ce qu'elle ressentait en ce moment se voyait de l'extérieur, elle dirait qu'elle était rouge comme une tomate mûre. Sa colère envers Oliver s'était dissipée lorsqu'il lui avait fait état des événements au club et de ce qui s'était passé par la suite. Oliver n'avait pas trahi son secret. Il avait tenu parole. Même s'il s'était attiré le courroux de ses collègues en agissant de la sorte.

Lorsqu'il se pencha davantage vers elle, elle baissa les paupières.

— Je suis désolée de t'avoir maudit derrière ton dos.

Les lèvres d'Oliver se rapprochèrent de sa bouche, sa respiration flottant par-dessus sa peau.

— Je peux vivre avec si tu es disposée à te faire pardonner.

Elle ouvrit complètement les yeux et rencontra le regard sensuel du jeune vampire. Le bleu de ses yeux était presque aveuglant.

— Comment ?

— Un baiser serait un bon début.

— Quoi d'autre ? demanda-t-elle, sous forme de compromis.

— Toi, nue.

Il jeta un œil derrière elle, un sourire malicieux se formant sur son visage.

— De préférence attachée à cette tête de lit en fer forgé, ajouta-t-il.

La respiration d'Ursula se bloqua. Instinctivement, elle recula.

— Pourquoi ?

— Pour t'apprendre à me faire confiance. Pour t'apprendre que, même si tu es attachée et vulnérable, je ne ferais jamais quoi que ce soit qui te fasse du mal. Que même quand tu seras à ma merci, tu auras toujours ton libre arbitre, tu seras toujours la seule à être maître de ton corps et de ton esprit.

Elle le regarda fixement, effrayée, car elle avait passé trois années de sa vie les mains attachées au lit, privée de son libre arbitre. Elle frissonna.

— Cela ne fonctionnera pas. Je ne peux pas te laisser m'attacher. Ils me l'ont fait. Ils—

Il posa un doigt sur ses lèvres.

— Je sais ce qu'ils t'ont fait. C'est pour cette raison que toi et moi allons le faire ensemble, maintenant. Pour effacer les mauvais souvenirs. Quand nous aurons terminé, tu associeras le fait d'être attachée au plaisir, pas à la crainte, ni à la frustration et à la douleur. Car je m'assurerai que tout ce que tu ressentes soit du plaisir. Rien d'autre.

Elle ne douta pas qu'il voulût l'en combler, mais elle ne pouvait imaginer d'être capable d'oublier ces jours où elle avait été attachée au lit.

— Qu'est-ce qui te fait penser que ça marchera ? Cours de base en psycho ?

Il sourit.

— Je ne suis jamais allé à l'université. Mais j'ai toujours pu comprendre les femmes. Et quand nous avons fait l'amour dans mon monospace, tu n'as pas pu te libérer des chaînes avec lesquelles ils t'avaient attachée. Ils sont toujours là.

Il cogna doucement contre sa tempe.

— Toujours là-dedans. Et tant que tu ne pourras te débarrasser d'eux, tu ne pourras jamais partager ton corps librement. Prends-moi pour un égoïste, mais quand je te fais l'amour, je veux te sentir toute entière. Je ne veux pas que tu te retiennes à cause de ta peur. Je veux que tu sois libre.

Libre, le mot retentissait si bien. Mais pourrait-elle jamais se sentir totalement libre ? Même maintenant et, quoique ce fût pour sa propre protection, elle était toujours prisonnière.

— Et c'est pour ça que tu veux m'attacher ?

Les yeux d'Oliver s'assombrirent.

— Ça et... parce que l'idée que tu sois à ma merci me fait tellement bander que je suis prêt à éclater.

Il lui prit la main et l'amena à l'avant de son jeans. Lorsqu'il pressa contre la protubérance qui s'y était formée, Ursula sentit de la chaleur sous la paume de sa main, là où l'érection pulsait.

— Et si je te demandais de me délier, le ferais-tu immédiatement ? demanda-t-elle, la voix tremblante du fait d'envisager quelque chose qu'elle ne devrait jamais considérer. Mais à chaque fois qu'Oliver la regardait avec du désir et de l'envie dans les yeux, une autre facette d'elle prenait le dessus et décidait pour elle.

Le cœur d'Ursula s'arrêta de battre complètement lorsqu'il hocha la tête et répondit.

— Non. Tu pourras te détacher toi-même. Je n'utiliserai que des foulards en soie pour t'attacher les mains à la tête de lit. Mais les nœuds seront si peu serrés que tu pourras t'en défaire quand tu en sentiras le besoin.

Le souffle qu'elle avait retenu fut libéré sous l'effet du soulagement. Elle le regarda et se souvint des choses qu'il avait faites pour qu'elle pût parvenir à l'orgasme, à l'arrière de son monospace. À quel point il s'était montré débordant d'abnégation, si généreux. Alors, si ce jeu de bondage était ce qu'il voulait, elle pouvait s'y essayer. Jusqu'ici, Oliver ne lui avait fait aucun mal. Il n'y avait aucune raison pour qu'il en fût autrement maintenant. Lentement, elle hocha la tête, priant de ne pas être en train de commettre la plus grande erreur de sa vie.

— Oui.

Oliver la prit dans ses bras et la serra très fort.

— Oh bébé, merci. Tu ne le regretteras pas.

Sa bouche se retrouva ensuite sur celle d'Ursula, lui brûlant les lèvres d'un baiser passionné. Il était différent de l'autre fois, dans le minivan : plus passionné, plus sauvage, plus indompté. Avait-elle pris la bonne décision ? Mais elle n'eut pas l'occasion de méditer plus longuement, tant le baiser d'Oliver la dénuait de toute capacité à réfléchir. En lieu et place, tous les capteurs sensoriels de son corps semblèrent se mettre en marche, comme si son partenaire avait appuyé sur un bouton.

Le souffle chaud d'Oliver la brûla, sa langue plongea profondément en elle, ne laissant le moindre coin inexploré, et ses mains errèrent sur son corps, des mains commandées par un homme qui savait qu'il ne rencontrerait aucune résistance. Confiant et déterminé, il lui passa le t-shirt par-dessus la tête et exposa ainsi sa peau nue. Une peau qui frissonnait agréablement. Lorsque la tirette de sa veste frotta contre son sein, elle cria. Cela incita Oliver à la relâcher immédiatement.

— Ta veste, dit-elle. Enlève-la. Enlève tout.

Oliver sauta du lit et se débarrassa de ses vêtements. Elle n'avait jamais vu quiconque se déshabiller à une telle vitesse et avec une telle grâce. Lorsqu'il se tint devant elle uniquement pourvu de son boxer, elle se lécha les lèvres, et ses yeux se dirigèrent vers l'impressionnant contour de son membre. La tête proéminente de l'érection dépassait de la ceinture du sous-vêtement. Celle-ci était trop grande pour être contenue par le tissu, lequel s'étendait trop peu pour réellement dissimuler quoi que ce soit.

— J'aime la façon dont tu me regardes, affirma-t-il.

— Comment est-ce que je te regarde ?

Il grogna doucement.

— Affamée.

Avant qu'elle ne pût lui répondre, il la dépouilla de son jeans, la laissant uniquement vêtue de son slip. Mais plutôt que de la rejoindre sur le lit, il se tourna vers la commode derrière lui et ouvrit le tiroir du haut. Il fouilla à l'intérieur de celui-ci.

— Que fais-tu ?

Il se retourna, et elle le vit tenir un négligé pratiquement transparent. Il le lui lança.

— Mets-le. Je pense que tu seras bien en rouge.

Elle prit le tissu vaporeux qui ne cachait rien et le glissa par-dessus la tête. Il était étonnement doux. Mais dès qu'elle le porta, elle réalisa également que la surface censée couvrir ses seins était dépourvue de tissu. Se sentant scandaleuse dans cette tenue, elle était sur le point de l'enlever lorsqu'elle remarqua le regard intense d'Oliver, un désir manifeste brûlant dans ses yeux.

— Tu es belle, murmura-t-il.

L'éclat d'admiration qui brillait dans ses yeux fit battre le cœur d'Ursula plus rapidement. Ses mamelons se raidirent en même temps, tels de durs petits bourgeons, et elle sentit une certaine humidité se former au centre de sa féminité.

Lentement, elle se recoucha sur le matelas, consciente du fait qu'elle se présentait sur un plateau d'argent, ses seins pointant par les trous du négligé. Elle se sentit soudain puissante. Elle se sentit comme si elle était aux commandes, comme si c'était elle qui tirait les ficelles. Elle se lécha les lèvres.

— Putain, bébé ! jura Oliver en ouvrant brusquement le second tiroir, y extirpant quelques foulards en soie avant de retourner la rejoindre sur le lit.

Il la chevaucha au niveau de l'abdomen et se pencha ensuite sur elle, l'érection derrière son boxer-short lui effleurant l'estomac.

— Étends les bras au-dessus de ta tête.

— Dans un instant.

Elle se conformerait à son souhait mais, au préalable, elle voulait quelque chose.

Nullement embarrassée, elle tira sur la ceinture du boxer-short d'Oliver et l'abaissa aussi loin que le permettait la position dans laquelle son partenaire se trouvait. Elle referma ensuite la main autour de son membre rigide et pressa la chair ferme.

Oliver gémit bruyamment, les yeux fermés, la tête très en arrière. Sa respiration accéléra rapidement, tandis qu'elle le caressait, laissant courir sa main de haut en bas, sur toute la longueur.

— Tu dois arrêter, la pria-t-il, ou je vais éjaculer partout sur toi.

Il ouvrit les yeux et rencontra ceux d'Ursula.

— Et ce serait si terrible ?

Il lui prit la main et l'écarta de lui.

— Oui. Parce que je veux jouir en toi quand tu atteindras l'orgasme.

Il lui prit alors les deux mains et les lui coinça au-dessus de la tête. En des mouvements étonnamment rapides et accomplis, il lui attacha les deux mains au cadre du lit. Elle les tira légèrement et remarqua qu'elles n'étaient pas complètement immobilisées, tout comme il le lui avait promis. Si elle les retournait, elle pourrait facilement les libérer.

— Promets-moi quelque chose.

Elle le regarda dans ses yeux bleus.

— Oui ?

— Fais semblant de ne pouvoir te défaire de ces liens. J'aimerais croire que tu es à ma merci, même si je sais que je suis à la tienne.

Elle hocha la tête, étonnée par ces paroles. Pensait-il vraiment qu'il était à sa merci ? Ou était-ce partie intégrante du jeu sexuel auquel ils jouaient ? Dans les deux cas, elle aimait ce sentiment de puissance qui la parcourait soudainement. Elle n'en avait eu aucun pendant si longtemps. Maintenant, elle se sentait forte et invincible.

— Dans ce cas, rapproche-toi un peu.

Elle laissa tomber le regard sur son membre. Il fit de même.

Une brusque inspiration signala qu'il avait capté ce à quoi elle pensait.

— Tu ne vas pas...

Délibérément lentement, elle laissa sa langue courir le long de sa lèvre inférieure, puis souleva les paupières pour rencontrer le regard étonné de son partenaire.

— Toi, tu me l'as fait.

— Ce n'est pas vraiment comme ça que le bondage fonctionne, dit-il tout en se redressant sur les genoux pour se précipiter vers le haut du corps d'Ursula. Je suis censé te dire ce que je veux que tu fasses.

— Bien, alors, peut-être devrais-tu me commander.

Oliver agrippa la tête de lit derrière elle et se pencha en avant, amenant ainsi le bout de son érection vers la bouche d'Ursula.

— Suce-moi !

— Je pensais que tu ne le demanderais jamais.

À peine le dernier mot prononcé, elle lécha la tête en forme de champignon et goûta la goutte salée de l'humidité qui s'y était formée. Elle laissa alors glisser les lèvres autour du bout et ouvrit plus grand la bouche.

Oliver se baissa vers l'avant, poussant son membre dans la bouche de sa partenaire tout en gémissant de plaisir. Parvenu à mi-chemin en elle, il se retira pour réitérer le mouvement. Sa peau était douce comme du velours mais, sous celle-ci, il était dur comme de l'acier. Lorsqu'Ursula leva les yeux vers son visage, elle vit comme il la regardait avec fascination. Ses yeux étaient empreints de désir, ses lèvres étaient entrouvertes. Elle pouvait voir la pointe de ses canines. Elles s'étaient allongées. À la pensée de ce qu'il pourrait lui faire, une flamme la percuta au centre de sa féminité. Mais plutôt que d'être prise de panique, elle sentit son utérus pulser de désir.

Instinctivement, elle suça plus fort, introduisant davantage le membre dans sa bouche. La tête d'Oliver tomba en arrière, et il gémit bruyamment.

— Oh, mon Dieu, Ursula !

Sa main glissa sous la nuque de sa partenaire, la maintenant à cette endroit, tandis qu'il augmentait le tempo. Mais il ne poussa pas plus profondément en elle, conscient que son engin l'étoufferait tant il était trop gros pour sa bouche.

Puis, soudain, tout en réprimant un juron, il se retira et recula.

— Putain, bébé, tu es trop bonne.

Elle sourit et se lécha les lèvres, à présent sensibles. Comme s'il savait ce dont elle avait besoin, il se pencha sur elle et l'embrassa doucement pour les soulager.

Il plaça la bouche contre son oreille et murmura.

— Tu as un méchant fond pour essayer de me faire perdre le contrôle comme ça. Et les vilaines femmes doivent être punies.

Elle s'arrêta de respirer pendant un instant et, instinctivement, tira sur ses liens. Mais Oliver souleva la main et l'empêcha de se libérer de ses attaches. Elle sentit un frisson lui parcourir le corps, et son cœur commença à battre frénétiquement.

— Doucement.

Les lèvres du vampire entrèrent en contact avec la peau chaude de son cou, tandis qu'il y déposait de doux baisers. Lentement, elle se relaxa et libéra la tension présente dans ses bras et ses épaules.

— Mieux, murmura-t-il en descendant le long de son corps.

Ses lèvres trouvèrent un mamelon et le capturèrent. Il le suça assez fort. Cette sensation inattendue fit crier Ursula, tandis que son bassin s'inclinait vers Oliver au même moment.

— Comme ça ?

— Encore, exigea-t-elle plutôt en guise de réponse.

Lorsqu'il répéta l'action, le plaisir la transperça, lui envoyant une onde de choc dans le clitoris. Elle arqua le corps.

Oliver lui lécha le mamelon durci.

— Que dis-tu de ceci, alors ?

Elle sentit quelque chose de dur sur son sein : des dents lui touchaient la peau et lui caressaient le mamelon.

Elle se cabra, mais les liens autour de ses poignets se resserrèrent dans l'action.

Oliver la repoussa sur le matelas et lécha une fois de plus le tendre mamelon. Il se mut ensuite et, de la jambe, lui écarta davantage les cuisses. Sa main glissa le long du corps d'Ursula. Lorsqu'il atteignit son slip, ses doigts passèrent sous le tissu et coururent à travers les fins poils. Mais il ne s'y attarda pas. Il alla plutôt plus en profondeur et lui toucha les lèvres, lesquelles étaient trempées tant elle lubrifiait.

— Oh, bébé, lui dit-il comme dans une éloge, tu mouilles tellement pour moi.

Il laissa tomber la tête sur l'autre sein et l'embrassa tout en enfonçant un doigt dans l'étroitesse de son entrecuisse. Elle expulsa un gémissement.

— Oliver !

Cela sembla le stimuler, car il lui lécha le sein avec encore plus de ferveur. Il mordilla, suça et embrassa sa chair jusqu'à ce que celle-ci devînt tendre et sensible. Et pendant tout ce temps, son doigt allait et venait en elle.

— Tu vois, tu ne peux m'échapper, murmura-t-il. Tu es à ma merci.

Il ôta alors soudainement le doigt de son sexe qui ne cessait de se resserrer et lui arracha le slip. De l'air frais souffla sur sa chair en chaleur. Elle n'eut même pas le temps de reprendre son souffle que la tête mise à nu du membre d'Oliver sonda l'entrée de son corps et plongea en avant.

31

———

Il n'avait pas pris la peine d'enlever complètement son boxer-short. Celui-ci était toujours retroussé sous son derrière. Ursula l'avait excité à ce point. Si excité qu'il ne pouvait empêcher ses canines de descendre. Elle l'avait sucé comme une championne en gymnastique buccale, et la tenue qui exposaient ses seins la rendait plus sexy que tout ce qu'il eût jamais vu. Il aurait peut-être dû opter pour la nudité mais, non, il avait pensé pouvoir gérer un petit vêtement. Apparemment, il ne le pouvait pas.

S'il n'avait pas enfoui son engin en elle au moment où il l'avait fait, il l'aurait mordue. Son plan de la faire jouir en premier lieu venait juste d'échouer. Maintenant, tout ce qu'il pouvait faire pour s'empêcher de lui enfoncer ses canines dans le cou, c'était de conduire son membre en elle, encore et encore.

— Je suis désolé, Ursula, mais je vais devoir te baiser vraiment fort.

Car il devait apaiser la bête qui était en lui. Et puisqu'il ne pouvait la mordre, la bête ne serait calmée que s'il exerçait son pouvoir sur Ursula d'une autre façon.

Les lèvres de sa partenaire s'écartèrent dans un souffle, ses yeux s'assombrissant de désir.

— Comment, plus fort ?

— Fort.

Il se retira et enfonça son engin en elle de façon à la pousser de quelques centimètres vers la tête de lit.

Elle haleta, mais ne tenta pas de lui échapper. Au lieu de cela, elle enroula les jambes autour de son derrière, croisa les chevilles et l'attira plus fort contre elle.

— Tu peux faire mieux que ça.

Lorsqu'il l'entendit le narguer, la chaleur l'enflamma de l'intérieur.

— Oh, ouais ? Pas assez pour toi ?

Il se retira et la retourna sur le ventre. Dans l'action, les foulards en soie qui la maintenaient attachée se tordirent et se resserrèrent autour de ses poignets. Il réalisa immédiatement qu'elle ne pourrait, dès lors, plus se détacher de cette position et, même si ceci n'avait pas été intentionnel, la bête en lui aimait cette idée.

Il la tira rapidement sur les genoux, son beau cul en forme de cœur dirigé vers le haut. Ses pétales humides scintillaient de manière attrayante. Sans la moindre hésitation, il s'enfonça en elle par derrière en lui tenant fermement les hanches, de façon à ce qu'elle pût totalement absorber l'impact sans aller s'écraser contre la tête de lit.

Ursula gémit dans l'oreiller.

— Putain ! Tu es encore plus étroite ainsi !

— Et tu es plus gros, affirma-t-elle en haletant, tandis qu'elle essayait de se soutenir sur les coudes.

Les muscles de son vagin l'agrippèrent fermement, le serrant aussi fort que si elle le tenait dans le poing. Sa chaleur le lubrifia et transforma chaque poussée en une douce glisse dans la soie, au paradis. Le corps d'Oliver fonctionnait inconsciemment, ses respirations se succédant rapidement, son cœur battant comme un marteau piqueur. Son membre se mouvait en avant et en arrière en un rythme effréné, ses mains tenant si fermement les hanches d'Ursula qu'il savait qu'il y laisserait des traces. Mais il ne pouvait s'arrêter.

Ursula était étalée devant lui, vulnérable et excitante. Elle lui procurait le même sentiment que celui éprouvé durant la chasse au sang. La même sensation le submergeait : il se sentait puissant et invincible, tandis qu'il la baisait en sachant qu'elle était à sa merci. Que lui seul pouvait déterminer son destin. Et en même temps, il savait que ce qu'il voulait pour elle n'était pas mal : il voulait son plaisir, la mener à l'extase. Il avait à présent le pouvoir sur son corps, le pouvoir de l'amener à se sentir désirée. La bête en lui commença à se replier.

Finalement, il fut capable de ralentir les coups et glissa en elle plus en douceur. Il observa l'endroit où son sexe disparaissait en elle, et la vue de cette chair rose l'excita. Savoir qu'elle avait suffisamment confiance en lui pour le laisser la mettre dans cette position vulnérable remplit son cœur de fierté. Ses mains relâchèrent la prise sur les hanches d'Ursula et se mirent à caresser son beau derrière.

Il glissa les mains sous le déshabillé rouge et les remonta tout le long du dos, tout en caresses. Il lui toucha ensuite la poitrine, enrobant les seins de ses deux mains. Ils n'étaient pas gros, pas aussi voluptueux que ceux des autres femmes qu'il avait connues, mais il s'en moquait. Ils convenaient à la grandeur de ses mains, ils étaient fermes et jeunes, et ses mamelons étaient réactifs.

Les petits bourgeons étaient demeurés durs. Les roulant entre le pouce et l'index, il tira dessus, la faisant crier de nouveau.

— Tu es la femme la plus sexy à qui j'ai fait l'amour.

À ces mots, elle répondit au coup qu'il asséna, mais dans le sens opposé. L'impact en fut doublé et lui envoya une décharge dans les testicules, alimentant le feu qui faisait déjà rage en lui. Si elle continuait de la sorte, il serait incapable de tenir beaucoup plus longtemps. Mais il ne parvint également pas à ralentir et, au coup suivant, il sentit une tension dans ses testicules. Son sperme se précipitant à travers tout son membre fut la dernière chose qu'il sentit avant d'exploser en elle, son corps se tétanisant, tandis qu'il ressentait le plus incroyable des orgasmes qu'il eût jamais connus.

En s'effondrant sur Ursula, il se rendit compte, avec horreur, qu'elle n'avait pas joui en même temps que lui. Il ne lui avait pas procuré le plaisir qu'il lui avait promis. Consterné, il se retira et la retourna sur le dos.

— Je suis désolé, dit-il en la regardant dans les yeux.

— Pourquoi ?

— Parce que tu n'as pas joui.

— Je te l'ai dit, c'est difficile pour moi.

Il ne pouvait accepter ce fait. Et il ne se reposerait pas tant qu'il n'aurait pas remédié à cette situation. Son boxer-short entravant ses mouvements, il s'en débarrassa et écarta, une fois de plus, les cuisses d'Ursula. Il se positionna entre elles et amena son membre toujours dur à son sexe.

— Mais tu as joui, protesta Ursula.

— Mais pas toi.

Et il s'enfouit de nouveau en elle.

— Et à ce que je vois, poursuivit-il en jetant un œil aux foulards en soie autour de ses poignets, tu es toujours attachée, ce qui veut dire que tu es toujours à ma merci.

Elle sourit.

— Et que prévois-tu, maintenant ?

Il poussa doucement avec son membre. Il y avait une manière d'intensifier son excitation et de l'amener plus facilement à l'orgasme.

— Je veux que tu sentes ma morsure.

Oliver observa son visage, tandis que celui-ci virait de l'excitation à l'appréhension. Les lèvres d'Ursula commencèrent à trembler.

— Oliver, s'il te plaît...

— Écoute-moi jusqu'au bout, Ursula, lui dit-il en balayant doucement le doigt sur ses lèvres. Ce ne sera pas une vraie morsure. Mes canines ne toucheront jamais ta chair.

Le front de sa partenaire se fronça spontanément.

— Comment ?

Il n'avait jamais essayé ce qu'il était sur le point de suggérer, mais il espéra que cela fonctionnerait.

— J'emploierai le contrôle de l'esprit pour te faire sentir la morsure sans que je ne te morde réellement. Tu en ressentiras toutes les sensations, l'excitation, le frisson.

Elle le regarda, les yeux écarquillés, tant elle était surprise.

— Tu peux faire ça ?

— Tu connais le contrôle de l'esprit.

Ursula hocha la tête.

— Ils l'ont employé sur moi pour m'arrêter de...

— De te toucher. Et je peux l'employer, maintenant, pour t'aider à jouir.

S'il pouvait y arriver. Jusqu'ici, ses tentatives de contrôler l'esprit s'étaient tantôt couronnées de succès, tantôt d'échecs. Mais il n'allait pas embarrasser Ursula avec cela.

— Mais pourquoi ferais-tu ça ? Tu ne sentiras même pas la morsure, n'est-ce pas ?

Oliver laissa traîner ses doigts jusqu'au cou de sa partenaire, caressant au passage la peau tendre, là où son pouls battait sous ses doigts.

— Non, je ne la sentirai pas, mais je la verrai dans tes yeux, je l'entendrai dans tes gémissements, et je la ressentirai à la façon dont ton corps bougera. Et ensuite, quand tu jouiras, je la sentirai, car tes muscles se contracteront autour de mon sexe. Ils me serreront si fermement que je jouirai une deuxième fois.

Il remarqua le battement de cils d'Ursula, tandis que sa poitrine se soulevait et retombait.

— Tout ce que je veux, c'est ton plaisir.

Il lui rappela la présence de son membre toujours enfoui en elle en la pénétrant plus profondément.

— Tu me fais confiance ? ajouta-t-il.

Elle était à bout de souffle lorsqu'elle lui répondit après ce qui lui sembla être une éternité.

— Fais-le.

Le cœur d'Oliver déborda lorsqu'il entendit sa réponse. La confiance qu'elle lui offrait était le plus grand cadeau qu'il eût pu espérer de sa part. Bouleversé, il ferma les yeux un moment. Lorsqu'il les rouvrit, il plongea le regard dans ses deux sombres globes.

— Je pense que je pourrais tomber amoureux de toi.

À moins que ce ne fût déjà fait. Il ne le savait pas. Ce qu'il ressentait pour Ursula était nouveau et tellement si excitant qu'il se sentait comme en train de planer. Comme s'il avait bu son sang intoxiqué. Mais cela voulait-il dire qu'il était en train de tomber amoureux d'elle ? Ou se sentait-il comme ça, parce que le sexe avec elle était spectaculaire ?

— Oliver...

Un voile humide se répandit dans les yeux d'Ursula.

Il se pencha vers elle, lui caressant les lèvres des siennes, dans un baiser aussi léger qu'une plume.

— J'aimerais pouvoir enfoncer mes canines en toi et te goûter, ressentir cette connexion avec toi, que seule une morsure peut prodiguer. Mais le risque est trop grand. Pour nous deux.

Il l'embrassa tout le long jusqu'au cou et la sentit trembler sous ses lèvres.

— Donc, tu devras en faire l'expérience pour nous deux, poursuivit-il.

Il souleva la tête et la regarda profondément dans les yeux. Ensuite, il canalisa ses pensées, sentant la chaleur qui se formait au plus profond de lui.

Il envoya sa première pensée vers l'esprit d'Ursula. Même si elle n'entendait pas les mots réels, son corps ressentirait les sensations qu'Oliver lui transmettait.

Ursula, tu sens mes lèvres sur ton cou.

En réaction, un sursaut dans sa respiration lui dit qu'il l'avait atteinte. Il remarqua la façon dont elle frissonnait.

C'est chaud et agréable. Ma langue lèche ta peau. Tu sens la pointe affûtée de mes dents qui érafle ta chair. Ça t'excite.

Ursula arqua le corps vers lui, et il recommença à pousser lentement son membre à l'intérieur de ce sexe si chaud. Les hanches d'Ursula me murent en synchronisation avec lui.

— Oui, chuchota-t-elle.

Tu sens ma bouche qui s'ouvre plus fort, et mes canines qui te percent la peau. C'est comme la piqûre d'une épingle. Ça ne fait pas mal. Elles s'enfoncent plus profondément, se logent dans ta chair, tout comme mon sexe est enfoui en toi.

Elle gémit et ferma les paupières à moitié.

Ton corps aspire à ceci. Tu sens la traction sur ta veine, et ça te donne l'impression que je lèche ton clitoris. Tout comme je lèche ta douce chatte. Tu veux que j'en prenne davantage.

— Oh Dieu ! cria-t-elle, ses yeux cherchant ceux d'Oliver. Toute la crainte qui s'était affichée en elle avait disparu, et tout ce qu'il put à présent y voir était du désir.

À chaque traction sur ta veine, tu ressens mon toucher encore plus intensément. Tu me sens te lécher. Tu sens chaque centimètre de mon sexe quand je te pénètre. Ton cœur bat en synchronisation avec le mien.

Il put entendre comme celui-ci s'ajustait au sien, comme elle lui permettait de contrôler ses réactions, de la guider à travers cette sensuelle exploration de son corps.

Tes seins te font mal. Tes mamelons durcissent, s'embrasent. Ils peuvent ressentir le picotement qui se répand dans tout ton corps, les lentes vagues qui te submergent. La chaleur t'engloutit. Le feu en toi brûle encore plus fort. Tu as besoin de moi. Tu sens mon sexe qui te remplit, ma langue qui lèche ton clitoris si enflé.

Plus vite et plus fort. Tu sens monter la pression.

Littéralement fasciné, Oliver observa la façon dont le corps de sa partenaire réagissait à ses suggestions. Il n'avait jamais vu quoi que ce soit de ce genre : chaque pensée qu'il implantait dans l'esprit d'Ursula prenait racine et la transformait en une femme éprise de passion et de désir. Ses yeux brillaient d'envie, son corps tout entier scintillait de sueur, et ses lèvres libéraient des bruits de plaisir qu'il ne l'avait jamais entendue émettre. Ses gémissements, ses soupirs et ses légers cris l'émoustillaient et durcissaient davantage son sexe. Même s'il avait joui à peine quelques minutes plus tôt, il était de nouveau prêt. Car Ursula l'excitait.

Tu sens mes canines puiser plus fortement. Plus avides. Et toi aussi, tu en veux plus. Tu veux me donner tout ce que tu as. Tu te dévoiles. Tu t'étends, nue. Et ensuite, tu ressens tout, tout d'un coup. Mes canines dans ton cou, mes mains sur tes seins, ma langue sur ton clitoris, et ma queue dans ta chatte. Ensuite, les vagues viennent te heurter, tel un tsunami. Elles te submergent.

Lorsqu'elle jouit, une expression d'émerveillement dans les yeux, ses muscles internes se contractèrent autour de lui, le serrant plus fort qu'il ne l'avait prédit.

Oliver se laissa aller et la rejoignit dans ce moment de félicité, envoyant davantage de sperme dans son sexe si accueillant jusqu'à ce que leurs deux corps pussent finalement se calmer. Il l'étreignit tout en lui déposant de doux baisers sur le visage et sur le cou.

— Oh, mon Dieu, murmura-t-elle, encore essoufflée. Je n'ai jamais pensé...

Il souleva la tête et sourit.

— Je n'ai jamais rien connu de mieux.

C'était la vérité.

32

____

Ursula apprécia la manière dont les bras d'Oliver l'enlaçaient, tandis qu'il était couché derrière elle dans la baignoire. Alors qu'ils pataugeaient dans l'eau chaude, Ursula se sentit plus décontractée qu'elle ne l'avait été depuis longtemps. Après qu'ils eussent fait l'amour, Oliver s'était excusé d'avoir été si brutal avec elle et avait insisté pour qu'ils pussent prendre un bain ensemble, de façon à soulager son corps endolori. C'était vrai, il avait été un peu plus brutal que la première fois, lorsqu'ils avaient eu des rapports dans le monospace. Mais il ne lui avait fait aucun mal.

— Comment es-tu devenu vampire ?

Elle tourna la tête pour le regarder, et Oliver lui balaya une mèche de cheveux humides de la joue. Ses gestes étaient si tendres et doux qu'elle éprouvait des difficultés à les concilier au fait qu'il fût un vampire.

— J'ai eu un accident. Je roulais sur une route sinueuse en compagnie de Quinn. Nous venions de quitter une fête. Il était trop tard quand j'ai vu la voiture qui venait vers moi, et ce fut l'embardée. Nous avons heurté une grue. J'ai été projeté à travers le pare-brise.

— Tu ne portais pas ta ceinture de sécurité ?

Il agita la tête.

— J'avais oublié de la mettre. Je ne sais pas pourquoi, j'en porte toujours une. Peut-être que ça devait se passer comme ça, dit-il en forçant un sombre sourire. J'ai été empalé sur la pelle d'une pelleteuse.

Ursula inspira profondément.

— Oh mon dieu !

Elle ne put qu'imaginer à quel point cela avait dû être douloureux.

— Je ne me souviens pas de l'impact ou de ce qui a suivi. J'étais en train de mourir. Si Quinn n'avait pas été là, je ne serais pas ici aujourd'hui. Il m'a transformé sur-le-champ.

— Il t'a sauvé, dit-elle en lui caressant la joue de la main. Pourquoi étais-tu avec lui ?

— Je travaillais pour Scanguards. Je pense t'en avoir déjà parlé auparavant. J'étais l'assistant personnel du propriétaire, Samson. Il m'a pris sous son aile et m'a fait confiance.

Un air peiné s'afficha sur son visage.

— Qu'est-ce qui ne va pas ?

Oliver ferma les yeux pendant un instant.

— Quand je me suis rendu compte qu'ils allaient te cacher, j'étais si fâché que j'ai dit de terribles choses à Samson.

Du doigt, elle lui souleva le menton.

— Tu dois t'excuser auprès de lui.

— Je sais. Mais il ne faut pas qu'il sache que je t'ai trouvée. Si je le lui dis, ils t'emmèneront plus que probablement ailleurs. Je déteste mentir à mes collègues, mais ils ne me laissent pas vraiment le choix.

Elle se retourna et se pencha contre sa poitrine.

— Ils ne croient pas que tu puisses contrôler tes irrépressibles envies, c'est ça ?

Oliver lui passa une main à travers les cheveux.

— Pour eux, je suis jeune et inexpérimenté. Ils pensent qu'ils en savent plus.

Il soupira et poursuivit.

— Viens, je vais te laver les cheveux.

Il la poussa plus profondément dans la baignoire, de sorte que ceux-ci pussent s'enfoncer dans l'eau et la redressa de nouveau. Tout en lui administrant son shampooing, il continua.

— La plupart de mes collègues sont là depuis longtemps. Ils ont vécu tellement de vies que je pense que, parfois, ils oublient ce que c'est que d'être jeune.

Tandis qu'Oliver lui massait doucement la tête, Ursula poussa un soupir d'aise.

— Tu es jeune, mais pourtant très bon.

Il gloussa.

— Bon en faisant l'amour ?

Ursula rit.

— Bon en me lavant les cheveux.

Il souffla pour feindre la protestation.

— Attends que je te mette à nouveau en-dessous de moi.

— Et si je veux être au-dessus, la prochaine fois ?

— Oh, je suis totalement ouvert à ça.

— Vraiment ? le taquina-t-elle, appréciant ce joyeux badinage entre eux.

— Mmm.

Tandis que ses mains continuaient à lui masser le cuir chevelu, il se tut pendant quelques secondes. Il se racla ensuite la gorge.

— Euh, Ursula. Il y a quelque chose que je voulais te demander.

Surprise par le ton hésitant de sa voix, elle se raidit légèrement.

— Oui ?

— Tu te souviens, quand tu m'as dit que tes ravisseurs ne t'autorisaient aucun plaisir sexuel ?

Elle hocha la tête.

— Tu as dit que c'était parce qu'ils pensaient que ton sang aurait perdu de ses effets.

Ursula s'arrêta de respirer. Elle savait où cette conversation menait. Et elle ne savait pas si elle la redoutait ou si elle s'en réjouissait.

— C'est ce qu'ils affirmaient.

— Je me demandais... si ça voulait dire que le pouvoir dopant de ton sang serait annihilé pour toujours ou simplement pour une certaine période, comme, par exemple, quelques heures ou quelques jours. Y as-tu jamais réfléchi ?

— Je n'y ai jamais pensé. Pas pendant que j'étais en prison.

Quoiqu'elle y eût surtout songé depuis qu'il lui avait dit dans le mono-space qu'il voulait la mordre en lui faisant l'amour.

Il lui enleva une partie de la mousse des cheveux et la laissa tomber dans l'eau du bain. Il ramena ensuite les mains sur son cou et la caressa.

— Tu as aimé ma morsure ?

Un frisson courut le long de sa colonne vertébrale et la fit frémir dans tout son corps.

— C'était différent de toutes les autres morsures. C'était... tendre.

Et elle avait aimé. Mais elle avait peur de l'admettre ouvertement. Parce que cela entraînerait trop de problèmes.

Oliver la poussa de nouveau, plongeant l'arrière de sa tête dans l'eau pour lui rincer les cheveux. Lorsqu'elle se rassit, il l'attira de nouveau contre sa poitrine et lui enroula les bras autour du torse, joue contre joue.

L'excitation et la peur entrèrent en collision en elle, lorsqu'il plongea la tête sur son cou. Elle retint sa respiration, redoutant et espérant à la fois qu'il enfonçât ses canines en elle, mais il ôta de nouveau les lèvres de sa peau.

— Tu étais belle quand j'ai observé ta réaction à ma morsure virtuelle. Mais j'étais également envieux. Parce que tu en as fait l'expérience immédiatement, et pas moi.

Sa voix était rauque, et une de ses mains glissa à présent vers le ventre d'Ursula, ensuite plus bas jusqu'à ce qu'il atteignît son sexe. Il l'enroba, étendit le majeur et l'enfonça en elle.

Elle laissa échapper un gémissement étouffé.

— Oliver, je... c'est trop risqué. Nous ne savons pas ce qui se produira.

Elle ne pouvait le laisser la mordre, non seulement pour son propre bien, mais également pour celui d'Oliver. Elle ne voulait pas qu'il devînt un drogué. Elle se souciait trop de lui pour que cela pût arriver.

— S'il te plaît, tu ne sais pas comment tu y réagiras.

Elle le sentit s'immobiliser avant d'ôter la main de son sexe.

— Bébé, tu pensais que j'allais te mordre maintenant ? Pas du tout.

Elle tourna la tête, étonnée.

— Tu n'allais pas me mordre ? Mais pourquoi... je pensais que tu me le demandais.

Oliver secoua la tête et sourit.

— Je voulais savoir si tu me permettrais de te prélever un échantillon de sang pour le faire examiner.

— Examiner ?

— Oui, tu sais que Maya est médecin. Nous pourrions lui donner des échantillons de ton sang prélevé avant que nous ne fassions l'amour et de même, après. Et alors, elle pourra voir s'il y a une différence. Peut-être qu'alors, nous pourrons découvrir si ce qu'ils disaient est vrai et, dans l'affirmative, pendant combien de temps ton sang demeure sans danger après le sexe.

Une indéniable lueur d'espoir brillait dans les yeux d'Oliver.

— Penses-tu vraiment que Maya peut faire ça ?

— C'est un bon médecin. Et elle a fait beaucoup de recherches sur ce qui affecte ou pas les vampires. Je lui fais confiance.

Lentement, elle s'imprégna des implications de la requête qui lui était soumise.

— Et si c'est sans danger, que feras-tu, ensuite ?

Les yeux bleus d'Oliver semblèrent ensorcelants lorsqu'il la regarda avec un désir peu contenu. Elle remarqua à peine la manière dont il s'assit et la retourna, afin qu'elle le chevauchât. Sous elle, elle sentit la dure arête de son érection sonder le centre de sa féminité. Lentement, il l'attira vers lui et l'empala sur son membre.

— Ça dépendra de toi. C'est ta décision, dit-il en l'embrassant tendrement. Tu sais déjà ce que je veux ; maintenant, la question est : que veux-tu ?

Il y a quelques jours, sa réponse aurait été évidente et instantanée mais, ce soir, les choses étaient plus compliquées. Elle était en train de tomber amoureuse d'Oliver, et elle voulait lui donner tout ce qu'il voulait. Mais cela incluait-il son sang ? Était-elle désireuse de lui donner ce que ses ravisseurs lui avaient dérobé pendant trois années ? Et si elle le faisait, s'il y avait, en effet, un moyen qu'il pût boire son sang sans être affecté par la drogue qu'il contenait, pourrait-il être capable de se maintenir sous contrôle sans succomber à cette irrésistible envie de sang et la drainer en la suçant ? Elle l'avait déjà vu dans cet état d'irrépressible envie. Que se passerait-il lorsqu'il ne pourrait plus la contrôler ?

— Je ne sais pas ce que je veux, murmura-t-elle, des larmes se formant dans ses yeux.

Du pouce, Oliver lui caressa la joue.

— Tu as tout le temps du monde pour prendre une décision. J'attendrai aussi longtemps qu'il le faudra.

Les lèvres d'Oliver se retrouvèrent alors sur les siennes, l'embrassant tout d'abord doucement, puis plus passionnément, tandis que son engin se mouvait en elle au même rythme.

33

———

— Voici, dit Oliver après que tous deux se fussent habillés. Il extirpa un téléphone portable de la poche de sa veste et le lui remit.

— À quoi ça sert ?

— C'est un téléphone de rechange. Il est impossible de le retracer. J'y ai programmé mon numéro pour que tu puisses me joindre, et je pourrai te contacter. Je suppose que celui-là n'est relié qu'à une ligne interne, dit-il en désignant le téléphone sur la table de nuit. J'ai mis la sonnerie sur vibreur. Assure-toi que personne ne le trouve. Cache-le de Vera et des autres, mais garde-le suffisamment près au cas où j'essaierais de te contacter.

—Merci.

Elle se hissa sur la pointe des pieds et l'embrassa.

— Une chose encore : je sais que tu veux parler à tes parents, mais ça devra attendre, dit-il en désignant le téléphone qu'elle tenait dans les mains. Le téléphone est verrouillé. Mon numéro est le seul que tu puisses appeler. Je suis désolé, mais je devais le faire. Je sais que tu seras tentée et, parfois, il vaut juste mieux prévenir que guérir.

Elle hocha la tête.

— Je comprends. Vraiment, je comprends.

Ses yeux confirmaient ses dires.

Il l'étreignit et la maintint tout contre son torse pendant plusieurs minutes, sans parler. Il l'embrassa ensuite sur le front.

— Je serai de retour demain soir.

APRÈS AVOIR QUITTÉ URSULA, Oliver fit son rapport à Cain et alla patrouiller avec lui. Cain était un des rares collègues qu'il n'avait pas encore énervés, et Oliver se donna beaucoup de mal pour ne pas dire la moindre chose qui pût aboutir à une dispute.

— Content que tu m'aies rejoint ; comme ça, ce n'est pas ennuyant, dit Cain, tandis qu'ils marchaient tous deux vers l'entrée d'une autre boîte de nuit où deux douzaines d'habitués faisaient la queue pour entrer.

— Je suppose que ça a été différent, l'autre nuit. C'était moche à quel point ? lança Oliver en lui adressant un regard oblique, avant de laisser errer les yeux sur les jeunes gens à l'extérieur du club, à la recherche de quelque chose d'inhabituel.

— Ce n'était pas beau, laisse-moi te le dire.

Cain baissa la voix, afin que les humains autour d'eux ne pussent l'entendre.

— Il l'avait massacrée, ajouta Cain.

Oliver parla tout aussi doucement.

— Pire que l'un de notre espèce en manque de sang ?

Cain fourra les mains dans ses poches.

— Et si inutile. Quel gaspillage de vie. C'est terrible ce que les drogues peuvent faire. C'est le mal, le mal à l'état pur.

Oliver se souvint du temps où, en tant qu'humain, il se droguait.

— Oui, insensé.

Et si Samson ne l'en avait pas sorti, il aurait péri. Le fait d'y repenser à présent fit resurgir la culpabilité quant à la manière dont il s'était séparé de ce dernier. Il s'arrêta juste avant qu'ils n'eussent atteint l'entrée de la boîte de nuit.

— Écoute, Cain. Ça t'ennuie si je te laisse pendant un moment ? Je dois parler à Samson.

Cain bascula sur les talons.

— Quelque chose d'important ?

— Quelque chose de très important.

— Pas de soucis. Je dois encore contrôler plusieurs clubs. Appelle-moi si tu veux me rejoindre plus tard. Enfin, si tu as fini avant le lever du soleil.

Oliver vérifia sa montre. Il avait passé la moitié de la nuit avec Ursula, et c'était déjà le troisième club que Cain et lui contrôlaient.

— Il est tard. Je t'appellerai si j'ai fini à temps.

Cela lui prit vingt minutes pour arriver chez Samson. Lorsqu'il se tint devant la porte d'entrée, il hésita pendant un instant. Il prit une profonde inspiration, imprégnant ses poumons de l'air frais de la nuit et sonna.

— C'est parti, marmonna-t-il.

Samson lui-même ouvrit la porte. Son patron le fixa, le visage sérieux. Ils se regardèrent simplement pendant un long moment, aucun d'entre eux ne prononçant le moindre mot. Samson rompit ensuite le silence.

— Entre, alors.

Samson se tint sur le côté pour le laisser entrer, puis ferma la porte derrière lui.

Debout dans le couloir, Oliver trépignait, ne sachant pas comment commencer. Il n'avait pas réellement réfléchi à ceci. Il n'était pas comme ses collègues qui avaient du bagou. Il était beaucoup plus simple que ça. Moins sophistiqué.

Il inspira, puis souleva les yeux pour regarder son patron.

— Samson, je suis désolé. Pour ce que j'ai dit.

Samson soupira et se passa une main dans les cheveux. Les secondes passèrent.

— Ce n'est pas facile de te voir grandir et devenir un homme avec ses propres opinions. Je suppose que je te vois toujours comme le gamin que j'ai ramassé dans la rue, une nuit, pour m'inciter à me sentir mieux.

Oliver le fixa avec un regard empreint de curiosité.

— Que veux-tu dire ?

Un triste sourire taquina les lèvres de Samson.

— J'étais au plus bas dans ma vie, en train de penser à toutes les mauvaises choses que j'avais faites dans le passé. Je voulais faire le bien et, soudain, diriger Scanguards ne fut plus suffisant. Je voulais sauver quelqu'un. Pour transformer sa vie. Alors, je t'ai choisi. Égoïstement, dans mon propre intérêt. Je voulais me prouver que je pouvais être altruiste, que je pouvais faire quelque chose pour un être humain sans attendre quoi que ce soit en retour.

— Tu m'as choisi ?

— Je l'ai fait pour me sentir mieux. Pour être fier de quelque chose.

Oliver laissa retomber la tête.

— Et maintenant, je t'ai déçu. Je peux le comprendre.

Samson posa une main sur l'épaule d'Oliver, le faisant relever la tête.

— Non, tu ne m'as pas déçu. Ce n'est pas ça. Je n'étais pas altruiste. C'était égoïste de penser que je pouvais prendre les décisions pour toi. Et quand j'ai réalisé que tu avais commencé à prendre tes propres décisions, je me suis mis sur la défensive. Je n'ai pas pu lâcher prise, alors que je savais que j'aurais dû le faire. Oliver, Quinn est peut-être ton père créateur, mais tu es comme un fils pour moi.

Oliver sentit un picotement dans les yeux et se rendit compte que tous deux avaient les larmes aux yeux. Il les refoula.

— Je t'ai toujours admiré.

Samson le serra dans ses bras.

— Je le sais.

Oliver sentit se relâcher la tension dans son corps.

— Sommes-nous d'accord ?

Samson le libéra et lui hérissa les cheveux.

— Nous sommes d'accord. Maintenant, dis-moi pourquoi tu as l'odeur d'une station thermale.

Complètement sous le choc, il se sentit comme paralysé pendant un moment. Samson pouvait-il flairer autre chose que le bain moussant qu'il avait partagé avec Ursula ? Pouvait-il toujours sentir le parfum d'Ursula sur lui ?

— Il n'y a rien de mal dans le fait qu'un homme prenne un bain, dit Oliver sur un ton léger avant de cligner de l'œil. Ne dis simplement pas à Rose que je lui emprunte ses gels et lotions bien chers.

Samson se pencha un peu plus et renifla de nouveau.

— Elle doit avoir changé de marque. Ça ne sent pas comme elle.

Oliver se força à glousser, espérant que son patron ne réalisât pas qu'il mentait. Mais il ne pouvait nullement le mettre au courant de son entrevue avec Ursula.

— Les femmes. Dès que tu crois les avoir comprises, elles changent tout.

Samson rit.

— Je n'ai jamais rien entendu dire de plus sage.

Cette petite crise avait été évitée. Le soulagement l'inonda juste comme son téléphone portable se mettait à vibrer. Oliver le sortit de sa poche et vérifia l'identité de l'appelant, mais seule l'indication *appel masqué* apparut à l'écran. Cela signifiait, au moins, que ce n'était pas Ursula : dans le cas contraire, le numéro du téléphone portable qu'il lui avait donné serait apparu. Lui parler alors que Samson écouterait la conversation ne serait pas futé.

— Laisse-moi voir ce qu'on me veut, dit-il à Samson.

Il appuya ensuite sur le bouton et répondit à l'appel.

— Oui ?

— Oliver Parker ? demanda une voix masculine.

Il le reconnut immédiatement.

— Monsieur Corbin ! Quelle bonne surprise ! dit Oliver en faisant signe à Samson pour lui indiquer qu'il voulait qu'il écoutât.

— Oui, oui. Êtes-vous toujours intéressé par cette adresse dont nous avons parlé ?

— Absolument.

— Avez-vous quelque chose pour écrire ?

Il remarqua que Samson saisissait un bloc-notes dans le buffet et sortait un stylo du tiroir.

— Allez-y, dit Oliver au vampire à l'autre bout de la ligne.

Corbin dicta une adresse à East Bay, et Oliver observa Samson en train de la noter.

— Merci, vraiment.

— Aucun problème. Juste une chose : si vous avez l'intention d'y allez, vous feriez mieux d'y aller rapidement. Le mailing que j'ai reçu indiquait que c'était seulement une adresse provisoire. Apparemment, il se pourrait qu'ils déménagent encore.

— Merci pour le renseignement.

— De rien.

La ligne fut coupée. Oliver regarda fixement Samson et désigna ensuite le téléphone.

— C'était le vampire à qui Ursula a volé le portefeuille.

— Je l'ai deviné, répliqua Samson en pointant du doigt l'adresse inscrite sur le bloc-notes. Avertissons le QG et passons à l'action.

34

En chemin vers le quartier général de Scanguards, Samson alerta déjà le personnel par téléphone et commença à donner des instructions pour rappeler tous les patrouilleurs avant le lever du soleil. Aujourd'hui, personne ne rentrerait dormir à la maison, car ils passeraient toute la journée à élaborer un plan pour libérer la douzaine de filles incarcérées et détruire les vampires qui les détenaient.

Oliver s'épanouissait dans cette partie de son travail. Comme une machine bien huilée, tous les engrenages de la grosse machine de Scanguards se mettaient en place. Tous savaient ce qu'ils avaient à faire.

Lorsqu'ils arrivèrent, tout le bâtiment grouillait d'activité. Samson et lui traversèrent tous les couloirs, salués par les membres très occupés du personnel qu'ils croisaient.

— Voyons quelles informations les autres ont déjà pour nous, dit Samson en entrant dans la salle de crise, un grand bureau dépourvu de fenêtres avec plusieurs moniteurs fixés aux murs. D'un côté, un certain nombre d'ordinateurs se trouvaient sur des bureaux. Une grande table dominait le centre de la pièce.

Thomas était assis face à un des ordinateurs, ses doigts survolant si rapidement le clavier que le mouvement n'aurait été qu'une image floue pour l'œil humain. Cain attendait derrière lui, les yeux fixés sur le moniteur au-dessus de la tête de Thomas. L'écran était divisé et affichait divers angles d'un coin de rue.

Quinn était penché sur la table centrale de la pièce et écoutait Zane et Amaury, lesquels étaient en train de parler avec Gabriel.

— Tu es de retour, dit Samson pour saluer son commandant en second.

Lorsque Gabriel se tourna pour l'accueillir en retour, la lumière éclaira la cicatrice présente sur le côté droit de son visage et la mit plus en évidence que d'ordinaire. Ses longs cheveux brun foncé étaient attachés en queue de cheval.

— Hé, Samson, Oliver. Je suis rentré il y a quelques heures. Juste à temps, à ce qu'il semble. Je ne voudrais pas manquer l'action.

Il sourit.

— C'est bon de te voir. Où sont les autres ? demanda Samson.

Zane se dirigea vers la table.

— Jay est toujours occupé à passer au crible les affaires qu'il a ramenées de l'appartement de Valentine. Cet endroit était une porcherie. Personne n'est encore revenu de patrouille, mais ils sont tous prévenus. Eddie est en bas, au labo informatique, en train de craquer le mot de passe d'un deuxième téléphone portable trouvé chez Valentine.

Il pointa alors brusquement le pouce en direction de Thomas et poursuivit.

— Thomas essaie de nous obtenir des caméras de sécurité pour l'extérieur du bâtiment.

Oliver se rapprocha.

— Comment ?

Thomas regarda brièvement au-dessus de son épaule.

— L'adresse que tu nous as donnée est un vieil entrepôt dans un des quartiers les moins accueillants d'Oakland. Il se peut qu'il y ait des caméras de surveillance dans ce secteur, peut-être une station service ou d'autres commerces. Je scanne le secteur pour voir si j'en trouve.

— Qu'avons-nous d'autre ? demanda Oliver en se retournant sur Zane.

Zane retroussa sa lèvre.

— Tu mènes la barque, maintenant ?

Oliver écarta les jambes, mais s'abstint de mettre les poings sur ses hanches, ne voulant pas apparaître tel un paon en train de pavaner. Il regarda plutôt furieusement son collègue.

— Souviens-toi, je suis celui qui a obtenu toutes les infos à propos de cette affaire.

Cet affrontement dura plusieurs secondes, et la tension fut palpable. Personne ne parla, et seul le bruit émis par Thomas en train de taper sur son clavier fut perceptible. Du coin de l'œil, Oliver remarqua que même Quinn était tendu. Son créateur le soutenait-il ?

Ensuite, Zane se détendit et regarda Samson et Gabriel.

— Je suppose que le gamin va finalement devoir mener les opérations. Il pourrait aussi bien le faire avec un cas qui l'intéresse.

Étonné que Zane eût cédé, Oliver demeura sans voix pendant un moment. Il se mit alors en action.

— Cain, dis à Eddie de laisser tomber le téléphone portable pour le moment, et qu'il nous déniche un plan du bâtiment.

Cain hocha la tête, saisit le récepteur et composa un numéro à deux chiffres.

Les heures suivantes, ils mirent en place la surveillance de l'entrepôt et explorèrent les différentes manières d'attaquer sans mettre les femmes en danger et sur les actions à mener envers les clients qui seraient trouvés sur les lieux. Ils se mirent d'accord quant au sort à réserver aux vampires qui tenaient le bordel : ils seraient détruits. La punition à infliger aux clients fut un peu moins définie.

— Nous n'avons aucune idée du nombre même de clients qu'ils ont, dit Amaury. Nous ne pouvons tout simplement pas y aller et tous les réduire en poussière.

— Hmm, dit Samson en se frottant la nuque.

Oliver fit les cent pas.

— Ils doivent avoir une liste de noms. Dans le cas contraire, ils n'auraient pas pu contacter Corbin pour lui communiquer la nouvelle adresse. Nous devrons trouver la liste. C'est la seule façon de dénicher tous les vampires affectés de la ville.

Gabriel soupira.

— Et quoi, ensuite ? Les emmener ici et les enfermer jusqu'à ce qu'ils soient sevrés et désintoxiqués ?

— Il se pourrait que ce soit la seule manière, songea Oliver. Samson, et si nous en parlions à Drake ? Il se pourrait qu'il puisse nous aider. Après tout, l'addiction est en partie mentale. En tant que psychiatre, il pourrait avoir quelques idées.

Samson le gratifia d'un regard encourageant.

— C'est une bonne idée. Je lui en parlerai.

Ce problème étant réglé pour le moment, Oliver se reconcentra sur la tâche principale : la façon de faire sortir les femmes en toute sécurité.

— Thomas. Allume le grand écran pour qu'on puisse voir à quoi nous avons affaire.

Comme demandé, Thomas s'exécuta et, un moment plus tard, une image noire et blanche avec du grain apparut sur le principal écran de télé de la pièce.

— Qu'est-ce qu'on voit ? demanda Oliver.

Thomas se leva et utilisa un pointeur au laser pour projeter un point rouge sur l'image vidéo. Il le déplaça sur l'écran tout en parlant.

— C'est l'entrepôt. Il y a une porte d'entrée sur la droite, ici, mais d'après le plan, il y en a deux autres à l'arrière. Il n'y a eu aucune activité, ce qui pourrait coller avec les informations que nous avons : puisqu'il fait jour, personne n'entre ou ne sort. Et même s'il faisait déjà nuit, cette vidéo ne nous aiderait pas. Malheureusement, comme nous le savons tous, on ne peut pas dire, à partir d'une vidéo, si on a affaire à un vampire ou pas. Leurs auras ne peuvent pas être capturées par la caméra. Donc, nous devrons envoyer quelqu'un là-bas qui devra d'abord le confirmer.

Oliver secoua la tête.

— Et perdre encore plus de temps ? Non. Corbin a dit que cette adresse pourrait n'être qu'une adresse temporaire. Nous ne pouvons prendre le risque qu'ils nous glissent entre les doigts.

— Je suis d'accord, dit Samson. Néanmoins, envoyons deux de nos meilleurs gardes humains tant qu'il fait jour pour qu'ils fassent un peu de reconnaissance pour nous. Ça ne nous prendra pas trop de temps.

Oliver hocha la tête.

— Et je pense que, pour être prudents, nous devrions obtenir confirmation de l'adresse par le biais d'une autre source, ajouta Samson avant de se tourner vers Thomas. Comment est-ce qu'Eddie s'en sort avec le mot de passe à craquer du deuxième téléphone de Valentine ?

— Il dit qu'il a les choses en mains.

— OK. Alors, allons vérifier les armes, suggéra Oliver.

Il y avait plusieurs manières de tuer un vampire et, quoiqu'il eût aimé voir ces salauds subir une mort des plus horrible, il était suffisamment intelligent pour savoir que Scanguards devait employer les méthodes les plus efficientes pour assurer la sécurité des femmes.

Les pistolets de petit calibre avec les balles en argent représentaient toujours le moyen le plus efficace pour tuer un grand nombre de vampires sans s'approcher trop près. Certains de leur groupe, dont Thomas, étaient des tireurs d'élite. Tandis que tout le monde discutait des mérites d'une arme par rapport à une autre, Quinn se pencha et se mit à parler calmement.

— Je suis très fier de toi. Et je suis désolé que nous ayons douté de toi. J'ai toujours su, qu'au bout du compte, tu t'en sortirais.

— Ce n'est pas encore fini.

— Je sais. Mais c'est un bon début.

Quinn jeta ensuite un œil à l'écran et aux plans qui étaient étalés sur la table.

— Quand tout ceci sera terminé, nous parlerons d'Ursula, ajouta-t-il.

Distraitement, Oliver hocha la tête. Merde, il n'avait pas encore averti Ursula des dernières mises au point. Et il devait lui dire qu'il ne pourrait pas passer, car ils allaient attaquer, cette nuit. Il ne voulait pas qu'elle l'attendît en vain et pût éventuellement s'inquiéter.

Le soleil s'était déjà presque couché lorsqu'Oliver put s'échapper de la salle de crise et trouver un bureau plus calme où il pourrait passer un coup de fil sans être entendu.

Il composa le numéro préprogrammé tout en gardant un œil sur la porte.

— Oliver ? dit la voix d'Ursula à travers la ligne.

— Oui, bébé, c'est moi.

Elle soupira.

— J'ai des nouvelles intéressantes. Nous savons où le bordel de sang a été relocalisé. Il est à Oakland, maintenant. Nous allons attaquer cette nuit et faire sortir les femmes.

— Oh, mon Dieu ! Je ne peux y croire !

Sa voix étouffée fut teintée d'excitation.

— Bientôt, tout sera rentré dans l'ordre.

— Que vas-tu faire ? Ça va être dangereux, n'est-ce pas ?

Il gloussa.

— Tu t'inquiètes pour moi ?

— Et si c'était le cas ?

Le torse d'Oliver se gonfla de fierté. Ursula s'inquiétait pour lui.

— Je te promets que je sais ce que je fais. Et mes collègues également. Dans l'immédiat, nous parlons stratégie. Ne t'inquiète pas, nous y entrerons en tirant.

Ursula s'arrêta de respirer pendant un instant.

— Mais les filles. Vous ne pouvez pas les blesser.

— Nous ne les blesserons pas. Nous avons d'excellents tireurs d'élite dans notre équipe. Il ne sera fait aucun mal à aucune des filles. Je te le promets.

— C'est si bon de savoir que tout sera bientôt terminé. Comment as-tu fait pour trouver l'endroit ?

— J'ai reçu un appel de Corbin, le vampire à qui tu as volé le portefeuille.

— Il a appris où ils avaient déménagé ?

— Oui, il a reçu un mail lui communiquant la nouvelle adresse. Sacrément chanceux également ! Puisqu'il y était seulement allé une fois, il ne pensait pas qu'il en serait averti.

— Quoi ?

— J'ai dit sacrément chanceux—

— Oliver, Corbin n'est pas venu qu'une seule fois. Je l'ai vu plusieurs fois. Il était un régulier.

La surprise inonda le jeune vampire.

— Mais il a dit... tu en es sûre ?

— Crois-moi... oh zut, je pense que Vera est à la porte. Je dois y aller.

— Attends—

Mais la ligne fut coupée.

— Putain ! jura Oliver.

Pourquoi Corbin mentirait-il à propos du fait qu'il eût été un client régulier du bordel ? Pourquoi feindre qu'il n'y était allé qu'une seule fois et qu'il n'aimait pas ce sang spécial ? Était-ce possible qu'Ursula l'eût confondu avec un autre client ? Non, il ne pouvait douter de ses paroles. Chaque fois qu'il l'avait fait, il s'était avéré qu'il se trompait, et qu'elle avait raison.

Il devait suivre son intuition.

Oliver déboula dans la salle de crise, juste comme Eddie y entrait également.

— Corbin ment.

Toutes les têtes se tournèrent vers lui.

— Je viens juste de raccrocher avec Ursula. Elle a confirmé que Corbin était un régulier—

Zane l'interrompit.

— Tu as parlé à Ursula ? J'ai explicitement ordonné—

— Ça n'a pas d'importance, maintenant ! cria Oliver. Je l'ai trouvée. Ce qu'elle m'a dit me laisse penser que Corbin ment. Il était un régulier du bordel de sang, alors qu'il m'a dit n'y être allé qu'une seule fois et ne pas avoir aimé ça. Il nous a leurrés ! L'entrepôt à Oakland doit être un piège.

— Il y a beaucoup de raisons pour lesquelles il peut ne pas vouloir admettre qu'il était un client régulier, l'avertit Samson.

— Je suis d'accord, dit Gabriel. Ça ne veut pas dire que le bordel ne se trouve pas là où Corbin le dit. De plus...

Il désigna alors le moniteur sur lequel la vidéo de l'entrepôt tournait toujours en direct.

— ... nos gardes humains ont confirmé qu'ils y ont trouvé des preuves d'une certaine activité. Il doit y avoir au moins une douzaine de gars qui se cachent à l'intérieur.

— Mais aucun signe des femmes, nota Oliver. C'est là qu'est le piège.

— Nous devrions toujours y aller, dit Zane. Il faudra juste emmener plus d'hommes avec nous.

— Non ! Corbin d'abord.

Amaury haussa les épaules.

— Il n'y a aucun mal à envoyer quelques personnes chez lui pour le surveiller pendant que le reste d'entre nous se rend à Oakland. De toute façon, ça nous prendra un certain temps pour y arriver.

Il regarda ensuite Eddie.

— Quelque chose de ce deuxième téléphone appartenant à Valentine ?

— J'ai craqué le mot de passe, répondit Eddie. Mais Valentine n'a reçu aucun texto ou mail à propos du bordel de sang.

Oliver pointa Eddie du doigt.

— Vous voyez, une raison de plus de ne pas aller à Oakland. Pourquoi est-ce qu'un client recevrait un mail avec la nouvelle adresse, et pas un autre ? Et Valentine était incontestablement un régulier, si on considère à quel point il est intoxiqué.

Oliver dévisagea ses collègues, dont l'expression du visage s'était assombrie.

Samson et Gabriel s'échangèrent un regard. Puis, Samson se leva.

— Changement de plans.

35

Paul Corbin mit la touche finale à son impeccable tenue. Il aimait bien s'habiller et, pour l'occasion de ce soir, il s'était surpassé.

Dès que le soleil se coucha, il partit à toute vitesse dans sa Mercedes noire. Tout avait été arrangé. Cela lui prit moins de dix minutes pour atteindre l'adresse à Nob Hill. Il se gara de l'autre côté de la rue et coupa le moteur.

Lorsqu'il sortit de sa voiture et ferma la portière derrière lui, il lissa les plis de son costume noir, tandis que ses jambes engloutissaient la distance qui le séparait de l'entrée du grand bâtiment. Un interphone était placé à côté de la plaque en laiton. Il appuya sur la sonnette et ne dut pas attendre longtemps avant qu'un crépitement mêlé à la voix d'une femme ne se fît entendre au-travers.

— Oui ?

Il se pencha vers le haut-parleur.

— Paul Corbin. Je suis un nouveau client.

Il y eut une légère hésitation avant que la sonnerie ne retentît. Il poussa la porte et entra. Le vestibule était luxueux. Il évalua rapidement les alentours : un salon sur la gauche, deux portes sur la droite et, ensuite, un grand escalier à l'extrémité du hall. Une des portes sur sa droite s'ouvrit, et une femme asiatique vêtue d'un élégant tailleur en sortit et se dirigea vers lui.

Elle lui tendit la main pour le saluer.

— Monsieur Corbin ?

Il la lui serra, pas du tout surpris que la femme fût un vampire.

— Bonsoir.

— Je suis Vera, se présenta-t-elle. Puis-je vous demander qui vous a adressé ?

Préparé à cette question, il répondit calmement.

— Oliver a eu cette amabilité.

Elle sourit immédiatement et, de toute évidence, se relaxa.

— Vous connaissez Oliver ?

Il hocha poliment la tête.

— Un charmant jeune homme.

— Il l'est, n'est-ce pas ?

Elle le regarda ensuite de haut en bas pour l'évaluer.

Corbin garda son sang-froid. Il savait qu'il était acceptable.

— Que puis-je vous offrir pour votre plaisir ? Nous pourvoyons à tous les goûts.

Il sourit nonchalamment.

— Je suis un homme aux goûts assez variés. Surprenez-moi.

Il lança un regard vers le salon où plusieurs femmes distrayaient les hommes présents.

— Tout ce que j'exige, c'est de l'intimité, à l'écart de tout... euh, ce divertissement, dirons-nous.

— Une chambre privée, bien sûr. Par ici, l'invita Vera.

Il la suivit tout le long du corridor jusqu'à ce qu'elle frappât à une autre porte et y entrât. À l'intérieur de ce confortable salon, se trouvait une demi-douzaine de femmes, toutes belles en soi et toutes vêtues avec goût, certaines dévoilant plus de chair que d'autres.

Vera fit signe aux filles et adressa un regard oblique à son visiteur.

— Le choix vous appartient.

Il laissa ses yeux errer sur les femmes et en désigna ensuite une

— Celle-là.

Vera fit signe à la femme de s'approcher d'eux. Elle était voluptueuse, ses courbes étaient pleines et attirantes. Elle balaya Corbin du regard, s'attardant brièvement sur son entrejambe. Il permit à ses lèvres d'afficher un demi-sourire avant de prendre la main de la beauté et de la porter à sa bouche.

Elle sembla surprise par ce geste démodé et ricana.

— Voici Ophélia. Elle va vous conduire à l'étage jusqu'à une chambre privée. Ophélia, s'il te plaît, attends Monsieur Corbin au pied de l'escalier.

La femme hocha la tête et quitta la pièce. Vera la suivit, indiquant à Corbin de faire de même et s'arrêta ensuite dans le couloir pour se retourner vers lui dès qu'Ophélia fut hors de portée de voix.

— Ce sera en argent liquide ou par carte de crédit ?

Il la regarda, prit son portefeuille et l'ouvrit. Il avait eu la présence d'esprit de bourrer son portefeuille de gros billets avant de quitter son domicile. Il les sortit.

— Argent liquide.

Vera ouvrit la main et, un billet après l'autre, il y déposa cent dollars jusqu'à ce qu'elle fût satisfaite et refermât la main autour de la liasse.

— Passez une bonne soirée. Et s'il y a quoi que ce soit que vous désiriez, il y a un téléphone interne dans la chambre. Formez le zéro et faites-nous savoir comment nous pouvons rendre votre séjour plus agréable.

— Je suis déjà certain que cette soirée sera très satisfaisante.

Il s'en assurerait.

Lorsqu'il atteignit les escaliers, Ophélia l'attendait. Il enroula un bras autour de ses séduisantes courbes et la laissa l'emmener à l'étage. Elle bifurqua au troisième et le conduisit le long d'un couloir pourvu de plusieurs chambres. Elle s'arrêta en face de l'une d'elles et ouvrit la porte.

Tout en le gratifiant d'un regard séducteur, elle entra et lui fit signe de la suivre.

— Voilà, dit-elle.

Corbin jeta un regard superficiel dans la chambre. Elle était meublée avec goût : un grand lit, des tables de chevet et une commode. Une chaise permettait vraisemblablement aux clients d'y déposer leurs vêtements, tandis qu'ils s'adonnaient aux faveurs des dames.

— Parfait, répondit-il.

Elle se frotta contre lui, sa main se dirigeant vers sa cravate.

— Qu'aimerais-tu ?

Elle se lécha les lèvres.

— Qu'est-ce que tu fais ?

— Tout, répliqua-t-elle en pressant les hanches contre son bas ventre.

— Bien, murmura-t-il. Que dis-tu de ceci ?

Il leva les mains et lui saisit la tête. Dans l'expectative, elle le regarda. Ensuite, d'un mouvement rapide mais puissant, il lui tourna la tête et lui brisa le cou.

Elle s'effondra immédiatement, et il la rattrapa avant de la déposer sur le lit. Quel dommage qu'il fût pressé ! Autrement, il l'aurait d'abord baisée, mais les affaires étaient plus importantes.

Rajustant sa cravate, il se retourna vers la porte.

— Maintenant, la soirée peut commencer.

———

PASSANT RAPIDEMENT d'une chaîne à l'autre, Ursula ne trouva rien d'intéressant à regarder. Elle était trop speedée pour pouvoir se concentrer sur quoi que ce soit. Cette nuit, Scanguards libèrerait ses sœurs, ces femmes qui, comme elle, avaient été enfermées. Leur calvaire serait bientôt terminé, et tout le monde retournerait dans sa famille. Elle pria qu'Oliver et ses collègues pussent vaincre les autres vampires sans être blessés.

Tout en soupirant, elle ferma les yeux et se remémora les souvenirs de la nuit précédente. Mais un bruit à la porte l'interrompit. Son dîner était-il déjà prêt, si tôt ? Ursula entendit un bruit, comme si quelqu'un tournait la clé dans la serrure, mais éprouvait des difficultés à le faire. On ouvrit alors brusquement la porte.

Dans un premier temps, elle n'aperçut qu'un mouvement flou et, par la suite, un homme qui entrait dans la chambre avant de refermer la porte derrière lui.

Stupéfaite, elle se dépêcha de sauter du lit, tentant de mettre une certaine distance entre elle et l'intrus, mais il fut plus rapide qu'elle. Il lui attrapa le bras et le lui serra douloureusement.

— Pas si vite, ma petite putain de sang, dit-il avec un sourire diabolique sur le visage.

Oh Dieu, elle savait qui il était ! Elle le reconnut. C'était la sangsue à qui elle avait volé le portefeuille : Paul Corbin.

Ses poumons expulsèrent de l'air.

— Que voulez-vous ?

Il la gratifia d'un sourire évasif.

— Eh bien, n'est-ce pas évident ? Je ne vous ai pas achetées, vous, les putains, pour que vous m'échappiez. Je suis venu pour te ramener dans le troupeau.

— Me ramener ?

Elle ne comprit pas ce qu'il voulait dire. Pourquoi voulait-il la ramener ? Il était un client du bordel, pas un gardien.

Corbin gloussa.

— Toi et les autres, vous m'appartenez. Vous travaillez pour moi ! Vous faisiez de l'argent pour moi, et aucun jeune parvenu de vampire ne te dérobera à moi pour disposer gratuitement de la marchandise. Quiconque voudra votre sang devra me le payer !

Ursula écarquilla les yeux dès qu'elle comprit.

— Vous êtes leur chef ! Vous possédez le bordel !

— Voilà une fille intelligente ! Peut-être même plus futée que certains de mes gardes. Ils n'ont jamais compris que je les surveillais en prétendant être un client. Ils n'ont jamais suspecté la moindre chose.

Ursula sentit des frissons la parcourir. C'était donc vrai que le propriétaire disposait d'un espion qui lui rapportait si les gardes accomplissaient ou non leur boulot ; sauf que l'espion était le propriétaire lui-même. Intelligent. Et maintenant, il était ici pour la ramener. Elle se creusa frénétiquement les méninges afin de savoir que faire. Elle devait le faire patienter. Si elle était chanceuse, son dîner arriverait bientôt, et ce devrait être Vera qui le lui apporterait. Elle pourrait lui venir en aide.

— Comment avez-vous fait pour me retrouver ?

Corbin rit doucement.

— Ton ami m'a apporté le portefeuille que tu m'as volé. Je savais que quelqu'un me l'avait dérobé au bordel. J'ai fait fouiller l'endroit, mais personne n'a pu le trouver. Quand Oliver me l'a rapporté, j'ai pensé qu'il devait venir de toi. Tu étais la seule à être sortie. J'ai alors su que je te retrouverais.

Elle déglutit.

— Et alors, ton petit ami a affirmé être un client. À quel point me pensez-vous stupide ? Je connais chaque client de nom. Il n'y avait aucun Oliver Parker parmi eux, pour autant que ce soit son vrai nom.

Il la regarda furieusement.

— Alors, je l'ai suivi. Et devine où il m'a conduit ? À ce bel établissement, dit-il en regardant autour de lui dans la pièce. Alors, que lui as-tu donné pour qu'il te vienne en aide ? Juste ta chatte ? Ou a-t-il également bu ton sang ? Lui as-tu promis de l'approvisionner perpétuellement s'il t'aidait ?

Corbin tira sur le bras d'Ursula, l'attirant ainsi plus près de lui. Ses yeux étaient à présent rouges, et elle remarqua la manière dont ses muscles faciaux se durcissaient, tandis que ses doigts commençaient à se transformer en griffes.

— Non !

— Peu importe. Car il n'obtiendra plus rien du tout de toi. Parce que tu viens avec moi.

— Vous n'avez nulle part où aller. Il va libérer les autres femmes, cette nuit ! cria-t-elle.

Corbin expulsa un rire diabolique.

— Oh, tu veux dire à l'entrepôt à Oakland ; l'adresse que je lui ai donnée ?

Oh merde ! Oliver lui avait dit au téléphone que Corbin était celui qui lui avait procuré l'adresse. Il courait dans un piège. Les scélérats le tueraient, lui et ses collègues.

— Oh Dieu, non !

Elle devait l'aider, lui faire parvenir un message. Mais son portable était enfoui sous son oreiller et était hors de portée. Quoique Corbin ne lui accorderait pas la moindre opportunité d'appuyer sur le bouton d'appel.

— Oui, quand ton ami et ses collègues arriveront à l'entrepôt d'Oakland, ils seront annihilés. Il y aura une douzaine de vampires lourdement armés qui les attendront. Ils tomberont dans un bain de sang. Et pendant ce temps, on embarquera les filles, et on les mettra sur un camion. On quitte la ville cette nuit, et tu viens avec nous.

Elle secoua la tête, mais il sourit.

— Allons-y !

Il tenta de la soulever, mais elle lui asséna des coups de pied dans la jambe. Il jura, lâcha prise durant une fraction de seconde, et elle se tortilla, étendant le bras pour passer la main sous l'oreiller. Ses doigts agrippèrent le téléphone portable. Mais Corbin la tira brusquement en arrière, et le téléphone lui glissa des doigts et tomba sur le côté du lit avant qu'elle n'eût pu presser le bouton d'appel.

Corbin le fixa du regard.

— Tu désobéis encore ? J'ai entendu parler de ça à ton propos ! Depuis le début, tu n'as causé que des ennuis ! Une qui n'a jamais su ce qui était bon pour elle ! Maintenant, prends ça et vois si tu aimes !

Du revers de la main, il la gifla sur la joue, lui fouettant la tête sur le côté. La douleur l'irradia et l'étourdit au point qu'elle crut qu'elle allait perdre connaissance.

Elle gémit.

— Je vais t'apprendre à me désobéir !

Il souleva la main une fois de plus.

— Fais-le, et tu vas souffrir ! l'avertit une voix masculine depuis la fenêtre.

Était-elle en train d'halluciner, ou était-il vraiment venu pour la sauver ?

36

Avec horreur, Oliver observa la façon dont Corbin tirait Ursula devant lui en guise de bouclier. Il avait saisi son revolver dès l'instant où il était entré dans la pièce depuis le balcon mais, maintenant, il hésitait. Il n'était pas un tireur d'élite, et si Corbin se déplaçait à la vitesse du vampire, entraînant Ursula avec lui, la balle pourrait plutôt l'atteindre, elle. Il ne pouvait en prendre le risque.

— Regarde qui nous a rejoints ! dit Corbin à Ursula. Ton ami. Dommage qu'il arrive trop tard.

Corbin alla dans sa poche et en sortit un pistolet qu'il plaça sur la tempe d'Ursula.

Le choc ébranla Oliver dans tout son corps, mais il se força à demeurer calme et à sembler indifférent lorsqu'il répondit.

— Je ne vois pas les choses comme ça. Je suis arrivé juste à temps. Soit. J'ai trouvé ta maison vide quand j'y suis allé. Tu déménages ? demanda-t-il nonchalamment. Quel dommage. C'était vraiment une chouette maison.

Corbin força un sourire.

— Déménager fait partie intégrante de ma profession.

— Où, cette fois ?

— Ça me regarde, si ça ne te dérange pas. Maintenant, lâche ton arme.

— Tu ne tireras pas sur elle. Elle est trop précieuse pour toi.

Un sourire diabolique s'afficha sur le visage de Corbin.

— La balle ne la tuera pas, mais la blessera néanmoins.

Il baissa le revolver sur l'épaule d'Ursula.

Réalisant que la canaille ne bluffait pas, Oliver laissa tomber l'arme au sol.

Paniqué, il observa alors Corbin, lequel faisait quelques pas en arrière en direction de la porte, Ursula toujours tout contre lui.

— Une dernière question avant que je ne parte : comment as-tu su que c'était moi ? demanda le scélérat.

— Tu n'aurais pas dû dire que tu n'étais allé qu'une seule fois au bordel de sang. Quand j'ai réalisé que tu avais menti à ce propos, j'ai pensé que tu pouvais également mentir à propos d'autres choses. Comme au sujet de la nouvelle adresse du bordel. Tout particulièrement puisque personne d'autre n'a reçu un email mentionnant l'adresse. C'est drôle que tu aies été l'unique client à l'avoir reçue.

Corbin haussa un sourcil, puis les épaules.

— Ah, eh bien, je le saurai pour la prochaine fois.

— Il n'y aura pas de prochaine fois, lui prédit Oliver.

Mais Corbin atteignit la porte derrière lui et l'ouvrit. Ursula regarda fixement Oliver, les yeux grands ouverts tant elle avait peur, les mains tentant, en vain, de se dégager du bras de son ravisseur.

Lorsque la porte s'ouvrit davantage, Oliver perçut un mouvement dans le couloir, derrière le ravisseur.

— Corbin, tu as commis une autre fatale erreur.

Pendant une seconde, ce dernier stoppa ses mouvements.

— Bien essayé.

— Tu pensais que j'étais venu seul.

Un tir retentit. Corbin poussa un cri de douleur lorsqu'il laissa retomber le bras droit tenant l'arme, du sang suintant de son épaule. Ursula se libéra et, dans sa lutte, tomba en avant. Le visage de l'ennemi se tordit en une grimace mais, apparemment, la balle était sortie de l'épaule sans avoir causer davantage de dégâts.

Il s'aida de sa main gauche et souleva de nouveau le revolver, pointant Ursula, tandis qu'elle essayait de ramper pour aller se mettre en sécurité.

— Tu ne les auras jamais. Ni elle ni les autres filles.

Oliver se précipita en avant, déboula sur Corbin et le cogna à terre. Celui-ci perdit le pistolet dès que son épaule blessée toucha le sol. Le revolver glissa sous le lit, hors de leur portée. Oliver se retrouva sur Corbin en un instant. Ils se battirent, échangeant des coups et des coups de poings trop rapides pour que l'œil humain pût suivre le mouvement.

Oliver cogna la blessure de Corbin à plusieurs reprises, mais ce salaud était fort et, d'un crochet du gauche, il fouetta la tête d'Oliver sur le côté. Dans son élan, il roula, et Oliver se retrouva soudain sous lui, victime des coups de poings du diabolique vampire.

Oliver lança une jambe en l'air et s'arrangea pour diriger le genou sur la cuisse de son opposant, de sorte que ce dernier reculât pendant un moment. Cela fut suffisant pour se dégager et rouler sur le côté.

Corbin manqua le coup suivant. Oliver comprit dès lors que la force de l'ennemi s'affaiblissait. Et ce dernier le savait également. Oliver le coinça en mettant un bras contre sa gorge. Il alla ensuite dans sa poche et en sortit un pieu. Corbin bougea la main, extirpant brusquement quelque chose de sa poche. Du coin de l'œil, Oliver vit ce que c'était : pas une arme, mais un téléphone portable. Bien que son champ fût limité, Corbin tira le bras en arrière, tel un lanceur au baseball.

— Tu ne les trouveras jamais ! promit-il à Oliver en essayant d'éclater le téléphone contre le mur.

Mais Oliver lui planta violemment le pieu dans le cœur et fit volte-face à la vitesse du vampire, rattrapant ainsi le téléphone dans son envol avant que ce dernier ne heurtât le mur et ne se fracassât en morceaux. Sous lui, Corbin se désintégra en poussière.

La respiration lourde, Oliver saisit fermement l'iPhone et regarda de nouveau l'endroit où les cendres de Corbin s'étaient déposées.

— J'aurais peut-être dû mentionner que j'étais le receveur dans mon équipe de baseball, connard !

Cain fit irruption dans la pièce, le pistolet toujours en mains.

— Je suppose que je suis un plus mauvais tireur que je ne le pensais.

— Tu aurais dû m'attendre, l'admonesta Thomas, lequel se précipitait dans la pièce derrière lui.

— Qu'est-ce qui vous a retenus si longtemps, les gars ? grogna Oliver à l'intention de ses collègues.

Sans attendre la réponse, il se précipita plutôt vers Ursula.

— Ursula, bébé. Tu vas bien ? Tu es blessée ?

Elle tendit les bras vers lui, et il l'étreignit.

— Je vais bien, chuchota-t-elle en agrippant la chemise de son sauveur.

— Une douzaine de vampires vous attendront à l'entrepôt d'Oakland.

— Tout est sous contrôle.

Elle inspira plusieurs fois profondément.

— Les filles. Il a dit qu'il les emmenait. Qu'on les embarquait quelque part. Mais il n'a pas dit où.

Oliver souleva la main tenant le téléphone portable de Corbin et se retourna ensuite pour faire face à ses collègues.

— Thomas, peux-tu craquer le mot de passe de son téléphone pour voir si tu peux trouver une piste ? Il voulait le détruire, ce qui me fait penser qu'il contient des informations au sujet de l'endroit où se trouvent les filles.

Il passa une main dans les cheveux d'Ursula, tandis que Thomas prenait le téléphone.

— Aucun problème. Donne-moi quelques minutes.

Le vampire gay s'assit sur le lit, extirpa un petit dispositif électronique de sa veste en cuir et brancha le câble qui y était attaché à l'iPhone de Corbin.

Ursula enroula les bras autour du cou d'Oliver.

— Tu m'as sauvée.

Oliver sourit et fit signe à Cain.

— Techniquement, Cain m'a aidé, mais si tu préfères m'embrasser, je suis partant.

Il eut à peine prononcé son dernier mot qu'Ursula pressa ses lèvres sur les siennes, les brûlant d'un baiser. Si Cain n'avait pas été là à les observer, Oliver se serait permis de se livrer à bien plus qu'un simple baiser. Mais tout n'était pas encore fini, et des innocents devaient toujours être libérés.

Tandis qu'il regardait dans le couloir, il remarqua l'approche de plusieurs filles de Vera.

— Merde, elles doivent avoir entendu le coup de feu. Cain, je pense que tu vas devoir nettoyer un peu.

Cain hocha la tête lorsque, subitement, Vera fit irruption dans la chambre. Son regard se dirigea furtivement d'Oliver et Ursula vers Cain et Thomas et, ensuite, de nouveau vers Oliver.

— J'ai trouvé Ophélia morte dans une des chambres, murmura-t-elle en refermant la porte derrière elle. La nuque brisée.

Oliver ferma les yeux.

— Oh, merde. Corbin doit l'avoir tuée.

— Corbin ? Le nouveau client que tu nous as envoyé ? demanda Vera.

— Alors, c'est comme ça qu'il est entré.

Cain souleva une main.

— Je te mettrai au courant d'ici peu, Vera. Mais, d'abord, toi et moi devons nettoyer.

Il désigna la porte derrière laquelle les filles de Vera attendaient toujours. Oliver put entendre leurs voix inquiètes à travers celle-ci.

Cain fit sortir Vera de la chambre et la suivit.

Oliver regarda Thomas en train de fixer son gadget, profondément concentré. Sachant qu'il ne devait pas le déranger, il tira Ursula sur le côté.

— Comment as-tu su que Corbin viendrait ici pour moi ? demanda-t-elle calmement.

— Quand j'ai découvert que Corbin avait vidé toute sa maison, j'ai failli devenir fou. J'ai alors compris qu'il avait monté un piège pour faire d'une pierre deux coups : s'arranger pour que Scanguards et moi lui fichions la paix pendant qu'il s'emparait de toi afin de vous emmener, toi et les filles.

— Je n'ai jamais soupçonné qu'il soit le patron, admit Ursula. Il était juste comme n'importe quelle autre sangsue. Il ne se distinguait pas.

— Je pense que c'était le but. Il voulait se fondre dans la masse, afin de garder un œil sur les choses. Je me demande juste comment il a pu cacher le fait qu'il était intoxiqué. Je n'ai vu aucun signe en lui.

Oliver ne pouvait croire qu'il eût été si aveugle.

— Peut-être qu'il n'était pas intoxiqué.

— Mais comment ?

— Et s'il ne prenait jamais beaucoup de notre sang ?

— Continue, dit Oliver avec intérêt.

Elle baissa davantage la voix, refusant manifestement que Thomas l'entendît, quoiqu'Oliver sût que son collègue pût capter ce qu'elle disait s'il était enclin à écouter.

— Tu te souviens quand tu as utilisé le contrôle de l'esprit pour me faire croire que tu me mordais ?

Il hocha la tête. Comment pourrait-il l'oublier ?

— Mais le contrôle d'esprit ne fonctionne pas sur les vampires. Les gardes l'auraient remarqué.

— Il aurait simplement pu enfoncer ses canines dans le côté du cou opposé à la vue du garde sans jamais puiser dans la veine. Le gardien aurait perçu l'odeur du sang, puisqu'il avait perforé notre peau, mais nous n'aurions jamais su qu'il ne s'abreuvait pas de nous, car il utilisait le contrôle de l'esprit pour nous faire croire que nous le ressentions en train de téter la veine.

— Mon dieu, il se pourrait que tu aies raison. Comment aurait-il pu se maintenir sous contrôle, autrement ? Tu es très futée, lui dit-il en souriant.

Elle lui retourna son sourire, puis redevint sérieuse.

— Est-ce qu'on va les trouver ?

Plutôt que de répondre, il se tourna vers Thomas, lequel levait la tête au même moment, un sourire triomphant sur le visage.

— Je l'ai !

37

Le relais routier le long de l'autoroute était très fréquenté. Plus de deux douzaines de grands camions, des neuf essieux pour la plupart, étaient soigneusement rangés en files. Beaucoup d'entre eux s'étaient sans doute arrêtés là pour la nuit. Certains des conducteurs devaient déjà probablement dormir dans leur cabine, tandis que d'autres étaient encore en train de prendre un repas tardif dans le petit restaurant.

Oliver gara le monospace dans le parking et coupa le moteur. À côté de lui, Thomas observait attentivement les camions. Gabriel et Amaury étaient assis sur la banquette arrière. Arrivé depuis peu d'Oakland, ce dernier y avait laissé un contingent de leur personnel dans le but de surveiller l'entrepôt.

Ursula, assise entre ces deux grands vampires, ne se sentait toujours pas entièrement à l'aise avec eux, mais elle savait qu'elle finirait par s'habituer. La présence d'Oliver la faisait se sentir en sécurité. Celui-ci tourna la tête. Thomas fit de même.

— Je crains que nous n'ayons aucune description du camion, mais le mail que nous avons trouvé dans le téléphone de Corbin disait que quelqu'un livrerait Ursula à cet endroit. Je suppose que le scélérat essayait toujours de protéger son identité, car son message dit que c'est un nouveau garde qui va l'amener, dit Oliver.

— Dans ce cas, répondit Gabriel, pourquoi ne pas leur donner ce à quoi ils s'attendent ? Ça les fera sortir.

Oliver hocha la tête.

— C'est ce que je pensais.

Il regarda ensuite Ursula.

— Tu seras parfaitement en sécurité. Mes collègues seront prêts à agir dès que les gardes se montreront. Ils n'auront même pas le temps de s'approcher de toi.

Parvenue à la même conclusion, Ursula acquiesça d'un hochement de tête.

— Je suis d'accord.

— Bon. Je vais emmener Ursula dehors et marcher en direction du restaurant en traversant devant les camions et—

— Non ! l'interrompit-elle.

Un regard confus traversa le visage d'Oliver.

— Je pensais que tu étais d'accord.

— Je veux que Gabriel m'y emmène.

Lorsqu'Oliver tenta de protester, elle souleva une main.

— Écoute-moi jusqu'au bout. Corbin t'a suivi, ce qui, plus que probablement, veut dire qu'il a vu l'endroit d'où Scanguards dirige les opérations. Et s'il a également vu tes collègues ? Et s'il a pris des photos pour les donner à son personnel afin qu'ils puissent faire le guet ?

Elle désigna ensuite Gabriel et poursuivit.

— Tu m'as dit que Gabriel est rentré de New-York il y a seulement quelques heures, quand Corbin avait plus que vraisemblablement déjà prévu de m'enlever chez Vera. Il n'a donc pas pu le voir.

Elle gratifia alors Gabriel d'un regard oblique et lui sourit.

— Ne le prends pas mal mais, à te voir, on peut croire que tu travailles pour Corbin, lui dit-elle en laissant errer les yeux sur la grande cicatrice qu'il avait sur le visage.

Après un moment, Gabriel regarda Oliver.

— Elle a raison. Dans les deux cas : Corbin ne m'a pas vu, et je devine que je ressemble quelque peu à un voyou.

À contrecœur, Oliver y concéda. Il fixa Gabriel du regard.

— Bien. Mais si quoi que ce soit lui arrive, je me vengerai sur toi.

Gabriel roula des yeux et tendit la main vers la portière qu'il ouvrit.

— Attends, dit Oliver en extirpant un pieu de sa poche. Juste au cas où, ajouta-t-il en le tendant à Ursula.

Tout en le gratifiant d'un dernier sourire, Ursula suivit Gabriel à l'extérieur et fourra le pieu dans la poche de sa veste.

— Je pense que tu devrais me saisir le bras et me tirer tout le long, murmura-t-elle tout bas. Les gardes de Corbin n'étaient pas vraiment aimables.

Gabriel lui prit le bras et la poussa doucement vers l'avant. Ils firent le tour de quelques voitures et arrivèrent en vue des camions. Lentement et délibérément, Gabriel la guida entre les deux rangées de poids lourds en stationnement. Du coin des yeux, tout en continuant d'avancer, elle scanna les véhicules à la recherche de tout mouvement. Les phares d'un camion s'allumèrent, puis s'éteignirent.

— Ça doit être celui-là, dit Gabriel, à voix basse, en la tirant vers le véhicule, tandis qu'elle faisait semblant de se déplacer à contrecœur. Quoiqu'elle sût qu'elle était en sécurité et que les autres hommes de Scanguards n'étaient pas loin, ses battements de cœur accélérèrent, et ses mains devinrent moites. À chaque pas qu'ils faisaient en direction du camion en question, son pouls s'emballait.

Soudain, la cabine du poids lourd s'ouvrit, et un homme en descendit. Lorsqu'il toucha le sol et s'avança, Ursula reconnut en lui un des gardes. Elle se figea sur place instantanément. Le gardien, prénommé Marcus selon ses souvenirs, afficha un vilain sourire après l'avoir également reconnue. L'homme balaya ensuite son accompagnateur des yeux : il regarda Gabriel de haut en bas.

Le clic d'une arme à feu brisa le silence. Avant qu'elle ne pût réagir, une voix familière s'adressa à eux par l'arrière.

— Ursula, ma préférée de toutes.

— Dirk, dit-elle d'une voix étouffée avant de se retourner.

Il se tenait à quelques mètres d'eux et venait d'émerger d'entre deux camions en stationnement.

Dirk agita son revolver en direction de Gabriel. Ursula remarqua qu'un silencieux était fixé au canon.

— Et qui est-ce ? demanda-t-il.

— Ce doit être le nouveau garde dont le patron a parlé, répliqua l'autre cerbère.

— Non, ce n'est pas lui, affirma Dirk.

Le cœur d'Ursula s'arrêta. Derrière Dirk, un autre homme émergea de l'ombre. D'un signe de tête, Dirk le désigna.

— Voilà le nouveau garde. Quand le patron ne s'est pas présenté à lui pour lui remettre Ursula, il a suivi ses ordres et m'a alerté.

Marcus tira son revolver et le pointa en direction de Gabriel, lequel n'avait pas bougé. Celui-ci se mit alors à parler pour la première fois.

— Qu'est-ce qui te fait penser que ce gars est le nouveau garde ? D'après ce que je vois, j'ai amené la fille, pas lui.

Marcus, visiblement confus, déplaça son arme, la dirigeant sur l'étranger qui s'était faufilé jusqu'à Dirk.

Ce dernier inclina la tête vers le vampire qui se tenait à ses côtés.

— Donne le mot de passe à mon collègue.

— Le sang des empereurs, dit l'étranger.

— Putain ! siffla Marcus avant de pointer à nouveau son arme vers Gabriel, lequel se tenait prêt à tirer.

Plus rapidement que les yeux d'Ursula ne purent suivre, Gabriel se précipita sur Marcus, asséna un coup de pied sur la main qui tenait l'arme, et une bagarre s'ensuivit. Les poings volèrent à une telle allure qu'Ursula en eut presque le vertige. À ses yeux, leurs mouvements ne formaient qu'une image floue.

À sa gauche, elle aperçut deux hommes en train d'accourir vers eux : Oliver et Amaury. Il n'y avait aucune trace de Thomas, nulle part. Lorsqu'il les aperçut également, Dirk plongea vers elle. Son intention était bien claire : il voulait l'utiliser comme bouclier humain. Il vint claquer son corps contre celui de la jeune femme et la priva, dès lors, temporairement d'air.

Des coups de feu retentirent et, horrifiée, elle vit le nouveau gardien en train de tirer dans la direction d'Oliver et d'Amaury. Son cœur s'arrêta.

— Non ! hurla-t-elle, priant qu'aucune balle ne touchât Oliver.

Dirk la fit virevolter et la traîna en direction du camion, l'empêchant ainsi de voir ce qui arrivait à ses sauveteurs. Elle lutta, lui asséna des coups de pied dans le tibia, mais cela ne fit aucune différence pour son assaillant.

— Ursula, non ! ! ! entendit-elle Oliver hurler derrière elle, juste au moment où une autre détonation se faisait entendre.

— Putain ! siffla Dirk d'une voix basse, tout en continuant à la traîner vers la portière du camion. On s'en va, espèce de garce !

Elle tourna la tête autant qu'elle le put et vit Gabriel, lequel était toujours en train de se battre avec Marcus. Le nouveau garde s'engageait dans une bagarre à coups de poings avec Amaury, et il n'y avait aucune trace d'Oliver.

— Non ! hurla-t-elle, la colère et la douleur déferlant en elle. Où était Oliver ? Elle ne pouvait permettre à son esprit de continuer sur cette pensée. En lieu et place, elle agit purement instinctivement.

Lorsque Dirk la claqua contre la portière du véhicule et la relâcha durant une seconde pour saisir la poignée, elle glissa la main dans la poche de sa veste. Elle se tourna et le regarda furieusement.

— De tous les gardiens, c'est toi que je déteste le plus !

Lorsqu'il sourit pour se moquer d'elle, elle lui cracha au visage.

Cette action détourna l'attention de la canaille pendant un infime moment, mais c'était tout ce dont elle avait besoin : elle lui enfonça le pieu dans la poitrine. De satisfaction, elle l'observa se désintégrer devant elle.

Derrière, Oliver émergea de nulle part, arme au poing. Il se figea dans son mouvement et balança son arme sur le côté, loin d'elle. Il avait été sur le point de tirer dans le dos de Dirk.

Il se précipita ensuite vers elle et la prit dans ses bras. Lorsqu'il la relâcha, tout était redevenu calme. Des yeux, Ursula chercha l'endroit où le combat avait eu lieu. Il ne restait plus aucun de ses ennemis.

Gabriel et Amaury se tenaient là, la respiration un peu plus lourde que précédemment, mais ils ne présentaient aucune égratignure.

— Et Thomas ? demanda-t-elle en retenant son souffle.

— Je suis ici.

La voix de Thomas parvint d'entre deux camions. Il fit son apparition une seconde plus tard.

— Des humains, dit-il. Ils approchaient, et j'ai dû m'assurer qu'ils fassent demi-tour, ou ils auraient pu être tués.

Soulagée, elle hocha la tête. Elle sentit ensuite Oliver lui soulever le menton pour lui tourner la tête et l'obliger à le regarder.

— Je suis si fier de toi, Ursula.

Elle jeta un œil à l'endroit où les cendres de Dirk recouvraient le sol.

— C'était lui qui me hantait chaque nuit.

— Plus personne ne te fera jamais de mal, lui promit Oliver en la serrant fermement dans ses bras. Maintenant, allons chercher les filles.

Accompagnés des collègues d'Oliver, ils se dirigèrent tous deux vers l'arrière du camion. Amaury agrippa le levier et ouvrit le verrou. Gabriel et lui ouvrirent alors les doubles-portes.

À l'intérieur, il faisait sombre, mais Ursula entendit de silencieux halètements provenant de l'extrémité la plus éloignée.

— Sortez, vous êtes libres, cria Gabriel, mais personne ne bougea.

— Elles ont peur, expliqua Ursula.

Elle grimpa ensuite sur une marche en métal pour se soulever et s'adressa aux filles en chinois.

— C'est moi : Wei Ling. Vous êtes en sécurité, mes sœurs. Sortez, nous rentrons à la maison.

— Wei Ling, les entendit-elle répliquer. Weil Ling est revenue pour nous.

Une par une, les femmes avancèrent, la regardant d'abord, avant de dévisager les hommes derrière elle.

— Ils sont nos amis, leur assura-t-elle, en chinois.

Les vampires aidèrent les filles à sortir du camion. Lorsqu'ils les eurent toutes libérées de leur prison provisoire, ils les encerclèrent. Les yeux d'Ursula recherchèrent une fille en particulier.

— Lanfen, murmura-t-elle. Où es-tu ?

Une main lui toucha l'épaule, et elle se retourna.

— Je suis ici, répondit Lanfen.

Le soulagement la submergea.

— Je pensais que tu étais partie.

— J'étais malade, poursuivit Lanfen. Mais j'ai survécu.

Elles s'étreignirent. Les larmes envahirent les yeux d'Ursula.

— Nous rentrons à la maison, murmura-t-elle à nouveau, s'autorisant à pleurer parmi ses sœurs.

38

———————

Plusieurs monospaces appartenant à Scanguards firent leur apparition et transportèrent toutes les femmes qu'ils venaient de sauver dans une maison sûre à San Francisco. Plusieurs membres du personnel de Scanguards se mirent au boulot, afin de contacter les familles de ces femmes et ainsi préparer leur retour à la maison.

Le reste des membres de l'équipe avait encore une tâche à accomplir.

Oliver patientait, assis dans la salle de crise, tapant impatiemment du pied. Il savait qu'Ursula était fatiguée et avait besoin de dormir mais, néanmoins, elle avait insisté pour observer la manière dont ses bourreaux trouveraient la mort.

— Quand veux-tu appeler tes parents ? demanda-t-il, sachant qu'il n'y avait plus la moindre raison de la garder loin d'eux. Tout comme les autres filles, elle voudrait retourner chez elle.

Et elle le quitterait et retournerait là d'où elle provenait.

Ursula désigna l'écran qui montrait toujours, en direct, l'entrepôt d'Oakland.

— Sont-ils morts ? demanda-t-elle.

Il hocha la tête, la poitrine serrée.

— Tu peux reprendre l'avion pour New York avec les autres femmes, si tu veux. Samson a autorisé qu'on prenne le jet à cette fin. Ou tu peux embarquer plus tard… si tu veux rester quelques jours de plus.

Il détourna le regard, ne désirant pas dévoiler à quel point il était si impatient d'obtenir sa réponse.

— Je veux vraiment voir mes parents. Ils me manquent, dit-elle.

Sachant que, dans quelques heures, elle serait partie, Oliver refoula sa déception.

— Bien sûr, je comprends.

— À propos des autres femmes…

— Qu'y a-t-il ?

— Se souviendront-elles de ce qui leur est arrivé ?

Oliver regarda vers le haut tout en secouant la tête.

— Nous ne pouvons les laisser garder ces souvenirs. Aujourd'hui, il se peut qu'elles promettent de ne jamais piper le moindre mot au sujet des vampires mais, sous pression, elles en parleront à leur famille, leurs amis. Elles voudront toutes leur expliquer les choses. Mais nos secrets doivent être gardés.

— Je comprends. Et moi ? Les souvenirs que toi et moi nous sommes créés ?

Ses grands yeux le regardèrent, l'affection et la confiance y brillant à son intention.

Il déglutit difficilement. Les paroles qu'il prononça ensuite furent les plus difficiles qu'il eût jamais à exprimer.

— Quand tu partiras d'ici, je devrai m'assurer que tu ne te rappelles de rien.

— Et si tu montais dans cet avion avec moi ? Juste pour une semaine ou deux.

Le cœur d'Oliver se mit soudain à battre à cent kilomètres à la minute.

— Tu veux que je vienne avec toi ?

Elle tendit la main pour saisir la sienne.

— Je sais que, d'un point de vue logistique, ce sera délicat de cacher à mes parents que tu es un vampire, mais je suis sure que nous pouvons trouver un moyen.

Il se redressa sur son siège et se pencha plus près d'elle.

— Tu veux que je rencontre tes parents ?

— Je ne peux pas te garantir qu'ils se prendront immédiatement d'amitié pour toi. Ils sont un peu vieux-jeu et, au début, il se pourrait qu'ils aient du mal à avaler que je ramène un petit ami blanc mais, puisqu'ils seront si heureux de savoir que je suis en vie, j'ai supposé que, probablement, ils...

— Petit ami ? l'interrompit-il ? Tu veux me présenter en tant que ton petit ami ?

— Et en tant que l'homme qui m'a sauvée, ça aussi, naturellement.

Il porta la main d'Ursula à ses lèvres et lui embrassa le bout des doigts.

— Dis-moi quelque chose avant que je n'accepte ceci : as-tu l'intention de te débarrasser de ce petit ami après ces deux semaines, ou peut-il espérer rester dans le coin un peu plus longtemps ?

Les paupières d'Ursula se fermèrent à moitié.

— J'espérais revenir à San Francisco pour quelque chose à plus long terme. Peut-être terminer mes études ici...

— Combien de temps ?

— Pourrons-nous peut-être discuter de ceci dans un an ou deux et voir comment nous nous en sortons d'ici là ?

Oliver l'attira sur ses genoux et amena sa bouche vers la sienne.

— C'est certainement faisable.

— Est-ce que ça veut dire que j'ai le droit de garder mes souvenirs ?

— Je peux faire mieux que cela : je vais t'aider à en créer de nouveaux.

Il l'embrassa tendrement et la sentit ensuite s'écarter.

— Il y a autre chose.

Il lui balaya une mèche de cheveux derrière l'oreille.

— Oui ?

— Je veux que ton amie Maya me fasse cette analyse de sang.

Ces mots résonnèrent dans les oreilles d'Oliver, l'étourdissant d'excitation.

— En es-tu sûre ?

Elle l'embrassa en guise de réponse.

Le raclement d'une gorge les interrompit. Oliver recula la tête afin de voir qui venait déranger son agréable intermède en compagnie d'Ursula.

Thomas roula des yeux en entrant. Il était suivi de la moitié de Scanguards, le père créateur d'Oliver inclus.

— Ne vous occupez pas de nous, nous sommes juste là pour suivre le dénouement de l'opération, dit-il en désignant le moniteur au mur.

Ursula se hâta d'abandonner les genoux d'Oliver, les joues rouge vif. Oliver rapprocha rapidement sa chaise de la table afin d'y dissimuler la partie inférieure de son corps par-dessous. Si ses collègues apercevaient son érection, ils le taquineraient pour le reste de sa vie.

— Que le spectacle commence donc ! dit plutôt Oliver en observant tout le monde investir la pièce et prendre place.

— Le soleil se lève dans deux minutes. Les charges ont été placées plus tôt cette nuit, et nous nous sommes assurés que les caméras de surveillance soient désactivées à ce moment-là. Personne ne supposera que c'est un coup monté. Ils rejetteront la faute sur la compagnie d'électricité, comme d'habitude, récapitula Thomas tout en tapant quelque chose sur le clavier devant lequel il était assis.

— Est-ce que tout notre personnel a dégagé le secteur ? demanda Samson.

— Tout le monde est suffisamment loin.

— Et les passants ? ajouta Samson.

Thomas secoua la tête.

— Nous avons veillé à ce que personne ne soit à proximité. Nous avons reçu le feu vert il y a quelques minutes.

Les yeux d'Ursula étaient collés au moniteur lorsque l'écran devint tout noir.

— Qu'est-ce qui se passe ? demanda-t-elle.

Le moniteur se ralluma, et une vidéo prise d'un angle différent s'afficha sur l'écran.

— Nous sommes passés de la caméra de la station service en face de l'entrepôt à notre propre caméra installée sur un poteau de téléphone. Elle a sa propre source d'énergie. Tout le courant électrique de ce bloc sera coupé dès que nous donnerons le feu vert. De cette façon, nous pouvons nous assurer qu'il n'y aura aucun enregistrement sur les caméras de surveillance.

Ils avaient pensé à tout. Rien ne pourrait remonter à eux ou exposer un vampire aux humains. Leur secret serait en sécurité.

— Je pense qu'Ursula devrait donner l'ordre, proposa Oliver.

Il regarda ses collègues et, un par un, ils hochèrent tous la tête.

Thomas fit signe à Ursula de permuter de place.

— Prends la souris et pointe-la sur cette icône, ici.

Oliver observa les premiers rayons du soleil en train d'illuminer la rue en face du bâtiment. Plusieurs secondes passèrent.

— Lever du soleil, annonça-t-il.

Ursula jeta à nouveau un coup d'œil vers lui. Ensuite, le clic de la souris fut tout ce qu'on put entendre dans la pièce.

— Le courant électrique du bloc est coupé maintenant, expliqua Thomas.

Simultanément, tous les réverbères et autres lumières des buildings autour de l'entrepôt s'éteignirent.

Oliver regardait l'écran lorsque, soudain, une explosion ébranla l'entrepôt. Même s'il s'y était attendu, il en fut toutefois secoué.

Le feu se propagea, engloutissant rapidement et totalement le bâtiment, comme prévu : selon les plans, le bâtiment n'était pas équipé d'extincteurs automatiques d'incendie.

Les quelques vampires qui tentaient de s'échapper en bravant la lumière du jour ne purent aller loin. Pour s'assurer que personne ne pût s'enfuir, des tireurs d'élite humains, employés de confiance au sein de Scanguards, avaient été placés aux points stratégiques, leurs armes chargées de balles en argent. Mais, finalement, aucun coup de feu ne fut tiré. Le soleil se chargea plutôt de s'occuper des vampires qui s'échappaient, venant ajouter leurs cendres à la saleté du trottoir.

Le bordel de sang et ses gardiens de prison étaient enfin une histoire ancienne.

La police enquêterait, sans aucun doute, tout comme le feraient d'autres organismes gouvernementaux, mais Scanguards avait suffisamment de relations, lesquelles s'assureraient que rien ne pût ressortir de ces investigations.

— Maintenant, notre vrai travail commence, dit Samson d'une voix sérieuse.

Tout le monde hocha la tête.

Lorsqu'Ursula adressa un regard interrogateur à Oliver, il lui donna l'explication.

— Nous avons trouvé la liste des clients de Corbin. Chacun de ces clients est un risque potentiel pour la population de San Francisco. Nous devrons les surveiller et enfermer ceux qui représentent le plus grand risque, jusqu'à ce qu'ils soient passés par toutes les étapes liées au manque.

Ce serait une énorme tâche, mais le maire avait offert à Scanguards toutes les ressources à sa disposition. Dans quelques semaines, la situation se stabiliserait, et San Francisco redeviendrait aussi sûr qu'auparavant.

Deux semaines plus tard

Oliver rentra les deux valises dans la maison et les laissa dans le vestibule. Derrière lui, Ursula déposa un petit sac à terre. Après presque deux semaines passées à Washington DC, en visite chez les parents d'Ursula, il était prêt à s'accorder une sacrée détente. De toute sa vie, il n'avait jamais été aussi tendu.

Tandis qu'Ursula avait séjourné chez ses parents, Oliver avait résidé dans la maison d'un vampire que Gabriel connaissait. Il ne les rejoignait qu'en soirée. Après en avoir discuté longuement, Ursula avait approuvé sa suggestion d'effacer les souvenirs des trois dernières années de ses parents et de leur en implanter de nouveaux. Toute leur douleur serait oubliée, comme si rien ne s'était jamais produit. Ils croyaient à présent qu'Ursula était partie étudier à l'université de Berkeley en vue d'obtenir sa maîtrise, et qu'elle leur rendait visite au moins deux fois par an. En outre, Oliver s'était assuré de faire également partie de leurs souvenirs, afin qu'ils pussent aisément l'accepter en tant que petit ami de leur fille. Il pratiquait plus facilement le contrôle de l'esprit depuis qu'il l'avait utilisé sur Ursula afin qu'elle pût sentir sa morsure. Presque comme si la motivation adéquate eût été nécessaire pour y parvenir.

Mais simplement effacer les souvenirs des parents d'Ursula n'avait pas été suffisant : Oliver avait dû s'assurer l'aide du personnel de Scanguards à Washington et New York afin de procéder de même avec leurs amis et leur famille, le personnel de l'ambassade où son père travaillait, de même qu'avec les enquêteurs et les journalistes impliqués dans l'affaire. Thomas avait piraté les ordinateurs de la police et avait effacé tous les dossiers relatifs à la disparition d'Ursula et tous les fichiers des journaux qui avaient couvert le sujet. Quoique colossale, cette tâche était nécessaire afin qu'Ursula pût demeurer avec Oliver. Si ses collègues et lui n'avaient pas effacé chaque souvenir de sa disparition, ses parents ne l'auraient plus jamais laissé partir.

Indépendamment de quelques baisers volés durant leur séjour à Washington DC, Oliver n'avait pas touché Ursula avant d'embarquer dans le jet privé de Scanguards pour rentrer à San Francisco. Il l'avait pratiquement dévorée pendant le vol de retour mais, ayant dû partager l'avion avec quelques membres du personnel de Scanguards, il n'avait pas eu l'opportunité de coucher avec elle, et son sexe était plus dur que jamais.

— Où sont-ils tous ? demanda Ursula.

— Rose ? Quinn ? cria Oliver, espérant secrètement qu'ils fussent sortis pour la soirée. Préférant plutôt trimballer Ursula sur son épaule et la traîner au lit, cela lui épargnerait dès lors de devoir leur raconter leur voyage.

— Blake ? poursuivit-il.

— En haut.

La voix de Quinn provint enfin de l'étage supérieur.

La frustration l'envahit. Combien de temps allait-il pouvoir feindre d'être civilisé avant de se laisser tomber sur Ursula et s'enfouir profondément en elle ? Il n'en avait aucune idée.

— Montez, nous voulons vous montrer quelque chose, cria Rose.

Oliver fit la grimace et prit la main d'Ursula.

— Allons-y, alors.

Lorsqu'ils atteignirent le troisième étage, Rose et Quinn se tenaient en face de sa chambre.

— Bienvenue à la maison ! lui dirent-ils tous deux.

Ils se serrèrent dans les bras l'un de l'autre avant que Quinn n'ouvrît la porte de la chambre d'Oliver et leur fît signe, à Ursula et lui, d'entrer.

Quinn prit appui sur les talons.

— Avec Ursula ici, nous avons pensé que, tous les deux, vous aviez besoin d'un peu plus d'espace. Alors, nous avons démoli le mur qui donne sur la chambre de Blake, et nous avons installé ce dernier au deuxième étage. De cette façon, vous aurez un petit coin salon pour vous.

Oliver laissa errer ses yeux et examina sa chambre nouvellement décorée. Non seulement elle était presque deux fois plus grande qu'avant, mais elle avait également été remise au goût du jour. Une penderie supplémentaire avait été prévue pour accueillir les vêtements d'Ursula, et un confortable coin salon avait été créé.

— Et si vous n'aimez pas la déco, nous pouvons y remédier, ajouta Rose.

Ursula se tourna vers eux en souriant.

— C'est joli. Merci. J'adore.

Oliver enroula un bras autour d'elle et l'attira plus près avant de regarder Quinn et Rose.

— C'est parfait. Merci !

— De rien, dit Quinn.

Rose tira sur la manche de son époux.

— Nous devrions partir.

Quinn hocha la tête.

— Nous passons la soirée avec Zane et Portia. Cette nuit, la maison est donc toute à vous. Blake est parti en patrouille avec Cain.

— En patrouille ? demanda Oliver.

Quinn roula des yeux.

— Ne m'en parle pas. Il n'a pas arrêté de nous tanner pour qu'on le laisse aller patrouiller.

Avec un sourire espiègle, Rose adressa un clin d'œil à Oliver.

— Quinn a craqué.

Mais son mari haussa à peine les épaules.

— On ne peut pas le protéger éternellement.

Quinn alla ensuite dans sa poche arrière et en retira une enveloppe.

— Avant que je n'oublie, Maya m'a donné ceci pour toi.

Sous l'effet de l'excitation, le cœur d'Oliver se mit à battre plus rapidement. Il savait ce qu'il y avait à l'intérieur : les résultats de l'analyse de sang d'Ursula. Avant de partir pour Washington, elle avait donné deux échantillons de sang à Maya : un prélevé avant d'avoir des relations sexuelles, et l'autre après qu'Oliver et elle eussent profité de leur dernière nuit dans les bras l'un de l'autre avant de partir pour la côte Est.

Sa main trembla en prenant l'enveloppe de celles de Quinn. Lorsqu'il releva les yeux, son regard se heurta à celui de son créateur. Celui-ci souriait, comme s'il savait ce que cette lettre signifiait. Ensuite, Rose et lui se retournèrent et fermèrent la porte derrière eux. Oliver écouta leurs pas, tandis qu'ils descendaient.

Lentement, il relâcha Ursula. Elle fixait l'enveloppe qu'il tenait dans les mains.

— Les résultats, murmura-t-elle.

Les doigts tremblants, il ouvrit la lettre et en tira une simple feuille de papier. Il mit quelques secondes à ajuster sa vision avant d'être à même de lire ce qui était rédigé dans une écriture soignée.

Cher Oliver, lut-il à haute voix, *tous les tests auxquels j'ai procédé sur les échantillons de sang d'Ursula se sont conclus par le même résultat.*

Oliver sentit la façon dont Ursula retenait son souffle.

C'est confirmé : son sang est sûr dès qu'elle a eu un orgasme.

Le soulagement déferla en lui.

Cependant, je ne peux pas dire combien de temps il faut à son sang pour retrouver son ancien potentiel après avoir eu des relations sexuelles. Des tests supplémentaires seront nécessaires afin de le déterminer. Mais, pour le moment, tant que tu boiras son sang juste après qu'elle ait joui, tu seras en sécurité. Affectueusement, Maya.

Il laissa tomber la lettre et attira Ursula tout contre lui.

— Maintenant, tu dois prendre une décision.

Elle leva les yeux. Hypnotisé par ce qu'il y voyait, il cessa de respirer.

— Je pense que ma décision était claire dès l'instant où tu m'as embrassée dans le couloir, le premier jour où j'ai séjourné dans cette maison. J'avais juste trop peur de me l'avouer. Trop effrayée de pouvoir désirer quelque chose qui m'avait été imposé par d'autres pendant si longtemps. Mais je ne le suis plus.

Il éprouva des difficultés à déglutir, ayant du mal à contenir le désir qui courait dans ses veines à la perspective de ce qui allait se passer, cette nuit. La parole lui faisant défaut, il fit donc la seule chose qu'il pouvait faire : il glissa sa bouche sur celle d'Ursula et l'embrassa. Les lèvres de sa dulcinée lui cédèrent et s'écartèrent lorsque sa langue lécha la fente buccale.

Cette nuit, il n'y aurait aucune retenue, aucune tentative de maintenir la bête sous contrôle. Ursula serait vraiment à lui. Enfin !

Sans précipitation aucune, il la déshabilla, et elle en fit de même. Lorsqu'il l'étendit sur les draps apprêtés et pressa sa peau chaude contre le corps de sa belle, un frisson le parcourut. Comment avait-il survécu à ces deux dernières semaines sans la toucher ? Il ne pouvait s'en souvenir.

— C'était une torture de ne pas te faire l'amour pendant que nous étions de retour dans l'Est, murmura-t-il tout contre ses lèvres.

Elle soupira.

— Chaque nuit, j'espérais que tu grimperais par la fenêtre de ma chambre et que tu resterais avec moi.

Les mains d'Ursula lui caressèrent la peau sensible de sa nuque, envoyant dès lors un frisson qui lui parcourut la colonne vertébrale à toute vitesse.

— C'était trop risqué. Je n'aurais jamais pu quitter ton lit avant le lever du soleil si j'avais fait ça.

— Tu m'as manqué.

En guise de réponse, Oliver plongea de nouveau les lèvres sur les siennes, tandis que ses mains erraient sur son corps. Il enroba ses seins dans la paume de ses mains et titilla ses mamelons sensibles afin de les transformer en pics bien durs. Tout en malaxant la chair bien chaude, il arracha alors sa bouche de la sienne, uniquement dans le but de sucer un de ces deux monts bien raides.

Plus loin au Sud, son sexe en pleine érection, lequel était aussi dur qu'une barre de fer, se pressa davantage contre la cuisse d'Ursula, désireux d'entrer en contact avec elle. Mais Oliver savait qu'il ne pouvait se permettre de s'enfouir si tôt en elle. Il ne tiendrait pas suffisamment longtemps pour la faire jouir.

Il glissa vers le bas de son corps, lui écarta les jambes et s'installa entre elles. Dans l'expectative, Ursula lui enfonça les ongles dans les épaules : elle savait ce qui allait arriver.

Elle laissa échapper un gémissement étouffé dès l'instant où il expulsa un souffle chaud sur son sexe. S'ensuivit un coup de langue. Lorsqu'il goûta la rosée qui s'était déjà formée sur ses lèvres inférieures bien dodues, son corps tout entier se raidit.

— Putain, bébé !

C'était meilleur que dans ses souvenirs. Son parfum était un mélange de saveurs acidulées et sucrées qui se déployaient à l'arrière de sa langue et le long de sa gorge. Ses narines se dilatèrent, et la bête en lui gronda.

Mords-la, maintenant ! exigea le diable qui était en lui.

Il refoula difficilement l'irrésistible désir de goûter à son sang et se focalisa plutôt à lécher cette douce chair. Des doigts, il l'écarta davantage, exposant ainsi son clitoris. Il y pressa la langue avant d'engloutir le minuscule organe dans sa bouche.

Sous son emprise, il la sentit tressauter, mais ses mains la maintinrent de façon à ce qu'elle ne pût lui échapper. En de longs et langoureux mouvements, il continua à lui lécher le clitoris et à explorer ses replis humides, tandis qu'elle se tordait sous lui, ses gémissements et soupirs emplissant la pièce.

Elle enfonça plus profondément les ongles dans les épaules d'Oliver, mais celui-ci accueillit la douleur avec plaisir. S'il avait été humain, elle l'aurait fait saigner, mais sa peau de vampire était trop épaisse pour que des ongles pussent la percer.

Oliver écouta les battements de cœur de sa partenaire ainsi que le son de son sang qui se précipitait dans ses veines, tentant de pomper plus d'oxygène dans ses cellules. À chaque seconde qui passait, son corps s'échauffait, tandis qu'il continuait de taquiner sa chair si tendre. Oliver n'avait jamais été aussi à l'écoute du corps d'un autre être et n'avait, dès lors, aucun mal à entendre celui d'Ursula et à comprendre ce dont elle avait besoin.

Elle mut les hanches contre sa bouche en un rythme manifeste, en demandant davantage. Il ne fut que trop heureux de se conformer à ses exigences. Doucement, il introduisit un doigt dans la fente humide de son sexe et intensifia la pression sur son clitoris, léchant plus fort et plus vite. Lorsqu'elle se raidit, son corps se soulevant à moitié du lit, il enfonça un deuxième doigt dans l'étroitesse de sa gaine et engloutit son clitoris dans la bouche tout en pinçant les lèvres.

Elle jouit, haletant de manière incontrôlée, ses muscles internes s'agrippant fermement autour des doigts de son partenaire, le corps tremblant.

S'il avait été moins impatient, il lui aurait accordé un moment de répit mais, en cet instant précis, la patience était un mot qui lui était étranger. Il ne pouvait attendre plus longtemps. Il se souleva et la recouvrit de son corps. Son membre aligné au centre encore frémissant de sa féminité, il se logea en elle d'un seul coup vers l'avant.

Tout en gémissant, Ursula ouvrit les yeux. Elle souleva alors une main et, d'un doigt, lui caressa les lèvres.

— Montre-les moi.

Les canines d'Oliver étaient déjà descendues. Lentement, il écarta les lèvres et leur permit d'émerger, tandis qu'il observait la réaction d'Ursula. Elle n'affichait aucune crainte.

— Touche-les, exigea-t-il.

Hésitante, elle laissa glisser un doigt contre la partie externe d'une canine. Il grogna involontairement, la sensation que lui provoquait le toucher d'Ursula lui envoyant une décharge électrique dans tout le corps.

Elle écarquilla les yeux mais, plutôt que de retirer son doigt, elle lui caressa la canine une fois de plus.

— Enfonce-les en moi.

Ursula inclina la tête sur le côté, exposant ainsi la pâleur de son cou. La respiration forte, Oliver baissa la tête et la sentit trembler lorsque ses lèvres lui touchèrent la peau.

— Tout doux, bébé, je ne te ferai aucun mal.

Il lécha la peau, puis frotta ses canines à l'endroit où la veine bien bombée battait contre ses lèvres. À ce contact, son sexe se contracta brusquement en elle, et il recula les hanches, se retirant presque complètement. Au coup suivant dans ce corps si accueillant, il enfonça ses canines dans le cou et perça la veine.

Le sang chaud se précipita dans sa bouche, submergeant ses papilles gustatives. Sa bouche en fut inondée. Lorsque le liquide coula à l'arrière de sa langue et le long de sa gorge, son cœur se mit à pomper plus rapidement. Il n'avait jamais rien goûté d'aussi incroyable. Elle avait un goût riche et pur qui apaisait la bête enfouie en lui. À chaque goutte qu'il prenait, il se sentait devenir plus fort et plus invincible. C'était ce qu'il avait toujours recherché depuis qu'il était devenu un vampire : le sang d'Ursula.

Il se mut plus fort en elle, dans cette gaine si étroite, son membre entrant et sortant plus rapidement. À chaque coup, il sentit grandir son excitation, laquelle le rapprochait de l'extase, jusqu'à ce qu'il ne pût plus se retenir plus longtemps. Son orgasme éclata, cette sensation étant si puissante qu'il eut l'impression que son corps se brisait en mille morceaux. Lorsqu'il retomba, les vagues provenant du corps d'Ursula le heurtèrent telle une vague géante de l'océan.

Lentement, il ôta ses canines de son cou et lui lécha les incisions.

Lorsqu'il la regarda, il remarqua la buée dans ses yeux. Paniqué, il s'écarta.

— Je t'ai fait mal ?

Elle secoua la tête et renifla.

— Je n'ai jamais rien éprouvé d'aussi beau.

Il déposa un doux baiser sur ses lèvres.

— Moi non plus.

Il roula ensuite sur le côté et l'attira de façon à ce qu'elle pût se lover contre lui. Le torse contre son dos, il l'entoura de ses bras. Aucun d'entre eux ne parla durant un long moment. Seule leur lourde respiration pouvait être audible dans la chambre.

— Tu te souviens quand le garde a mentionné le mot de passe au relais routier ? demanda soudain Ursula.

— Il a dit *le sang des empereurs*, répondit Oliver, surpris qu'elle pût évoquer cet événement particulier dans un moment pareil.

— Ma mère m'a dit que nous descendions d'une lignée d'empereurs. Beaucoup de générations nous en séparent, mais je pense que si nous vérifions l'ascendance des autres filles qui étaient emprisonnées avec moi, nous retrouverons la même chose. Ce doit être le sang des empereurs qui a cet effet dopant.

Étonné par cette révélation, il lui déposa un baiser sur l'épaule.

— Alors, il semble que je sois tombé amoureux d'une princesse.

Elle tourna la tête pour le regarder dans les yeux, la chaleur et l'affection rayonnant dans son regard.

— Et il semble que je sois tombée amoureuse d'un vampire.

Il gloussa.

— Ça ferait un grand film. *La princesse et le vampire*. Je peux déjà voir les affiches.

Elle se tourna dans ses bras et laissa courir les mains le long de son corps.

— Que dirais-tu de travailler un peu plus sur le script ? Je pense que ce film a besoin de plus de scènes torrides.

Oliver roula sur le dos et l'attira au-dessus de lui.

— Je suis tout à fait d'accord.

Il baissa alors la tête d'Ursula vers lui et lui captura les lèvres. Il n'avait nullement l'intention de les relâcher sous peu.

Ordre de Lecture des séries Vampires Scanguards et Gardiens de la Nuit.

Les Vampires Scanguards

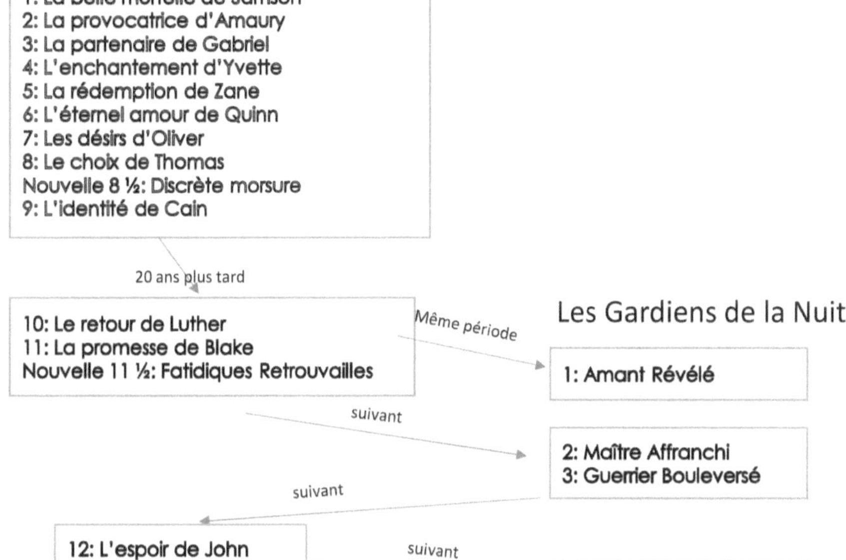

Hybrides Scanguards

Les Scanguards hybrides seront également numérotés dans la série des
Scanguards vampires (SV 13 = SH 1) afin de préserver la continuité.

SH 1 (SV 13): La tempête de Ryder
SH 2 (SV 14): La conquête de Damian
SH 3 (SV 15): Le défi de Grayson
SH 4 (SV 16): L'amour interdit d'Isabelle
SH 5 (SV 17): La passion de Cooper
SH 6 (SV 18): Le courage de Vanessa

À PROPOS DE L'AUTEUR

De nationalité allemande, Tina Folsom vit depuis plus de 25 ans dans des pays anglophones. Elle a d'ailleurs épousé un Américain et s'est établie en Californie en 2002.

Depuis 2008, elle a publié plus de 50 livres en anglais et des douzaines dans d'autres langues (français, allemand et espagnol).

tina@tinawritesromance.com
https://tinawritesromance.com

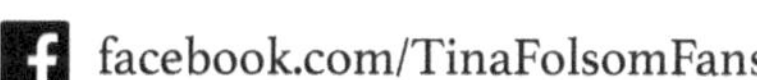 facebook.com/TinaFolsomFans
 instagram.com/authortinafolsom